정말로 세상이 또렷하게 보이는구나.”
“어때? 머리 좋은 사람처럼 보일까?

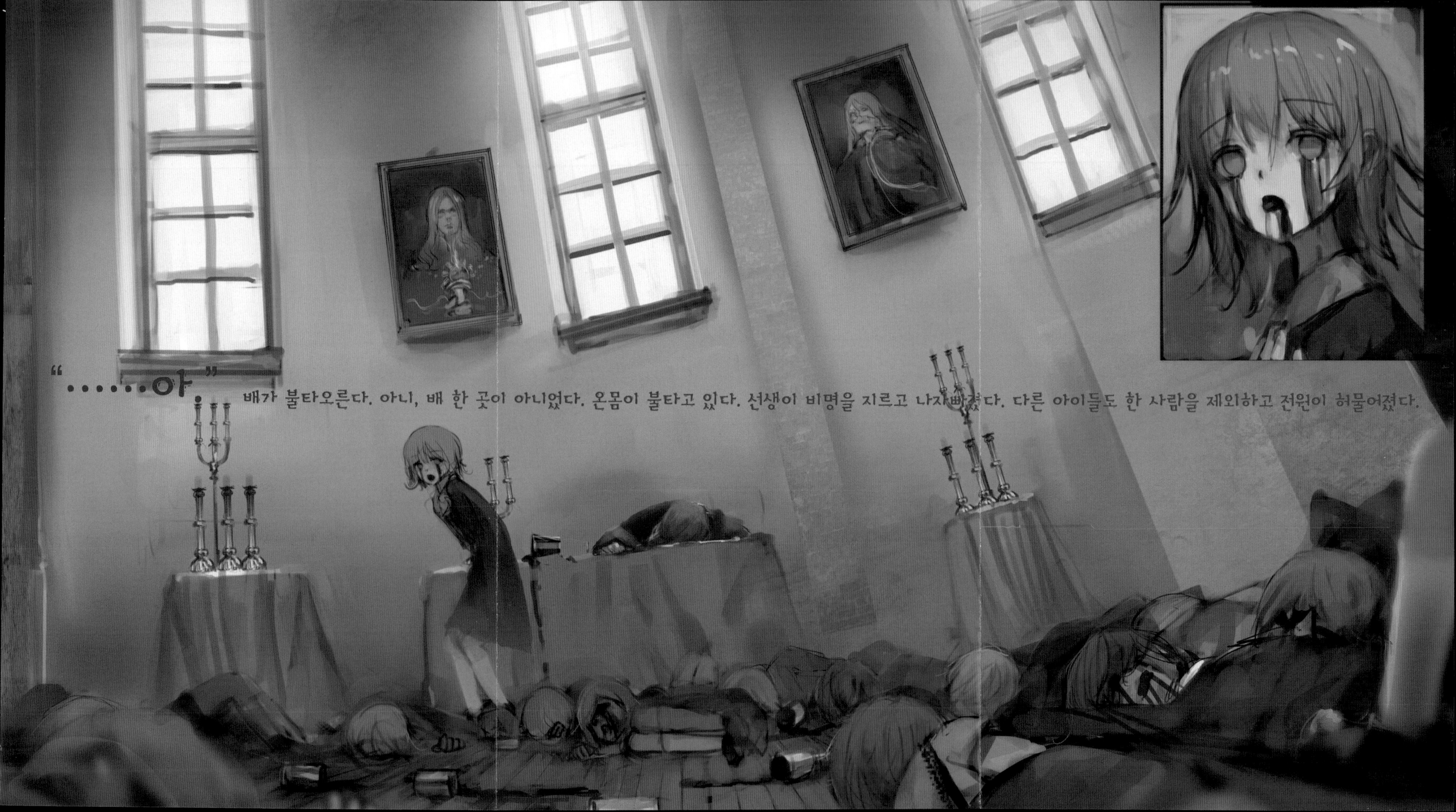
"……아."
배가 불타오른다. 아니, 배 한 곳이 아니었다. 온몸이 불타고 있다. 선생이 비명을 지르고 나자빠졌다. 다른 아이들도 한 사람을 제외하고 전원이 허물어졌다.

VOL. I

A GIRL HOLDING THE SUN

태양을 품은 소녀

맑음 뒤 지옥

WRITTEN BY NANASAWA MATARI
ILLUSTRATED BY RUKEICHI ANDROMEDA

나나사와 마타리 지음 / 루케이치 안드로메다 일러스트

A GIRL HOLDING THE SUN
INDEX

THE CONTINENT of RIBERIKA
리베리카 대륙 지도
캄비즈 주
기브 주
홀름즈 주
겐부 주
롱스톰 주
보르크 광산 지대
도시 라인
코임브라 주
카르나스 성채
도시 록벨
주도 마들레스
월라 섬
THE CONTINENT OF RIBERIKA

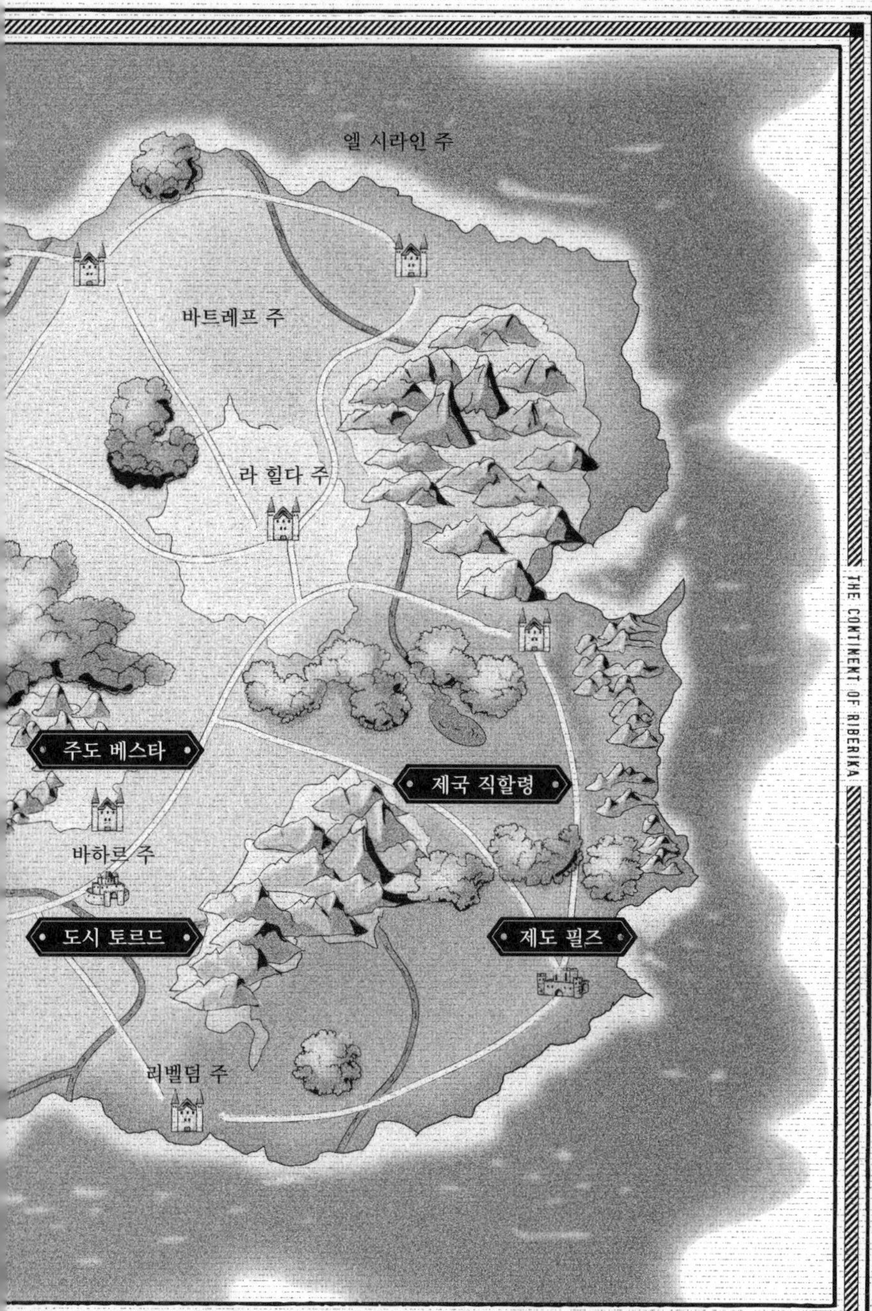
엘 시라인 주
바트레프 주
라 힐다 주
주도 베스타
제국 직할령
바하르 주
도시 토르드
제도 필즈
리벨덤 주
THE CONTINENT OF RIBERIKA

CHAPTER 1 맑음 뒤 지옥

언제부터 이렇게 살아왔는지 알지 못한다. 소녀는 철들었을 때부터 당연한 것처럼 이 낡아 빠진 교회 안에서 지내왔다.

교회 바깥에는 훈련을 실시하기 위한 광장이 있었고, 그곳을 둘러싸듯이 거대한 벽이 우뚝 솟아 있었다. 바깥세상으로 통하는 출입구는 육중한 구조의 정문뿐이지만, 무장한 위병이 늘 엄중하게 감시했다. 몹시 지독한 놈들이어서 바깥에 나가려고 하면 폭력부터 휘둘렀다. 소녀도 도망치려다가 몇 차례 구타를 당한 적이 있었다.

세계정세는 「교육」 과정에서 주입받았지만 실제로 볼 수는 없었다. 어쩌면 본 적이 있을지도 모르겠으나 적어도 소녀의 기억 속에 바깥 풍경이란 존재하지 않았다.

바깥세상을 느낄 수 있는 것은 하늘을 올려다보면 저 높이 떠올라 있는 커다랗고 동그란 존재— 타오르듯 붉게 빛나는 태양을 바라볼 때뿐이었다.

그렇기에 소녀는 맑은 날을 좋아했다. 따사로운 햇살이 늘 자신을 지켜본다는 기분이 들었으니까. 무엇보다도 태양은 자신의 머리카락과 같은 색깔이었다.

그렇기에 소녀는 비 오는 날을 싫어했다. 자신을 비추어주는 저 어여쁜 햇살이 새카만 비구름에 온통 가로막히니까. 죽죽 쏟아지는 빗소리가 소녀의 존재를 지워 없애는 듯했기에.

그래, 비는 싫다. 특히 비 내리는 날의 밤은 최악이었다.

“8번, 13번. 앞으로 나와라.”

“네.”

“네.”

선생의 말을 따라서 목제 검을 쥐고 일어섰다.

“시작해라.”

무감정한 신호와 동시에 실전 형식의 연습이 시작된다.

태양과 같은 색깔의 머리카락— 붉은 머리카락의 소녀는 8번이라고 불린 소년과 대치했다. 소녀의 번호는 13번. 이곳에서 소녀에게 허락한 이름. 번호와 같은 숫자가 자신의 나이였다.

교회에서 지내는 아이들에게는 이름이 없었다. 상대를 부를 때는 선생들이 정한 번호로 호칭했다. 결번이 발생하면 새 아이가 보충된다. 선생은 한 사람 몫을 할 수 있게 된다면 「폐하」가 이름을 내려주신다고 말했다. 스스로 이름 붙여도 되는가 묻고 야단맞았기에 더는 물어본 적이 없다. 이름이라는 것이 특별하다는 사실만큼은 알 수 있었다.

몇 차례 공세를 펼쳐 가볍게 견제를 주고받은 뒤 소녀는 휘둘러 올린 목검으로 혼신의 일격을 날렸다. 붉은 머리카락 8번 소년의 머리 부위를 스친다. 그 틈을 찔러서 8번 소년이 발길질을 날리고 돌진하여 소녀를 밀어 넘어뜨렸다. 검이 목을 겨누었을 때 그만하라는 명령이 떨어졌다.

“8번, 잘했다. 훌륭한 몸놀림이었다.”

“감사합니다.”

“그에 비하여 13번, 너는 징밀이지 반편이로구나. 학습 속도는 느린 데다가 움직임도 둔해 빠졌군. 우둔하다는 표현은 바로 너를 위한 게 아니겠느냐.”

“죄송합니다.”

“네가 목숨을 부지할 수 있는 까닭은 오로지 폐하의 은덕 덕분임을 잊지 말도록. 본래는 이미 처분을 당하고도 남았을지니.”

“네, 알겠습니다.”

흰옷을 입은 남자들은 선생이라고 불리면서 교회에 있는 아이들에게 「교육」 혹은 「훈련」을 실시했다. 이자들의 방식에 관용은 없었고 이제껏 몇 사람이나 기력이 다해 죽음을 맞이하고 말았다. 그럼에도 번호의 숫자는 바뀌지 않는다. 언제나 번호는 1부터 100까지 존재했다.

소녀는 선생이 몹시 싫었다. 선생은 한둘이 아니어서 누가 누구인지 도무지 알아볼 수가 없었다. 모두가 비슷비슷한 낯짝이니 별수 없지 않은가. 선생 중에서도 더 높은 사람이 있는 듯한데 잘은 모르겠다. 알고 싶은 마음이 전혀 없었다. 주먹질에 발길질에 욕설을 퍼붓는 데야 좋은 감정이 솟을 리 있을까.

특히 선생들의 고마우신 말씀을 들을 때는 아주 진저리가 난다. 선생들은 「교육」과 「훈련」이 끝난 다음은 늘 같은 소리를 주절거리고는 했다.

『위대하신 베프남 폐하께 최고조의 경의와 진심 어린 감사를 바치도록 하라』

『조국에 절대적인 충성을 맹세하라』

『태양의 깃발을 결코 거역하지 말도록』

『홀시드 제국에 거역하는 자에게 죽음을. 우리는 그것을 위한 검이 되고 방패가 된다』

도대체 무엇에 감사하라는 말인가. 어째서 충성을 맹세해야 한다는 말인가. 목숨을 바칠 만큼 대단한 은혜 따위는 단 한 번도 받은 적이 없었다. 그렇기에 검이 되고 싶지도 않았다. 목숨 바쳐서 대신 죽어 나가는 방패 따위야 당치도 않다. 소녀는 타당한 이유를 전혀 알지 못했던 터라 선생에게 솔직히 질문해봤다.

"건국 시조 베르기스 황제의 피를 계승한 베프남 폐하께서는 이 세상에서 가장 존귀한 분이시다. 폐하께서 계시기에 우리는 비로소 행복과 안녕을 누릴 수 있음이다. 따라서 우리는 폐하께 절대적인 충성을 맹세하고 그 은혜에 마땅히 모든 힘을 다하여 보은해야 하는 것이니라."

소녀는 지금 생활이 행복하다는 생각을 전혀 하지 않았기에 역시 의미가 이해되지 않았다. 속마음이 솔직하게 표정에 드러나버린 탓에 선생의 말투가 거칠어졌다.

"잘 들어라, 13번. 폐하, 그리고 위대한 제국에 의문을 품는 행위는 결단코 용납되지 않는다. 너는 베프남 폐하를 아버지로서 공경하고 조국 홀시드를 어머니로 여기면 된다. 결코 잊지 않도록 너의 반편이 같은 머릿속에다가 단단히 새겨 넣거라!"

이 말도 도무지 이해가 안 됐으나 더는 야단맞기 싫었던지라 일단 고개를 끄덕거렸다. 문득 떠올라서 폐하를 아버지라고 불러도 되느냐고 물었다. 「아버지」란 즉 가족이잖은가. 가족이라면 물론 아버지라고 부를 수 있어야 한다.

그러자 선생은 얼굴을 새빨갛게 붉히고 노발대발하면서 「불경한 소리는 하지 마라」라고 외친 뒤 소녀를 후려갈겼다. 이런 반편이를 보았느냐고 마구 호통을 치면서 거듭거듭 바닥에 엎드려 있는 소녀에게 발길질을 날렸다.

이날부터 소녀는 「폐하」라는 사람이 몹시 싫어졌다. 이렇듯 봉변을 당하는 것도 전부 「폐하」 때문이니까. 아버지로서 공경하라는 말 따위는 전혀 이해되지도 않았다. 곰곰이 돌이켜보면 태양의 깃발을 거역하지 말라는 말도 이해할 수가 없었다. 그 깃발은 전혀 태양을 닮지 않았다. 진짜 태양보다 작을 뿐 아니라 쓸데없는 장식이 잔뜩 달렸다. 가짜에 불과하다. 절대 태양이 아니었다. 나보다는 너희 깃발이 훨씬 더 반편이라고 소녀는 확신했다.

8번 소녀에게 이 이야기를 하자 「또 야단맞을 테니까 선생님한테는 말 안 하는 게 좋겠어」라고 충고가 돌아왔다.

8번 소녀은 똑같이 붉은 머리카락인데도 사고방식이 다른 듯했다. 8번에게 정말 그 깃발이 태양으로 보이느냐고 물었다.

소녀의 대답은 「응. 나는 잘 만든 태양으로 보이던데? 응, 그 선은 햇살을 나타내는 거야. 특징을 잘 포착했다고 봐」이었다. 사람은 저마다 다르구나, 소녀는 생각했다.

교회에서 보내는 재미없는 나날은 쭉 이어졌다. 또래의 아이들과 매일 「교육」과 「훈련」을 받아야 했다. 맑은 날에도 비 오는 날에도 눈 내리는 날에도, 아침에도 낮에도 밤에도 끊임없이. 몇 명이 사라져도 아이들의 숫자는 백 명으로 유지됐다.

읽고 쓰기는 물론이거니와 어려운 말도 암기할 때까지 철저하게 주입받았다. 경례와 윗사람을 대하는 태도, 말투까지도. 선생이 상관 역할을 맡았고, 실수하면 지도라는 명목의 체벌을 받아야 했다. 소녀는 화가 치밀었지만 불만을 드러냈다가는 더욱 호된 꼴을 당해야 함을 알기에 입 다물었다. 눈빛이 건방지다는 이유 때문에 결국 얻어맞았다.

그러한 교육이 얼추 완료되자 이제는 폐하와 제국에 거역하는 어리석은 자를 멸망시키기 위한 군사학이며 본격적인 전투 기술도 교육 과정에 추가됐다. 이것들이 도대체 무엇에 쓸모 있냐고 소녀가 묻자 건방지다면서 손찌검한 뒤 아래의 대답을 들려주었다.

"네가 한 사람 몫을 하게 되었을 때 폐하께 쓰임을 받기 위해서이다. 이제껏 길러주셨던 은혜에 보답하기 위해서도 너희는 온 힘을 다하여 매진해야 한다. ……네가 「시험」에서 살아남으리라는 생각은 도저히 들지 않는다만 말이다. 아니, 그때까지 목숨이 붙어 있을지도 의문이로군."

「별로 안 길러줘도 되니까 지금 당장 바깥에 내보내줘」라는 말을 해주고 싶었지만 소녀는 꾹 참았다. 또 반성실로 끌려 들어가고 싶지는 않았으니까. 새카만 방 안에서 『폐하를 위해 헌신하겠습니다』라는 말을 미친 사람처럼 온종일 되풀이해야 한다. 몹시 피곤한데다가 목소리가 바짝 갈라지는 터라 소녀는 반성실을 죽도록 싫어했다.

이런 생활을 반복하는 사이에 소녀는 「폐하」에게 증오를 품게 되었다. 공경은 고사하고 죽여버리고 싶을 지경에 이르렀다.

그렇게 빌어먹을 나날을 보내면서 유일한 즐거움은 식사뿐이었다. 다른 아이들도 마찬가지인 듯 이때만큼은 절로 흐뭇한 미소가 새어 나왔다. 소녀도 웃음 지으면서 다른 아이들과 함께 즐겁게 식사했다.

다만 어느 날부터는 식사도 재미없어졌다. 선생이 검은 액체를 마시도록 지시한 다음이었다. 몸을 튼튼하게 만들어주는 약이라고 했다만, 몹시도 탁한 그 액체는 구정물이라는 생각밖에 들지 않았다. 다른 아이들은 얌전히 입에 가져가서 마셨음에도 소녀는 도저히 견딜 수 없었다. 겉보기도 싫었고 무엇보다도 냄새가 났다. 녹슨 쇳덩어리 같은 맛이었다.

소녀가 싫다면서 고개를 가로젓자 선생은 얼굴을 후려갈기고 강제로 입을 벌려서 흘려 넣었다. 숨이 막히는 기분이었고 맹렬한 욕지기가 덮쳐들었다. 가슴 깊숙한 곳이 타오르는 듯 뜨거워지면서 목을 역류하여 피가 흘러넘쳤다. 평소는 몸의 바깥쪽에서 나왔을 뿐 안쪽에서 흘러넘친 적은 처음이었다. 죽기 싫다고 몸서리칠 틈도 없이 소녀는 의식을 잃어버렸다.

"거부 반응이 지나치게 빠르군. 지시한 대로 한계까지 희석한 것이 맞나?"

"그럼요, 틀림없습니다. 다른 아이들과 마찬가지로 적응 용도였습니다."

“……어느 정도의 개인차는 물론 예상했다만, 그렇다 쳐도 과하군. 어떻게 된 일이지?”

“뭘요, 이 녀석이 특별한 겁니다. 어쨌든 놀랄 만큼 덜떨어진 반편이잖습니까. 살아나기는 힘들 듯한데 이제 그만 처분하시겠습니까?”

“아니, 일단 치료는 해주도록. 아마도 시험까지 견딜 수는 없을지언정 다음번 시행하게 될 「새벽 계획」의 참고 사례는 될 테니. 재료는 무릇 효율적으로 써야 하는 법이다.”

“알겠습니다. 격리하고 지속적으로 관찰을 실시하지요.”

소녀는 사흘 동안 사경을 헤맸음에도 기적적으로 소생했다. 그날 이후로 예의 검은 액체를 마셔도 피를 대량으로 토하는 반응은 사라졌다.

다만 그 대가로 시력을 거의 다 잃어버렸다. 소녀에게는 「반편이」에 더하여 「반송장」이라는 칭호가 주어졌다.

바짝 다가붙어야 간신히 다른 사람의 얼굴을 알아볼 만큼 악화됐지만, 대부분은 목소리로 분간할 수 있었기에 큰 문제는 아니었다. 게다가 8번 소년이 여러모로 도와준 덕택에 아주 불편하지는 않은 생활을 보낼 수 있었다.

가장 큰 괴로움은 몹시도 좋아하는 태양을 제 눈으로 바라보는 것이 여의치 않은 것이었다. 따뜻한 햇볕은 느껴지건만 타오르는 듯한 광채는 단지 어렴풋하게 눈에 비칠 뿐. 그 대신 빗소리만큼은 전보다 더욱 또렷하게 귓바퀴를 타고 들어왔다. 소녀는 낙담했다.

비할 데 없이 시시한 교회 생활은 계속 이어졌다. 맨 처음부터 있었던 아이들은 더욱 숫자가 줄어들었고, 그 대신 새로운 아이들이 차례차례 들어왔다. 어느 사이인가 번호는 200까지 늘어났다. 이제까지 몇 명이나 교체됐는지 소녀도 더는 알 수 없었다. 얼굴은 알아본다 한들 번호가 자꾸 겹친다. 이래서는 누가 누구인지 판별이 불가능했다.

새로 들어온 아이들은 번호가 아닌 진짜 이름을 이미 갖고 있었는데도 이 교회에서는 입 밖에 내는 것조차 금지당했다. 거역하다가 적발된 아이는 소녀가 몹시 싫어하는 반성실로 끌려 들어갔다.

한동안은 잠잘 때 흐느끼는 소리가 그칠 줄을 몰랐다. 그 소리를 듣다 보면 소녀도 조금 슬퍼졌다.

우울한 마음을 주체 못 하던 신입 아이들도 적응이 됨에 따라서 차차 마음을 터놓았다. 밤의 울음소리는 멎었고 웃음소리가 흘러나올 만큼 밝아졌다. 소녀도 기뻤다.

새로 온 아이들은 바깥세상을 잔뜩 알고 있었다. 어떤 이야기를 들어도 흥미진진했기에 소녀는 머릿속에 꼭꼭 간직하고자 온 힘을 다하여 이야기를 새겨들었다. 개중에서도 123번 소년은 박식할 뿐 아니라 말솜씨도 재미있어서 가장 인기가 좋았다. 선생들의 눈이 미치지 않을 때마다 바깥세상은 얼마나 멋진 곳인가를 즐겁게 얘기해주고는 했다. 소녀는 그 이야기를 들으면서 바깥세상을 실컷 느낄 수 있었다. 123번의 얼굴을 제대로 알아볼 수는 없었지만, 해님처럼 웃는 활기찬 소년이었음은 기억한다.

123번은 그로부터 반년 후 신체가 썩어 문드러져서 죽었다. 아파, 아파. 마지막까지 고통에 부르짖으면서. 즐거운 이야기를 두 번 다시 못 듣게 되고 말았다. 소녀는 낙담했다.

같은 방을 쓰는 150번 소녀는 가장 친한 친구였다. 언제나 울먹이는 표정을 짓고 다녔고 목소리도 애처롭게 떨렸지만, 잠들기 전 바깥세상에서 몰래 갖고 들어왔다는 그림책을 읽어줄 때만큼은 목소리가 무척 밝아졌다.

그 아이가 갖고 온 그림책은 노엘이라는 이름의 기묘한 고양이가 마을을 뛰쳐나가서 세계를 여행하고 돌아다닌다는 내용이었다. 시력을 거의 다 잃어버린 소녀는 그림책에 쓰여 있는 글자를 제대로 읽지도 못하는 터라 150번이 소리를 내서 읽어줬다. 그림은 부옇기는 해도 얼굴을 최대한 바짝 갖다 대면 어떤 구도인지는 알 수 있었다. 언제나 노엘이라는 이름의 고양이가 나타났다. 매일 밤 150번의 이불로 파고 들어가서는 두 사람이 지쳐 꿈나라로 떠나는 시간까지. 정말이지 꿈같은 시간이었다.

다만 150번의 그림책은 딱 한 가지가 알쏭달쏭했다. 갖고 들어온 책은 한 권이 전부일 텐데 이상하게도 이야기의 전개가 항상 달라진다. 만나는 사람이며 동물이 그날그날 바뀌질 않나 찾아가는 장소도 달라졌다. 어떤 때는 무시무시한 빨간 도깨비를 혼내주는 이야기도 실려 있었다. 직접 만져본 느낌으로는 별로 두꺼운 그림책도 아니었는데.

어느 이야기에서도 공통되는 부분은 단 하나. 어떤 이야기에서도 마지막에 가면 반드시 「행복하게 살았습니다」로 결말을 맞이한다. 그래서 소녀는 언제나 안심하고 이야기에 귀를 기울일 수 있었다. 왜냐하면 슬픈 이야기는 재미없으니까.

가장 마음이 끌렸던 것은 노엘의 까마귀 친구가 태양을 향해 날아오르는 이야기였다. 조금만 더 가면 도착했을 텐데 까마귀는 불꽃에 휩싸여 타 죽고 말았다. 타 죽은 까마귀는 하늘에 반짝이는 하나의 별이 되었다는 이야기. 노엘은 진심으로 부러웠다. 몸은 사라졌을지라도 따뜻한 태양의 곁에서 영원히 함께 지낼 수 있을 테니까. 아마 까마귀도 분명히 행복했을 거야. 그렇게 말했더니 150번은 이상하다는 듯이 침음했다. 보통은 그런 식으로 받아들이지 않는다고 한다.

어느 날 밤에 너무나 궁금했던 소녀는 『그림책은 한 권뿐인데 어떻게 맨날 다른 이야기가 나오는 거야?』라고 물었다.

"……이 책은 신비로운 그림책이거든. 읽을 때마다 그림책이 저절로 다른 이야기를 만들어줘. 어때? 굉장하지?"

150번은 그리 말하고 웃었다. 소녀는 굉장한 보물이라고 칭찬했는데, 150번의 목소리가 왠지 몰라도 구슬프게 들렸다. 그 이유가 무엇인지는 얼굴이 제대로 안 보이기도 했고 잘은 모르겠다.

그 아이가 그림책을 읽어줄 때마다 소녀는 하나의 꿈을 키우게 되었다. 고양이 노엘처럼 자신도 행복해지고 싶노라고.

150번에게 어떻게 하면 행복해질 수 있는가 물었다.

"나도 잘 모르겠네. 그러니까 혹시 살아서 이곳을 나간다면 같이 찾아보자."

그러고는 삐쩍 여윈 몸으로 꼭 안아줬다. 소녀가 세차게 고개를 끄덕거리자 「꼭이야, 약속한 거야」라면서 150번은 고통스러운 기색으로 옅게 웃었다.

그다음 날에 150번이 죽었다. 아침에 일어나 말을 건넸을 때는 이미 몸이 차갑게 식어 있었다. 몇 번을 흔들어 봐도 두 번 다시 눈을 뜨지 못했다.

급히 달려왔던 선생의 말에 따르면 요즘 들어서 음식을 전혀 먹지 않았다고 한다. 시체를 앞에 두고 무언가 끄적거리는 선생에게 소녀는 분노를 쏟아냈다.

“너희들 때문이야.”

“……실험에 실패는 따라붙는 법이다. 이 희생을 결코 헛되이 하지 않겠다.”

“친구들 대신 네가 죽었다면 좋았을 텐데.”

살의를 담아 소녀는 노려봤다. 평소처럼 얻어맞을 줄 여겼건만 선생은 잠자코 어딘가로 떠나가 버렸다.

『폐하께서 계획의 상세 현황을 보고하도록 재촉이 있으셨답니다. 감사관인 제가 보고서를 제출했는데도 말입니다. 정말 이상한 일이 아닙니까?』

『내가 손봐서 제출할 테니 자네는 아무 걱정을 할 필요가 없네』

『그게 웬 말씀입니까? 제가 감사관으로서 쓴 보고서를 빼돌려 묵살시킨 이유를 꼭 들어야겠습니다. 명백한 월권행위잖습니까』

『내가 해줄 말은 아무것도 없네. 계획은 순조롭다, 보고할 사항은 오직 그뿐이니까. 자네는 쓸데없는 문장을 너무 많이 써넣었어』

『계획이 순조롭다니 아주 웃기는 말씀입니다. 실험체를 보충해 봤자 사망자가 늘어나기만 할 뿐 성과는 전혀 올라가지 않았죠. 폐하께서 기대하시는 목적을 달성하기란 현 상황에서는 불가능에 가깝습니다. 따라서 책임자를 경질한 뒤 계획의 재수립을 제안했을 따름입니다. 제 보고서에 뭐든 잘못된 부분이 있습니까?』

『견해가 상이하군, 감사관. 나의 여명 계획은 극히 순조롭다네. 폐하의 기대를 저버릴 일은 없고말고. 이번에 거둔 성과는 본격적으로 힘을 쏟을 다음번 새벽 계획에서 완성을 맞이할 테니까』

『유감스럽게도 못다 이룰 바람입니다. 일부 실험 결과에서 조작의 흔적을 발견해서 말이죠. 당신의 부하에게 증언을 확보했습니다』

『……뭐라고 드릴 말씀이 없습니다. 그렇지만 저희는 더 이상 당신의 방식을 따라갈 수 없습니다. 게다가 당신의 실책에 연좌되는 신세는 사양하렵니다』

『살날이 많은 아이들의 생명을 헛되이 내버리고, 그뿐 아니라 폐하를 기만하려고 드는 꼴이라니. 당신이 모든 책임을 감당해야 할 겁니다』

『이제 와서 도망치겠다는 말인가? 위선자 놈들 같으니라고. 네놈들도 같은 죄를 저지르지 않았던가. 나와 손잡고 수많은 어린 목숨을 빼앗았을 터인데. 지금 걸음을 멈추는 짓이야말로 그들의 희생을 무의미하게 만드는 행위임을 어찌 모르는가. ……무엇이 어찌 되든 간에, 누가 뭐라든 간에 이 계획은 수행한다!』

『여전히 말귀를 못 알아듣는 분이십니다. 아무튼 당신의 신병을 일단 구속하겠습니다. 쓸데없는 저항은 안 하는 것이 좋을 겁니다. 거친 수단은—』

『……나의 여명 계획을, 이 위대한 계획을 감히 누가 중지시키겠다는 말인가! 용납할 수 없다!』

『이, 이놈! 무슨 짓을!』

『죽어랏!!』

그렇게 고함지르는 목소리가 선생들의 방에서 들려왔다. 사람을 내동댕이치는 격렬한 소리, 무언가 깨지는 소리, 그리고 몇몇 차례의 비명이 터져 나온 뒤 오직 선생의 쉰 목소리 하나가 울려 퍼졌다. 무슨 일이 일어났는지 소녀는 짐작할 수 없었음에도 피 냄새가 감돌았기에 선생 중 누군가가 죽었다는 사실만큼은 깨달았다. 꼴좋다고 비웃었지만 게으름 부리고 있는 모습을 들키면 야단맞을 테니까 빠른 걸음으로 방에 돌아갔다.

소녀는 150번을 잊지 않기 위해서 그림책을 유품으로 간직하기로 마음먹었다. 소중한 보물로 언제까지고 간직할 작정이었다. 이 그림책이 있는 한 150번을 결코 잊지 않는다. 비가 내려도 지워지지 않는다.

그렇다 해도 한동안 소녀는 무언가를 할 기력이 전혀 솟아나지 않았다. 지난날을 다 돌아봐도 가장 낙담했고 몹시 슬펐다. 더 이상은 잘 때 그림책을 읽어주는 친구가 없다. 함께 마주 보면서 웃을 수도 없었다.

그래도 150번과 나눈 약속은 반드시 지켜야 했다. 약속은 꼭 지켜야 한다고 150번도 말했었다. 이야기에서도 고양이 노엘이 약속을 지키지 않으면 된통 봉변을 당하곤 했다. 그러니까 약속은 반드시 지킨다.

소녀는 바깥세상으로 나가 행복을 찾기 이전에 먼저 가까운 곳부터 실행하기로 했다. 『어떻게 하면 행복해질 수 있는가』를 선생이며 위병 및 아이들에게 기회 될 때마다 묻고 다녔다.

선생은 「폐하를 위해 헌신하는 것이 가장 큰 행복이다」, 「여명 계획이 성공했을 때 지복의 환희가 찾아들 것이다」 등등의 소리를 거들먹거리면서 늘어놓았다. 위병도 비슷비슷한 대답이었다.

정말이지 쓸모없는 녀석들이라는 것이 소녀의 감상이었으나 적당히 수긍하는 척 넘어갔다. 반성실에 들어갈 만큼 한가하지 않았다. 무척 바빴다.

아이들은 몹시 흥미진진하게 이야기를 들어주었다. 유감스럽게도 행복해지는 방법은 누구 하나 알지 못했다만, 소녀는 같은 꿈을 품은 친구들을 찾아낼 수 있었다.

"나도 바깥에 나가면 함께 행복해지는 방법을 찾아보고 싶네. 있잖아, 혹시 네가 괜찮다면 내가 같이 따라다녀도 될까?"

8번 소년이 한마디 하자 다른 아이들도 모두 입을 모아 나도, 나도, 외치면서 소녀의 곁으로 모여들었다. 소녀는 웃음 지으면서 좋다고 쾌히 승낙했다. 친구는 아무리 많아도 나쁘지 않다. 많을수록 좋은 것이 당연하지 않은가.

그리고 마지막 날이 찾아왔다.

이 시험을 마치면 이제까지 살아남았던 아이들은 폐하에게 이름을 받을 수 있다.

8번 소년이 기필코 살아남자고 손을 꼭 붙잡아줬다. 소녀도 물론이라면서 고개를 끄덕여줬다. 전원의 얼굴을 쭉 바라다보자 모두 똑같이 고개를 끄덕여줬다. 아이들의 숫자는 쉰 명까지 줄었지만 전원이 진정한 친구로 뭉칠 수 있었다. 정말 잘됐다고 소녀는 진심으로 기꺼워했다.

"제군, 이제까지 진실로 잘 견뎌주었네. 여명 계획의 최종 단계가 오늘 드디어 실행된다. 이 시험에서 살아남는다면 제군들은 인간을 초월한 존재로서 거듭날 수 있다. 그야말로 「태양의 화신」이라 칭한다 해도 부족함이 없으리라."

지쳐서 쇠한 목소리로 선생이 아이들에게 말했다. 선생의 얼굴은 잘 보이지 않았으나 마치 해골이 움직이는 듯했다. 언제나 얼룩 한 점 없이 깔끔했던 백의는 군데군데에 선명한 핏자국이 붙어 있었다.

그러고 보니 언제부터였던가, 지친 목소리로 말하고 있는 이자를 제외한 다른 선생은 모두 사라져버렸다. 맨 처음 몇 명이나 있었는지 잘은 모르겠으나 지금은 이 선생 혼자였다. 돌이켜보면 6년 이상을 알고 지낸 사이이기도 했다만 딱히 친근감에 속하는 감정은 느낀 적이 없었다. 오직 증오가 솟을 뿐.

"여명 계획은 결코 실패하지 않았다. 오늘에 이르도록 희생해준 동포의 목숨을 헛되이 흘려보내지 않기 위해서라도 제군들이 반드시 살아남기를 굳게 기원하는 바이다. 나의, 아니, 우리의 계획이 잘못되지 않았다는 증명을 위해서도 말이다. 아무렴. 여명 계획은 결코, 결단코 실패여서는 아니 될지니!"

선생은 격앙하면서 유리잔에 검은 액체를 따라 부었다. 이제껏 봤던 빛깔과 비교도 되지 않도록 짙은 검은색. 정말로 새까맣다. 눈이 안 좋은 소녀도 분명하게 알아볼 수 있는 암흑.

"마지막은 나 또한 제군들과 함께하겠다. 동지의 혼을 바쳐서 재현해 낸「태양의 피」가 여기에 있다. 이것을 몸소 음미할 수 있는 날이 올 줄이야, 다시없는 기쁨이로다."

선생이 입가를 일그러뜨린 채 혼탁한 유리잔을 들어 올렸다. 아이들도 따라서 유리잔을 들어 올린다.

"여명 계획의 성공을 축하하며, 홀시드 제국의 더욱 큰 번영을 기원하며. 건배!"

선생이 제일 먼저 잔을 비운 뒤 각오를 다진 듯 눈을 감았다. 아이들도 뒤따라서 입에 머금었다.

소녀는 한발 늦게 건배라고 중얼거린 뒤 마지못해 유리잔을 비웠다. 이제 마지막이라고 자신을 타이르면서. 드디어 자유로워진다, 한 번만 더 참아야지.

"……아."

잘못된 생각이었음을 곧바로 깨달았다. 배가 불타오른다. 아니, 배 한 곳이 아니었다. 온몸이 불타고 있다. 선생이 비명을 지르고 나자빠졌다. 다른 아이들도 한 사람을 제외하고 전원이 허물어졌다.

너무나도 격한 고통 때문에 부르짖으려고 했음에도 소녀는 전혀 목소리를 내지 못했다. 입에서 붉은 액체가 나와 흩뿌려진다. 눈이며 코에서도 걸쭉한 것이 흘러나온다. 찡하고 높은 소리가 들리면서 눈앞이 붉게 타올랐다. 해님의 빛은 이렇지 않았건만, 전혀 기쁘지 않았다.

무슨 일이 일어났는지는 모르겠으나 한 가지는 소녀도 알 수 있었다. 이제 자신은 끝을 맞이한다는 사실을. 들이닥치는 「죽음」을 분명하게 느끼면서 소녀의 의식은 어둠 속으로 떨어졌다.

어둠 속으로 떨어지기 전에 검붉은 뭔가— 번갯불 같은 빛줄기가 솟구쳤으나 소녀는 이미 의식이 없었다.

볼에 와 닿는 차가운 감촉이 소녀를 깨웠다. 주변은 어두컴컴했기에 이곳이 어디인가 알 도리가 없었다. 귀에 거슬리는 날갯소리 비슷한 기척과 똑똑 물소리는 들렸다.

몸을 움직이려고 해봐도 뭔가 흐물거리는 물체와 딱딱한 물체가 방해돼서 몸이 뜻대로 움직여지지 않았다. 하는 수 없이 그것들을 억지로 헤집고 움직여서 밝은 방향을 향해 기어 나왔다. 뭔가가 손에 달라붙어서 철퍼덕하고 소름 끼치는 소리를 울렸다. 몸에 엉겨 붙는 진흙과 다른 무언가가 기분 나빴다.

굴에서 기어 나오는 개미처럼 간신히 바깥으로 벗어날 수 있었다. 거칠게 숨을 몰아쉬다가 힘이 다하여 제자리에 드러누웠다. 비에 젖은 땅바닥은 질퍽거렸고 뾰족한 자갈이 몸에 파고들어서 아팠다. 차가운 비가 몸을 때리며 체온을 빼앗아 간다.

우선 비를 피하고자 일어서서 주위를 둘러보았을 때 자신이 대체 어디에 있었던 것인지 답을 알았다.

소녀가 기어 나왔던 굴은 단순한 구멍이 아니었다. 정확하게는 무덤구덩이라고 표현해야 옳겠다. 또한 무덤구덩이는 하나가 아니었다. 주변에 몇몇이나 파여 있었다.

처음에는 이해가 되지 않았으나 구멍 안쪽이 시체로 가득 차 있었다. 잘 살펴보니 낯익은 얼굴이 드문드문 보였다.

교회에서 사라졌던 아이들은 이곳으로 내던져졌던 것일까. 오래된 시체는 뼈만 남았으나 얼마 안 된 시체는 아직 원형이 보전되어 있다. 시체에 떼를 지어서 구더기가 솟아 나온다. 조금 전 들었던 날갯소리는 다 자란 파리가 원인이었다.

흙을 안 덮은 이유가 무엇인지는 모르겠다. 짐승이 파헤쳤을까? 가능성은 있겠다. 주변에 짐승들의 주검이 나부라져 있지 않은가. 시체를 한 입 먹은 짐승은 이유도 모른 채 죽어 나갔을 테지. 주둥이에 토사물의 잔해가 잔뜩 묻어 있었다.

"……."

두려움에 휩싸여 뒷걸음치다가 소녀는 다른 무덤구덩이에 발을 빠뜨리고 말았다. 물커덕하고 소름 끼치는 감촉이 느껴졌기에 저도 모르게 홱 비켜섰다.

소녀가 짓밟아버린 것은 여자아이의 시체였다. 얼굴이 반쯤 허물어졌으나 어쩐지 눈에 익었다. 1개월 전에 목숨을 잃은 150번이었다.

150번의 얼굴만큼은 분명하게 알아볼 수 있다. 가장 친한 친구니까. 어떻게든 구멍 위로 끌어 올리려고 했으나 팔의 살점이 떨어져 나가는 통에 헛손질하고 말았다. 손바닥에 걸쭉한 살점이며 거죽이 달라붙어버렸다. 너무나도 두려워 속이 울렁거리는데도 털어서 떼어 내야겠다는 마음은 들지 않았다.

"이래서는 같이 못 가겠구나."

소녀가 나지막하게 중얼거린 뒤 손을 놓자 시체는 맥없이 허물어졌다. 눈에서 뜨뜻한 물이 흘러넘쳤다.

행복해지지 못했기에 이리되었다. 그 사실을 깨닫고 만 소녀는 슬픔이 복받쳐서 제자리에 무릎을 꿇고 목 놓아 울었다. 울고 또 울고 울부짖었다. 빗줄기가 더욱 거세지더니 울음소리를 완전히 지워 없애버렸다.

목소리가 갈라지도록 운 다음 소녀는 어떤 사실을 깨달았다. 예전처럼 주변이 또렷하게 보이고 있음을. 비에 젖은 얼굴을 훔치면서 소녀는 일어섰다.

"나는, 살아남았어. 나 혼자, 살아남은 거야."

흐느끼면서 소녀는 웃는다. 무섭고 슬픈 마음을 웃도는 다른 감정이 터져 나왔으니까. —환희가.

자신은 살아남았다. 그리고 마침내 밖에 나왔다. 난생처음 교회 바깥으로 나왔다. 이제 행복해지는 방법을 찾아 나설 수 있겠다. 친구들과 나눈 약속을 지킬 수 있겠다. 그 약속을 지킬 수 있는 사람은 이제 자신 하나뿐.

"……."

품속에 고이 넣어 놓았던 그림책을 꺼내 들었다. 비와 흙 때문에 너덜너덜해졌다.

150번의 시체를 본다. 이곳에 놓아두기보단 가지고 가는 것을 더 기뻐해줄 것 같았다.

"……이름. 이름은, 어떡하지?"

살아남는다면 이름을 내려주겠다고 선생은 약속했었다. 선생 본인은 아마도 죽었으리라. 죽었다 해도 상관없었다. 전혀 슬프지 않다.

다만 살아남았는데도 무덤구덩이에 내버린 짓은 용서할 수 없었다. 약속을 깨뜨리는 인간은 쓰레기이다. 따라서 그 작자들의 말 따위 절대로 지키지 않겠다. 폐하 따위를 위해서 누가 헌신하겠냐고 소녀는 갈라진 목소리로 한껏 부르짖었다.

한동안 소리 지르다가 소녀는 무덤구덩이 옆쪽으로 드러누웠다. 이름을 어떻게 할까 흙투성이가 되어 고민했다.

"노엘?"

소녀는 150번이 남긴 그림책을 펼쳤다. 지면은 번져버렸으나 모자 쓴 고양이의 모습은 간신히 남아 있었다.

"노엘. ……좋아, 노엘로 하자. 내 이름은, 오늘부터 노엘이야."

소녀는 자신에게 노엘이라는 이름을 붙이겠다고 결심했다. 모자를 쓴 기묘한 고양이 노엘은 여러 장소를 여행하다가 마지막은 언제나 행복해졌다. 노엘처럼 자신도 행복해질 테다. 간절한 바람을 담았다.

이제 자신은 13번이 아니다. 노엘이다. 고개를 끄덕거린 뒤 두 손으로 진흙을 한가득 퍼 담았다. 무덤구덩이에 흙을 덮어서 조금씩이나마 메워 나갔다. 훤히 노출된 백골을 이대로 두기에는 가엾다는 마음이 솟았으니까. 단지 그뿐이었다. 이 아이들은 분명히 친구였으니까.

모든 구멍을 다 메웠을 때는 비가 멎어 있었다. 그 대신 노엘이 무척 좋아하는 태양이 하늘 높이 떠올랐다.

몹시 지쳤던 노엘은 태양의 햇살을 받아 쬐면서 제자리에 누워 잠을 청했다. 바깥의 공기를 온몸으로 느끼면서.

“역시 맑은 날이 제일 좋아. 응, 몸이랑 마음이 따뜻해지니까. 분명히 다들 기뻐할 거야.”

노엘은 가만히 웃음 지으면서 천천히 눈을 감았다.

행복해지는 방법을 찾아 나서자. 그리고 꼭 행복해질 테다. 그리 된다면 다들 기뻐해주리라. 그러니까 힘내자. 거듭거듭 마음속으로 되뇌다가 노엘은 햇살 아래에서 잠이 들었다.

"이봐~ 노엘. 슬슬 돌아가지고!"

쏴 잡은 수렵물을 짊어지고 주위를 둘러보면서 청년이 큰 소리로 외쳤다.

청년의 이름은 밀트. 오늘도 여느 때처럼 아침부터 날이 저물도록 사냥에 매진했었다.

사냥에 동행한 일행은 동료 사냥꾼 프레서와 노엘이었다. 프레서는 근처의 나뭇등걸에 걸터앉은 채 땀을 훔치고 있다.

"에이, 벌써 돌아가려고? 아직도 사냥감이 잔뜩 돌아다니는걸. 아깝지 않아?"

쭉 늘어서 있는 나무와 나무들, 그 위쪽 방향에서 아쉬움에 찬 목소리가 들렸다.

"오늘 벌이는 차고 넘치잖아. 한 번에 너무 욕심부리는 것도 안 좋다고. 어쨌든 빨랑빨랑 내려와라."

"응, 알았어."

밀트의 눈앞으로 새와 토끼 시체가 몇 마리나 휙휙 나동그라졌고, 노엘이 날렵하게 뛰어내렸다.

어느 수렵물도 화살이 급소를 딱 꿰뚫었다.

"여전히 대단하군. 정말 괴물 같은 실력이야."

"그래도 활은 좀 별로야. 화살이 떨어지면 더 못 싸

우잖아?"

"한 발로 사냥해 놓고 잘도 말하는군."

밀트는 혀를 내두르면서 감탄했다. 숙련된 사냥꾼일지라도 매번 성과를 거두지는 못하는 법. 아직껏 햇병아리에 지나지 않는 밀트와 프레서는 말할 것도 없었다. 이러고도 활은 잘 못 다룬다는 둥 별로라는 둥 늘어놓으니 못 들어줄 지경이다.

"이 녀석아, 우리는 땀 뻘뻘 흘리면서 작은 멧돼지 한 마리 겨우 잡아 왔다고. 이래서는 또 네가 일등이잖냐."

프레서가 숨이 끊어진 멧돼지를 쿡 찔렀다. 덩치가 작은지라 딱히 칭찬을 받을 성과는 아니었다.

"와, 정말? 대단한 거야?"

"그래그래, 대단하다. 너는 정말 대단하구나."

"만세. 그러면 이거 줄게."

노엘이 천진스럽게 미소 짓고는 얼렁뚱땅 칭찬해주는 프레서에게 나무 열매를 휙 던졌다.

"오, 고마워라. ……쳇, 여전히 시큼하군."

프레서가 얼굴을 찡그리면서 열매를 씹어 먹었다.

노엘은 덥다는 말을 꺼내면서 옷 가슴께를 살짝 풀어 헤쳤다. 밀트는 퍼뜩 놀라서 눈을 돌렸다만, 프레서는 실실거리면서 빤히 쳐다본다.

'……이 녀석은 정말 여전하구나. 자기가 일단 여자라는 걸 알기는 하나?'

무방비한 태도가 짜증스러웠기에 밀트는 가슴께를 가릴 수 있도록 수건을 던져주었다. 프레서가 가볍게 혀를 찼다.

"감기 걸리니까 빨리 땀부터 닦아라. 어서."

"응."

앞섶을 정돈한 뒤 타오르는 듯 붉은 머리카락을 수건으로 닦아 낸다. 붉은 난발이 아무렇게나 흔들거릴 때마다 밀트는 절로 시선을 빼앗겼다. 어째서인지 자꾸 눈길이 쏠린다.

"고마워, 수건 돌려줄게. 자~ 돌아가서 밥 먹자! 잘 먹고 잘 자는 게 행복을 위한 첫걸음이랬지?"

노엘이 품에서 수첩을 꺼내 들고는 확인했다.

이 여자의 보물 중 하나, 행복 수첩이었다. 노엘은 이 사람 저 사람 가리지 않고 행복해질 수 있는 방법을 묻고 다니면서 단 하나도 빼놓지 않고 적어 놓는다. 또한 차근차근 고찰하다가 탈락된 항목에는 빗금을 긋기도 했다.

실천하고자 노력은 제법 하는데도 별로 순조롭지는 않은 듯했다. 그때마다 세상일은 정말 뜻대로 되질 않는다면서 한숨을 쉰다.

"그런 거지, 뭐. 좋아, 얼른 마무리하고 집에 가자. 프레서, 사냥한 것들 정리하자고."

"알겠다. 잔뜩 잡았으니까 오늘은 진수성찬이군."

"둘 다 열심히 해."

"어딜 내빼려고. 거기 자루에서 끈이나 꺼내 와라."

새와 토끼 시체를 나무 막대기에 매어 묶었다. 이 산악 지대에서는 작물이 잘 자라지 않는다. 마을 사람들이 나날이 먹는 식량은 사냥꾼의 수렵물이 떠받치고 있다.

'소문 듣자니 어디 마을에서 반란이 일어났다던가. 뭐, 내가 알 바는 아니지.'

과중한 세금이 불만스럽기는 했다. 사냥한 짐승 대부분은 마을에 모았다가 가까운 도시로 나가 판매해서 돈을 받는다. 그때마다 주(州)에 세금을 납부해야 했다. 죽을 때까지 앞으로 수십 년 동안이나 이런 나날이 이어진다고 상상하면 암담한 기분이었다.

그러나 검을 쥐고 궐기하겠다는 생각 따위는 전혀 나지 않았다. 애당초 용기가 없는 데다가 힘도 보잘것없었다. 마을의 낡은 술집에서 이웃들과 푸념하는 것이 고작이었다.

이렇듯 어쩔 도리가 없도록 힘 빠지고 시시했던 나날에 불현듯 저 촐싹데기 여자가 나타났다. 기장이 맞지 않아 행상인처럼 헐렁헐렁하는 옷을 걸치고, 등에는 기묘한 이지창을 메고. 그리고 당분간 머물러도 되겠냐면서 만면의 미소와 함께 거리낌 없이 말을 건넸다.

작은 마을에서는 제법 큰일이었다. 촌장은 전원을 모아다가 대응 방향을 의논했다.

노엘에게 자세한 사정을 듣고 싶다고 요구했음에도 쭉 홀로 여행한 탓에 잘 모른다는 대답뿐이었다. 창은 주웠고 옷은 도중에 받았다던가. 그렇다면 마을을 위해 무엇을 할 수 있느냐고 묻자 뭐든지 다 하겠다면서 큰소리를 쳤다.

촌장은 어이없어서 뭐라 할 말이 없는 눈치였다만, 결국은 받아주기로 결론이 났다. 노엘의 나이는 열여섯 살 전후. 나중에 들은 이야기였는데 볼품이 나쁘지 않았던 터라 쓸모없다고 판단이 되면 팔아넘길 생각이었다고 했다. 과거에도 몇 번 전례가 있었기에 딱히 놀랄 일도 아니었다. 팔려 나갔던 대상은 부양할 형편이 못 됐던 마을 사람의 아이였다만.

다만 대부분 주민들의 예상과 달리 노엘은 마을에 정착하는 것을 허락받았다. 마을의 어느 허름한 집에 눌러앉더니 곧장 사냥꾼으로서 능력을 발휘했던 덕분이었다. 밀트가 빌려준 낡은 활을 한 손에 들고 짐승을 산더미처럼 잡아 왔다. 마을에서 가장 노련한 사냥꾼이 사흘은 잡아야 하는 마릿수에 필적했기에 이대로 두면 동물을 씨가 마르도록 사냥할까 봐 「자제」 권고가 떨어질 만큼 대단한 실력. 이제는 명실공히 조임 마을의 일원이었다.

“이봐, 너는 어째서 사냥을 그리 잘하는 거야? 뭔가 비결이라도 있냐? 숨어 있는 동물을 찾아내는 요령이라든가.”

“별로 없는데. 그냥 저절로 알게 되거든. 어디에 숨어 있는지, 언제 쏘면 잡을 수 있는지. 음, 이게 대단한 거야?”

“아아, 대단하다. 대단합니다, 너는 정말로 대단하구나. 자, 알았으니까 손이나 움직여라.”

“타고난 재능이라는 거냐? 거참, 부럽네. 너를 아내로 데려오면 평생 밥걱정은 안 해도 되겠군.”

“그런가?”

“당연하지. 틀림없다고!”

프레서가 호들갑 떨자 노엘은 잘 모르겠다는 표정을 지었다. 프레서가 곧바로 말을 이었다.

“……있잖냐, 전에 한 이야기. 어때, 고민 좀 해봤나?”

“나랑 결혼이 어쩌고 했던 그 얘기?”

"그래, 맞아. 진지하게 고민해 달라고 부탁했잖냐. 음, 이제 대답을 들을 수 있을까? 분명하게 말하겠는데 나는 진지하다."

프레서가 평소 내비친 적 없는 진지한 표정으로 물었다. 마을 남자들에게 가장 인기 있는 여자는 물론 노엘이었다. 젊고 예쁘장한 데다가 발군의 사냥 실력을 지녔으니까. 이미 남자들 몇몇이 수작을 걸고 있었다. 아내로 맞아들인다면 마을에서 꽤나 잘난 척할 수 있음은 분명했다.

다만 이 여자에게는 별 수작도 통하지 않았다. 혼기가 찬 여자라면 당연히 갖고 있어야 하는「여성스러움」조차 완전히 결여됐다.

"으음, 마음은 기쁘지만 사양할래."

"어, 어째서냐!"

"왜냐면 결혼해도 행복해질 수 있다는 보장은 딱히 없잖아? 마을 아주머니가 말했거든. 정말 지긋지긋하다고 툭하면 불평하던데."

방금 전 집어넣었던 행복 수첩을 꺼내서 또 확인한다. 옆에서 슬쩍 들여다보니 결혼이라는 항목에는 유감스럽게도 빗금을 그어 놓았다.

"음흉스러운 망할 아줌마의 헛소리 따위는 신경 쓰지 말라고. 괜찮아, 내가 반드시 행복하게 만들어준다!"

프레서가 꽤나 열성을 기울이면서 구애했다. 진심으로 반했기 때문일까, 아니면 마을 여자들 중 소거법으로 선택한 결과일까. 판단은 어려웠다.

"누군가를 좋아하게 된다든가, 그런 감정을 나는 전혀 모르겠어. 지금은 같이 살고 싶다는 생각도 별로 안 들고. 그러니까 당분간 그쪽 고민은 안 할 거야."

노엘은 웃음 짓고는 분명하게 거절했다.

'그래, 이런 여자니까. 정말 이상한 녀석이다. 무슨 생각을 하나 도무지 알 수가 없어.'

평소에는 천하태평으로 촐싹거리는 주제에 가끔 이렇듯 표정이 바뀌고는 한다. 쾌활한 일면의 뒤쪽에서 이따금 어두컴컴한 무언가가 형체를 드러낼 때가 있다. 그것이 두드러지는 때는 비 오는 날이었다. 특히 비 오는 날의 밤이 되면 노엘은 다른 사람이 된 것처럼 음울해진다. 말 건네기를 주저하게 될 만큼.

이전에 비가 몹시 내렸던 날의 일이다. 곤드레 취한 무뢰한이 야음을 틈타 노엘의 거처로 숨어들었다. 몇 번이나 전과가 있었음에도 보복을 두려워한 탓에 누구 한 명도 촌장에게 고발하려고 들지 않았다. 그래서 간이 커졌는지 기어이 노엘에게 손을 대려고 한 것이다. 다만 이번만큼은 상대를 잘못 골랐다.

다음 날 아침, 그 남자는 반죽음 상태가 되어 광장에 뻗어 있었다. 어지간히도 호된 꼴을 당했나 보다. 이후는 노엘에게 일절 접근하려고 들지 않았다. 눈빛이 마치 겁먹은 개와 다름없었다. 얼마 뒤에 마을에서 도망쳐버렸고 이제는 행방조차 알지 못한다.

프레서도 그 사실을 떠올렸을까, 더 이상은 말을 꺼내지 않았다.

밀트는 무의식중에 가슴을 쓸어내리는 자신에게 짜증이 났다.

산을 내려가서 마을로 돌아가는 도중 덩치 큰 청년이 괭이를 손에 들고 나타나 불러 세웠다. 비슷한 나이의 친구 녀석, 키다리 크래프트였다. 마을에서는 밭일로 생계를 꾸리고 있다. 덩치는 커도 순박한 젊은이다.

"다들, 나 좀 봐!"

"뭐냐, 크래프트. 이런 데 죽치고 있음 밥이 튀어나오냐?"

프레서가 놀리면서 등을 두드렸다. 성격은 전혀 다름에도 어째서인지 마음이 잘 맞아 두 사람은 곧잘 뭉쳐 다니고는 한다.

"아니야. 마을 쪽이 소란스러워서 그래. 무슨 일 났나 싶어서."

"돌아가면 바로 알 수 있잖냐."

"그게 말이야, 혹시 도적이 왔을지도 모르고. 그럼 큰일이잖아."

마을에 도적이 들이닥치는 것이 그리 드문 일은 아니었다. 순순히 돈을 내놓으면 굳이 위해를 가하지는 않았다. 인원수가 적거든 되레 역습을 펼쳐 송두리째 털어버린다. 공동생활을 하는 까닭은 이렇듯 방비를 위함이었다.

"정말 좀 소란스럽네. 으음, 혹시 축제일까? 축제는 즐거운 텐데."

노엘이 얼빠진 소리를 늘어놓는다.

"아무러면 이런 시기에 갑자기 축제를 벌일 리 없잖냐."

"축제는 즐거울 거야. 무척 떠들썩하고, 맛있는 음식도 가득하고. 북을 두드리거나 피리를 불면 재미있겠다. 나도 연습했으니까 이번에는 제대로—."

"……네 넋 빠진 소리를 들어줄 때가 아닌 듯싶군. 보라고, 불길이 올라오잖나!"

"뭐야, 이게. 진짜냐?!"

프레서와 크래프트의 얼굴이 핼쑥해졌다. 조임 마을의 방향에서 분명히 검은 연기가 피어오르고 있다.

이곳 주변에 방화를 저지르는 도적단은 없었다. 괜히 불살랐다가는 돈벌이 장소가 아예 사라지기 때문이었다. 그렇다면 다른 지역의 패거리가 영역을 넘어 들이닥쳤을 수도 있겠다.

"어, 어떡하지? 저기, 프, 프레서. 우리는 도망치는 게 좋을까?"

"헛소리 집어치워! 어머니를 버리고 도망칠 수 있겠냐! 이 바보 멍청이 놈아!"

프레서가 크래프트의 머리를 후려쳤다.

물론 밀트도 같은 의견이다. 가족을 버리고 도망칠 마음은 털끝만큼도 없다. 혼자서라도 달려갈 작정이었다.

"좋아, 당장 돌아가자. 말이 통하는 상대라면 다행이련만."

"노엘. 너, 너도 돌아갈 거야? 혹시 상대가 난폭한 도적이라면 살해당할 수도 있잖아."

"걱정 안 해줘도 괜찮아. 나한테 덤비는 녀석들은 전부 죽일 테니까. 안 그러면 무슨 꼴을 당할지 모르거든."

등에 멘 이지창을 오른손으로 들고 방싯방싯 웃는 노엘. 크래프트는 차마 안 믿겨진다는 듯이 말을 딱 멈췄다. 당연한 반응이다. 도적 집단을 상대로 사냥꾼과 농민이 이길 방법은 없지 않는가. —보통은.

'이 바보 여자가 진심으로 맞붙을 작정인가? 인간과 동물은 다르다는 걸 몰라서 하는 소리인가.'

인간은 동물과 달리 머리를 쓸 줄 안다. 평소 사냥하듯이 해치울 수는 없었다. 사람을 죽인 적은 없을지언정 밀트도 그 정도는 알았다.

게다가 노엘의 활 솜씨는 확실하다만, 창 솜씨는 본 적이 없었다. 언제나 등에 달고 다니기만 할 뿐 직접 들고 사냥하지는 않았으니까. 쓸데없이 도발한 탓에 무참한 죽음을 맞이해서야 죽어서도 눈을 감지 못할 것이다.

"노엘. 아직 상대가 누구인지도 모르잖아. 절대로 도발하지 마라. 네가 혼자 설치다가 죽든 말든 상관없다만 우리는 물론 가족들까지 휘말릴 테니."

"응, 알았어."

"이 녀석아, 정말로 알아들은 거야?"

"넷, 알겠습니다."

노엘이 오른손을 가슴 앞으로 쥐어 보였다. 군대에서나 할 법한 경례였다. 농담으로 하는 행동치고는 자세가 꽤나 그럴싸했다. 등이 곧게 서 있고 표정도 역시 진지하다. 사냥꾼 복장만 아니었다면 아마도 군인으로 보았을 테지.

"……어, 어라. 나도 따라 해야 하는 분위기냐?"

"그러면 나도?"

옆에 서 있던 프레서와 크래프트가 보고 흉내 내면서 경례를 하려고 했다. 말할 필요도 없이 노엘과 비교하면 역력한 차이가 났다.

"너희는 마음대로 해라. 자, 바보 같은 소리는 그만하고 어서 돌아가자고!"

밀트는 어깨를 으쓱거리고는 마을 방향으로 경계하면서 달려 나갔다.

마을에 들어서서 보니 오른팔에 붉은 천을 묶은 남자들이 잔뜩 모여 있었다. 약탈 등의 행위는 이루어지지 않은 듯 비명이 들리지는 않았다. 불길이 피어오르는 곳은 경종을 매달아 놓은 기둥이었다.

그리고 마을에서 가장 큰 건물, 존장의 가택에는 낯선 깃발이 펄럭거리고 있었다. 하얀 바탕에 붉은 사선을 둘 넣은 문양이었는데 어느 주의 깃발인지까지는 알 수 없었다. 이 지대를 다스리는 코임브라 군대의 깃발이 아님은 분명하다만.

파수꾼 남자에게 발견된 다음은 다른 마을 사람들이 있는 곳으로 난폭하게 끌려가야 했다.

“프레서! 이 녀석아, 무사했구나!”

“그래, 멀쩡하다고. 그나저나 대체 어떻게 된 일이야?”

“나도 도무지 모르겠단다. 느닷없이 사람이 잔뜩 몰려오더구나.”

프레서가 어머니와 서로 안부를 확인하고 있다.

밀트는 하나밖에 없는 가족을 찾아다녔다. 그 인물과 눈이 맞았을 때는 동시에 달음박질쳤다.

“오빠!”

“케르! 저놈들이 못된 짓 하지는 않았어?!”

“응. 근데 진짜 무서웠어.”

“이제 괜찮아. 오빠가 같이 있어줄게.”

밀트가 꼭 안아주자 케르는 그제야 웃는 얼굴을 보여줬다.

“행복해 보인다. 부러워라. 있잖아, 결혼을 안 해도 가족을 만들 수 있을까?”

수첩을 꺼내 들고 엉뚱한 질문을 하는 노엘. 무방비하게 얼굴을 가까이 들이대기에 밀트는 오른손으로 살짝 밀어냈다.

"이봐, 지금이 어떤 상황인지 알기는 아는 거냐? 너의 속 편한 머리로도 지금이 위험하다는 것쯤 이해할 수 있겠지?"

"응. 마을에 정체 모를 일당이 들어앉아서 큰일 났잖아."

노엘은 물론 다 안다면서 훽훽 고개를 끄덕거렸다. 다만 얼굴에는 긴장감이 없었다.

"알면 얌전히 좀 있어!"

밀트는 바보는 내버려 두고 도적단으로 짐작되는 무리를 안 들키도록 조심히 관찰했다. 오른팔에 붉은 천을 묶은 남자들은 저마다 검이나 창, 심지어 괭이 따위로 무장하고 있었다. 복장은 제각각이어서 통일감이 없다. 도적질을 하기에 부적합한 인물도 몇 사람 섞여 있었다.

"그렇다 쳐도 이놈들은 대체 뭐야? 흔한 도적하고는 좀 다른 듯한데."

"오합지졸이야. 봐봐, 저 사람은 아예 날붙이도 아니고 빗자루를 들고 있잖아. 아하하, 무기라고 가져온 걸까?"

노엘이 손가락으로 가리키려고 하기에 급히 제지했다. 상대가 역정이라도 냈다가는 가만 넘어갈 수 없었다.

"목소리가 너무 크잖아, 눈에 띄는 짓도 하지 말라고!"

"아무도 못 들었거든, 못 봤거든."

"만에 하나의 사태가 벌어지면 어쩔 셈이냐!"

"에이, 괜찮다니까. 그때는 도망치면 되잖아."

"됐고, 입 다물고 있어!"

잠시 시간이 지난 뒤 도적단 안에서 남자가 한 사람 앞에 나섰다. 다른 자보다 체격이 한층 더 컸고 장비도 잘 갖춰져 있다. 도적이라기보다는 실력 좋은 용병을 연상케 하는 차림이었다. 다른 면면들과 다르다는 것을 한눈에 알 수 있었다.

무장한 남자가 정숙하라고 소리치자 순식간에 정적이 찾아들었다.

대표 격의 남자는 주위를 둘러보더니 더욱 우렁찬 목소리로 발언을 시작했다.

“우리는 코임브라 태수, 그롤 바르데카의 악정을 견디다 못해 결기했노라. 도의를 따라 일어선「적륜군」이 여기에 왔다!”

“저, 적륜군…… 말씀입니까?”

촌장이 허리를 굽실거리면서 묻자 리스티히가 고개를 끄덕거렸다.

“그렇다. 나의 이름은 리스티히, 적륜군의 수령을 맡고 있지. 우리가 이제껏 흘려야 했던 막대한 양의 피. 그것을 동지의 증거로 삼아 팔에 묶었도다. 저 깃발에 새긴 붉은 차륜은 우리의 가산을 빼앗아 탐닉하는 악한들에게 심판을 내릴 때까지 전진하겠다는 각오의 발현일지니!”

“아, 예예.”

“우리 적륜군은 코임브라 북부에서 주도(州都)를 목표로 삼아 나날이 숫자를 불리고 있다. 이러함은 그롤의 악정을 대변해주는 가장 큰 증거라 말할 수 있겠다. 머지않아서 분명코 황제 폐하의 귀에도 다다를 테지! 그날이 오면 코임브라를 전횡하는 버러지들은 필시 응보를 받으리라!”

득의양양하게 단언하는 리스티히와 대조적으로 촌장은 전혀 당혹감을 못 감추는 모습이었다.

어쩌라는 말인가, 이 벽촌 마을과는 연이 없는 이야기가 아닌가. 정치와 연관되는 경우는 기껏해야 징세관이 찾아올 때와 징병당한 젊은이들이 끌려갈 때가 고작이었다.

말하려는 바는 대충 짐작됐으나 밀트는 입을 꾹 다물었다. 괜히 주목당하면 견딜 재간이 없다.

옆쪽의 노엘은 내내 눈을 감고 있었다. 이따금 몸이 흔드적거리니 정말로 잠들었을 수도 있겠다. 주의를 줄까 하다가 소란 피우는 것보다는 나을 테니 자도록 내버려 뒀다.

케르가 노엘의 몸을 뒤쪽에서 두 손으로 받쳐주고 있었다. 여동생은 이 촐싹데기 여자를 무척 잘 따랐다. 정신 연령이 비슷한지도 모르겠다.

“하오면 저희 누추한 마을에는 대체 어떠한 용무가 있어 오셨습니까? 대접을 하려고 해도 공교롭게도 저희 역시 비축한 식량이 얼마 안 되는지라.”

“당치 아니하네. 어찌 동포를 약탈하겠는가. 그래서는 썩어 빠진 악한들과 같은 족속이 되거늘. 우리의 요구는 단 하나. 적륜군의 동지가 되어 뜻을 함께해주게. 누군가 남이 타개해주리라 기대하면서 가만히 있어서는 아무것도 바뀌지 않는다. 스스로 검을 붙잡고 일어서야 한다. 그때가 언제인가, 바로 지금이로다!”

“……요컨대 저희도 검을 쥐고 코임브라 공에게 봉기를 일으키라는 말씀이시군요.”

“간단하게 말하면 그리되겠군. 다만 황제 폐하 및 제국에 검을 겨눌 의도는 없다. 우리의 목적은 코임브라의 버러지들을 몰아내는 것. 우리의 의거가 반란죄로 추궁당할 일은 없음이다!"

미간에 주름을 새기고 묻는 촌장에게 리스티히는 단호한 말로 답변했다.

이러고도 만약 거부한다면 주위를 에워싸고 있는 병력은 일제히 약탈 행위에 치달으리라. 반란군 수령 리스티히의 발언은 죽고 싶지 않다면 물자든 인원이든 제공하라는 강렬한 협박이었다. 다만 반란은 중죄. 전원이 가담하여 혹시 패배를 당하기라도 한다면 실로 비참한 말로를 맞이할 테지.

촌장은 잠시 침묵하다가 체념이 서린 표정으로 고개를 끄덕거렸다.

"……알겠습니다. 마을 젊은이들을 몇 명 참가시키겠사오니 모쪼록 너그럽게 헤아려주십시오."

"협력에 감사한다. 그롤의 악정을 세상에 고발하고 백성의 생활을 개선하는 것이 우리의 목적이다. 촌장, 그대의 판단이 옳았음은 반드시 증명되리라!"

리스티히는 위세 좋게 외치고 말에 올라타서 앞쪽으로 전진을 개시했다. 중무장한 기병이 뒤를 따랐고 그다음은 적륜군의 남자들이 아무렇게나 행군을 했다. 이자들이 아마도 반란군의 선두 집단이고 후속 부대는 느지막하게 도착하는 듯했다. 느닷없이 소집된 인원이 대부분일 테니 통솔이 되지 않는다 해도 어쩔 수 없을 터이다.

밀트가 가만히 관찰을 이어 나가던 때에 어깨를 축 늘어뜨린 촌장이 무거운 걸음걸이로 마을 사람들에게 돌아왔다.

"여러분, 돌아가는 이야기는 들었을 테지. 저자의 말을 따를 수밖에 없는 처지로군. 미안하네만 싸울 수 있는 인원은 저들을 따라가 주게."

"무슨 소리요! 저 작자가 뭐라 포장하든 반란은 중죄잖소! 게다가 일손이 없어지면 우리는 어떻게 살아가란 말이오!"

"난들 모르겠나. 따르지 않았다면 우리 마을은 당장에 짓밟혔을 게야. 이리된 이상 조금이나마 나은 방법을 택할 수밖에 없지 않겠는가."

"그러면 촌장, 주둔지에 연락하여 주립군을 불러오면 어떤가?"

"그들이 설마하니 작금의 사태를 못 알아차렸겠는가. 보고도 못 본 척을 하는 것이라 짐작되는군. 또한 남부로부터 토벌군이 올 즈음에 우리는 송장이 되어 나자빠져 있지 않겠나. 이미 길은 하나뿐이라네. ……선발될 자에게는 미안하네만 부디 이해해주게. 마을을 살리기 위함이니."

촌장은 떨리는 목소리로 말하고 머리 숙였다. 반대하는 소리는 더 이상 나오지 않았다.

이런 상황에서도 주변의 주립군이 출병하지 않는 까닭은 아마 거취를 결정하지 않았기 때문이리라. 백성들이 태수 그룹의 통치에 불만을 품고 있음은 사실이었다.

지금의 생활이 개선되기를 바라는 심정으로 가담한 인원도 어느 정도는 있을지도 모른다. 그렇다면 가난한 북부 출신이 많은 주립군의 입장상 목숨을 걸고 진압할 필요는 없었다. 도리어 반란군은 대변자이자 우군이나 마찬가지였다.

마음을 굳힌 촌장과 발언력 있는 인물들이 모여서 왁자지껄 토의를 시작했다. 누구를 내어놓느냐를 결정하는 의논이었다.

결국 참가자는 밀트를 중심으로 하는 사냥꾼 조와 크래프트 등등 농민 조로 정해졌다. 도합 열 명. 당연히 노엘 또한 머릿수에 들어 있었다. 이런 때에는 으레 티항살이나 차남을 내보내는 것이 관례이니까.

"있잖아, 다들. 잠깐만 좀 들어줄래?"

"뭐냐."

노엘이 평소와 달리 진지한 표정으로 반란에 가담하게 된 면면들에게 말을 건넸다.

"음, 그게 말이야. 가족도 같이 데려가든가, 아니면 다른 데로 피난하라고 말해 두는 게 좋겠어."

"……그게 무슨 뜻이지?"

"잘 모르겠네. 왜 가족을 피난시켜야 하는 거야? 우리가 적륜군에 가세하는데?"

크래프트가 이상하다는 듯이 고개를 갸웃거렸다. 다른 사람들도 물론 의아해하는 표정이었다. 마을이 재액을 당하지 않도록 가담하는 만큼 당연한 반응이었다.

애당초 가족을 데리고 반란군에 가담한다는 것이 가당할 리가 없다. 케르나 프레서의 어머니가 어디 제대로 싸울 수는 있겠는가. 아무것도 못한 채 죽음을 맞이할 테지.

"으음, 왠지 예감이 들거든. 이대로 두면 아마 후속 부대에 다 쓸려 나가지 않을까?"

"뭐?"

"이, 이봐. 잠깐만. 그런 말도 안 되는 일이 일어날 리가!"

프레서가 소리치는데도 노엘은 담담하게 말을 이었다.

"과연 그럴까? 적륜군이라고 이름은 그럴듯하게 붙여 놨어도 결국은 오합지졸이잖아. 통제가 안 되는 군대는 도적이랑 하나도 다를 게 없단 말이야."

"세상에……."

"후회하기 싫으면 친한 사람들에게 미리 도망치라고 말해 두는 게 좋겠네. 별로 억지로 권하고 싶진 않지만."

노엘은 그렇게 말한 뒤 케르의 손을 잡아 걸음을 뗐다.

"이, 이봐. 케르를 어쩌려는 거야?!"

밀트가 고함지르자 노엘은 살며시 웃었다.

"케르는 친구니까 내가 지켜줄 거야. 다행이네."

"고마워, 노엘 언니!"

"응. 아, 우리 그림책이나 같이 읽을까? 또 다른 이야기로 바뀌었을 거야. 이번에는 어떤 이야기일까."

"알았어! 그러면 준비하고 올게!"

"자, 잠깐 기다려! 누구 마음대로 결정하는 거냐!"

제지하면서도 밀트는 갈등했다. 함께 데려간다? 보통은 들으려고도 하지 않았을 텐데. 그러나 노엘의 말도 일리가 있었다. 어찌해야 하는가.

'빌어먹을, 어떻게 하지!'

"밀트, 얼굴 재밌다. 시큼한 음식 먹는 것 같아. 있지, 웃어도 될까?"

벌써 웃고 있는 주제에 왜 굳이 묻는가. 짜증이 솟은 밀트는 버럭 고함쳤다.

“시끄러워! 고민 중이니까 조용히 좀 해라!”

“넷, 알겠습니다.”

또 곧은 자세로 경례하는 노엘. 디만 얼굴의 웃음기는 사라지지 않았다. 자신이 처한 상황을 제대로 인식은 하고 있을까. 전혀 판단이 안 됐다. 다만 지금은 노엘이 얼마나 바보스러운 녀석인지 고찰할 때가 아니었다.

‘아마도 이제부터 향하는 곳은 남쪽의 도시 록벨이겠지. 상황에 따라서는 적당히 기회를 봐서 도망치는 방법도 있기는 한데. ……어떻게 하든 간에 마을 사람들에게는 숨어 지내라고 당부하는 게 좋겠군.’

조임 마을에서 가도를 따라 남하하면 북부와 남부의 중간 지점에 해당하는 도시 록벨이 있다. 비교적 규모가 큰 곳인지라 반란군이 그 도시를 못 본 척하고 지나가리라는 생각은 도저히 들지 않았다.

“좋아, 나는 일단 촌장님에게 말을 전하고 오겠어. 노엘, 저 녀석의 예측이 아주 틀린 말 같지는 않으니까.”

“확실히 앞날은 어떻게 될까 모르는 법이기는 하지. ……리스티히인가 하는 그놈도 왠지 수상쩍었고. 마냥 신용할 수는 없겠어.”

“그, 그런가? 성실한 사람 같았는데.”

“낯짝만 보고 선악을 판단할 수 있다면 인생 참 편하겠다.”

프레서가 어이없어하면서 빈정거렸다. 밀트도 같은 의견이었다. 리스티히는 악정을 고발하겠다고 큰소리쳤다만, 단지 구실 삼아서 내세웠을 뿐 절실함은 부족한 듯 여겨졌다. 궁지에 몰린 간절한 느낌이 전혀 없었다. 도무지 빈곤한 백성들의 대변자로 보이지는 않았다.

"그나저나 피난을 어디로 가야 할까? 근처 마을도 아마 같은 처지일 텐데. 어, 어떡하지?"

크래프트가 큰 몸을 부들부들 떨면서 갈팡질팡한다. 덩치는 큼지막한 주제에 담력은 남들 절반만큼 작았다.

밀트는 하는 수 없이 조언을 해주고자 마음먹었다. 친구를 돕지 않고 외면할 만큼 못난 놈은 아니라고 자부한다.

"한동안 몸을 숨기기만 하면 되니까 산속으로 들어가버려. 식량을 대충 챙겨다가 오두막 안에 틀어박히는 게 좋겠군. 고비만 넘기면 될 테니."

"그렇구나! 역시 밀트는 대단해. 그럼 아버지랑 어머니한테 말하고 올게!"

"나도!"

키다리 크래프트에 이어서 다른 녀석들도 여기저기로 흩어졌다.

"노엘, 미안하지만 내가 돌아올 때까지 케르를 돌봐주겠어? 누구 맡아줄 만한 사람을 찾아서 부탁하고 올 테니까."

"응, 알았어."

노엘이 고개 끄덕이는 모습을 확인하고 촌장 및 유력자들의 모임으로 향했다.

역시 막 열 살이 된 여동생을 데려간다는 것은 무모했다. 도중에 틈을 봐서 도망치려고 할 때도 족쇄가 될 것이다. 밀트 본인은 시기를 가늠하다가 일찌감치 몸을 뺄 작정이니까. 저토록 큰 집단이라면 한두 사람이 빠져나간다 한들 표시도 나지 않겠다.

“왠지 무서운걸, 노엘 언니.”

“이 마을에서 떠나 있으면 괜찮을 거야. 그리고 아끼는 물건은 전부 가지고 가는 게 좋겠네. 안 그러면 쓰레기 녀석들한테 홀랑 빼앗길 테니까.”

불안해하는 케르에게 노엘이 웃어 보였다.

“노엘 언니는 안 무서워? 마을 사람들은 다들 겁먹었는데.”

“응, 지금은 전혀 무섭지 않아. 왜냐면 비가 안 내리니까. 날씨 참 좋네.”

노엘은 하늘을 올려다봤다. 태양은 비록 제 모습을 감추었으나 대신 반쪽 달이 떠올라서 세계를 비추고 있다. 그러니까 무서울 까닭이 없었다.

“비가 안 내리면 괜찮은 거야?”

“맞아. 나쁜 일은 언제나 비 오는 날에 일어나거든. 지금까지 쭉 그랬어. 비 내리는 날은 안 좋은 일만 잔뜩이야.”

노엘은 지긋지긋하다는 듯이 투덜거렸다.

“하긴 비 내리는 날은 언제나 기분이 나빠 보이더라 맑은 날에는 방싯방싯 웃으면서 비 오는 날은 엄청 무서운 얼굴이었고.”

“맑은 날에는 좋은 일만 잔뜩이니까. 아~ 맨날 맑은 날이면 얼마나 좋을까.”

태양은 노엘에게 기운을 준다. 자랑스럽게 여기는 붉은 머리카락도 태양과 같은 붉은색. 이름을 갖게 된 날에도 하늘은 맑았다.

달과 별은 마음을 편안하게 해준다. 아련하게 반짝거리는 빛을 받으면서 잠들면 최고로 기분 좋았다.

그러니까 노엘은 맑은 날을 좋아했다.

"그래도 맨날 맑은 날이면 작물이 안 자라니까 굶어 죽는걸."

"……으음, 맞는 말이네."

"응응, 비 내리는 날도 소중한 거야. 비 오는 날에는 물을 길러 가지 않아도 되고!"

케르의 말을 들으면서 노엘은 그날의 기억을 다시 떠올렸다.

잊으려고 해도 잊히지 않는 지옥의 광경. 코에 들러붙는 썩은 내와 귀에 거슬리는 날갯소리. 커다란 구덩이에 아무렇게나 버려진 끔찍한 시체. 노엘의 소중한 친구들이었다.

행복해지지 못한 자들의 결말이었다.

친구들을 세계에서 덮어 가리려는 듯 죽죽 내리쏟아졌던 비. 그러니까 비는 싫어한다. 자신의 존재가 지워 없어져버릴 것 같으니까.

"그래도 역시 나는 비가 싫어. 응, 정말 싫어."

리베리카 대륙에서 최초로 통일이 이룩된 때는 100년 정도 전의 시기이다. 대륙 북부에 위치했던 산악 국가 홀시드가 국왕 베르기스 바르데카의 호령하에 대륙을 제패하고자 일어섰음이다. 풍요롭다 말할 수 없는 이 메마른 토지에서 일심으로 힘을 길렀던 홀시드는 지난날의 울분을 쏟아부으려는 듯 노도의 기세로 남진을 개시하였다. 홀시드의 병력은 그야말로 인간의 틀을 벗어났다고 여겨질 만큼 강력한 힘을 발휘하여 앞길에 놓인 모든 것을 철두철미하게 분쇄했다.

영토 분쟁에 전력을 기울이던 각국은 홀시드군의 극렬한 침공 앞에서 속절없이 병합되었고, 리베리카 대륙은 불과 10년 만에 맥이 빠질 정도로 간단히 통일되고 말았다.

통일을 이루어 냈던 베르기스는 대륙에서 가장 비옥한 동부에 제도 필즈를 건설하고 다른 지대를 열 개의 주로 분할하여 통치를 시행했다. 그리고 통일된 국가를 홀시드 제국이라 명명한 뒤 스스로 초대 황제의 지위에 올라섰다.

베르기스는 우수한 가신 및 혈연을 각 주의 태수로 배치한 뒤 어느 정도의 재량권을 부여하여 유연한 통치를 시행토록 명령하였다. 권력의 분산은 위험하다고 주장하는 자 또한 있었다만, 베르기스는 속도가 중요하다는 뜻을 내세워 끝내 단행했다. 그 판단이 주효하여 각지에서 재차 기회를 노리던 잔당 및 반란 분자를 조기에 진압할 수 있었다.

베르기스의 인선으로 선발된 태수들은 기대에 부응하여 뛰어난 정치 수완을 발휘함으로써 제국의 기틀을 훌륭하게 쌓아 올렸다. 황제와 태수의 신뢰 관계가 유지되는 한 어떠한 안건이든 신속한 대처가 가능하기에 실로 빈틈없는 통치 체제라고 말할 수 있겠다.

『투항하는 자에게는 관용을, 거역하는 자에게는 엄벌을』 이렇듯 강경함과 유연함을 한데 조화시키는 정책이 채용된 덕에 각 주의 유력자들도 검을 내려놓고 제국의 지배를 받아들이기에 이르렀다. 이 부분은 일찍이 적대 관계였던 인물을 리벨덤 주의 태수로 취임시킨 조치에 비춰 능력만 분명하다면 출신과 관계없이 높은 지위에 오를 수 있음이 증명됐기 때문이었다. 그들도 역시 끝이 보이지 않는 전쟁에 피폐하였는지도 모르겠다.

베르기스는 본인이 이룩했던 많은 업적을 기려 『태양제』라고 불리면서 가신 및 백성들에게 절대적인 지지를 받은 채 세상을 떠났다. 실로 영웅이라 부르기에 모자람이 없는 인물이었다.

위대한 지도자의 죽음 뒤에 후계자 분쟁이 일어남은 흔한 일이다. 홀시드 제국 역시 예외는 아니었으나 발생했던 소란이 뼈대를 뒤흔들 만큼 거대하지는 않았다.

제국을 계승한 2대 황제, 그리고 당대의 황제 베프남도 정권의 안정 및 유지를 목표로 하는 정치를 시행하였기에 대륙에는 평온의 시대가 도래했다.

그러나 제아무리 평온한 세상일지라도 무릇 「뒤틀림」은 발생하는 법이다. 가장 두드러지는 사례가 바로 리베리카 대륙의 남서쪽에 위치한 코임브라 주라고 말할 수 있겠다.

천칭을 상징으로 삼는 코임브라 주는 예부터 무역 도시로서 이름 높았다. 영토가 바다와 붙어있을 뿐 아니라 북부 산악 지대에서는 대량의 금을 채굴할 수 있었다. 풍부한 금이 가져다주는 번영은 세상에 널리 알려졌고, 분명 10년 전까지는 대륙에서도 손꼽힐 만큼 부유한 지역이었다.

남방 제도와 무역하여 향신료, 해산물, 보석 따위를 들여왔다. 다른 문화와 갖는 교류는 대륙에 새로운 바람을 불러들였다. 코임브라에서 유행했었던 가극 등등은 그 상징이라고 말할 수 있을 터이다.

가장 큰 이익의 원천은 아득히 먼 서방에 있는 문도노보 대륙과의 무역이었다. 코임브라는 대륙 서부라는 지리적 이점을 살려 무역을 도맡음으로써 혜택을 독점하는 데 성공했었다. 먼 이국에서 들여오는 물품들은 『기적의 산물』이라고 불렸고, 귀족들이 대단히 높은 가격에 매입하고자 나섰다. 이를테면 불가사의한 효과를 발휘하는 무구, 불빛이 꺼지지 않는 등롱, 어떠한 질병도 치료한다는 비약 등등이 있었다.

코임브라에서는 질 좋은 금이며 은 같은 각종 광석을 비롯하여 회화 및 장식품, 견직물 따위가 수출되었다. 항해의 위험 또한 큰 무역이었으나 서로 간에 막대한 이익을 얻을 수 있는 이상적인 거래였다.

그러나 차기 황제 최유력 후보였던 제국 제1황자 그롤 바르데카가 코임브라의 태수로 취임했을 때 상황은 일변했다.

문도노보 대륙에서 발발한 종교 혁명 때문이었다. 먼 이국의 새로운 지도자는 대륙 봉쇄령을 발령하여 이교도와의 무역에 금지 조치를 단행, 밀무역을 시도하는 자는 이단으로 체포한 뒤 가차 없이 처형했다.

더한 불운이 이어졌다. 코임브라의 보물, 북부의 대규모 금광이 말라버린 것이다. 결코 태수 그롤의 실책이 아니었음에도 사람들은 『모든 재난은 그롤 때문이다. 그자에게는 태양신의 가호가 없다』라고 숙덕거렸다.

금이 고갈된 영향은 즉각 나타났다. 남방 제도와의 무역 거점으로 자리매김했었던 지위를 동쪽에 이웃해 있는 리벨덤 주에 빼앗겨버렸으니까. 제도에서 바하르 주를 경유하여 코임브라 주를 방문하던 견직물 상인들도 최단 거리로 당도할 수 있는 리벨덤 주로 흘러가 버리면서 방문자가 끊어진 탓에 활기 또한 눈 깜짝할 사이에 사라져 없어졌다.

코임브라 북부의 광부들은 일감을 잃어버린 채 길거리를 헤맸고, 남부에서 활동하던 상인들은 다른 주로 흩어져 떠나갔다. 금이라는 욕망의 덩어리가 자취를 감춘 코임브라에는 한산한 분위기만 남게 되었다.

물론 태수 그롤도 수수방관하지는 않았다. 새로운 금광을 찾아내기 위해 막대한 투자를 실시했을 뿐 아니라 직업을 잃은 주민들에게 일감을 부여하기 위해 농지를 할당하거나 병사로 채용하는 등의 대책을 강구했다.

그 결과 얼마간의 효과는 거두었을지언정 전성기의 기세를 되찾기에는 턱없이 모자랐다. 도리어 병력을 유지하는 데 드는 군사비가 증가한 탓에 세율이 올라 주민들의 불만만 높아지는 형편이었다.

문도노보 대륙과의 무역을 재개하고자 끈질기게 교섭도 벌였으나 모든 시도가 헛수고로 그치고 말았다. 그롤이 어떠한 뜻을 전달하든 간에 상대는 들으려고도 하지 않았음이다.

그리고 엎친 데 덮친 격으로 코임브라 북부에서 일어난 반란.

온갖 악평은 결국 황제 베프남의 귀에 들어갔고, 바로 목전까지 다가왔었던 황태자 취임의 의식은 취소되었다. 이는 차기 황제 최유력 후보에서 탈락했음을 의미할 뿐 아니라 통치자로서 지녀야 하는 능력이 결여됐다고 황제에게 직접 낙인을 찍힌 셈이었다.

친아버지로서 베프남이 베푼 온정 덕택에 태수의 지위만큼은 간신히 허락받았으나 하필이면 대규모 반란까지 일어난 것이다. 바야흐로 그롤은 태수의 지위마저도 위태로울 만큼 궁지에 몰려 있었다.

『무능한 자는 혈연일지라도 배제하라』 초대 황제 베르기스가 남긴 말이다.

“태수님, 북부의 반란군이 거듭 남하하고 있다는 연락이 들어왔습니다. 이대로 두었다가는 록벨이 위태로워질 줄로 압니다. 시급히 모종의 대책을 강구할 필요가 있겠습니다.”

"……."

옥좌에 앉은 코임브라의 태수 그롤 바르데카는 묵묵히 유리잔을 쥐어 깨뜨렸다. 관자놀이에는 뚜렷하게 핏대가 섰다.

"태, 태수님?"

"은혜를 잊은 버러지 놈들! 내가 북부를 구휼하기 위해 얼마나 많은 돈을 들이부었는가 알고 있는 것인가?! 북부에 배치된 수비대는 무엇을 하고 있나!"

반란이 일어난 코임브라 북부에도 물론 주립군이 배치돼 있다. 가도를 따라 소초가 설치되어 있는 만큼 그들이 관측을 못 했을 리가 없었다.

그럼에도 반란군을 저지하기는커녕 멀뚱멀뚱 보내주었다 함은 맞서서 싸울 의도가 전혀 없다는 뜻이었다.

"상대 역시 동포인지라 차마 손을 못 쓰는가 봅니다. 현재 상황에서 그들을 전력으로 간주하기는 어려울 수도 있겠군요."

중신 윌름의 말에 얼굴을 붉히고 격앙하는 그롤.

"무엇 때문에 놈들에게 급료를 지불했단 말인가! 이러한 사태에 대처하기 위함이 아니었던가!"

"하, 하오나 그롤 님. 북부의 수비병들은 전직 광부가 대부분입니다."

반란에 가담하지 않은 것만으로도 다행스럽다고 말하고 싶었던 문관. 참으로 옳은 진단이었으나 목소리를 내서 말했다가는 공연히 그롤의 감정만 자극하게 되리라.

"그것이 어쨌다는 말이더냐! 지금은 영예로운 코임브라의 주립군이거늘!"

서류를 내던지면서 문관의 말을 일축하는 그롤. 피가 완전히 거꾸로 솟았다. 이렇게 되면 달래기도 보통 일이 아니었다.

윌름은 내심 어이가 없었으나 표정에 드러나지 않도록 턱에 자라난 수염을 문지르면서 얼버무렸다.

'역시 이 남자는 황제의 그릇이 아니로군. 걸핏하면 감정을 토로하는 못된 버릇은 몇 년이 지나도록 낫질 않는다. 진실로 베프남 폐하의 피를 잇고 계시는가 그것마저 의심스럽구나.'

"……태수님. 지금은 반란군에 어찌 대처하느냐를 먼저 살피셔야 합니다. 온건하게 대화를 제안할 것인가, 혹은 불문곡직하고 섬멸할 것인가. 대응책을 잘못 선택한다면 틀림없이 화근이 남을 것입니다."

"검을 든 우자와 대화라니 어림없는 소리군!! 당장 병력을 편성하여 토벌에 임할 것이니라!"

"기, 기다려주십시오. 그들도 코임브라의 백성이잖습니까. 무턱대고 살육을 벌였다가는 어떤 악평이 퍼져 나갈지—."

문관이 간언을 올리는데도 그롤은 버럭 소리칠 뿐 들으려고 하지 않았다.

"시끄럽다! 윌름, 토벌대의 편성은 언제까지 완료되겠는가?!"

"당장 착수하면 대략 2주의 시일이 걸리겠지요. 전력으로 서두른다면 1주에 끝날 겁니다."

"그렇다면 전력으로 준비하도록 명하라! 잘 들어라, 록벨의 함락은 용납할 수 없다! 그 도시는 나의 아내 사라의 고향일지니. 무너지면 명예에 흠집이 난다!"

"넷, 분부대로!"

문관이 급히 뛰어나갔다. 코임브라 주립군은 대략 3만 명이다만, 물론 전부가 주도 마들레스에서 대기하고 있지는 않았다.

북부의 주립군에 전의를 기대할 수는 없는 이상 남부 지대에서 병력을 소집해야 했다. 다만 토벌대를 조직하자면 제아무리 서두를지라도 1주일은 필요로 했다.

"아밀, 분명코 실실거리고 있을 그놈의 낯짝이 눈에 선하구나! 어찌 반란이 일어났다는 말인가. 나는 제국 제일의 놀림감이 되었다!"

그롤이 분한 표정으로 의자를 박차고 일어섰다.

그리하는 꼴을 싸늘한 시선으로 응시하는 윌름. 어릴 적부터 조언자의 역할을 맡아 왔음에도 친애의 정이며 충성심 따위의 감회는 전혀 갖고 있지 않았다.

윌름이 충성을 바치는 대상은 오직 현 황제 베프남 한 사람뿐이었고, 가장 우선시하는 목표는 홀시드 제국 치세의 유지뿐이다.

윌름의 견해로 그롤이 황제의 자리에 드러내는 집착 따위는 허튼소리에 지나지 않았다. 차기 황제의 자리는 바하르 공 아밀이 거의 확실하게 잡아 쥐었으니까. 세간에는 조만간 황태자로 취임하여 홀시드 성씨를 계승하리라는 소문이 나돌고 있다. 또한 베프남이 후견인으로 물러난 머지않은 훗날에 황제로 즉위하리라는 소문까지 있었다. 제법 신빙성 있는 소문이라는 것이 윌름의 예견이었다.

'그나저나 아밀 님의 몰인정함은 놀라울 따름이군. 어쨌거나 친형을 상대로 이리 철저하게 수를 쓸 줄이야. 초대 황제의 말씀을 스스

로 실행하겠다는 의도이신가.'

『무능한 자는 혈연일지라도 배제하라』 아밀이 입안한 계획은 순조롭게 진행 중이다. 이전부터 아밀과 내통했었던 월름은 이번 반란의 속사정을 진부 알고 있었다. 배후에서 자금 및 병력을 투입했을 뿐 아니라 연기만 피워 올리던 불씨를 불꽃으로 키워 번지게 한 것은 아밀의 책략이었다. 무엇을 숨기랴, 반란군 수령 리스티히부터가 바하르 기사단의 일원이다.

바하르의 군인으로 구성된 수뇌부에 용병과 코임브라 북부의 주민들을 더한 것이 반란군의 정체다.

월름이 보는 한 이번 반란을 진압할 만한 역량이 그롤에게는 없었다. 전투 경험도 없을뿐더러 딱히 지도력이 뛰어나지도 않다. 의심은 많고 본인의 감정을 걸핏 노출시킨다. 자존심만 쓸데없이 높을 뿐 지도자에게 필요한 능력이 결여됐다.

이번 진압 작전은 난항을 겪을 것이고 주민들의 분노를 산 끝에 반란이 장기화됨으로써 사태는 수렁으로 빠져들리라. 반란군 세력이 코임브라의 전 토지를 석권하기 직전 바하르 군이 개입하여 반란을 깔끔하게 진압하겠다는 계획이다. 물론 그롤은 책임을 추궁당한 결과 태수의 지위를 확실하게 잃어버릴 터이다.

계획 수행을 더욱 수월하게 끌고 나가기 위한 계책도 이미 실행됐다. 그롤의 아내 사라에게 강력하게 귀성을 권한 것은 그 때문이었다.

사라의 아버지 바렐 백작이 다스리는 도시 록벨은 북부와 남부의 경계선상에 위치한다. 반란군이 남하하는 동안에 필시 충돌하리라고 판단되는 거점이었다.

그 사실을 뻔히 알면서도 월름은 반란이 발발하기 직전 사라가 귀성하도록 제안했다. 함정에 빠뜨렸다는 죄악감 따위는 티끌만큼도 존재하지 않는다.

"월름, 사라와 내 아들이 무사히 피난했는가 확인은 되어 있는가! 귀성을 권한 사람은 자네 아니었던가! 설마 잊어버렸다는 소리를 하지는 않을 터!"

그 의견을 수락한 놈은 네 녀석이 아니냐는 말은 되삼키고 월름은 심각한 표정을 지은 채 무릎 꿇었다.

"이러한 사태가 일어날 줄은 감히 상상조차 못 하였습니다. 저 또한 이루 말할 수 없이 원통할 따름입니다. ……유감스럽게도 사라님의 안위에 대해서는 아직 연락이 들어오지 않았습니다. 여차하면 제가 목숨과 바꿔서라도 구출할 각오입니다."

"무슨 수를 써서라도 구출해라! 가디스에게 명령하여 록벨로 선발대를 출진시키도록! 본대가 도착할 때까지 시간을 벌라 엄명하라!"

코임브라에서 장군의 지위에 있는 자는 월름과 가디스 두 명. 두 사람 모두 쉰을 넘긴 노령이었고, 그롤이 태수가 되어 착임하기 이전부터 출사한 고참이었다.

"분부 받들겠습니다."

"……가증스러운 반란군 놈들! 이미 나의 백성이라 할 수도 없구나. 병력이 갖춰지는 대로 싹 쓸어다가 뿌리째 뽑아버리겠다!"

그롤은 큰 목소리로 내뱉고 나서 태수 알현장을 뒤로했다. 그 뒷모습을 싸늘한 시선으로 전송한다.

'뿌리째 뽑혀 나가는 것은 당신의 지위와 야망이 전부일 겝니다.

모쪼록 사랑하는 아내와 아들이 무사하기를 빌면서 태양신께 힘껏 기도나 올리십시오. 큭큭, 어리석은 자에게 신의 가호가 함께할 리는 없다만.'

그롤에게서 권력을 박탈할 수만 있다면 사라와 남아가 어찌 되든 딱히 관심은 없었다. 일가 나란히 어딘가의 변경에 은둔하는 처지를 받아들인다면 목숨까지 빼앗을 필요는 없다. 반란군이 둘을 인질로 잡는 데 성공한다면 처자식의 목숨을 내세워서 그롤을 협박한 다음 굴복할 경우 마땅한 책임을 추궁한다.

응수하지 않거나 혹은 살해당했을 경우에도 문제는 없다. 어리석은 저 남자는 확실하게 보복을 계획하리라. 필시 반란에 가담한 인원들을 모두 참살해버리는 짓은 하고도 남을 테지. 그것만으로도 충분히 태수의 책임 능력을 도마 위에 올려놓을 수 있겠다.

'한때는 신동이라고 불린 시절도 있던 남자가 저런 꼬락서니라니. 인간이란 실로 종잡을 수가 없구나.'

본래는 형제 가운데 가장 총애받았던 인물이 그롤이다. 그 증거로 젊은 나이에 코임브라 주 태수의 지위에 올라섰다. 어릴 적의 명성이 땅에 떨어질 때까지 그리 많은 시간이 걸리지는 않았다만.

그 위치를 대신한 자가 제4황자 아밀이다. 성장함에 따라 보기 드문 재기를 발휘하면서 바하르 주의 통치를 맡아 수많은 정책을 입안했을 뿐 아니라 훌륭히 실행으로 옮겨 보였다.

몰락 일로를 걷는 코임브라와 발전이 두드러지는 바하르. 아밀은 그 공적을 높이 평가받아 바하르 태수의 지위를 실력으로 획득했고, 나아가서는 차기 황제 최유력 후보자의 지위마저도 제 손에 잡아 쥐었다.

그롤은 동생 아밀을 격렬하게 증오했다. 당장 병력을 보내려고 들 만큼 커다란 적개심이었다. 그때마다 화를 달래는 데도 윌름은 상당한 수고를 들여야 했다.

아밀에게 격렬한 적의를 드러내는 그롤의 존재는 황제 베프남이 보기에도 눈 위에 혹이었으리라. 이번 계획은 그롤을 실각시키기 위한 끝마무리였다.

'이 고생이 보답받을 날도 조만간 올 테지. 그때까지는 저 어리석은 자의 비위를 요령껏 맞춰줘야겠구나.'

얄궂게도 그롤은 예하의 여러 가신 중 윌름을 가장 신뢰했다. 어릴 적부터 오랜 시간을 알고 지내 왔기에 배반자일 것이라곤 털끝만큼도 의심하지 않았다. 사람의 본심을 꿰뚫어 보는 힘이 없음은 그롤에게 닥친 가장 큰 불행이었다.

각자가 내키는 대로 대충 행군을 계속하는 적륜군. 대열이니 규율 따위가 존재하지 않기에 군대라고 부르기에는 적당하지 않았다. 군기(軍旗)를 내걸고 있는 일부 인원을 제외하면 도적 무리와 별 차이를 찾아볼 수 없다.

이러한 집단에 섞여 있었던 노엘과 다른 청년들도 같은 마을 출신끼리 모여서 하염없이 걸음을 옮기고 있었다.

"오늘도 좋은 날씨라서 기쁜걸. 저렇게 해님이 기분 좋으면 나한테도 좋은 일이 일어날 것 같아."

"……나는 살면서 이랬던 적이 없을 만큼 나쁜 분위기라고 생각하는데 말이다. 주위에 얼굴 좀 살펴봐라. 느긋하게 촐싹거리는 사람은 너 하나뿐이잖냐."

안색을 딱딱하게 굳힌 밀트가 턱짓으로 근처를 가리켰다. 팔에 붉은색 천을 묶은 남자들은 한껏 긴장한 표정으로 다리를 움직이고 있었다. 손에는 변변찮은 창이며 구리 검을 들고 있었고, 몸에는 맨몸보다는 나은 수준의 구리 흉갑이 전부. 그야말로 소모품에게 딱 어울리는 꼴이니만큼 정규군의 앞에 나서는 즉시 일망타진되리라.

다만 숫자만큼은 그런대로 갖춰 놓았다. 노엘이 예측하기에 후속 부대를 포함해서 대략 5천은 되는 듯싶었다. 막상 전투가 벌어지고 상황이 불리해졌을 때는 뒤도 돌아보지 않고 도망칠 것이 틀림없을 테지만.

그렇게 남의 일처럼 대수롭지 않게 넘기다가 프레서와 크래프트의 얼굴을 봤다.

"두 사람 다 죽어 가는 얼굴이네. 잘 보면 진짜로 죽은 사람 같아. 몸에 피는 잘 흐르고 있는 거야?"

노엘이 놀리자 프레서는 얼굴을 붉혔다.

"시, 시끄러워! 내버려 둬!"

"끙, 죽어 가는 얼굴이 될 만도 하잖아. 봐봐, 내 무기는 아예 괭이인걸? 농기구를 갖고 어떻게 싸우라는 거야."

크래프트가 서글픈 얼굴로 괭이를 보여준다. 농기구로는 충분히 쓸 만할지언정 사람을 해치는 데는 물론 적당한 도구가 아니었다.

"그래도 길이가 길면 유리할 거야. 봐, 내 창도 길잖아. 자, 여기,

봐봐."

등에서 이지창을 빼 들고 빙글빙글 돌리다가 크래프트에게 들이댄다. 창의 양 끝이 정확하게 크래프트의 목 부위를 겨누고 있다. 이대로 살짝 내밀면 목이 하나 날아갈 것이다.

"노엘, 모, 못된 장난은 그만둬줄래? 자, 잠깐만. 창날이 닿았다고!"

"봐, 길면 편리하잖아. 네 괭이로 상대의 머리를 휘둘러 치면 분명히 엄청난 일이 벌어질걸? 머릿속까지 갈아줄 수 있겠네."

"으윽, 갑자기 속이 메슥거린다."

크래프트를 격려하고자 꺼낸 말이었으나 효과는 별로 없었나 보다. 불쌍하게도 크래프트의 얼굴이 한층 더 핼쑥해졌다. 어떻게 기운을 북돋아줄까 고민하면서 붉은 머리카락을 쓸어 올렸을 때 뒤쪽에서 귀청 떨어지도록 우렁찬 목소리가 들렸다.

"어이, 거기 꼬맹이들! 망할 장난감 같은 무기로 뭘 어쩌자는 거냐! 우리는 놀러 가는 게 아니란 말이다!"

"거참, 목소리 크기 좀 줄이고 다니라니까. 어이구, 뭐. 바하르 사람이 원래 이렇지."

"네 목소리는 작은 줄 아냐! 이봐, 꼬맹이들. 거기 너희들 말이다!"

다박수염을 기른 중년의 남자와 여우처럼 얄팍한 눈매의 여윈 남자가 다가오고 있었다. 오른팔에는 붉은 천을 묶어 놓았고 철제 갑옷을 착용했을 뿐 아니라 동철제 검을 쥐고 있었다. 얼핏 보기만 해도 제법 경험이 많음을 짐작할 수 있는 인물들이었다. 조임 마을의 청년들은 더욱 몸을 딱딱하게 굳히고 말았다.

"우, 우리들, 말입니까?"

“아무렴. 이제부터 거사를 치러야 할 텐데 말이다, 고작 괭이라든가 허름한 활을 어디에 쓰려는 건가. 게다가 복장도 당최 마음에 안 드는군!”

노엘과 마을 청년들은 서로의 장비를 확인했다. 가죽 흉갑에 사냥용 활과 농사용 괭이. 제대로 된 무기라고 말할 수 있는 부류는 기껏해야 노엘의 창이 전부였다.

덧붙이자면 노엘은 활을 마을에 두고 와버렸다. 소지 가능한 화살의 수에 제한이 있고 의외로 부피가 크기 때문이었다. 사람을 죽이는 데는 창 한 자루면 충분하고도 남는다.

“그, 그래도 마을에는 이런 물건밖에 없어서요.”

“정말이네, 잘 보니까 장난감 같아. 그건 그렇고 왜 하필 괭이를 갖고 온 거야? 이러면 싸우지도 못할 텐데.”

“너 말이다, 방금 전 괭이가 편리하다는 말은 누가 했더라!”

어리둥절하는 크래프트를 대신해서 밀트가 타박을 놓았다.

“다 지난 과거는 돌아보지 말자.”

“방금 막 했던 말이잖냐!”

“어라, 그랬던가?”

노엘이 혀를 내밀고 웃자 밀트는 힘이 쭉 빠져서 한숨 쉬었다. 중년 남자는 어이없어하면서 쳐다보다가 별안간 큰 웃음을 터뜨렸다.

“재미있군. 거기, 빨간 머리 아가씨! 이놈이고 저놈이고 애간장 타들어 가는 낯짝이라서 넌더리가 나던 참이다. 이봐, 네드. 너는 안 지겨웠나!”

“그거참, 목소리 좀 줄이라니까. 조용히 말하면 어디 덧나나. 아주 귀청 떨어지겠네."

네드라고 불린 남자가 두 귀를 막고 고개를 가로저었다.

"떽떽거리기는. 목숨만 붙어 있으면 만만세다! 그래, 기분이다. 너희들에게 좋은 물건을 주마! 아무쪼록 게브 님에게 감사하도록!"

다박수염의 남자— 게브는 뒤쪽의 남자에게 신호를 보내서 무언가를 갖고 오도록 지시했다. 커다란 포대가 털썩하는 소리를 울리면서 노엘과 마을 청년들의 앞으로 떨어졌다.

"거기에서 마음에 드는 무기와 방어구를 가지고 가도 좋다. 어차피 본래 주인들은 싹 사라져버렸으니까 말이야."

"그, 그 말은."

흠칫흠칫 되묻는 크래프트에게 히죽하고 짐승 같은 미소를 보내는 게브.

"맞아, 순순히 따르지 않은 마을을 쳐부술 때 죽어 나갔던 녀석들이다. 고작해야 마을 할아범한테 맞아 죽다니 정말 얼간이 같은 자식이지."

"그 할아범, 어쩌면 퇴역 군인이었을지도 모르겠군. 뭐, 벌써 콱 때려 죽였겠다, 아무래도 상관없지만 말이야."

네드가 전혀 흥미 없다는 듯이 하품을 했다. 허리춤에서 수통을 꺼내 들더니 입에 휙 가져다 대고 벌컥거렸다.

딱딱하게 굳은 표정은 수습하지 못한 채 밀트는 포대를 뒤져 검을 빼냈다. 철제 검이다. 칼날에 이가 빠지지도 않았다.

"정말 우리가 써도 되는 겁니까?"

"상관없어. 무거우니까 적당히 골라다가 가져가라고."

"감사합니다. 자, 너희도 같이 고맙게들 받아 둬. 앞으로 무슨 일을 겪을지 모르잖아."

"그, 그래!"

밀트가 재촉하자 같은 마을의 젊은이들이 일제히 모여들었다. 구리 흉갑이니 철검이니 여러 무구를 내키는 대로 골라 가졌다. 크래프트도 괭이는 집어 던지고 철창을 손에 꽉 잡아 쥐었다.

노엘은 딱히 원하는 물건이 없었던지라 도구 찾기에 끼어들지는 않았다. 언뜻 봐도 보물로 간직할 만한 물품은 없었다.

"그래, 맞다. 너희는 어느 마을에서 지원당한 인재들이신가?"

"……조, 조임 마을입니다."

"아하, 전에 막 지나왔던 궁상맞은 마을이로군. 후속 부대 놈들이 막 불평하더만. 먹을거리도 여자도 전혀 안 남아 있었다고 말이야."

게브의 미소가 윽박지르는 듯하여 밀트는 저도 모르게 시선을 외면했다.

"아, 그게, 말이죠. 딱히 도망친 게 아니라."

"책망하는 게 아니야. 살짝 감탄해서 하는 말이지. 촌민 주제에 제법 머리가 잘 돌아가는 녀석이 있었다는 뜻일 테지. 아무튼, 누가 피난시키자는 말을 꺼냈던 거냐? 그 늙다리 촌장이었나?"

게브가 면면들을 쓱 둘러보는데도 마을 젊은이들은 누구 하나 눈을 마주하려고 들지 않았다. 단 한 사람을 제외하고.

"나야. 내가 밀트에게 가르쳐줬어."

"오호라, 바로 아가씨였나? 들었냐, 네드. 역시 내 사람 보는 눈은 쓸 만한가 보군!"

"그래그래, 알았으니까 목소리나 줄여라."

"그나저나 아가씨, 어쩌다가 마을 녀석들을 피난시키자는 생각을 했나? 거 뭐냐, 감인가 뭔가 그건가?"

게브의 물음에 노엘은 솔직하게 답했다.

"감이 아니라 잠깐만 살펴보면 알 수 있는 문제야. 당연하지. 적륜군이라고 이름은 그럴싸하게 붙여 놨지만, 진짜 본성은 결국 메뚜기인걸. 굶주린 메뚜기 떼가 먹잇감이 널려 있는 장소에 왔을 때 할 짓은 딱 하나. 먹을 수 있는 만큼 다 먹어 치우고 다른 데로 이동하는 게 전부야."

"야, 인마. 노엘!"

밀트와 다른 젊은이들이 허둥지둥 제지하는데도 노엘은 입을 멈추지 않았다.

"그러니까 잡아먹히기 전에 도망치는 게 좋다고 가르쳐줬어."

그렇게 말한 뒤 웃음 짓는 노엘의 머리를 신바람 나게 휙휙 쓰다듬어 대는 게브. 그러나 뒤쪽에 서 있던 네드의 얼굴에서는 이미 웃음이 사라졌다.

"아가씨의 말은 분명히 아무 데도 틀리지 않았군. 다만 세상 무서운 줄 모르고 천둥벌거숭이처럼 굴지는 마라? 이봐, 네놈들. 나중에 세간의 상식이라는 것을 단단히 교육시켜줘라."

"죄, 죄송합니다. 꼭 호되게 말해 두겠습니다."

"게다가 딱히 억지로 빼앗는 게 아니란 말이다. 동의를 구한 다음에 적당히 나눠 받을 뿐이지. 우리는 이제 동지니까 서로 돕는 것은 당연하잖냐. 안 그런가?"

"네, 넵."

"알아들었으면 됐다. 좋아, 그러면 슬슬—."

만사가 귀찮다는 듯이 떠나가려고 하는 게브를 노엘이 불러 세웠다.

"있잖아, 이번에는 내가 질문해도 될까?"

"뭐냐? 흠, 하나쯤은 받아주도록 하지. 아, 마누라는 벌써 도망쳤으니까 반했거든 사양 말고 솔직하게 말해도 된다."

"얼씨구. 게브, 네 낯짝은 보고 나서 잠꼬대하시지."

"인마, 네가 할 소리는 아니잖냐. 다 썩은 여우 눈 주제에!"

게브와 네드가 야유를 주고받고 있다. 둘의 실랑이질을 가로막고 노엘이 다가들었다.

"응, 있잖아. 어떻게 하면 행복해질 수 있을까? 혹시 안다면 가르쳐줄래?"

노엘의 뜬금없는 물음에 어안이 벙벙하여 말을 잇지 못하는 게브와 네드. 그러나 진지하게 꺼낸 질문임을 깨닫고는 팔짱을 낀 채 잠시 동안 고민에 잠겨 들었다.

적륜군의 병사들이 이쪽을 힐끗 쳐다보다가 곧 흘러가는 인파를 따라 목적지로 행군을 이어 나간다.

"……제법 어려운 질문이긴 한데 내가 해줄 대답은 일단 끊임없는 승리라 말할 수 있겠군. 이길수록 지위가 높아지고 맛있는 술을 마실 수 있고 좋은 일이 한가득이다. 이기는 편에 붙는 게 제일이지."

게브의 대답을 노엘은 품에서 수첩을 꺼내다가 꼼꼼하게 적어 넣었다.

"그럴듯하네."

"내 생각은 조금 다르군. 여기를 써서 잘 처신하는 게 중요하다고. 언제나 맛있는 부분만 쏙 빼먹을 수 있도록 말이야."

네드가 본인의 머리를 콕콕 찔렀다.

"으음, 왠지 어려울 것 같네."

"흐흐, 어렵고말고. 그게 간단하면 누가 고생하겠어."

"꼬맹이한테 뭘 가르치는 거냐, 네드. 벌써부터 나약하게 굴면 언제 강해지라고. 승리란 자기 손으로 거머쥐어야 하는 법이다."

"세상의 진리잖냐. 목소리만 커 봤자 배는 안 부른 거지. 올바른 행동을 해 봤자 제대로 보답받는다는 보장이 어디에 있나. 그렇다면 요령껏 약삭빠르게 처신할 수밖에 없지 않겠어? 그게 세상을 잘 살아가는 비결이니까 잘 기억해 둬라."

두 사람의 의견을 빠짐없이 잘 기록한 다음 노엘은 머리 숙여서 인사했다.

"이것저것 가르쳐줘서 고마워. 이제부터 열심히 참고할게."

"그래. 뭐, 힘껏 애써보라고. 혹시 행복해지면 나한테도 살짝만 나눠 줘라."

"나도 빼먹지 마라. 내 이름은 네드, 머리에 잘 새겨 넣으라고. 답례는 언제든지 접수해주마."

"응, 알았어!"

"대답 한번 씩씩하군. 그래, 살아남거든 또 보자."

노엘의 대답에 하얀 이를 내보이고 씩 웃은 다음에 게브와 네드는 껄껄거리면서 떠나갔다.

커다랗게 기지개를 켜고 노엘은 기분 좋게 미소 지었다. 맑은 날에는 최고로 기분이 좋고 비 오는 날에는 최고로 기분이 나쁘다. 노엘이라는 여자는 얼굴에 전부 표시가 났다.

"역시 맑은 날에는 좋은 일이 생기는구나. 행복해지기 위한 방법을 두 가지나 배워 적있어."

"나는 네가 살해당하지 않았다는 게 훨씬 놀랍다. 도대체가, 내 수명이 줄어들겠군."

프레서가 식은땀을 닦아 냈다.

"예전부터 궁금했는데 말이다, 왜 행복해지는 방법에 그리도 집착하는 거냐?"

줄곧 의문이었던지라 밀트는 이 참에 질문했다. 행복해지고 싶다는 것은 만인에게 공통되는 꿈일 수 있겠지만 노엘의 경우는 도가 지나쳤다.

"그게 모두의 꿈이었으니까. 행복해지고 싶다고, 모두가 쭉 기원했어. 그러니까 나는 행복해지고 싶은 거야."

"행복해지면 뭔가 좋은 일이라도 생기는 건가?"

입 밖에 내어놓고 나서야 바보 같은 질문이었음을 깨달았다. 행복해진다면 그것이 곧 좋은 일이다. 당연하지 않은가. 문제는 행복이란 과연 무엇인가 분명하게 상상할 수가 없다는 데 있었다. 밀트의 머릿속에 떠오르는 행복이라면 끼니 걱정을 하지 않고 평온하게 살아갈 수 있는 나날일까.

"먼저 행복해져야 알 수 있지 않을까? 그동안 한 번도 행복했던 적이 없었단 말야."

"……그렇군."

밀트는 짧게 대꾸하고 시선을 돌렸다. 그동안 보낸 나날이 행복하다고 느낀 적은 없었다만, 그 생활에 아주 큰 불만을 품은 적도 없었다. 그렇다면 어떤 의미에서는 이미 행복한 나날을 누리고 있었는지도 모르겠다.

“뭐, 듣고 보니 그럴듯하군. 나 역시 그따위 마을에서 행복을 느낀 적은 전혀—.”

프레서의 말을 가로막으면서 크래프트가 큰 몸집으로 끼어들었다.

“에이, 거짓말. 저번에는 배불리 많이 먹으면 행복하다고 말했잖아.”

“너는 가만히 좀 있어라! 에라, 덩치만 큰 꺽다리 녀석아!”

프레서의 주먹이 크래프트의 머리에 직격한다. 조임 마을의 청년들도 얼마간 활기를 되찾아서 떠들썩거렸다.

“못 말리는 녀석들이라니까.”

밀트도 몇 마디 보태려고 하던 때에 노엘이 나지막이 중얼거렸다.

“그래도 행복해지지 못했을 때 어떻게 되는지는 알아.”

“……대체 어떻게 되는데?”

“음, 어떻게 될 것 같아?”

“몰라서 궁금하니까 묻는 거잖냐. 얼른 가르쳐줘.”

“후후, 밀트가 행복해지지 못한다면 그때 곧바로 알 수 있을 거야. 너는 꼭 행복해지면 좋겠다.”

장난스럽게 미소 짓더니 노엘은 몸을 일으켜서 혼자 걸어가버렸다.

노엘은 환하게 웃음 지었으나 밀트에게는 저 눈빛이 아릿한 허망함을 머금고 있는 듯 여겨졌다.

비유하자면 감정이 깃들어 있지 않은 인형이겠다. 희망도 절망도 없이, 삶을 지니지 못한 물건처럼 단지 공허할 따름.

노엘과 마을 청년들을 두고 떠나갔던 게브와 네드는 직륜군 수령 리스티히의 곁으로 돌아왔다.

"대체 어디를 싸돌아다니는 것이냐. 너희는 적륜군에서 나의 다음가는 지위에 있단 말이다. 본인이 지휘관이라는 자각을 조금이라도 가지도록 해라!"

"그럼요, 알고말고요. 리스티히 대장, 버럭 고함지르지 마십쇼. 네드 이 바보가 산책을 나가자면서 막 고집을 부리는데 어쩌겠습니까."

"드릴 말씀이 없습니다, 대장. 뭐, 전부 게브 이 바보 때문입니다만."

게브와 네드가 주눅 든 기색도 없이 머리 숙인다. 리스티히는 신경질적으로 얼굴을 찡그리고는 나지막한 목소리로 책망했다.

"리스티히 님이라고 불러라. 이곳은 바하르가 아니다. 지금 코임브라 녀석들에게 들켰다간 계획에 지장이 생기잖느냐."

"예예, 알겠습니다."

"이 녀석은 언제든 목청을 줄이는 법이 없으니까 더 호되게 말씀해주십쇼. 제가 말해도 듣는 척을 안 하는지라."

네드의 말을 듣고 리스티히는 미간을 잔뜩 찌푸렸다.

"기가 막히는군. 주위의 어중이떠중이들에게 휩쓸려서 해이해졌는가? 일부러 잡병을 데려온 것이 아니란 말이다!"

"저는 평소 그대로입니다. 전투가 벌어지면 끝내주게 활약해드리겠습니다. 저 녀석들은 어떨지 모르겠습니다만."

"이것이 반란이라는 사실을 저 바보 녀석들은 제대로 이해하고 있는 것 같지도 않더군."

리스티히는 어이없어했다. 목숨을 걸고 현 상황을 바꾸자는 궐기가 바로 반란이었다. 상대가 진압하러 오면 당연히 전투가 펼쳐진다. 비록 반강제적으로 끌려왔을지언정 일말의 각오마저도 도무지 찾아볼 수가 없을 지경이다. 이래서는 리스티히의 야망을 이룩하기는 어렵겠다.

"뭘요, 살짝 피를 보면 저 녀석들도 바뀔 겁니다. 약탈의 즐거움은 한번 맛보면 돌이킬 수가 없죠, 아무렴요. 흐흐, 록벨은 제게 맡겨주십쇼."

"흠, 역시 그 도시는 무너뜨리는 것이 좋겠는가?"

"그야 물론입죠. 이왕 하려면 철저하게 쳐부숴야 여러모로 구실도 생길 겁니다. 신병들에게 피와 욕망의 맛을 경험시켜줄 필요도 있죠. 게다가 그게 더 재미있잖습니까."

게브가 천박한 미소를 지어 보였다. 까딱하면 도적으로 잘못 보일 지경인데도 이자가 실은 바하르 기사단의 일원이라는 것이 그저 놀라울 따름이었다.

옆쪽의 네드도 고개를 끄덕거리면서 맞장구쳤다. 네드는 본래 코임브라 출신이었으나 등을 돌린 뒤 바하르로 넘어온 인간이었다. 고향을 유린한다는데도 전혀 저항감이 없는 듯했다.

지휘관 리스티히는 유린하는 방법과 항복을 받아 내는 방법 양쪽을 함께 저울질해야 했다. 이들의 목적은 제압 전쟁이 아니기 때문이었다.

"영주에게 항복 권고를 보내면 끝나는 문제가 아닌가? 태수 그롤의 처자식을 구속한다면 쓸데없이 기운을 뺄 필요는 없지 않은가."

"자기 딸을 쉽사리 갖다 바치려고 들겠습니까? 게다가 괜히 어물쩍거렸다가는 남부에서 코임브라의 본대가 튀어나올 겁니다. 그러면 록벨 함락은 어려워지겠죠. 지금은 시간 끌지 말고 단박에 몰아붙일 때가 맞습니다."

연기만 피워 올리던 불씨를 불꽃으로 키워 번지게 한 데까지는 성공적이었다만, 그럼에도 코임브라의 주도를 함락시킬 만한 기세에는 역시 미치지 못했다. 상대는 장비를 충실하게 갖춘 주립군이 3만. 이쪽은 5천 정도의 오합지졸 잡병. 정면으로 전투를 벌여 상대가 될 리 없었다. ―보통은.

다만 코임브라의 태수 그롤은 무능하기로 정평이 났다. 게다가 코임브라의 군대는 대륙에서 첫손가락에 꼽히는 약졸이다. 리스티히는 토벌군을 쳐부순 다음 기회를 틈타 주도마저 함락시키는 것이 목표였다. 명분으로서 소리 높이고 있는 「주도 함락」을 진심으로 실행할 작정이었다.

본래는 가능한 한 반란을 장기화시킴으로써 바하르 군이 개입할 구실을 만드는 것이 계획이었으나 그래서는 별반 공적을 주장할 수가 없었다. 파리드를 밀어내고 아밀의 오른팔 격 지위에 올라서려면 주위의 갈채를 받을 만큼 확실한 공적을 세워야 한다. 리스티히에게는 자신감이 있었다.

"좋다, 그러면 이대로 록벨을 침공하여 단박에 무너뜨리도록 한다. 주민들에게는 안된 일이다만."

“그럼 선봉은 제게 맡겨주십쇼. 고작 도시 하나잖습니까, 간단히 무너뜨려 보이겠습니다. 흐흐, 기대되는군요.”

록벨의 수비병은 대수롭지 않은 숫자라고 척후에게서 이미 보고가 들어왔다. 한 차례의 공격으로 확실하게 함락시킬 수 있을 터이다. 적의 증원군은 제때 도착하지 못한다.

“리스티히 님, 괜찮으시다면 제게 백 명 정도를 내주실 수 있겠습니까?”

“어라, 이 녀석아. 네드, 왜 그래? 너는 저 도시에서 놀고 싶지 않다는 거냐?”

“눈앞의 놀잇감보다 훗날의 포상이 더 즐겁지 않겠냐. 어쩌면 일등 수훈이 굴러들어 올 수도 있거든.”

흥, 콧소리를 울리는 네드. 게브는 그러냐고 받아치더니 별로 흥미가 안 솟는지 수통에 입을 가져다 댔다.

“계속해봐라, 네드. 도대체 무슨 생각이지? 병사 백 명 정도를 내주는 것쯤이야 문제 되지는 않는다. 전부 잡병이니까 별 쓸모는 없겠다만.”

“제가 코임브라 출신인지라 이곳 주변의 지리는 빠삭합니다. 록벨에서 서쪽으로 간 숲속에 통일 전쟁 시절에 사용된 낡은 요새가 있습죠. 어쩌면 그곳에 높은 인간들이 몸을 숨기고 있을 가능성도 고려해봐야 하지 않느냐는 것이 제 의견입니다.”

네드의 제안을 듣고 리스티히는 턱을 만지작거리면서 생각에 잠겼다.

“……과연, 충분히 가능성 있는 의견이로군. 한데 병사는 백 명이면 되겠는가?"

"그곳은 거의 폐허나 다름없어서 말입니다. 숨어 봤자 경계병 열댓 명이 고작일 겁니다. 잔뜩 데리고 갔다가 눈에 띄면 의미가 없겠죠. 백 명 정도가 딱 좋겠습니다."

여우 눈을 부라리면서 입가를 비뚤어뜨리는 네드. 이 남자는 그곳에 누군가가 은신했다고 확신을 갖는 눈치였다.

"좋다, 그러면 너는 부대 하나를 이끌고 요새 제압에 임하도록. 바하르의 병사도 몇 명 붙여주마. 그롤의 처자식이 숨어 있다면 가능한 한 살려서 붙잡도록 해라. 증원군이 필요할 경우에는 즉시 연락해라."

"넷, 맡겨주십시오."

"게브, 너는 선봉을 맡아 록벨을 포위해라. 수비가 허술하거든 후속 부대를 기다리지 말고 단번에 쓸어버려라!"

"흐흐, 알겠습니다!"

둘의 대답을 듣고 리스티히는 각오를 다지면서 깊숙이 고개를 끄덕거렸다.

본의 아니게 적륜군에 가담하고 사흘 후. 본대와 갈라져서 별동대로 편입된 노엘과 마을 청년들은 십수 년 전부터 방치되었다는 요새를 향해 걷고 있었다.

별동대의 지휘관은 여우 눈 네드. 입가를 일그러뜨리며 어딘지 들뜬 채 선두에서 나아가고 있었다.

젊은이들은 중량감 있는 활과 검, 그에 더하여 익숙하지 않은 방어구를 착용한 탓에 고전하면서 안간힘을 다해 쫓아갔다.

목적지는 숲속 깊숙한 곳에 위치하는 터라 나무줄기와 가지가 시야를 차단할뿐더러 울퉁불퉁한 바닥 때문에 발을 헛디디지 않도록 조심조심 전진해야 했다. 체력 소모는 피할 수 없었다.

밀트는 커다랗게 심호흡한 뒤 방울져 떨어지는 땀을 닦았다. 평소 늘 산속을 달려다녔음에도 다리가 통증을 호소했다. 독특한 긴장감, 익숙하지 않은 무장이 몸을 무겁게 내리누른다.

한편 노엘은 하품하면서 심히 여유로운 모습으로 걷고 있었다.

"……이봐, 너는 왜 이렇게 여유로운 거야? 여자 주제에 여러모로 이상하잖아."

호흡을 가다듬으면서 밀트는 말을 건넸다. 긴장을 늦췄다가는 주저앉아버릴 것 같았다.

"이 정도는 아무것도 아닌걸. 밀트랑 다른 사람들이 운동 부족 아닐까?"

"아니, 틀림없이 네가 별종인 거다. 주위를 좀 둘러보라고."

멀쩡하게 걸음을 옮기고 있는 인원은 네드와 그를 따르는 병사 다섯 명, 그리고 노엘뿐.

다른 수십 명은 다 죽어 가는 얼굴에 피로감도 역력히 드러났다. 당장에 쓰러질 듯한 분위기였다.

"네드 대장의 주위에 있는 사람들은 이런 행군에 익숙하다는 느낌이네. 어쩌면 어딘가의 군인일 수도 있겠다."

타당한 의견이라고 수긍할 뻔했으나 그렇다면 노엘의 기운 넘치는 모습이 수상쩍었다. 어디를 뜯어봐도 결코 군인으로 보이지는 않는다. 언제나 촐싹거리기나 할 뿐 규율과는 전혀 인연이 없는 여자였다.

"……네 말이 맞을 수도 있겠군. 그런데 네가 기운 넘치는 이유는 안 되잖냐."

"음, 그게 말이야. 나는 특별하거든. 해님이 떠올라 있으면 언제나 기운이 한가득이야."

하얀 이를 드러내면서 생긋 웃음을 지어 보인다.

저도 모르게 넋을 잃고 바라볼 뻔했지만, 애써 태연한 척 한숨 쉬고는 고개를 가로저었다.

"……그래, 알겠다. 너한테 말 걸었더니 괜히 더 피곤해지는군."

"어라, 힘들겠네."

"너 때문이잖냐!"

"저기, 그나저나 프레서랑 크래프트는 뭐하고 있어? 아까부터 얼굴을 못 봤는데."

"그 녀석들은 록벨로 간다더라. 선봉대로 나선다고 떠벌리더군. 프레서 바보 자식이 크래프트를 억지로 끌고 가더라니까."

크래프트가 싫은 내색을 보이기는 했으나 혈기 넘치는 프레서에게 끌려가버렸다. 평소부터 부하 취급을 받기도 했고 결국 거부를 못 하는 눈치였다.

이제 막 안면을 튼 게브에게서 도시로 가면 짭짤하게 재미를 볼 수 있다는 사탕발림을 실컷 들은 듯했다. 이번에는 빼앗는 쪽에 서주겠다면서 욕망으로 눈을 빛내고 있었다. 밀트가 만류해봐도 프레서는 고집불통이었다.

"그랬구나. 그럼 어쩔 수 없겠네."

"……뭐가 어쩔 수 없다는 거야?"

"별거 아니야."

"무슨 대답이 그래. 뜸 들이지 말고 말해봐."

눈총을 줘도 노엘의 관심은 이미 다른 대상으로 옮겨 가버렸다.

"앗, 혹시 저기 아닐까? 이끼랑 나뭇잎으로 뒤덮인 지저분한 건물. 맞는 것 같은데."

노엘이 손가락질하는 방향을 내다봤다. 살짝 트인 장소에 이끼로 뒤덮여 있는 석조 요새가 우뚝 서 있었다.

밀고 들어오는 적을 방비하기 위한 묵직한 방벽은 군데군데가 이미 허물어졌다. 이래서는 농성한들 눈 깜짝할 사이에 함락당할 것이다. 이런 곳에 도대체 무엇을 하러 왔는지는 아직 전달받지 못했다.

"좋아, 너희는 여기에서 대기한다. 우리가 낌새를 살피고 오지. 조용히들 하고 있어라?"

네드는 목소리를 바싹 죽여서 지시한 다음 병사 다섯을 데리고 몸을 낮춘 채 요새로 다가갔다. 경계를 늦추지 않고 눈에 힘을 주면서 부근을 뒤지고 있다. 지면이며 잔해를 샅샅이 조사하는 모습이었다.

"과연 뭐가 있을까? 혹시 누군가 대단한 사람이 숨어 있다든가?"

"……이렇게 낡고 지저분한 곳에 말이냐?"

"그러니까 아무도 찾으러 안 온다고 안심한 거야."

"흠, 일리가 있군."

"나라면 이렇게 눈에 띄는 장소에는 안 숨겠지만."

노엘은 그렇게 말한 뒤 흥미가 가셨는지 나무줄기에 기대섰다.

"그럼 너라면 어디에 숨었겠어?"

"으음, 글쎄. 예를 들어서 구멍 속은 어떨까?"

"이 녀석아, 사람은 두더지나 개미가 아니잖냐. 그런 장소에서는 오랫동안 몸을 숨길 수가 없단 말이다."

"구멍에도 여러 가지로 종류가 있는걸? 무덤구덩이만큼은 더는 들어가고 싶지 않지만."

「더는」이라는 말에서 위화감을 느꼈다. 마치 한 차례는 들어간 적이 있다는 말투다. 다시 한 번 물어보려고 했다만 정작 노엘이 눈을 꾹 감아버렸다. 대화를 이어 나갈 생각이 없는 듯했다.

밀트도 더 이상 캐묻지 않고 바닥에 앉아서 체력 회복에 전념했다. 대기 지시를 받은 인원들도 묵묵히 고개 숙이고 있다.

그렇게 잠시 시간이 흐른 뒤 네드와 정찰조가 드디어 되돌아왔다.

"주목, 전원 내 말을 들어라. 우리가 록벨에 가지 않고 이따위 꾀죄죄한 곳을 굳이 뒤지러 온 이유를 설명하마."

일단 말을 멈췄다가 히죽거리면서 득의양양 미소를 짓고 설명을 재개했다.

"목적은 단 하나. 록벨에서 도망쳐 나온 그롤의 처자식을 확보하는 것. 확보에 성공한다면 이 전쟁의 승산은 꽤나 높아질 거다. 적 수뇌의 귀한 가족을 인질로 잡아 놓으면 눈이 돌아갈 테지."

"그, 그나저나 정말 이런 곳에 있는 겁니까? 아무리 봐도 그냥 폐허로밖에 안 보이는데요."

젊은이 하나가 흠칫흠칫하면서 묻자 네드는 자신만만하게 받아쳤다.

"여기에 오는 도중은 나도 반신반의였지. 그런데 얼씨구? 잘~ 뒤져보니까 최근에 사람 드나든 흔적이 있더라니까. 안 들키겠다고 대충 감춰 놓기는 했다만 틀림없다. 장담하지, 여기에 있어."

"네, 넷."

"이봐, 이 친구야. 자네 대답 소리 때문에 김이 빠지잖나. 이제 곧 실전이란 말이다. 우리 손으로 콱 붙잡는 거다. 그러면 포상은 듬뿍, 주머니는 출렁출렁이지. 당연히 반항은 할 테니까 기합 팍팍 넣고 덤비라고. 안 그러면 픽 죽어 나간다?"

"아, 알겠습니다."

"전투는 기합이니까. 겁먹지 말고 달려들어라?"

네드는 젊은이의 등을 세게 두드렸다. 그리고 전원을 쭉 둘러본 뒤에 싸늘한 어조로 지시했다.

“여자와 꼬마는 죽이지 말고 붙잡도록. 저항하면 적당히 반쯤 작살을 내도 괜찮다. 다른 놈들은 가차 없이 죽여버려. 겁난다고 주저하지 말고 숨통을 끊어줘라.”

“여, 역시, 죽여야 되는 겁니까?”

“안 죽이면 네가 죽어 나간다. 대신 죽어줄 테면 마음대로 하라고. 단 무덤은 안 만들어준다.”

네드가 다짐을 놓자 젊은이들은 딱딱하게 굳은 얼굴로 고갯짓했다.

“요새 내부를 이 잡듯이 뒤져라. 구석구석 샅샅이 철저하게. 창고와 지붕 아래도 빼먹지 마라. 그러다가 발견하거들랑 즉시 아군에게 연락하도록. 나는 입구에서 안쪽에 숨은 놈들이 도망치지 못하게 감시하고 있을 테니까 말이다. ……에라. 이봐, 듣고 있나? 거기 아가씨 말이야.”

“응, 물론 다 들었어. 나도 열심히 찾아볼게.”

노엘이 적당히 대답하자 되레 밀트가 마음을 졸였지만, 네드는 그다지 신경 쓰는 기색이 없었다.

“생포만 성공하면 우리가 일등 수훈이다. 내가 대장한테 제대로 보고할 테니까 포상은 기대해도 될 거다. 자, 알아먹었으면 대답해라!”

안쪽에 숨어 있는 자들을 위압하려는 듯이 네드는 큰 목소리로 고함질렀다. 그러자 전원이 따라 대답했다.

“알겠습니다!”

“좋아, 이제 출발이다. 저 낡고 지저분한 요새를 제압한 다음 그롤의 처자식을 확보한다! 돌입 개시!!"

네드가 검을 뽑아 들고 요새를 향해 나아간다. 뒤를 따라서 밀트와 다른 청년들도 달려 나갔다.

노엘도 등에 맨 이지창을 뽑아 들고는 가장 뒷줄에 서서 천천히 따라갔다.

도중에 문득 하늘을 올려다본다. 구름이 끼어 있기는 하나 아직껏 태양은 건재했다. 확인을 마친 노엘은 기분 좋게 걸음을 빨리했다.

낡은 성채— 세브템 요새에 몸을 숨기고 있던 젊은 기사 신시아 에드리히는 고뇌했다.

신시아의 임무는 고향 도시 록벨을 방문 중에 있었던 태수의 가족— 사라와 엘가, 두 인물의 호위였다. 그러나 운수 사납게도 하필 귀성 중 코임브라 북부에서 반란이 일어나고 말았다.

반란군은 점점 기세를 더하여 북부 방면에서 주도 마들레스를 목표로 쭉 남진했다. 또한 반란군의 진로 위쪽에 자리하고 있는 도시가 하필 체류 중이던 록벨이었다.

신시아는 한시라도 빨리 태수의 가족과 함께 주도로 복귀하고 싶었으나 록벨을 다스리고 있는 바렐 백작은 용납하지 않았다. 제 여식, 사라의 안위를 염려했던 까닭도 적지 않았겠으나 가장 큰 이유는 이대로 버림받을 수도 있다는 두려움에 있었다. 물론 바렐이 대놓고 언급한 것은 아니지만 신시아의 판단은 그러하였다.

따라서 신시아는 타협안을 마련했다. 분명히 전쟁터가 될 록벨을 대신하여 방치되어 있던 세브템 요새로 피난하겠다는 제안이었다. 이 발안은 바렐도 마지못할지언정 받아들였다.

그리고 몸을 숨기고 있는 동안에 호위 병력을 불러들이기 위해서 주도에 전령을 보내기도 했다. 신시아는 가능한 한 모든 수단을 동원했다고 자부했다.

이제 주도 마들레스에서 보내주는 원군과 합류하여 록벨로 오는 반란군을 물리치면 임무는 무사히 완수할 수 있었을 텐데.

'……이제까지는 아무 문제도 없었다. 그런데 설마 이 장소를 아는 자가 있었을 줄은!'

지도에서는 이미 삭제된 데다가 군 내부에서도 기껏해야 몇몇 인물만 알고 있었던 세브템 요새. 실제로 사라에게 듣기 전까지 신시아도 존재를 알지 못할 정도였다. 북부에서 진군하는 반란군이 이리로 들이닥치는 일은 결코 있어선 안됐다.

그러나 팔에 붉은 천을 묶은 남자들이 성채를 포위한 채 문을 깨부수고 침입해 들어왔다. 반란군에 가담한 누군가가 정보를 흘렸을까? 현지의 사냥꾼이라면 위치를 안다 하여도 이상할 것은 없겠다.

신시아를 포함하여 태수 가족을 호위하는 병력은 불과 스무 명. 들이닥친 반란군의 수는 대략 일백가량일까. 질 거란 생각은 안 했지만 전투 중에 보호해야 하는 대상도 고려하면 분명 불리한 입장이었다.

만에 하나라도 태수의 가족을 위험에 노출시킬 수는 없는 노릇이었다. 두 사람은 바르데카라는 성씨를 지니고 있는 고귀한 신분, 사로잡힌다면 반란군의 사기는 절로 대폭 상승하리라.

'아마도 사라 님과 엘가 님을 붙잡는 것이 목적인가. 그러나 이리도 딱 나타날 수가 있나? 설마 우리 군에 내통자라도 있다는 말인가?'

수많은 의문이 떠오르지만 차분하게 되새길 시간은 없었다. 신시아는 응전하지 않고 창고 안쪽에 설치된 비밀 통로를 지나 탈출하기로 결단했다. 태수 가족을 먼저 피난시킨 뒤 자신은 이곳에 남아 미끼가 되어 시간을 끌 작정이었다.

창고의 문과 근처의 벽면에는 누더기 천을 붙여서 간소하지만 위장 공작도 펼쳤다. 끝까지 속아 넘기기는 어렵다 해도 어두운 장소라서 시간은 벌 수 있을 것이다.

"신시아 님, 역시 문이 녹슬어서 입구가 안 열립니다!"

"그렇다면 철퇴로 쳐서 때려 부숴라! 서둘러야 한다. 놈들이 곧 이곳으로 들이닥친다!"

"알겠습니다!"

"천을 둘러 감아서 가능한 한 소리가 나지 않도록 해라! 어서!"

"넷!"

신시아가 병사를 질타한다. 안쪽에서 서로 끌어안고 있는 사라와 엘가의 얼굴은 몹시 핼쑥했다. 염려할 필요 없으시다고 허세라도 부리고 싶은 마음이었으나 무책임한 말을 건넬 상황도 아니었다.

병사들이 천을 둘러 감은 철퇴로 바닥에 설치된 통로 입구를 내려쳤다. 둔탁한 소리가 창고 안으로 울려 퍼진다. 예상보다 큰 소리였기에 절로 얼굴이 찡그러졌으나 하는 수 없었다. 지하의 이 부근에 적이 아직 없기를 기원할 따름이었다.

지켜보고 있는 병사들도 숨을 죽인 채 손에 든 장검을 꽉 잡아 쥔

다. 쉰내가 코를 찔렀다.

창고의 문에 얼마 전 뚫었던 작고 동그란 빈틈으로 바깥을 살폈다. 어두워서 무엇도 알 수가 없다.

창고 바깥에는 큰 방이 있고, 그곳은 위층에서 다소의 빛이 들어올 텐데. 방금 전까지는 분명 보였던 만큼 납득이 되지 않는 상황이었다.

"……뭐지? 누가 불빛을 비춰주겠나?"

"이러면 되겠습니까?"

"고맙군."

횃불의 빛을 빈틈 너머로 비추면서 다시 한 번 바깥 상황을 살폈다.

"……흐읍!!"

신시아는 작게 비명 지르고 엉겁결에 문 뒤쪽으로 물러났다. 방금 전 어두컴컴하다고 생각했던 것은 틀린 판단이었다.

사람의 눈. 아마 신시아가 눈을 가져다 대기 한참 전부터 내내 문 앞에서 내부 상황을 살피고 있었다. 누더기 천을 덮어 두었던 문, 거기에 뚫어 놓았던 작은 구멍으로.

요컨대 문 하나를 사이에 두고 적과 마주 보고 있었다는 의미가 된다. 신시아의 몸에 공포로 소름이 돋았다. 내심 적을 경계하지 않았더라면 틀림없이 비명을 질렀을 테지. 닭살이 돋아 있음이 절절히 느껴졌다.

"신시아 님, 왜 그러십니까?"

"바, 바깥에, 바깥에 누가 있다!"

"아하하, 찾았다~."

왠지 몰라도 즐거움이 묻어나는 젊은 여자의 목소리가 들린다. 이어서 문을 톡톡 가볍게 두드리는 소리가 울려 퍼졌다. 안쪽에 숨어 있다는 것을 완전히 들켜버렸다.

목제이기는 해도 상당히 든든하게 만들어졌기에 문이 쉽사리 부서지지는 않을 것이다. 다만 이대로 두면 위험했다. 문 두드리는 소리가 점점 더 강해지고 있다. 둥둥 둔탁한 소리가 울려 퍼지면서 충격이 방 안의 공기를 뒤흔들었다.

'……어떻게 하면 되는가. 이대로 두면 저자가 금세 원군을 불러올 텐데. 역시 내가 나설 수밖에 없겠군.'

결단한 신시아는 뒤쪽에서 불안한 표정을 짓는 병사들에게 명령했다.

"이 적군은 내가 처리하겠다! 너희는 사라 님과 도련님을 끝까지 지켜드리도록! 내가 나가거든 무슨 일이 있어도 이 문을 열지 마라!"

"하, 하오나!!"

"그렇다면 저도 함께 나가겠습니다!"

"안 된다, 우리의 임무를 잊지 마라! 명심해라, 당장 문을 닫아야 한다! 내 안위 따위는 개의치 말고 서둘러서 탈출하라!!"

검을 굳게 쥐고 무거운 문을 단박에 열어젖혔다. 앞쪽에 있던 인간이 깜짝 놀라서 소리를 내며 뒷걸음친다.

그 틈을 찔러서 거칠게 문을 닫았다. 안쪽에서 문 걸어 잠그는 소리가 들리는 것을 확인했다. 부하들은 명령을 잘 따라주었다.

경계하면서 적의 낌새를 살폈다. 언뜻 보기에는 이 젊은 여자 하나뿐인 듯했다. 흡사 피처럼 붉은 머리카락이 묘하게 인상적이었다.

'젊군. 겨우 10대 중반쯤 되었겠어. 그러나 반란에 가담한 도적을 성히 보내줄 수는 없다!'

아이를 살해한다는 데서 다소의 망설임은 느낄지언정 곧 각오를 다졌다.

"……이곳에 있는 인원은 네가 전부인가?"

"응. 찾아낸 사람은 나 혼자야."

"……그렇군. 어떻게 이곳을 알아냈지?"

"왜냐면 거기 한 곳만 벽포에 끊어진 자국이 나 있었으니까. 그럼 당연히 뭔가 숨겨 놓았겠지?"

신시아는 등 뒤로 잠시 시선을 돌렸다. 확실히 문을 닫기 위해서 잘라 놓은 자국을 확인할 수 있었다. 그러나 실내가 제법 어슴푸레한 만큼 멀리서 보고 판별하기는 어려울 것이다.

이 여자는 겉보기와 달리 꽤 뛰어난 관찰력의 소유자인 듯했다. 그 탓에 목숨을 빼앗기는 처지가 되었으니 불행하다는 말밖에 해줄 수가 없겠다.

"너도 반란군에 속해 있는가?"

"응, 일단은. 뭐라더라, 메뚜기 떼가 아니라 적륜군이라고 하던데? 이름 하나는 번듯하게 지었네, 응응."

적발의 여자가 천연덕스럽게 웃으면서 고개를 끄덕거렸다. 무기는 두 갈래로 뻗어 나가는 기다란 창. 몸에 착용한 것은 가죽제 흉갑. 팔에는 붉은 천을 묶어 두었다. 역시 적륜군을 자처하는 반란군이 틀림없었다. 다시 한 번 각오를 다졌다.

'가엾어도 죽일 수밖에. 못 본 척 살려 보내줄 여유가 지금 나에게

는 없구나.'

방심을 유도하기 위해 이름을 묻는다. 아마 마지막 대화가 될 테지.

"……내 이름은 신시아라고 한다. 너의 이름을 물어도 되겠나?"

"응, 괜찮아. 내 이름은 노엘—."

느긋하게 말문을 떼려고 하는 그 순간 신시아는 노엘의 목을 목표로 필살의 일격을 선사했다. 아직 전투태세를 갖추지도 않은 소녀의 목을 노리는 공격. 명예를 중시하는 기사 신분으로 해서는 안 되는 행동이었으나 태수 가족의 생명이 최우선이었다. 게다가 상대는 도적이잖은가. 체면을 신경 쓸 때가 아니었다.

왼발을 힘차게 내디디면서 이를 악물고 우측 사선으로 검을 내리친다.

묵직한 충격이 전해지는 동시에 높고 날카로운 쇳소리가 울려 퍼졌다.

"기습이라니 치사하네."

"나, 나의 일격을 막아 냈다고?!"

전력을 다해 휘두른 검격은 이지창의 끝부분에 완전히 틀어막히고 말았다. 검 자루를 꽉 잡아 쥔 두 손이 몹시 저렸다.

노엘의 얼굴에서 만사태평한 웃음이 사라지고 사나운 것이 자리했다. 응축된 살의가 배어 나오고 있음을 피부로 느낄 수 있었다. 이제껏 겪은 전투를 다 돌아봐도 이토록 짙은 살기는 처음이었다.

'이, 이 녀석. 단순한 도적이 아니었던가?!'

무심코 엉거주춤할 뻔했지만 기합을 넣어 견뎠다.

"너를 쓰러뜨리지 않으면 이 안에 있는 보물을 못 가져온다나 봐.

그러니까 나도 전력으로 싸운다?"

"닥쳐라, 어리석은 도적아! 내 정의의 검을 받아라!!"

대답 대신 참격을 날렸다. 체격은 이쪽이 더 앞서는 만큼 완력 대결로 끌고 가면 짓누를 수 있었다. 상대는 창을 쓰므로 공격 거리의 차이를 메울 방법은 육박뿐이다.

그렇게 판단한 신시아는 방어를 포기하고 재빠른 연격을 펼쳐 나갔다.

"죽어랏!"

"으아앗, 제법 빠르네."

몸체를 노리고 날린 공격은 긴 자루에 튕겨 나갔다. 반동을 이용하여 회전하면서 왼 측면을 후려쳤으나 뒤로 훌쩍 뛰어서 피해버렸다.

창잡이를 상대로 검을 든 자신이 민첩함으로 뒤처지는 꼴이라니. 신시아의 머리에 피가 솟구쳤다.

"제길! 촐랑촐랑 약아빠져서는!"

"어라, 자꾸 숨이 차오르는데 괜찮아? 잠깐 쉬었다가 할까?"

"나를 비웃을 셈이냐!!"

"놀리려고 한 말이 아닌데."

노엘은 막기만 할 뿐 공격을 펼치려고 하지 않는다. 창 자루로 칼날을 척척 막아 낼 뿐 아니라 경쾌한 발놀림으로 접근을 허락하지 않았다.

한편 신시아는 완전히 농락당하는 처지였다. 검로가 자꾸 흐트러지는 데다가 움직임도 차츰 둔해지고 있었다.

"타앗!!"

"아차차."

얼마 전부터 유도하는 대로 끌려다니는 듯한 착각이 들었다. 아마도 맞을 것이다. 노엘은 일부러 빈틈을 내보이고 그곳에 공격이 들어올 것을 예측하면서 피하고 있다.

이대로 당할까 보냐, 페인트를 넣은 뒤 하복부로 재빨리 찌르기를 날렸다. 안타깝게도 칼끝은 몸통 오른편을 스쳤다.

곧바로 이어지는 반격, 신시아의 복부에 강렬한 발길질이 꽂혀 들었다. 기세를 실어서 펼친 공격이었던 만큼 대가도 더욱 배가됐다.

"끄흑!!"

등을 꿰뚫린 듯한 격통이 치달아 저도 모르게 신음을 터뜨려야 했다. 갑옷을 착용했는데도 전혀 역할을 못 한다. 미처 견디지 못한 까닭에 입에서 위액이 흘러넘쳤다. 고통으로 부들거리는 무릎을 노리고 창의 물미가 날아들어 강제적으로 자세를 무너뜨려버렸다.

급히 일어서려고 했을 때에는 이미 창의 날 끝이 신시아의 안면에 바짝 다가들었다.

예리한 두 창끝이 양쪽 눈에 와 닿기 직전에 멈춰 있다. 움직임을 멈추고 숨을 삼킨다. 살짝 찌르기만 해도 신시아는 안면을 꿰뚫려서 죽는다.

"움직이면 죽일 거야. 여자는 죽이면 안 된다고 하던데 나는 죽일 거야. 그러니까 있잖아, 얌전히 검을 버려줄래?"

"거절한다! 도적 상대로 코임브라 기사의 명예를 더럽힐 수는 없다!"

어쩔 도리도 없었지만 항복만큼은 할 수 없다. 기사의 명예와 긍지를 걸고 도적의 말에 따를 수는 없었다.

거절하겠다고 큰 소리로 내뱉었을 때 노엘은 곤란하다는 표정을 지어 보였다.

"정말 안 돼?"

"당연하다! 죽이려거든 어서 죽여라! 나는 고임브라에 목숨을 바치겠다!"

"아~ 어쩐담. 귀찮으니까 진짜 죽여버릴까? 못 찾았다고 둘러대면 아무한테도 안 혼날 테고."

한쪽 눈을 감고 고개를 갸웃거리는 노엘. 빈틈이 드러났다고 판단하여 팔에 힘을 넣은 순간 예리한 시선이 날아들었다.

"에이, 내가 움직이지 말랬잖아. 얌전히 안 굴면 팔다리 다 부러뜨려버린다? 목숨만 붙여 놓으면 된다고 허락받았단 말이야."

"큭!"

"일단 그 물건은 걸리적거리니까 치워 놓을게. 깜빡 방심하다가 찔리기는 싫고."

창을 빙글 돌리는가 싶더니 손에 쥐고 있었던 검이 튕겨 나갔다. 너무나도 빠른 솜씨였기에 미처 대응조차 못 했다.

최후의 저항으로 허리춤에서 단도를 뽑아 들고자 시도했으나 오른손을 타격당했다.

"이, 이런 추태라니! 도적에게, 게다가 고작 어린아이에게 당할 줄이야!"

실력으로 패배했음을 차마 인정하지 못하고 신시아는 구질구질하게 한탄의 말을 늘어놓았다.

"이런 날도 있지, 뭐. 다음에는 이기면 좋겠네."

“네, 네 녀석은 도대체! 나를 얼마나 더 우롱해야 만족할 테냐!!”

격앙하여 신시아가 일어서려고 했을 때 위층에서 젊은 남자가 내려왔다.

“뭔가 고함 소리가 엄청 들리는데 무슨 일 있나? 으앗. 무슨 짓이냐, 이 녀석아!”

“밀트, 마침 잘 왔어. 잠깐 나 좀 도와줄래? 여자를 한 명 찾아냈거든. 이름은 신시아.”

“지, 진짜냐! 설마 네가 싸워서 붙잡은 건가?”

경계를 늦추지 않고 밀트가 흠칫흠칫하면서 다가왔다.

“지금 막 이겼어. 어서, 빨리 도와줘.”

“아, 알겠다.”

“음, 혹시 긴 밧줄은 안 갖고 왔지?”

“그래, 나한테는 없군. 누구든 갖고 있는 녀석을 찾아올까?”

“그럼 이 붉은 천을 써서 뒷짐결박하자. 안 묶기보단 나을 거야.”

“그, 그래.”

“놓아라, 도적놈들아! 더러운 손으로 나를 만지지 마라!”

신시아는 단지 소리칠 뿐 창끝이 바짝 들이밀어진 탓에 아무 저항을 할 수 없었다.

꼼짝 못 하고 밀트의 손에 뒷짐결박을 당해야 했다.

지금 허락된 일은 안쪽에 있던 자들이 무사히 도망쳤기를 기원하는 것뿐이었다.

“제기랄!”

“이제 완료네.”

"……그나저나 이 여기사는 정말 너에게 진 거냐? 일단은 기사잖아?"

"그렇긴 한데."

"……뭐라고 해야 되나. 너한테 지는 수준이라면 기사라고 해 봐야 의외로 대단할 게 없다는 건가?"

밀트라는 이름의 청년이 거리낌 없이 이쪽을 내려다본다. 고작 마을 소녀를 상대로 패배했냐고 어이없어하면서 묻는 시선이었다.

신시아의 얼굴이 수치와 분노로 붉게 물들었다. 그러나 어떤 말을 해 봤자 변명이 되는지라 이를 악물었다.

"꽤 강하던데? 밀트가 싸웠다면 벌써 죽었어. 아마도 첫 번째 일격으로 두 동강 났겠네. 아니면 목이 싹둑 잘려 나간다든가."

"시, 시끄러워. 나는 검 따위 거의 써본 적도 없는데."

"에잇."

노엘이 콕콕 밀트의 목을 찔러 댔다. 쓱 옆으로 긋자 밀트의 등에 소름이 돋았다.

"하지 말라니까! 그보다 어디 어린애는 없었어? ……응? 여자의 이름은 사라가 아니었던가?"

"이 문 건너편에 숨어 있나 봐. 차서 부수려면 힘들 테니까 네드 대장한테 보고하는 게 편할 거야."

"좋아, 그럼 내가 보고하고 오지. 너는 이 여기사님을 감시하고 있어."

"다른 사람들한테는 꼭 비밀로 해야 돼. 우리가 찾아냈으니까. 사람이 많아지면 포상이 줄어들잖아."

"그래, 알겠다."

"응, 잘 부탁할게. 맞다, 맞다. 조임 마을 사람들한테는 꼭꼭 나눠 줄 테니까 걱정하지 마. 독차지는 좋지 않은걸."

"거 마음도 넓군."

밀트가 쓴웃음 짓고 계단을 달려 올라갔다. 장내에는 신시아와 노엘이 남았다.

"……그나저나 여기는 어두워서 참 별로다. 곰팡내 나고, 해님도 안 보이고."

노엘은 창을 끌어안고 신시아의 옆쪽에 주저앉았다.

"……."

"……."

"있잖아."

침묵에 질린 노엘이 말을 건넨다. 신시아는 두 눈을 꽉 감고 침묵을 관철했다.

"있지, 신시아는 역시 여기사답게 강하더라. 방금 전에도 하마터면 배를 뚫릴 뻔했고. 좀 위험했어."

"……."

"저기, 있잖아. 한 가지 물어봐도 될까?"

"……."

"아하하, 역시 안 되는구나. 그러면 어쩔 수 없네."

노엘은 살짝 서글픈 미소를 짓고 벽면에 휙 기대앉았다.

“네드 대장, 이쪽입니다.”

잠시 후 남자 셋을 데리고 밀트가 돌아왔다.

흑발을 걸리적거린다는 듯이 긁으면서 걷는 자는 네드라고 불렸던 여우 눈 남자였다.

“오오, 아가씨. 높아 보이는 여기사를 발견한 데다가 확 제압까지 했다고? 아주 제대로 공을 세웠어.”

“이름은 신시아라고 한대. 여기 안쪽에서 갑자기 튀어나왔어.”

노엘이 누더기 천으로 덮인 문을 손가락질했다.

네드는 고개를 끄덕이더니 부하 두 명에게 문을 파괴하도록 지시했다.

“좋아, 거리끼지 말고 팍팍 때려 부숴라. 안쪽에는 아마 없을 테지만 일단 조심들은 하라고.”

“넷!”

명령에 따라 부하들이 철퇴를 들고 문을 후려갈겼다.

대화를 듣고 있었던 신시아는 얼굴을 찡그렸다.

‘어째서 안에 아무도 없다 장담하지? 이 남자는 대체.’

“실은 말이야, 너희들에게는 말을 안 했다만 이 요새에는 비밀 통로가 있거들랑. 그러니까 안에 있는 쥐새끼들을 몰아넣기 위해서 너희를 들여보냈던 거지. 비밀 통로의 출구에는 이미 내 수하가 대기 중이라는 말씀이야. 전원이 진입하는 척 행세한 것은 다 위장이었지.”

네드는 요새 안에 전원이 돌입한 후 미리 지시를 내려 놓았던 인원을 불러들여서 비밀 통로의 출구로 이동시켰다. 내부에서 수색을 실시하고 있는 인원은 별동대의 절반가량. 노엘도 물론 전달받지 못한 사실이었다.

“어, 어째서 네놈이 비밀 통로의 존재를 알고 있단 말이냐?!”

“흐흐. 글쎄, 어째서일까? 아주 신기하군그래. 뭐, 태양신의 계시를 받았다고 치자.”

네드가 비웃으면서 입가를 비뚤어뜨렸다.

신시아는 그 표정을 보고 간신히 떠올렸다. 자신은 이 남자를 본 적이 있었다. 머리카락 색깔이 갈색에서 검은색으로 바뀌었다 해도 틀림없었다.

“어라, 그러면 우리가 받을 포상은 없어지는 거야?”

“이대로 태수 부인과 아들내미를 잘 사로잡는다면 내 지휘가 큰 몫을 하는 거잖냐. 일등 수훈은 당연히 이 몸, 네드 님이시지. 뭐, 맛있는 밥 한 끼는 전원에게 먹여주도록 하마.”

“치사해.”

노엘이 입을 삐죽거렸다.

“그래, 어른은 치사한 법이란다. 흐흐, 너한테는 살짝 덤을 얹어 줄 테니까 그만 삐쳐라.”

기분 좋게 웃어넘기고 노엘의 붉은색 머리카락을 마구 쓰다듬는다.

그때 나뭇조각 깨져 나가는 소리가 실내에 울려 퍼졌다. 창고로 연결되는 문이 마침내 파괴되고 말았다.

“네드 대장, 역시 안에는 아무도 없습니다!”

“비밀 통로의 입구를 발견했습니다. 이리로 도망친 듯 보입니다!”

“괜한 고생을 하는군. 쫓을 필요는 없다. 매복조가 잘 기다리고 있을 테니까. 어디 보자, 일단 이 여자는 죽여야겠군."

네드가 크게 하품을 한 다음 허리의 검에 손을 가져갔다.

"……네디케스."

"……엉?"

"네놈, 한때나마 우리 군에 있었던 네디케스로군! 네 녀석 특유의 여우 눈과 천박한 낯짝, 머리카락 색을 바꾼다 한들 한눈에 알아볼 수 있다!"

"누구냐, 네년."

네드가 노기를 드러내도 신시아는 기죽지 않았다.

"3년 전 군자금을 들고 탈주했던 네놈을 내 부대가 추적했었다! 바하르로 도망쳐 들어가기 전까지는 종적을 파악했었건만."

조금만 더 쫓았다면 붙잡았을 텐데 인접해 있는 바하르 주로 도망쳐버렸다. 바하르까지 진입할 경우 정치적 문제로 비화되는 탓에 그다음은 윌름 장군의 손에 맡기는 형태로 마무리됐다. 구속 의뢰를 전달했음에도 결국 해결에 다다르지는 못했다만.

"아, 무슨 소리인가 못 알아듣겠군. 네년이 사람을 착각한 거야."

"닥쳐라! 십인장이라는 지위에 있으면서도 군자금을 횡령하다니 언어도단 아닌가! 애당초 대체 왜 네놈이 반란군에 가담해 있단 말이냐?! 백성의 대변자를 자처할 만큼 기특한 인간도 아닐 터인데!!"

깊이 한숨을 내쉬면서 눈가를 손으로 가리는 네드. 옆에서 지켜보던 노엘과 밀트는 지금 오가는 대화가 무슨 소리인지 알 수가 없었다.

"대장, 어떻게 하시겠습니까?"

"뭘 「어떻게」 하자는 건데?"

"그게 말입니다, 이 여자가 아까부터 쓸데없는 소리를 주절거리잖습니까."

"어차피 죽일 테니까 신경 쓸 필요 없다. 뭐, 얼른 입을 닥치게 해주는 게 최고 아니겠냐."

부하로 짐작되는 남자의 말을 듣고 신시아는 눈초리가 치켜 올라갔다. 어딘가에서 들은 적이 있는 독특한 억양이었다. 그렇다, 분명 바하르의 억양이다. 코임브라의 사람과 달리 발음에서 강약이 두드러진다.

"네놈, 그 억양은 바하르의……. 자, 잠깐만. 대체 왜 코임브라에서 일어난 반란에 바하르 사람이 가담한 거지?!"

노성을 지름과 동시에 머릿속에 몇 개나 되는 의문이 떠올랐다.

"아니, 무슨 소리야. 나는 절대로 바하르 사람이 아니라고. 아니고말고. 그렇죠? 네드 대장."

"바보 녀석아. 대놓고 동요하면 아예 맞다고 인정해주는 셈이잖냐."

네드는 부하를 돌아보면서 지친 기색으로 고개를 가로저었다. 귀찮은 일이 벌어졌다는 표정이다. 신시아는 경악하여 눈이 휘둥그레졌다.

"설마—."

"이봐, 이봐. 더는 말하지 마라. 아무런 죄도 없는 불쌍한 길동무를 늘리고 싶은 거냐?"

검을 들이대고 으름장을 놓을지언정 쏟아져 나오는 말은 멈출 수 없었다.

"이 반란의 배후에 바하르 군이 있었나! 코임브라의 백성을 선동한 것도 너희 바하르 놈들이었나?!"

"아이고, 죄다 말해버렸어."

"이, 이 비겁한 놈들. 부끄러운 줄 알아라!"

신시아는 이빨을 드러내고 마구 호통쳤다. 본인이 자랑스럽게 여기고 있는 금발이 거꾸로 설 만큼 분노에 휩싸였다.

"시끄럽다고, 이 멍청한 년아!"

"끄헉!"

안면에 발길질을 맞고 먼지 수북한 돌바닥에 나자빠졌다. 얼굴에서 피가 흐르지만 신경 쓸 때가 아니었다. 진실을 안 이상 마지막 최후의 순간까지 싸워야 했다. 이대로는 도저히 죽을 수 없다. 이 정보를 어떻게든 태수 그롤에게 보고하겠다. 단순한 반란이 아니었다. 바깥 세력의 사주가 있었다.

"네년의 멍청한 발언 때문에 괜한 시체가 둘이나 늘어나게 됐잖냐. 정말이지 이년은 구제 불능이로군."

네드가 손짓으로 신호하자 부하 두 명이 검을 뽑아서 노엘과 밀트에게 다가들었다.

밀트는 핼쑥해져서 뒷걸음친다.

"어, 어째서? 우리는 동료잖습니까."

"미안하군. 노엘, 그리고…… 밀트였던가? 이 바보 여자가 쓸데없는 소리를 지껄인 탓에 너희도 안타깝지만 여기에서 죽어줘야겠다. 원망하려거든 저년을 원망해라."

"대체 어째섭니까?! 나는 무슨 말인지도 모르겠고요, 게다가 절대 남에게 말 안 합니다!"

"알려지기만 해도 위험한 사실이 있는 법이지. 소문이란 말이야, 일단 퍼져 나가면 순식간이라고. 증거니 뭐니 필요하지도 않아. 믿느냐, 믿지 않느냐. 단지 그뿐이거든. 적륜군은 어차피 대충 끌어모은 오합지졸이잖냐. 어떤 작은 균열 때문에 와르르 무너질지 짐작도 안 간단 말이다."

"그러니까 죽이는 거야? 어른은 진짜 치사하구나."

노엘은 무표정으로 되물었다. 밀트와 달리 곧 살해당한다는 공포는 찾아볼 수 없었다.

"포상을 준다고 하고 사태가 이렇게 될 줄은. 정말 미안하게 됐군. 너희는 꼭 무덤을 만들어줄 테니까 용서해줘라."

"어, 어떻게 이런."

"네디케스, 이리 무도할 수가 있느냐!!"

"네년의 무덤은 없을 줄 알아라. 범하고 범하고 또 범한 다음에 찢어 죽인다. 죄 없는 꼬마를 둘이나 죽게 만들었는데 당연한 응보 아니겠냐."

네드는 매섭게 쏘아붙인 뒤 죽이라고 짧게 명령했다.

예리한 두 칼날이 어두컴컴한 방에서 빛났다. 쏟아지는 붉은 핏방울. 순식간에 농밀한 냄새가 가득 들어찼다. 이끼 낀 돌바닥이 검붉은 빛깔로 천천히 물들고 있다.

"이야기가 너무 길어서 깜빡 잠들 뻔했네."

"어? 어? 어?"

"어라, 밀트. 괜찮아? 눈이 빙글빙글 돌아가는데."

"내, 내가, 아직 살아 있나? 무사한가?"

"무사하다면 무사하기는 한데 이 사람들은 목이 사라져버렸어. 응, 이거 봐봐."

"으, 으햐아아악!!"

눈앞의 참상을 확인하고 밀트는 묘한 비명과 함께 엉덩방아를 찧었다.

"재미있는 소리네. 궁금하다. 그런 목소리는 어디에서 나오는 거야?"

노엘이 천연덕스럽게 말을 건넨다.

신시아는 무슨 일이 벌어졌는지 이해할 수 없었다.

남자들이 검을 휘두른 순간, 노엘이 거리를 좁혀서 한 차례 창을 번쩍거렸다. 가볍게 한 번 휘둘렀을 뿐인데 남자들의 목이 하늘을 날았다. 남은 것은 피만 뚝뚝 흘리는 몸뚱이가 둘.

"……농담이라기에는 웃음도 안 나오는군, 이 상황은."

"그러게 말이야. 그래도 먼저 공격한 사람은 그쪽인걸. 어쩔 수 없겠네."

"……거참, 이딴 곳에서 괴물을 만날 줄이야. 정말 운수 사납군. 운수가 사납다고. 그래, 빌어먹을, 진짜 운수 한번 사납구나!!"

"나는 괴물 아니야. 노엘. 어때? 예쁜 이름이지?"

"그래, 있다고. 이 세상에는 사람들이 아예 상상도 못 하는 괴물이 있어. 아무 예고도 없이 불쑥 튀어나오지. 누가 만들어 냈나 모르겠다만 이따위 횡액이 있기는 있군. 젠장, 정말이지 이보다 더한 민폐가 없구나!!"

네드가 왼손을 앞으로 쑥 들이밀고 노엘을 향해 놀랍도록 빠른 속도로 접근하려고 했다. 왼손은 버릴 작정이리라. 그야말로 목숨을 건 공격. 그토록 굳은 결의로 돌격한 네드를 기다리고 있던 것은 무자비한 일격.

두 갈래로 뻗은 창의 투척이었다. 정체되어 있던 공기를 찢어 가르고 갑옷을 꿰뚫어 살과 척추를 도려낸다.

"끄어어어억."

신음 소리와 오장육부를 흩뿌리면서 네드는 벽면에 붙박였다. 하반신이 무참하게 뜯겨 나갔다. 제 몸에 일어난 참상을 내려다보고 특유의 여우 눈이 절망에 젖어 커다랗게 뜨였다. 불행히도 즉사를 모면하고 말았음이다.

노엘이 콧노래를 부르면서 가까이 다가갔다. 도처에 흩어져 있는 내장 위쪽을 우아하게 걸어서. 철벅철벅 터져 나가는 소리가 귀에서 가실 줄을 몰랐다.

"고, 공적을, 노리고, 왔더니만. 이런, 괴물을."

네드가 쉰 목소리로 푸념한다. 이러려던 것이 아니었다고. 영달과 보신을 추구하여 바하르로 도망쳤건만 이런 결말에 다다를 줄은 예상을 너무나도 훌쩍 벗어나버렸다.

"머리를 썼는데도 행복해지지 못했던 거네."

"저, 정말이지, 운이, 사납군."

"어떻게 하는 게 좋았을까? 지금은 알겠어?"

"나는, 죽고 싶지—."

마지막 말을 다 하지 못한 채 네드는 숨을 거두었다. 머리가 앞쪽으로 힘없이 털썩 떨어진다. 코임브라를 배반한 뒤 바하르로 넘어갔던 야심 넘치는 남자의 맥 빠지는 최후였다.

노엘이 창을 벽에서 뽑아내자 네드의 주검이 바닥으로 허물어졌다. 그때 절단면을 보고 말았던 신시아는 저도 모르게 눈을 돌렸다.

'……나는 악몽을 꾸고 있는가?'

목숨을 건졌건만 신시아는 살았다는 기분이 전혀 들지 않았다. 다음은 자신의 차례일 테지. 싸늘한 감촉이 등을 따라 흘렀다.

뭐든 말을 꺼내고 싶었으나 한 마디도 내보내지 못했다. 입안이 바짝 말라붙었다. 심장이 격렬하게 맥동한다. 무의식중에 신체가 덜덜 떨렸다.

악몽의 원흉, 솟구친 피를 뒤집어쓴 노엘은 온몸이 새빨갛게 물들었다. 품속에서 수첩을 꺼내 들더니 펜으로 사선을 긋는다.

"이건 틀렸구나. 역시 행복해지기는 어려워. 혼자 찾으려니까 정말 쉽지도 않고."

노엘은 가만히 중얼거리고는 한숨 쉬면서 수첩을 덮었다.

"자, 그럼."

짧게 중얼거린 뒤 노엘이 고개 돌렸다. 얼굴에 달라붙은 핏자국을 소매로 닦고 신시아의 곁으로 다가든다.

"큭."

신시아는 솟구치는 공포를 주체 못 하고 저절로 뒷걸음쳤다. 저 소녀가 다음은 어떤 행동을 벌이려는가 전혀 예측이 되지 않았다. 미지로 인한 두려움이란 이토록 무시무시하고 낯설었던가. 노엘의 얼굴에 떠올라 있는 천진난만한 미소가 어딘가 이질적인 것으로 보여서 견딜 수가 없었다.

곧 들이닥칠 공포를 각오하던 때에 노엘이 입을 열었다.

"이제 어떻게 할까? 선택지는 세 개야."

"……무, 무슨 말이지?"

시체를 주뼛주뼛 쳐다보고 있던 밀트가 목소리를 쥐어짰다.

밀트는 시체를 처음으로 봤다. 당연하게도 사람을 죽인 적도 없었다. 목숨을 뺏고 빼앗기는 상황도 지금 처음 겪었다. 따라서 너무나도 급한 전개를 머리가 따라가지 못했다. 살아남았다는 안도감보다도 현 상황을 인식하는 것이 더 벅찼다.

"이제부터 우리가 어떻게 행동해야 할까 물어본 거야. 밀트한테도 많이 상관있는 이야기니까 멍하게 굴지 말고 나랑 같이 고민하자."

"……뭘 고민해야 하는데? 이대로 본대에 복귀하면 되는 거잖냐. 록벨로 이동 중이라는 건 알고 있으니까."

밀트가 고개를 갸웃거렸다.

"그게 첫 번째 선택지겠네. 다만 그쪽을 선택하면 밀트는 아마 엄청 힘들어질걸."

"어째서?"

"자, 여기서 문제입니다. 네드 대장을 죽인 사람이 누구게."

"……너잖냐."

"어째서 우리가 살해당할 뻔했을까?"

"우리가, 네드 대장이 바하르의 소속이라는 말을 들어버렸으니까. ……소문이 퍼지면 골치 아프다고 입을 막으려고 했지."

"복귀해서 있는 그대로 말하면 우리는 어떻게 될까? 리스티히 두목이 과연 용서해줄까?"

노엘이 익살을 부리면서 말을 이어 나갔다. 연기인지 혹은 본성인지 판단이 되지 않았다.

세 사람의 인간을 막 죽인 참이건만 평소와 마찬가지로 능청스러운 말투였다. 긴장감의 흔적이 티끌만큼도 느껴지지 않는다.

"……네드 대장이 했던 소리가 사실이라면 아마도, 아니, 분명 살해당하겠군. 잘은 몰라도 뭔가 위험한 내용이었고."

"맞아. 나는 괜찮지만 밀트랑 다른 사람들은 본대로 돌아가는 게 별로 좋은 선택은 아니라고 봐."

"너는 왜 괜찮은 건데?"

"위험하다 싶으면 나는 혼자 도망칠 테니까!"

노엘은 웃음 짓고 방금 전과 미찬가지로 신시아의 옆쪽에 주저앉았다. 신시아는 얼굴을 굳히고 떨어지려고 했으나 노엘이 망토를 붙잡고 놓아주지 않았다.

"또 두 번째는 이것저것 생각하지 말고, 그리고 신경 쓰지도 말고 얼른 마을로 돌아가서 잠이나 자기. 제일 간단하기는 하네."

"그렇게 하면 확실히 편하기는 하겠군. 원래 생활로 돌아갈 수 있다면 최고의 선택지겠어."

나쁘지 않다. 애당초 반란 가담에 적극적이지도 않았다. 비록 불만은 있을지언정 검을 쥐고 일어설 만큼 격한 감정은 아니었다. 그렇다면 아무 일도 없었다고 치고 돌아간들 문제는 없다. 협박당한 까닭에 하는 수 없이 가담했을 뿐이니까.

"그래도 후속 반란군에 들키면 험한 꼴을 당할 거야. 우리 신상을 게브라는 아저씨가 알고 있잖아. 혹시 나중에 불쑥 마주치면 네드 대장이 분명히 어쩌고저쩌고 물어볼 테고."

"……꽤나 위험하겠다는 느낌이 드는군. 마을에 반란군의 감시병이라도 남아 있다면 당장에 들킬 테고."

"으음, 곤란하네."

전혀 곤란하지 않아 보이는 노엘. 밀트는 다음 말을 재촉했다.

"잘난 척하지 말고 빨리 세 번째 선택지를 말해줘라. 그게 네 머릿속에 있는 최선의 방법일 테지?"

“응. 세 번째는 말이야, 여기에 있는 신시아랑 같이 태수님 가족의 호위로 붙는 거야. 이 반란은 아마 실패할 테니까. 그러면 승산이 높은 쪽으로 붙어서 포상을 잔뜩 받는 게 좋겠어. 먼저 우리를 죽이려고 한 건 저 사람들이니까 복수해야지.”

“뭣이!”

노엘의 말을 들은 신시아가 흠칫 놀랐다. 당연한 반응이다. 얼마 전까지 적군으로 나타나서 자신을 붙잡으려고 했던 인간이 이번에는 갑자기 아군으로 전향하겠다는 말을 꺼냈으니까.

“있잖냐, 너는 쉽게 말하는데 말이야. 우리는 반란군이잖아. 까딱하면 곧장 참수형이라고. 나는 싫다.”

“우리도 협박당해서 어쩔 수 없이 가담했는걸. 게다가 두목은 다른 주의 사람이었고. 잘 이야기하면 알아주지 않을까? 게다가 이대로 반란군에 있어 봤자 아마도 행복해지지는 못할 거야.”

노엘이 평소와 달리 냉담한 말투로 단정했다. 늘 듣던 머리 나쁜 녀석이나 할 발언을 떠올리면 전혀 상상이 안 되는 모습이었다. 밀트는 고민했다.

“으음.”

“싫다면 밀트는 마음대로 해도 좋아. 나 혼자 가버릴 테니까.”

“아, 알겠다고. 그런데 거기 여기사가 허락을 안 하면 대책이 없는 거 아니냐?”

홀로 남겨지는 신세가 되기는 싫었기에 밀트는 급히 동의했다.

“그럼 간단하지, 뭐. 신시아의 목을 싹둑 벤 다음 반란이 수습될 때까지 숨어 다니면 끝. 엄청나게 심심하겠지만!”

어딘가의 맹장이 할 법한 말을 내뱉고는 신시아의 정면을 향해 돌아선다.

“대충 알아들었지? 우리에게 안전과 포상을 약속해주면 너를 도울게. 어떻게 할래?”

“……이득만 취할 수 있다면 당장에 배반하고 등을 돌리는가. 비열한 도적 같으니라고, 부끄러운 줄 알아라!”

신시아는 불쾌한 마음에 버럭 소리쳤다. 침착함을 되찾아서 기사의 위엄도 돌아왔다. 노엘은 몹시 천박한 인간이 분명했다. 방금 전 대결에서 패한 것은 불찰이었다만, 두 번 다시 패배하지 않겠노라고 전의를 가득 불러일으켰다.

“행복해지려면 어쩔 수 없어. 다들 그래서 싸우고 버티는걸. 그럼 다시 한 번 물을게. 약속하면 살려줄 거야. 시간 없으니까 질문은 이게 마지막.”

노엘은 방금 전 살해한 병사의 손에서 철퇴를 주워 들었다. 그러고는 신시아의 머리 부분에 살짝 가져다 댄 다음 어쩌겠느냐고 무표정으로 물었다.

거절한다고 대답하면 어떻게 될까. 간단하다. 철퇴는 내리박히고, 머리가 깨져 나간 불쌍한 시체가 한 구 늘어날 뿐.

극히 냉철한 협박에 가득 차오르던 전의가 불현듯 안개처럼 흩어지고 말았다. 곰곰이 되새기면 나쁘지 않은 거래이기도 했다. 신시아는 억지로 자신을 납득시켰다.

“아, 알겠다. 약속하마. 너희 목숨은 내 명예를 걸고 보장하겠다.”

“약속한 거야.”

"그, 그래."

신시아는 시선을 피하면서 답했다. 일단 지금 한순간만 넘기고 원군을 기다렸다가 구속하면 된다. 그런 계획이었다.

다만 노엘은 흡사 모든 것을 내다보는 듯한 어조로 거듭 다짐을 놓았다. 피에 젖어 더러워진 두 손으로 얼굴을 꽉 잡아 붙들고 시선을 피하지 못하도록 똑바로 마주 보도록 강제하면서.

"약속을 깨뜨리면 절대 용서 안 할 거야. 그러니까 잘 부탁할게?"

노엘은 하얀 이를 드러내면서 만면에 미소를 머금었다.

세브템 요새, 비밀 통로의 출구 부근. 요새 내부로부터 뚫어 놓은 갱도는 숲에 위치한 천연 동굴로 연결되어 있었다.

창고에서 태수 가족을 데리고 탈출했던 코임브라의 병사들은 동굴 바깥으로 나오자마자 기습을 당해야 했다.

마주치는 순간에 곧장 일제 사격으로 화살이 날아들면서 이미 몇 명이 사망. 더구나 태수 부인 사라가 오른팔에 상처를 입고 말았다. 그리고 네드가 미리 매복시켰던 병력 오십가량이 창을 겨누고 포위에 나선다. 반란군의 숫자는 대략 두 배, 훈련을 받지 않은 초보자가 섞여 있을 뿐 아니라 통솔이 제대로 되지 않는 까닭에 파고들 틈은 있었다. 다만 요인 보호가 우선이었기에 섣불리 공세를 펼칠 수 없어 양측 인원들은 서로를 마주 바라보면서 교착 상태에 빠졌다.

"검을 버리고 항복하라! 그러면 그롤의 처자식은 목숨을 보장해주마!"

"닥쳐라, 도적놈들! 사라 님과 엘가 님은 우리의 목숨과 맞바꿔서라도 지켜드린다! 전원, 더욱 분발하라!"

노성을 지르면서 창으로 서로를 견제하는 양군. 반란군도 활을 적극적으로 쓸 수는 없었다. 태수 가족은 가능한 한 생포하라는 명령 때문이었다. 게다가 기다리기만 하면 요새에서 네드와 다른 인원들이 곧 달려올 것이다. 급히 움직일 이유가 없었다.

그때 동굴 안에서 오른팔에 붉은 천을 묶은 노엘과 밀트, 곧이어 신시아가 구속된 상태로 나타났다.

"신시아 대장!"

"신시아 님, 설마 붙잡히신 겁니까?!"

병사들의 부름에 대답하지 않고 푹 고개 숙이는 신시아. 그 모습을 보고 반란군 병사장이 미소를 지었다. 드디어 네드가 와서 이 국면을 제압해주겠다는 안도감에.

이곳에 있는 반란군 중 바하르 사람은 자신을 포함하여 두 명. 요새에는 네드를 포함하여 세 명이 있었다. 전투력으로 확실하게 의지할 수 있는 인원은 이렇듯 다섯뿐이었다. 다른 녀석들은 미덥지 못한 잡병이 전부. 다만 앞뒤를 포위했을 뿐 아니라 인질까지 확보하는 데 성공한 이상 적군은 곧 전의를 잃어버리리라.

구속돼 있는 여자의 복장으로 짐작하건대 부대장 신분은 틀림없다고 판단한 뒤 병사장은 노엘에게 말을 건넸다.

"기다리고 있었다! 그 여자는 적의 지휘관인가?"

"넷, 코임브라 군 백인장, 신시아 에드리히입니다. 네드 대장님이 힘을 써주신 덕분에 거뜬히 구속하였습니다!"

노엘이 오른팔을 가슴 앞쪽으로 접어서 완벽한 경례를 선보였다.

발언도 평소의 시건방진 말투가 아니었다.

반란군 병사장은 잠시 어안이 벙벙하였으나 곧 정신 차렸다. 네드가 뭔가 지도해주었을 수도 있겠다. 그 남자는 의외로 싹싹하고 남을 잘 돌봐주는 구석이 있기 때문이었다. 명색이 반란군이거늘 제국식 경례를 저리 철저하게 가르쳐 놓는 짓은 좀 난감하기는 해도 깊이 신경 쓸 필요는 없겠지.

"훗, 꼬맹이들이 잠시 안 본 사이에 제법 번듯해졌군. 그 말투나 경례는 네드 대장에게 배웠나?"

"넷, 여러모로 지도해주셨습니다! 네드 대장님도 곧 도착할 것입니다!"

"그래, 그렇군! 알겠다, 그대로 제압해 다오. 자, 저 여기사님이 죽어 나가는 꼴을 보고 싶지 않거든 검을 버려라!!"

"큭."

코임브라 병사들은 잠시 망설이다가 체념했는지 하나둘 검을 버리고 제자리에 주저앉았다. 협공을 감당해야 하는 전황이 되어 승산이 완벽하게 사라졌기 때문이었다. 섣불리 저항하다가 태수 가족의 목숨을 길동무로 삼을 수도 없는 노릇이었다.

"좋아, 이놈들아! 먼저 무기를 회수한 다음 결박해라! 못 움직이도록 단단히 묶어야 한다! 반항하면 죽여버려라!"

"네, 넷."

병사장이 명령하자 밧줄을 든 반란군 젊은이들이 태수 가족을 결박하고자 다가갔다. 그러나 손놀림이 자꾸 어긋나는 탓에 제대로 결박이 되지 않았다.

"에라, 한심하기는. 밧줄도 묶을 줄 모르는 거냐. 내가 시범을 보여주마."

병사장은 몸 전체로 아들을 감싸고 있는 사라를 떼어 내더니 엘가의 머리를 잡아 올렸다.

"무슨 짓이냐!"

"그, 그만두세요!"

"놔라, 무례한 놈!"

"오오, 꼬마 도련님께서 웬 허세인가? 잘 들어라, 너는 좋은 가문에서 태어났다는 이유 하나로 자신이 아주 대단하다고 착각하는 거다. 혼자서는 아무것도 못하는 망할 꼬맹이 주제에."

"엘가를 놓으세요!"

"거참, 시끄럽군!"

몸을 걷어차인 사라가 고통 어린 신음을 흘렸다.

"어, 어머님!"

엘가가 부축해서 일으키려고 했으나 손이 닿지 않았다. 병사장은 입가를 비뚤어뜨린 채 엘가의 머리카락을 끌어 올렸다.

"죽이지는 않을 테니까 안심하라고. 지금 이 자리에서는 말이다."

한바탕 웃어젖히더니 머리를 툭툭 건드린 다음 단단히 묶는다. 엘가는 분해서 눈물을 글썽거렸으나 어찌 저항할 도리가 없었다.

"……그나저나 네드 대장이 늦는군. 맞아, 나머지 녀석들은 아직 요새에 있는 건가?"

"그 사안 때문에 보고를 올릴 말씀이 있습니다!"

"뭔데? 그런 보고는 빨리빨리 말해줘야지. 나중에 대장한테 혼나는 사람은 나란 말이다."

"넷, 죄송합니다!"

노엘은 대답을 한 뒤에 병사장의 곁으로 다가갔다. 엘가가 분한 얼굴로 쏘아보지만 무시했다.

병사장의 정면에서 다시 한 번 경례했다.

"에잇."

그리고 뒤쪽에 숨겨 들었던 철퇴를 물 흐르는 듯한 동작으로 힘껏 내리찍었다.

병사장은 단말마조차 내지르지 못한 채 제자리에 허물어졌다. 투구에 커다랗게 움푹 파인 자국이 났다. 손발이 파르르 경련하고 있다.

목을 오른발로 짓밟아서 숨통을 끊어 놓았다. 죽다 살아난 녀석의 저항만큼 무서운 것은 없다. 확실하게 마무리해야 한다. 노엘이 옛날에 배운 가르침이었다.

"뭐, 뭐야."

"밀트!"

노엘이 소리 질러도 밀트는 가만히 서 있을 뿐 몸을 움직이지 못했다.

본래 계획은 노엘이 한 사람을 해치우면 그 틈을 찔러서 바하르인 병사를 밀트가 죽인다는 수순이었다. 그러나 막상 때가 왔는데도 몸이 움직여지지 않았다.

"어, 아, 아."

노엘이 혀를 차고 스스로 해치우기 위해서 몸을 움직였지만, 그 전에 먼저 예리한 칼날이 내리그어졌다.

"……전장에서는 망설이지 마라. 이렇게 되고 싶지 않다면."

신시아는 검을 휘둘러 끈적거리는 피를 떨쳤다. 쓰러진 바하르 인은 오른쪽 어깨부터 팔뚝이 깔끔하게 잘려 나갔다. 신시아는 구속된 것이 아니라 단지 붉은색 친을 결박당한 척 두르고 있었을 뿐이었다.

검을 들어 올리고 주위의 반란군들에게 선고한다.

"나는 코임브라 군 백인장 신시아다! 사정은 노엘에게 들어서 알고 있다. 지금 투항하면 전부 불문에 부치겠다! 이대로 나를 따르든가, 혹은 얌전히 반란군을 떠나라!"

일순간의 침묵이 흐른 뒤 용감한 젊은이가 욕설을 퍼부었다.

"시, 시끄러워! 누가 네 말을 들을까 보냐!"

"아무 훈련도 받지 않은 인원으로 우리 정규병을 당할 수 있겠는가! 죽고 싶지 않다면 무기를 버려라!"

신시아는 일갈한 뒤에 젊은이의 창을 맨손으로 쳐서 떨궜다.

기백에 압도당한 반란군이 그제야 하나둘 창을 내려놓는다. 신시아의 부하들은 곧장 일어서서 무기를 줍고 전투태세를 취했다.

"이제부터 사정을 설명하겠다. 어째서 반란이 일어났는지도. 그 다음은 스스로 판단하라. 단 반란에 가담하는 행위는 본래 중죄이다. 위협 때문이었다는 변명이 마지막 순간까지 통하리라는 기대는 버리도록."

그렇게 고한 뒤 추측을 더해 반란의 경위를 설명했다.

신시아의 말을 다 듣고 별동대의 인원들은 반신반의하면서도 반란군을 빠져나오겠다고 선택했다. 협박당한 자뿐 아니라 스스로 반란에 가담했던 자도 결국은 높은 인간에게 이용당하는 처지에 불과했음을 깨달았기 때문이었다.

대부분이 고향에 돌아가는 길을 선택했으나 조임 마을의 일행과 몇몇 유별난 사람은 신시아를 따라가기로 했다. 형식적으로는 코임브라 태수가 베푼 은의에 보답하기 위해 전선에 합류한 의용병 대우를 받게 되었다.

당연하지만 그런 갸륵한 생각은 아무도 하지 않았다. 형식은 중요한 법이라고 노엘이 남의 일처럼 하품을 하자 신시아의 관자놀이에서 혈관이 튀어나왔다.

"사라 님, 다치신 곳은……."

"나는 괜찮습니다. 화살에 맞은 자리는 별로 대단한 상처가 아니에요."

"이번 실태, 뭐라고 사죄드려야 할지 모르겠습니다."

"당신 덕분에 목숨을 부지했습니다. 가슴을 펴세요. 게다가 따지고 보면 스스로의 안위를 도모했던 내 아버지, 바렐 백작의 책임입니다. 부끄러워해야 할 사람은 오히려 나입니다."

사라가 분명하게 매듭지었다.

딸뿐 아니라 손자 엘가까지 잡아 두려고 했던 바렐. 본래는 질책당해야 마땅한 행위이나 동정할 만한 부분도 있었다. 제 처자식이 위태롭지 않았다 해도 즉각 원군을 보냈겠느냐고 묻는다면 대답은 바로 나오지 않을 테니까. 이런 의구심이 들 만큼 가신들의 신뢰는 바닥을 치고 있었다. 무례에 해당하는 터라 입 밖에 내지는 못할지언정 그롤이 선정을 베풀었다는 말은 차마 하기 어려웠다.

"……즉시 이곳을 벗어나서 몸을 숨기시지요. 밤이 되면 잠시 휴식을 취했다가 그 후는 가장 가까운 소초를 찾아가도록 하겠습니다."

실은 가까운 마을에 들러 마차를 조달하고 싶은 심정이었다만, 그곳이 빈린군에 가담하지 않았다는 보징이 없었다.

"그대에게 전부 일임하겠습니다. 무슨 일이 있어도 엘가는 꼭 살려야 합니다. 걸리적거릴 것 같으면 나는 버리고 가도록 하세요."

"어머님, 무슨 말씀이십니까!"

"엘가, 너는 코임브라를 계승할 사람이란다. 네 멋대로 죽을 수도 없는 입장인 게야. 꼭 명심하거라."

가만가만히 타이르는 사라.

"도련님, 부디 안심하시길. 두 분은 반드시 제가 지켜드리겠습니다. 전원이 죽을힘을 다할 각오입니다."

신시아는 직립 부동으로 경례한 뒤 부하들에게 명령을 내리려고 했다.

"와, 재가 태수님 아들이야? 「도련님」이라고 불러야 되는 거네. 저렇게 자그마한데 되게 높은 사람인가 봐."

"이 녀석아, 들리겠다!"

"나도 높아지고 싶어라. 그러면 행복해질 수 있을 텐데. 있지, 잠깐만 높은 사람처럼 굴어봐도 될까?"

"아니, 좀 그만두라니까! ……뭐냐, 너는 예전부터 높은 사람처럼 굴었다고."

"그랬던가? 그럼 나도 태수 자리에 앉아버릴까?"

바보 같은 소리를 무사태평하게 중얼거리는 노엘을 쏘아 죽일 듯한 시선으로 쏘아보는 신시아.

분수를 깨닫도록 만들어줘야 하나 잠시나마 진지하게 고민했으나 곧 포기했다. 방금 전의 수완을 봐도 단순한 마을 주민 같지는 않았다. 천연덕스럽게 적측 지휘관 곁으로 접근한 뒤 철퇴를 선사하는 동작은 강철로 된 심장을 갖고 있지 않는 한 무리일 테지. 적장은 마지막 순간까지 살기를 알아채지 못한 기색이었다.

만약 이미 한 약속을 어긴다면 어떻게 될까. 신시아는 별로 상상하고 싶지 않았다. 철퇴가 이쪽으로 날아드는 영상을 힘겹게 떨쳐냈다.

"거기, 쓸데없이 잡담하지 말도록! 준비를 갖추는 즉시 이곳을 떠나 이동한다! ……그리고 코임브라의 의용병이 된 자는 팔에 묶은 붉은 천을 끌러라! 꼴 보기 싫다!"

"네! 알겠습니다!"

노엘은 기운차게 대답했다.

세브템 요새에서 조금 떨어진 곳. 눈에 띄지 않도록 숲속을 지나 이동한 터라 거리를 썩 많이 벌리지는 못했다.

태양이 모습을 감추고 밤의 장막이 드리워졌기에 일단 휴식을 취하기로 했다.

병사들은 차치하더라도 사라의 체력 소모가 눈에 띄었기 때문이었다. 발 디디기도 수월치 않은 지형을 걸어서 이동하는 데 익숙할 리가 없는 만큼 무리는 아니었다.

"신시아 님, 불은 피워도 괜찮겠습니까?"

"괜찮지는 않다만 지금은 하는 수 없겠군. 경계를 소홀히 하지 마라."

"있지, 있잖아. 불 피울 거야?"

노엘이 미치 친구를 대하는 양 친근한 태도로 신시아에게 말을 건넸다. 얼마 전까지는 적대 관계였다는 기억은 이미 저 멀리 떠나보냈나 보다.

"……이제 상관에게 경어를 쓰지 않는 것인가? 내가 말하기는 좀 뭐하다만 연기할 때의 말투와 경례만큼은 제법 어엿했건만."

"이래저래 피곤하잖아. 아무튼 불 피우려면 나한테 맡겨. 내가 굉장한 보물을 갖고 있거든. 이게 말이야, 기적의 산물이래."

"기적의 산물이라고? 그런 고급품을 어째서 네가 갖고 있지?"

"헤헤, 전에 주웠어."

웃으면서 답한 뒤 불 피울 준비를 하고 있는 병사들의 곁으로 달려간다.

느닷없이 이지창을 꺼내 들더니 지면에 꽂아 세웠다.

"……무슨 짓이지?"

"잘 봐봐. 진짜 굉장하니까. 간다—."

노엘이 경쾌하게 손가락을 튕기자 창의 끄트머리에서 화염이 솟구쳤다. 엇걸어 쌓은 나무에 옮겨붙더니 곧장 화르르 타오른다.

너무나도 이해하기 어려운 광경이었기에 신시아는 눈을 의심했다. 창에서 불이 솟아났다. 잘못 보지 않았다.

"어떻게, 된 거지?"

"이 창은 끝 쪽에서 불이 나와. 이름하여 신기한 창. 정말 신기하지!"

"말도 안 된다. 아무리 기적의 산물이라고 해도 이런 이야기는 들은 적이 없다! 도대체 어떤 구조로 제작됐기에!"

가까이 다가가서 창 자루에 손을 가져다 댔다만.

"앗, 뜨거워!"

무시무시한 고열 때문에 잡아 쥐려니까 도저히 엄두가 나지 않았다. 다른 병사들도 시험 삼아서 만져봤다만 다들 하나같이 작게 비명을 질렀다.

"나 말고 다른 사람이 만지면 화상을 입더라. 어째서일까? 정말 신기하지."

"뭐가 신기하다는 거냐! 전혀 영문을 알 수가 없군! 저주받은 물건이 아닌가!"

"실례잖아. 내 소중한 보물인데."

끝부분, 혹은 기다란 창대 자체에 기름이 배어들어 있을까. 깊숙이 찌를 때 발생하는 마찰로 착화되었다고 추측하는 것이 상식적이었다. 그러나 노엘의 말을 믿자면 자유자재로 불꽃을 뿜을 수 있다는 뜻이 되겠다. 이리도 황당무계할 수가 없었다.

"그 창, 별 희한한 기능이 달려 있었군. 나도 전혀 몰랐어."

오래 알고 지냈던 밀트도 어리둥절하는 모습이었다.

"어때, 굉장하지? 에헤헤, 내 보물이니까 절대로 안 줄 거야."

"확실히 굉장하기는 한데 화상이나 입을 테니까 필요 없다. 못 들면 아무 의미가 없잖냐."

"그리고 신기한 그림책도 있는데 심심하니까 같이 읽을래?"

"그 책은 케르에게 읽어줘라. 무사히 마을로 돌아간 다음에."

밀트는 두 손 들었다는 듯이 고개를 가로저었다.

"……정말 영문을 모르겠군. 소유자와 마찬가지로 대체 이해가 되지 않는다. 한 가지는 말할 수 있겠군. 지금은 아무래도 상관없다는 것. 너 때문에 고민해 봤자 힘만 빠지는구나."

노엘은 기분 좋게 지저분한 책을 읽고 있다. 신시아는 곁눈질로 슬쩍 바라봤으나 종이가 주름투성이인지라 제대로 읽을 수 없었다.

피로감이 더욱 늘어났기에 신시아는 다시 추궁하지는 않았다. 지금은 이쪽에 해를 끼치지 않는다면 되었다. 뛰어난 전력임은 틀림없지 않은가.

"이봐, 노엘."

"응?"

"신시아라는 사람은 백인장이잖아? 그럼 얼마나 높은 거야?"

"십인장보다 높아. 천인장보다는 낮지만."

"아니, 그야 그럴 테지만."

저런 대화가 들려왔기에 높은 사람답게 헛기침을 한 다음 신시아는 몸소 설명해주고자 나섰다.

"으흠. ……군대라는 조직에는 당연하게도 계급이 있다. 코임브라뿐 아니라 다른 주도 마찬가지다. 홀시드 제국에 공통되는 제도이니까 기억해 둬라."

우선은 말단 병사. 전쟁 발발 시 징병되는 인원 역시 여기에 해당한다. 병사장이라는 직책도 존재하지만 지휘권을 갖고 있지는 않았다.

지휘권을 갖는 직위는 십인장부터다. 또한 백인장이 되면 기사의 지위가 수여되고 상급 백인장, 천인장, 상급 천인장으로 단계를 밟아 간다. 지휘하는 병사는 원칙적으로 해당 계급의 인원수만큼 할당된다. 다만 백인장이 오백 명을 지휘하는 경우도 그리 드물지는 않았다.

어느 주에서도 지휘관 육성은 고생을 겪는 것이 현재 상황이었다. 요즘 들어서 대규모 전쟁 따위가 발발한 적이 없었기에 당연하기는 했다.

덧붙여서 만인장은 장군이라고 불리는데 코임브라에서는 윌름과 가디스 두 명이 그 지위에 있다. 주의 최고 지휘관으로 태수가 위치하고 그들을 통괄하는 자가 황제다.

신시아가 스물이라는 젊은 나이로 백인장의 지위에 오른 것은 실력이 아닌 세습에 의함이었다. 이미 세상을 떠난 아버지가 장군의 지위를 수행한 적이 있었기 때문이라고 보면 되겠다. 본래는 여자의 몸으로 기사가 되는 자체가 말이 되지 않았다. 오라비가 병으로 요절했기에 가문의 이름을 지키겠다는 명목을 들어 기사로서 집안을 계승할 수밖에 없었다.

당연하게도 그에 걸맞은 실력을 보유하기 위해 신시아는 혹독한 단련을 쌓아야 했다. 가디스, 윌름 두 명과 은퇴했던 아버지가 친구 사이였다는 인연도 있어 특별히 돌봄을 받기도 했다. 동료에게서 험담을 듣는 경우가 적지 않았으나 신시아는 굴하지 않고 노력을 거듭했다.

"그렇다면 지금 우리는 말단 병사라는 뜻이군."

"병사보다 더 낮은 축이야. 아무렇게나 쓰고 버릴 수 있는 떨거지니까. 위대한 그 이름은 바로 의용병. 아하하. 유감이네, 밀트."

듣기에 거북할지언정 실제로 옳은 말이었기에 신시아도 말참견을 하지 않았다.

당장에 노엘이며 다른 의용병들이 목숨을 잃는다 해도 특별히 이름이 남지도 않을뿐더러 가족에게 딱히 조처가 취해지지도 않는다.

"유감스럽기는 너도 마찬가지잖냐! 애당초 나는 좋아서 의용병이 되려고 했던 게— 아, 그게, 죄송합니다."

병사가 눈을 부라리기에 밀트는 위축됐다.

"……신경 쓰지 말도록. 저 바보를 제외하고 애써 말을 조심할 필요는 없다. 익숙하지 않을 테니 당연한 거지. 나 또한 의용병을 불합리하게 엄격히 대우하지는 않겠다."

"아, 네. 감사합니다!"

"혼났네."

쿡쿡 웃는 노엘. 읽던 그림책을 덮어서 허리에 걸린 두루주머니에 고이 집어넣는다.

"너 때문이잖냐!"

"……아아~."

"뭐, 뭐냐. 갑자기."

"구름이 흘러오잖아. 예쁜 달님이 숨어버렸어."

"……정말이군. 이래서야 불이 꺼지면 아주 캄캄해지겠어. 도망치기에는 더 좋을 듯싶다만."

노엘의 말에 신시아도 같이 하늘을 올려다보니 구름이 슬슬 떠다니고 있었다. 어쩌면 비가 내릴지도 모른다. 발각당하지 않도록 움직이기에는 제격이었다. 기척을 지워 없애주는 데다가 적의 발걸음도 둔해진다. 실로 은혜로운 비라고 말할 수 있겠다.

그런데 별로 달가워하지 않는 인물도 있었다.

“비 오는 날에는 안 좋은 일이 일어나거든. 언제나 마찬가지였어. 그러니까 나는 비가 싫어.”

“그런가? 뭐, 네가 비를 싫어한다는 건 얼굴만 봐도 알겠다.”

“응. 특히 비 내리는 밤은 최악이야. 나한테는 생지옥이나 똑같달까.”

“호들갑스러운 녀석이로군.”

“사실이니까 어쩔 수 없잖아.”

노엘은 그렇게 말한 뒤 물기를 머금은 수건으로 얼굴을 가만가만 닦았다.

신시아 일행은 눈에 띄는 가도를 피해 삼림 지대를 나아갔다. 척후를 선행시키고 안전을 확인한 다음 전진했기에 속도는 느렸다.

록벨에서 얼마간 간격을 벌린다면 그다음은 가도에 진입하여 곧장 주도로 돌아갈 수 있다. 한시라도 빨리 사지를 벗어나고 싶어 조급해지는 마음을 가까스로 억누르면서 급할수록 돌아가는 길을 선택했다. 최우선 사안은 태수 가족의 생명. 실패는 결단코 용납되지 않는다.

부대의 중앙에 위치하는 인물은 사라, 엘가, 그리고 호위 역할을 맡는 신시아였다. 어째서인지 노엘까지 따라다니고 있다. 걸리적거려서 쫓아내려고 했으나 경쾌한 움직임으로 한 걸음을 앞서 나간다. 쓸데없이 체력을 쓰고 싶지 않았기에 이제는 아예 못 본 척을 하기로 했다.

다른 병사들은 요인을 둘러싸는 형태로 원진을 짜서 무기를 손에 든 채 신중하게 행군하고 있었다. 뜻하지 않게 의용병 대우로 받아들인 자들은 전력으로 헤아릴 수 없는 까닭에 후방에 배치했다. 설령 낙오할지라도 돌봐줄 여유는 없다.

선두가 횃불을 치켜들고 진로를 확보한다. 불빛이 아예 없으면 밤길은 심히 위험하기 때문이었다. 발각 가능성이 높아지기에 피하고 싶었으나 해가 떠오르기 전 거리를 벌리려면 별수 없었다.

"……."

"사라 님, 도련님. 몸 상태는 어떠십니까?"

신시아는 걸어가면서 말을 건넸다. 사라는 얼굴이 여윈 데다가 피로가 역력하게 배어나고 있었다. 숙련된 병사마저 앓는 소리를 할 법한 강행군이었기에 당연했다. 그러나 거듭 휴식을 취할 여유는 없었다. 적군에게 따라잡히면 죽는다. 여차하면 둘러메서라도 길을 서둘러야 했다.

"……나는 문제없습니다. 엘가는 조금 지쳐 보이지만요."

"저도 괜찮습니다! 이런 상황에서 어린애 취급하지 마십시오!"

얼굴을 찡그리는 엘가. 어른 같은 말씨로 반론해 봐야 그런 치기가 몹시 어린아이 같았다. 짧게 가다듬은 금색 머리카락을 사라가 다정하게 쓰다듬어주었다.

열두 살 소년에게는 가혹한 여정인지라 울고불고하지 않는 것만으로도 장하다고 말할 수 있었다.

"어머, 미안해라. 너도 어엿한 남자아이인걸. 아버님을 닮아서 정말 용감하구나."

"네!"

그 광경을 보면서 무심코 흐뭇하게 미소 짓는 신시아. 다시 긴장을 불러일으키면서 앞을 돌아봤을 때 시야에 무례하고 어리석은 자의 모습이 들어왔다.

눈앞을 종종거리면서 지나가던 노엘이 고개 돌리더니 흥미진진한 기색으로 모자를 바라보고 있지 않은가. 엘가와 눈이 마주치자 손을 흔들면서 싹싹하게 인사를 건넸다.

'이 바보가 또……!'

부대 안에서 가장 기운 넘치는 인물이 노엘이었다. 전혀 지치지도 않아서 마치 산책을 나온 듯 홀가분해 보였다.

"노엘, 여기 두 분께서는 너와 신분이 다르다. 본인의 입장을 분별하도록 해라."

"어째서?"

"어째서냐니, 너는 단순한 평민이잖은가. 귀족과는 사는 세계가 다르다는 말이다. 게다가 사라 님과 도련님께서는 위대한 바르데카 가문의 일원. 이러한 상황이 아니었다면 본래 가까운 데서 바라보는 것조차 용납되지 않았다!"

신시아는 노엘을 내려다보면서 엄하게 꾸짖었다.

이 대륙에서는 평민은 성씨를 갖는 것이 용납되지 않는다. 기사, 혹은 귀족 신분부터 성씨를 갖고 사용할 수 있었다. 기사 신분을 가지려면 백인장 이상의 계급으로 승진해야했다. 귀족 신분을 가지려면 혈통과 재력이 관건이었다. 큰돈을 벌어들이면 분가와 연을 맺어서 지위를 획득할 수도 있겠다.

신시아는 기사 신분일 뿐 아니라 일단 귀족의 일원이기도 했다.

'……그래 봤자 귀족 신분은 허울뿐이지. 오히려 부담스럽게 느껴지는 경우가 더 많았어.'

"그렇구나, 귀족은 위대하고 굉장하구나."

"바로 그렇다. 따라서 지금부터 당장 제 입장을 잘 헤아리고—."

"나보다 조그마한데도 그렇게 위대하다니 대단하네."

"……아?"

천진난만하게 웃으면서 노엘이 엘가에게 거리낌 없이 말을 건넨다. 마치 아이에게 말을 붙이는 것처럼.

옆쪽의 사라는 책망하지는 않을지언정 곤혹스러운 표정을 띠어 보였다. 평상시였다면 무례하다고 호통을 쳤을 테지만, 지금은 그리 여유롭지 않다는 사실을 잘 알고 있었다.

"노엘, 내가 한 말을 못 들었나!"

"있지, 도련님. 너는 엄청 위대한 거지?"

"그, 그렇고말고. 나는 언젠가 이곳 코임브라를 이어받을 남자, 엘가 바르데카다. 기필코 위대한 사람이 되어 보이겠다."

"그러면 좋은 선물을 줄게. 네가 더 위대해지면 일등으로 가신이 되어줄 테니까 언젠가 내게 행복을 조금만 나눠 줄래?"

"……나에게, 선물이라? 너는 내 부하가 되고 싶은 것인가?"

"응, 왜냐하면 엄청 위대한 사람이 될 거잖아? 그러니까 이거 줄게."

싱글벙글 미소 지으면서 당혹스러워하는 엘가에게 뭔가를 떠안겼다.

얼마 전 바하르 병사의 머리를 분쇄했던 투박한 철퇴. 어린아이가 들기에는 너무 큰 도구. 게다가 말라붙은 핏자국이 아직 남아 있었다.

"너, 너는 대체 무엇을 드릴 셈이냐!! 도련님, 그러한 물건을 받아 주실 필요는 없습니다!"

"내가 하나 더 갖고 있으니까 이제 쌍쌍이야."

허리에서 또 하나의 철퇴를 꺼내 든다. 콩, 마치 건배하듯이 두 철퇴를 부딪친 다음 빙글빙글 돌리면서 회수했다.

네드의 부하 두 명이 갖고 다니던 철퇴가 분명했다. 어느 틈에 주워서 자기 물건으로 챙겼나 보다.

보물의 기준은 모르겠으나 딱히 특별한 구석이 없는 흔해빠진 철퇴였다. 비록 위력은 증명이 완료되었다 해도 그러한 전투 방식을 구사할 수 있는 사람은 아마 노엘을 제외하고 또 없겠다.

"……어째서 나에게 이 물건을 건네주려는 거지?"

"왜냐하면 이건 너랑 네 어머니의 목숨을 구한 철퇴거든. 무지 굉장한 부적이 될 수도 있겠다 싶어서. 어때? 갑자기 마법의 무기로 보이지 않아?"

"으음, 네 말을 들으니까 일리가 있군. 뭐랄까, 무게감이 있고 확실히 손에 착 달라붙는달까."

두 손으로 꽉 쥐면서 엘가가 눈살을 찌푸렸다. 무게감은 철퇴이기에 당연하고, 손에 착 달라붙는 까닭은 자루 부분에 천을 감아 두었기 때문이다. 다만 무언가 느껴지는 바가 있었던 듯 그대로 받아 들고 말았다.

끈을 꺼내더니 능숙한 솜씨로 등에 묶어 매단다.

"도련님, 그 지저분한 물건은 어서 놓아버리십시오. 이 녀석은 세상 물정을 모르는 바보인지라 굳이 상대하실 필요가 없습니다."

"이 지저분한 물건이 내 목숨을 구해줬다. 세상 물정 모르는 바보의 손에 쥐여서."

"하오나!"

"볼품은 아무래도 좋다. 중요한 것은 막상 위기가 닥쳤을 때 쓸모

의 유무겠지. 그것을 몸소 배울 수 있었다. 나는 정말로 좋은 경험을 했어."

엘가는 신시아를 손짓으로 제지한 뒤 노엘을 보고 돌아섰다.

"네 이름은, 노엘이라고 부르면 되나?"

"응."

"감사한다. 그리고 얼마 전 목숨을 구함받고도 아직 답례하지 않았구나. 의용병 노엘, 어머님과 나의 생명을 살려줘서 고맙다. 그대에게 진심 어린 감사의 뜻을 표하겠다."

"괜찮아. 그 대신 방금 전 부탁은 꼭 기억해줘."

"음, 약속한다. 나, 엘가 바르데카는 노엘과 나눈 약속을 지키겠노라고 맹세한다. 이것은 귀족의 맹세, 절대로 어기지 않을 것이다."

"정말로?"

"그렇다, 정말로."

"만세. 아하하, 그때가 오기를 기대할게."

노엘과 엘가가 즐겁게 서로 웃어주고 있다. 지금이 필사적으로 도망치고 있는 상황이라는 사실을 완전히 잊은 모습이었다.

그리고 귀족과 평민이라는 신분 차이마저도. 이렇듯 격의 없이 대화를 나눌 수 있는 시간도 지금뿐이었다. 머지않아 바뀌게 된다.

'아직은 아이라는 건가. 아니, 솔직하게 감사 인사를 할 줄 아는 만큼 나 따위보다 훨씬 어른스럽군.'

유야무야되어버렸다만 목숨을 구원받은 것은 신시아도 마찬가지였다. 노엘이 아니었다면 지금쯤 농락당한 끝에 죽어 있었다. 별것 아닌 긍지가 방해한 탓에 아직껏 솔직하게 감사의 뜻을 전하지도 못했다.

“엘가, 네가 어느 사이에 그런 화법을 익혔던 거니? 태수님께서 여기 계신 줄 착각할 뻔했구나.”

“저 또한 여러모로 공부를 쌓고 있습니다. 언제까지나 아이가 아닙니다.”

“나도 공부 많이 해. 어떻게 하면 행복해질 수 있을까 오랜 세월을 고찰했어. 매일매일이 시행착오라고 할까?”

어려운 단어를 쓰면서 바보 같은 소리를 하는 노엘. 사실은 머리가 좋은 것인가, 아니면 정말로 바보인가. 판단하기 어렵다.

‘……모르겠군. 이 녀석만큼은 정말이지 모르겠군.’

“으음, 그쪽은 철학의 분야인가. 좋아, 돌아가면 나도 고민해보겠다. 게다가 성의 서고에는 다양한 서적이 있지. 찾아보면 분명 네가 원하는 내용이 있을 것이다.”

“정말? 고마워, 도련님!”

노엘이 눈을 빛내면서 엘가의 손을 잡아 쥐었다. 부끄러워하면서 얼굴을 살짝 붉히는 엘가.

어찌해야 하는가 싶어 사라에게 시선을 보냈더니 왠지 모르게 기뻐 보이는 표정이었다. 언뜻 보기에는 어린아이끼리 별생각 없이 잡담을 나누는 광경 같기도 했다. 노엘이 누나이고 엘가가 동생이다.

문득 떠올리고 만 불경한 상상을 떨쳐 내고 노엘의 볼을 있는 힘껏 꼬집어줬다.

“아파하.”

"……제발 부탁이다. 신분에 맞게 처신해라. 알겠나? 알아들었든 못 알아들었든 「네」라고 대답하도록."

"……네, 알겠습니다."

노엘이 빨갛게 달아오른 뺨을 문지르면서 경례했다.

은근슬쩍 귀를 기울이고 있었던 병사들, 그리고 사라도 피식 웃음 짓는다. 신시아는 병사들에게 눈을 한 차례 부라렸다가 걸음을 재촉했다.

또다시 묵묵히 걸어 나아가는 일행. 나뭇잎이 바람을 맞아 흔들리는 소리에 더해 희미하게나마 빗소리가 섞여 들고 있었다.

"비가 오는군."

"응, 최악이네. 아아~ 정말 최악이야."

"무슨 소리인가, 다행 아닌가. 그야말로 은혜로운 비. 우리의 흔적을 지워 없애줄 테니 말이다."

"그래서 싫다는 거야."

노엘은 얼굴을 한껏 일그러뜨리고 혀를 찬 뒤 천으로 얼굴을 뒤덮었다. 말투도 왠지 모르게 퉁명스러웠다. 정말로 비를 싫어하는 듯했다. 물방울에 닿기도 싫다는 듯이 나무 주위를 의식하면서 걷고 있다.

"이, 이봐. 대열을 벗어나지 마라."

"몰라, 내버려 둬."

"네가 어린애냐?"

신시아는 어이없어하면서도 얼마 전부터 노엘에게 품고 있었던 공포심이 옅어지는 것을 자각했다.

사실 이렇게 이야기를 나누면 그저 세상 물정 모르는 계집아이라는 생각밖에 들지 않았다. 능글능글한 성격, 무서운 것 없는 별난 녀석, 그리고 비가 내리면 갑자기 비뚤어진다.

다만 노엘이 걸치고 있는 허름한 복장은 이제껏 본 광경이 진실이었음을 나타내줬다. 머리카락 색깔처럼 붉은색으로 물든 가죽 호구. 비록 옅어졌을지언정 아직도 은근하게 피 냄새가 흘러나온다.

앳된 나이답게 천진난만한 아이의 내면에서 이따금 잔혹한 일면이 드러나고는 한다. 분명 사납고 냉혹한 짐승이 도사리고 있었다.

'이제 와서 적의 내통자인가 경계하는 짓도 우습겠다만 방심은 하지 않는다. 반란군 소속이었음은 분명한 사실이니까. ……저러한 모습을 보건대 확실하게 기우로 그칠 테지만.'

아무튼 무사하게 복귀한다면 꼭 감사의 뜻을 전하도록 하자. 신시아는 마음속으로 다짐했다.

그때 병사 하나가 대열의 앞쪽으로 급히 달려왔다. 얼마 전 록벨의 상황을 파악하기 위해 보낸 척후병이었다. 이미 원군이 도착해서 반란군을 격퇴했을 가능성 또한 고려해야 했기 때문이었다.

그러나 보고받은 정보는 예상했었음에도 최악의 내용이었다.

"록벨은 이미 함락! 도적은 약탈을 감행, 도시에서 불길이 솟아오르고 있습니다!"

"무너지는 시기가 너무 빠르다. 적은 어느 정도의 대군이었나? 자세히 보고해라!"

"적의 경계가 대단히 엄중했던 탓에 더 이상의 첩보는 무리였습니다. 바렐 백작님께서 무사히 탈출하셨는가 여부 또한 불명입니다!"

함께 보고를 듣던 사라와 엘가는 침통한 표정이었다. 아마도 이미 살아 있지는 않을 테니까.

록벨은 비록 높이는 낮아도 성벽으로 둘러싸여 있기 때문에 도적이 공격을 퍼부을지라도 며칠 동안은 견딜 수 있다고 판단했다. 게다가 상대는 지휘 체계도 잡혀 있지 않은 오합지졸이지 않은가.

"……그렇군, 지휘를 맡은 자가 바하르의 장수였다면 공성에 관한 지식과 장비를 물론 갖추고 있었을 테지. 비열한 바하르 놈들!"

예측한 대로 반란군은 사전에 준비했던 공성 병기를 동원하여 격렬하게 몰아붙였다.

소수의 수비병밖에 없는 록벨은 이렇다 할 저항도 못한 채 성문을 돌파당한 뒤 내부 침입을 허락하고 말았다. 영주 바렐 백작은 탈출을 시도했으나 포위를 뚫지 못하고 안타까운 최후를 맞이해야 했다.

록벨에 적륜군의 군기가 올라갔고, 도시는 약탈과 살육이 횡행하는 지옥도로 화했다.

"신시아 님, 어찌하시겠습니까!"

"우리는 맡은 바 임무를 완수할 뿐! 어찌해서든 주도 마들레스까지 두 분을 무사히 수행한다!"

신시아가 병사들을 격려한 순간 엄청난 수의 불화살이 날아들었다. 비가 내리는지라 불길이 번져 나가지는 않았다. 그러나 마침 적당한 조명 역할을 하는 까닭에 자취가 훤히 다 내다보였다.

"제길, 어떻게 이 위치를—."

"아마 척후병의 뒤를 밟아서 쫓아온 게 아닐까?"

노엘이 말한 대로 척후는 분명 뒤를 밟혔다. 복귀하려는 장소를 뒤지면 거물을 잡을 수 있다는 노림수로 잠시 놓아두었을 따름이다.

신시아가 자신의 경솔한 대처를 저주하는 동안에도 적병은 거리를 좁혀 왔다.

『발견! 찾았다! 아마 저놈들이다! 절대 놓치지 마라!!』

『여자와 아이는 꼭 살려서 붙잡아라! 리스티히 님의 명령이다, 알겠나!』

『오오!』

고성을 질러 대면서 적병이 덮쳐든다.

"사라 님, 도련님. 절대 저희와 떨어지시면 안 됩니다! 전원, 적의 접근을 허락하지 마라!"

"그러나 이대로 가면 휩쓸려버릴 겁니다!"

"시끄럽다! 원진을 흩뜨리지 마라! 사력을 다해 견뎌야 한다!"

"거봐, 내가 말했잖아. 비 오는 날은 최악이라고."

불쾌한 얼굴로 속삭이는 노엘. 말투가 몹시 냉담했고 감정을 헤아릴 수가 없었다.

"지금이 투정이나 부릴 상황인가! 너도 가만히 있지 말고 원진에 들어가라!"

"음, 팔랑팔랑하는 그거 잠깐만 빌릴게. 나 대신 이거 입고."

"무, 무슨 짓입니까!"

"급하니까 빨리 움직이자. 여기에서 죽고 싶으면 상관없지만, 뭐."

싸늘하게 쏘아붙이더니 당황하는 사라에게서 억지로 겉옷을 잡아 뺏은 다음은 자신이 걸치고 있던 누더기 천을 덮어씌웠다.

노엘은 호화롭게 장식된 겉옷을 몸에 걸친 뒤 왼손으로는 끈 달린 천 자루를 끌어안았다. 기장이 맞지 않는지라 가까이에서 보면 이리도 우스꽝스러울 수가 없었다.

"도대체 너는 무슨 짓을 할 작정인가!"

"천천히 설명하고 있을 시간이 없어. 잘되면 내가 활약한 만큼 포상도 꼭 줘야 해. 약속이야?"

그 말을 남기고 노엘은 이지창을 들어 올린 채 숲속으로 달려 나갔다. 격렬하게 불꽃이 뿜어 나오는 창끝을 적측에게 과시하려는 듯 높이 쳐들고 있다.

모습이 안 보이게 되고 얼마간 뒤에 커다랗게 울부짖는 비명 소리가 어둠 속으로 울려 퍼졌다.

"꺄아아아아아아아아아아아아아아아아아아아아아아아아아아아악!!"

『뭐, 뭐냐? 여자 목소리인데』

『여자다, 여자가 도망쳤다! 저년이 틀림없이 사라다! 반드시 붙잡아라!』

『뭔가 끌어안고 있었다! 아마 꼬맹이도 데리고 있겠군! 좋아, 포상은 내 차지다!』

『이봐, 이 녀석들은 어떡하고?!』

『저년하고 꼬마를 붙잡는 게 목표다! 패잔병 따위 내버려 둬!』

수많은 횃불의 빛이 비명 소리를 따라 움직인다. 포위가 단번에 무너졌다.

'이제야 알겠군! 이 짧은 시간에 대단한 작전을 떠올려 냈다! 그러나, 너무나도 무모하지 않은가.'

거기까지 사고를 진행하다가 시간을 헛되이 보내서는 안 된다고 판단, 검을 들어서 지시했다.

"이 기회를 놓치지 마라! 단번에 돌파하겠다, 나를 따르라!!"

"아, 알겠습니다!"

포위를 돌파한 신시아 일행은 숲을 온 힘으로 달려 빠져나간 뒤 코임브라 주도로 이어지는 카난 가도에 다다랐다.

주도 방향에서 코임브라의 군기를 내건 부대가 행군하는 광경을 확인할 수 있었다. 이대로 합류한다면 임무는 완료된다. 온통 뻑적지근한 다리와 쓰러질 것 같은 몸에 활기를 불어넣고 신시아는 사라와 엘가에게 상황을 보고했다.

"간신히, 무사하게 뿌리칠 수 있었습니다. 곧 전방 부대에 전령을 보내겠습니다."

"사, 살았나? 그래도, 노엘은."

"……신시아, 그리고 병사 여러분에게 진심으로 감사드리겠습니다. 또한 용감한 그 소녀에게도."

사라가 눈을 감는다. 엘가는 숨을 거칠게 몰아쉬면서도 정신없이 주위를 바라다보고 있다. 노엘의 모습을 찾고 있음은 굳이 말할 필요도 없었다.

"……노엘은, 아마도."

미끼를 내보낸다는 발상이 그 긴박했던 상황에서는 전혀 떠오르지 않았다. 머릿속에는 사력을 다하여 싸우겠다는 각오뿐이었다.

그래 봤자 전투가 벌어졌다면 임무는 결국 실패했을 터. 마지막까지 임무 수행을 위해 노력한 사람은 군인도 아닌 한 명의 소녀였다는 말이 되겠다.

다만 미끼 역할을 맡아 죽음을 면하기란 어려웠다. 그 많은 숫자의 적을 피해서 끝없이 도망 다녀야 하기에. 게다가 상대는 욕망을 주체 못 하는 도적의 무리. 어떠한 최후를 맞이하였는가 상상하고 싶지 않았다.

'하다못해 인간의 존엄을 지닌 채 죽었다면 위안이련만. ……그리고, 나는, 결국 감사의 말 한 마디조차 못 건네게 되었구나.'

그뿐이던가, 마지막까지 의혹을 품지 않았던가. 두 번이나 구원받았음에도. 자신은 천하의 막돼먹은 인간이 됐다.

"저, 저기, 신시아 님. 노엘 녀석은—."

"아마도, 붙잡혔거나, 살해당했겠지. 어느 쪽이든 무사할 가능성은 거의 없겠군."

"그럴 리가요, 그 녀석이 그렇게 쉽게 죽을 리가."

밀트는 말을 잃은 채 못 박혔다.

"미안하다. 그러나 노엘의 공적은 반드시 태수님께 보고를 올리려고 한다. 노엘의 이름과 명예는—."

"죽어버리면 그딴 게 도대체 무슨 소용이랍니까? ……어째서, 어쩌다가 이렇게 됐지!"

말을 가로막고 얼굴을 돌린 채 오열하는 밀트. 어쩌면 특별한 감정을 품고 있었는지도 모르겠다.

노엘과 같은 마을 출신의 청년들은 물론 부대의 병사들도 표정이 어두웠다. 그 능청스럽고 한없이 밝은 성격이 어느 틈인가 모두의 마음을 끌어당기고 있었던가. 엘가, 사라, 그리고 신시아 자신도 포함하여.

'……그럼에도, 마냥 슬퍼하고 있어서는 안 된다. 나는 부대의 지휘관이다. 떨쳐야 할 때는 떨쳐야 한다. 안 그러면 어찌 병사를 지휘하여 싸울 수 있겠나.'

신시아는 검을 뽑아 들고 부대를 정렬시켰다.

"우리는 의용병 노엘의 용감한 활약 덕분에 사지를 빠져나올 수 있었다! 그리고 사라 님과 도련님은 무사하시다!"

갈라지려고 하는 목소리를 가다듬기 위해서 한 박자 쉬고 그다음 단번에 감정을 쏟아 냈다.

"의용병 노엘, 아울러 임무 수행을 위해 목숨을 바친 자들의 명복을 기원하며. 전원, 경례!!"

신시아가 가슴 앞으로 검을 들어 올리는 동시에 병사들이 일사불란한 동작으로 숲을 향해 경례를 보냈다. 사라와 엘가는 기도를 올리고 있다.

태양의 빛이 몹시도 눈부시게 여겨진다. 도망치는 데 필사적이었던 탓에 못 알아차렸으나 어느새 비는 멎어 있었다. 수많은 감회를 견디기 위해 신시아는 두 눈을 감았다.

1분 정도 예를 다하고 있던 때 뒤쪽에서 술렁거리는 소리가 났다. 무슨 일인가 싶어 신시아가 눈을 뜨고 천천히 고개 돌리자—.

"에잇."

"푸헙!"

고개를 돌린 위치에 뭔가 끈적끈적한 것이 있어서 온통 뒤집어쓰고 말았다. 입속으로 지금거리는 것이 들어온다. 틀림없다, 진흙이었다.

“무, 무슨 일이냐!”

“멋대로 사람 죽이지 마. 어휴, 이렇게 맑은 날이면 아쉬워서 못 죽는단 말이야.”

“너, 이 녀석! 살아 있었냐!”

밀트가 놀라움과 기쁨을 뒤섞어서 소리 질렀다. 다른 병사들도 마찬가지였다.

“응, 나는 이런 데서 죽을 수 없어. 어라, 그래도 죽으면 2계급 특진이랬는데. 의용병의 경우는 어떡하지. 상급 의용병으로 올려준다든가? 음, 상급 의용병 시켜줄 거야?”

깔깔 웃으면서 신시아의 등을 가볍게 두드려 댄다.

미끼 역할을 자처했던 노엘은 무참하게 죽기는커녕 적을 손바닥 위에 올려놓고 완벽하게 농락했었다. 반란군의 추격 부대는 어둠 속이었다는 환경도 작용했으나 곳곳의 나뭇가지에다가 장댓불처럼 불을 붙여 놓았던 탓에 목표가 어디에 있는지 전혀 추적할 수 없게 되었기 때문이었다.

창에다가 눈에 띄도록 불을 붙인 까닭은 적의 눈길을 끌려는 목적도 있었다만, 불빛으로 적을 끌어들이기 위한 함정이기도 했다.

그렇게 고립시킨 인원에게는 철퇴로 강렬한 일격을 선사하였기에 날이 밝을 무렵에는 뭐라 말할 수 없는 시체가 몇 구나 바닥을 굴러다녔다.

노엘은 비가 멎을 때까지 나무 위에서 가만히 휴식을 취한 뒤 해가 떠올랐음을 확인하고 나서 유유히 최단 거리로 걸어왔다.

가도에서 발견한 다음 합류하려고 다가오던 중에 제멋대로 죽은 사람 취급을 하는 데다가 묵념까지 올리는 꼴을 보고는 살짝 장난질을 치고 싶어졌을 뿐이다.

그렇게 일련의 흐름을 우쭐우쭐 설명했더니.

"이, 이런 왈패를 봤나! 나는 명색이 상관이란 말이다! 영예로운 코임브라의 기사이자 백인장이다! 사, 상관의 얼굴에 진흙을 처바르다니 뭐하자는 짓이냐!"

머리에 묻은 진흙을 휙휙 떼어 낸 신시아가 얼굴을 새빨갛게 붉히고 호통을 질러 댄다.

"넷, 전부 제 잘못입니다! 어라, 음. 신시아 대장님께 경례!"

노엘이 진흙 범벅의 손으로 능글능글 경례를 했다. 여전히 완벽한 경례였으나 표정이 다 망쳐 놓는다.

"이제 와서 예의를 차려 봤자 용서 못 한다! 이 대책 없는 녀석, 주도로 복귀하는 즉시 철저하게 교육해주마!"

"저는 의용병인 터라 사양하겠습니다! 약속한 포상만 받고 후다닥 집에 가겠습니다! ……너무 달려서 좀 피곤한데 이제 가봐도 될까?"

연기가 싫증 난 노엘은 거창하게 한숨 쉬었다.

"시끄럽다! 너는 강제적으로 내 부대에 편입이다! 이미 결정했다! 네 정신 나간 근성을 밑바닥부터 바로잡아주마!"

"대, 대장님. 그 말씀은 조금 앞뒤가 안 맞는 듯합니다만. 애초에 노엘은 의용병이잖습니까."

부하가 제지에 나서는데도 물론 듣는 시늉을 하지 않았다.

"시끄럽다! 전원, 원군과 합류한다! 나를 따르라!"

"살려줘~."

신시아에게 목덜미를 잡혀 가도로 질질 끌려가는 노엘. 그 모습은 적을 완전히 농락하고 무사 귀환한 강자라기에는 몹시 어색했다.

두 사람의 뒷모습을 멍하니 바라다보는 병사들.

"우, 우리도 어서 따라가자고. 이러다가 뒤처지겠군."

"그, 그래."

"대장님 성격이 원래 저러셨던가? 좀 딱딱하고 엄격한 분이었을 텐데."

신시아에게는 동년배의 친구가 없었다. 언제나 긴장을 늦추지 않고 과묵하게 단련을 쌓고 병사들에게 얕보이지 않도록 노성을 질러 댔었다.

그럼에도 동료들은 편애 덕분에 출세했다고 시기를 하는 처지. 신시아의 이러한 감정 기복은 병사들로서도 처음 겪는 경험이었다.

"확실히. ……그래도 저 아가씨하고는 마음이 잘 맞나 보군. 마치 오랫동안 알고 지냈던 친구 사이 같잖아."

"그, 그런가? 뭐, 고생 많겠다는 느낌은 드는군. 주로 대장님이."

"동감이다. 나는 사람을 보는 눈이 있거든."

엘가는 기분 좋게 떠들어 대는 병사를 흘낏 쳐다보고 말했다.

"어머님, 저희도 어서 따라가지요. 아직 안심하기는 이릅니다."

"그러자꾸나, 엘가. 자, 우리도 서두르죠. 여러분, 마지막까지 아무쪼록 잘 부탁드립니다."

"맡겨주십시오!"

사라가 재촉하자 병사들이 답례한 뒤 대열을 지어 섰다.

"그 철퇴, 꽤나 마음에 들었나 보구나."

"네. 이 철퇴는 제 보물로 여기겠습니다. 최후의 순간에도 포기하지 않고 끝까지 싸워야 함을 저자에게 배웠습니다. 저도 본받고 싶습니다."

엘가는 멀리 떨어진 노엘을 주시하면서 힘 있게 말했다.

"……역시, 죽어도 죽질 않는군. 저 바보 여자는."

"잘됐구나, 밀트."

"시끄러워. 뭐, 결국 이렇게 될 줄 알았다고."

부끄러워하면서 눈자위를 훔친 다음에 밀트는 농담조로 말했다.

밀트가 노엘에게 호감을 품고 있음은 주지의 사실이었다. 프레서와 둘 중 누가 구애에 성공하느냐를 두고 내기가 벌어졌을 정도다. 모르는 사람은 본인 한 명뿐이었다는 걸작이 되시겠다.

"정말이지 고분고분한 법이 없다니까. 뭐, 어쨌든 우리 일은 다 끝났다. 아주 지치는군."

"그래, 이제 반란이 수습되면 분명 마을로 돌아갈 수 있을 거야."

"프레서와 크래프트는 괜찮을까? 록벨은 함락당했다던데."

"위험하다 싶으면 도망쳤겠지. 그 녀석들도 아예 바보는 아니잖냐."

"맞는 말이다. 그나저나 배가 고프군."

그렇게 대수롭지 않은 잡담을 주고받으면서 밀트와 마을 청년들도 가도를 따라 걸어갔다. 앞서 나아가던 노엘과 신시아는 이미 원군과 합류한 듯싶었다.

적륜군의 침공을 받아 함락된 록벨의 거리. 안쪽에는 심히 손상된 시체가 어지럽게 흩어져 있다. 곳곳의 주택이 부서져 나간 데다가 상점에서는 검은 연기가 피어오른다.

마지막까지 임무에 충실했던 수비병들은 나무에 목이 매달렸고, 사라의 아버지이자 록벨의 영주였던 바렐 루트윙 백작은 본보기를 위해 갈가리 찢긴 뒤 효수당했다.

살아남은 자도 비참하기는 매한가지였다. 포로들은 살인 연습의 재료로 전락했고 아녀자는 겁간을 면할 수 없었다. 비명과 오열이 도처에서 울려 퍼지다가 이내 비열한 웃음에 덮여 사라진다.

"그래, 이래야 진짜 전쟁이지. 이쯤은 돼야 좀 재미가 나는 거지."

게브는 오랜만에 맛보는 피와 광기의 냄새를 진심으로 기꺼워했다. 이것이야말로 전쟁의 묘미. 삶과 죽음이 농밀하게 교차하는 곳이 전장이었다. 오로지 승리하고 살아남은 자가 맛볼 수 있는 냄새. 한번 맡으면 중독된다. 그렇기에 게브는 자진하여 사지로 나서고는 했다.

“흐흐, 나도 할 일부터 해치우고 냉큼 즐기도록 해볼까. 꾸물거리다가는 재미도 못 보고 쭉정이만 남겠군.”

전쟁이란 본능과 욕망을 훤히 드러내 놓고 목숨과 목숨을 맞부딪치는 의식이다. 승리하면 천국, 패배하면 지옥. 신분의 차이 따위는 존재하지 않는다. 귀족이든 평민이든 설령 황제일지라도 다를 바 없었다.

“여, 동지들. 즐거운 시간 보내고 있나?”

“예, 예!”

“좋아, 괜찮군. 이런 놀이는 기세가 제일 중요하단 말이지. 아무튼 뭐, 하나를 갖고 쭉 즐기려거든 적당히 봐줄 줄도 알아야 안 망가진다네. 대용품은 잔뜩 널렸다지만 그 얼굴은 제법 값이 나가지 않겠나?”

길가에서 젊은 여자를 덮치고 있는 젊은이에게 훈수하는 게브. 자신도 끼어들고 싶은 심정이었으나 지금은 해야 하는 임무가 있다. 그때까지는 참고 견뎌야 했다. 일단은 바하르의 기사 신분이니까.

피와 연기의 냄새를 실컷 만끽하면서 거리를 걸어 나아갔다.

‘흐, 좋구나. 순박한 젊은이들이 욕망에 젖어 악인으로 타락하는 모습. 그게 더 인간다워서 나는 마음에 드는군. 도의니 정의니 따져봤자 한 끼니 요깃거리도 안 된단 말이다. 내키는 대로 살겠다는 게 뭐가 잘못된 거냐.’

뒷일을 염려하지 않고 폭력을 휘두르면서 현재를 즐긴다. 다른 사람의 안위 따위는 알 바가 아니다. 반란이야 어떻게 되든 간에 이 세상에서는 찰나를 즐기는 삶이 훨씬 재미있었다.

그에 비하면 어떠한가. 상관의 얼굴을 떠올린다. 불평불만을 드러내지 않은 채 명령을 충실하게 수행하여 지금의 지위까지 올라선 남자. 그것이 리스티히다.

'우리 리스티히 대장께서는 파죽시세로 주도 마들레스를 무너뜨리고 싶은가 본데. 글쎄, 어찌 되려나. 뭐, 아무튼 간에 마구 날뛰는 게 더욱 재미있을 테지.'

그런 생각을 하면서 걸어가던 중 근처의 집에서 교성이 들렸다. 귀에 익은 젊은 남자의 목소리도.

가볍게 흥미가 솟았기에 안을 들여다보니 낯익은 얼굴들이 있었다. 한때는 선량했던 젊은이들의 모습이다.

"오오, 잘하고 있군. 프레서, 그리고 크래프트. 어떠냐, 나를 따라온 것이 정답이었지?"

"아, 게브 씨! 남의 물건을 빼앗는 것이 이렇게나 재미있는 줄을 이제껏 전혀 몰랐습니다!"

술을 들이켜면서 정신을 놓아 반응이 없는 여인과 관계하는 프레서. 막아서려고 했던 부친은 이미 처참한 주검이 되어 나동그라졌다. 그 시체의 머리를 반쯤 재미 삼아서 걷어찼다.

"역시 그렇지? 남의 소유물을 무력으로 빼앗는 기분은 정말 최고라네. 상대의 보물이라면 말할 것도 없지. 오직 승자가 맛볼 수 있는 특권이랄까."

"이 녀석, 크래프트도 처음에는 우물쭈물했던 주제에 지금은 이렇다니까요. 헤헤, 고향 놈들이 이 꼴을 보면 낯짝이 아주 시퍼레질 겁니다!"

"젊은 시절에는 욕구가 앞서고는 하지. 나만큼 연륜을 쌓아 숙성되면 조바심치는 짓도 안 하게 된다네. 맛을 즐길 줄 아는 여유가 생겨난달까."

"……."

크래프트는 행위에 정신이 없어 주위에서 오가는 말에 전혀 반응하지 않았다. 농사일로 단련된 두 손이 여인의 목을 둘러 잡아서 한계까지 졸라 대고 있었다. 프레서가 데리고 있는 여인의 어머니였다. 눈은 허옇게 까뒤집혔고 혓바닥이 추하게 삐어 나왔다. 이미 숨이 끊어진 듯싶었다.

크래프트는 끓어넘치는 욕망에 휩쓸려버렸다. 매사에 다른 사람의 시선을 신경 썼던 순박한 청년의 자취는 온데간데없이 사라졌다. 굶주린 늑대와 다를 바 없는 얼굴이었다. 비웃음을 머금고 있는 프레서도 마찬가지였다.

같은 코임브라의 동포라는 의식 따위야 벌써 머릿속에서 사라졌다. 눈앞의 인간이 증오받아야 마땅한 귀족이 아닌 평범한 주민이라는 사실도.

지금 이 도시에 존재하는 인간은 승자와 패자, 빼앗는 자와 빼앗기는 자. 단지 그뿐이었다.

"이봐, 크래프트. 그 여자는 벌써 죽었잖냐. 시체는 그만 가지고 놀고 다른 여자를 데려오는 게 낫지 않겠나?"

"……."

"어이쿠, 안 되겠군. 전혀 안 들리나 보군."

"다른 녀석들이 심심하니까 막 죽이지는 마라! 죽이지 않고 적당히 데리고 노는 방법을 익히는 거다."

"흐흐, 알겠습니다!"

"알아들었으면 됐다. 이제 마음껏 놀아라!"

"물론 마음껏 즐길 겁니다! 그럼요, 우리는 이겼잖습니까. 우리가 승자란 말입니다!"

신바람 내는 프레서. 게브는 텅 빈 유리잔에 술을 따라주었다.

"좋은 마음가짐이다, 프레서. 이다음은 카난 가도를 나아가서 단박에 주도 마들레스를 칠 예정이다. 힘 좀 써서 그곳을 제압하면 죽도록 끝내주는 호사가 기다리고 있을 거다."

"저, 정말입니까?!"

"아무렴. 그곳에는 혈통서가 붙은 귀족 나리가 잔뜩 있잖은가. 그 녀석들은 우리가 죽을 둥 살 둥 일해서 번 돈으로 아주 무사태평하게 살고 있다네. 그러니까 말이지, 정의의 적륜군이 나서서 전부 되찾아줘야 하지 않겠나."

"……귀족."

"젊은 계집들이 온갖 사치는 다 부리면서 온몸을 호화로운 보석으로 꾸며 놓았을 거야. 지저분한 작업 따위는 하지도 않으니까 손은 매끄럽고 살집도 부드럽다네. 게다가 재산도 산더미처럼 쌓아 뒀겠지? 전부 빼앗고 빼앗고 모조리 다 빼앗아주는 거다!"

게브가 소리 높여서 외치니 프레서도 입가를 비뚤어뜨리면서 고갯짓했다. 크래프트 역시 행위에 열중하는 와중에 머리를 위아래로 끄덕거렸다.

'완전히 타락했군. 나는 이런 장면을 보면 기분이 참 좋아.'

"그나저나 다른 얘기를 잠시 하자고. 별동대로 차출된 너희 동료에 대해 조금 묻고 싶다만."

"아, 노엘과 밀트 녀석들 말입니까?"

"맞다. 행방이 묘연해졌거든. 너희들 뭔가 모르나?"

"글쎄요, 제가 어떻게 알겠습니까. 아마 마을로 돌아갔겠죠. 흐흐, 이런 즐거움이 기다리고 있는 줄도 모르고. 정말 멍청한 놈들이라니까."

프레서는 부러움에 아쉬워하는 밀트와 다른 마을 청년들의 얼굴을 상상했다. 그리고 마지막으로 노엘의 얼굴을 떠올렸다. 옆쪽의 여인에게 노엘을 겹쳐 보면서 강제로 끌어안았다. 그렇다, 가질 수 없다면 빼앗아버리자. 간단하지 않은가. 승리하면 군이 동의를 구할 필요도 없다. 다시 만나면 그러하겠다고 결심했다.

"이봐, 이봐. 얼굴에서 의욕이 가득 넘치는군. 젊어서 아주 좋겠어."

"그 녀석들에게 용건이라도 있는 겁니까?"

"아니, 별거 아니라네. 그러면 나는 이만 갈 테니까 나중에 축배나 같이 들자고."

"예!"

"재미들 봐."

게브는 손을 들어 보이면서 문을 닫고 귀찮아졌다는 생각에 목을 돌렸다. 이제부터 실로 귀찮게 될 소식을 리스티히에게 보고해야 한다. 마음이 내키지 않을 만했다.

'어이구, 정말 귀찮군. 네드, 이 바보 녀석. 일등 수훈이 다 뭐냐. 설치다가 죽어버리면 아무 소용이 없잖냐.'

게브는 바렐 백작의 거처, 도시에서 가장 큰 저택에 도착했다. 입구를 지키고 있던 위병에게 손을 들어서 인사하자 신호와 함께 문이 열렸다.

적륜군 수령이자 바하르 군의 천인장 리스티히는 집무실에서 두문불출하고 있었다. 바하르 태수 아밀 바르데카가 보낸 명령서를 얼마 전부터 뚫어져라 쳐다보는 중이다. 몹시 험악한 표정이었다.

"이제 와서 한곳에 주둔하여 시간을 벌라? 이대로 가도를 따라 전진하면 주도 마들레스가 목전이건만. 대체 주저할 이유가 무엇이란 말인가! 빌어먹을, 전부 파리드의 수작이 틀림없을 터. 실로 가증스러운 애송이다!!"

"대장, 바쁘실 텐데 잠시 실례하겠습니다."

"왜 이리 늦나! 언제 불렀는 줄은 아는가! 네 녀석까지 쓰레기들에게 물들었더냐!"

"대장, 쓰레기라니 말씀이 조금 지나치십니다. 꼴은 저래도 일단 동지잖습니까."

"쓰레기를 쓰레기라 부르겠다는 게 잘못이냐!"

"아이고, 이런. 진정 좀 하십시오. 이래저래 일이 좀 많았습니다. 아, 네드 녀석의 행방, 그리고 또 그롤의 처자식 건으로 보고드릴 사안이 있습니다."

"먼저 그롤의 처자식 건부터 보고하라! 물론 붙잡았겠지?!"

"위치 파악은 잘 해냈는데 말입니다, 넋 놓은 추격대 놈들이 깜빡 헛다리를 짚은 탓에 완전히 놓치고 말았습니다. 이래서는 가족을 인질로 잡아 협박하는 작전은 중지로군요."

"코임브라의 족속들은 역시 쓸모가 없군! 다 몰아넣고 어떻게 하면 놓칠 수가 있단 말이냐?!"

"뭐, 코임브라의 군대는 약졸뿐이라고 유명하잖습니까. 게다가 원래 평민이었던 놈들에게 기대해 봤자 허사입니다."

내통자의 획책 덕분에 록벨에서 체류하도록 유도됐던 그롤의 처자식. 둘을 생포했다면 계획은 거의 다 완료되는 셈이었다.

그렇다 해도 잘 살려서 붙잡으면 일이 좀 편해진다는 부수적인 목표였던 만큼 리스티히는 격앙할지언정 아주 낙담하지는 않았다. 애당초 무력을 써서 함락할 작정이었기에.

"그건 그렇다 치고 네드의 행방은 알아냈는가?"

"예. 네드 녀석이 말했던 그 낡아 빠진 요새에 가서 확인했습니다만, 거기에는 차마 말 못할 꼴로 죽어 나간 시체밖에 없었습니다."

"……시체라고?"

"요새 안에서 발견한 것은 네드와 바하르 사람의 시체뿐이었습죠. 제대로 싸워보지도 못한 채 죽은 모양새였습니다. 분명 상당한 실력자의 소행입니다."

"그렇다 함은 역시 태수 가족이 그곳에 숨어 있었다는 말이 되겠군. 그롤의 처자식이라면 물론 실력 좋은 호위를 데리고 다녔을 테지."

"네드 녀석도 실력이 제법이기는 했죠. 다만 상대는 수준이 아예 달랐습니다. 코임브라를 마냥 깔봐서는 위험하겠습니다."

목 없는 시체 두 구와 위아래로 동강나버린 네드의 시체. 뛰어난 무인에게 살해당했음은 틀림없었다. 아마도 코임브라 소속 군인의 소행이리라. 기묘한 점은 다른 적륜군 병사의 시체가 보이지 않았다는 것. 상황을 보아 짐작하면 배반했거나 도망쳤다고 간주하는 것이 타당하겠다.

“확실히 나도 포함해서 다들 너무 낙관만 했었는지도 모르겠군. 방심은 가장 큰 적이건만.”

네드는 태도가 경박할 뿐 제법 실력자였다. 실력만 확실하면 등용한다는 것이 지금 바하르 군의 방침이다. 게브의 거친 말투가 적당히 용납되는 것도 그 때문이었다. 리스티히는 내심 불만을 품기는 했지만 아밀의 방침에 거스르지 못했다.

“비밀 통로의 출구 부근에도 전투의 흔적이 남아 있더군요. 그쪽은 코임브라의 병사들, 그리고 역시 바하르 사람의 시체가 셋. 이래서는 바하르 사람만 노려서 죽였다고 보는 게 옳겠습니다. 네드에게 붙인 놈들은 배반했거나 도망쳤을 테고요.”

“……우리 바하르가 배후에 있다는 사실을 알아차렸으리라고 보는가?”

“네드 녀석이 한때 코임브라에 있었잖습니까. 저쪽에서 놈을 알아본 인물이 나타났을 가능성은 충분히 있습죠. 뭐, 들켰다 해도 놀랄 일은 아닙니다.”

게브는 어디까지나 추측일 뿐이라고 운을 떼면서 대답했다. 설마 네드가 자기 입으로 말하지는 않았을 테지. 고문의 흔적도 없었다. 시체의 상태는 즉사하고도 남을 만큼 처참했기에 정보를 캐냈을 가능성은 적었다.

“상황이 조금 안 좋아졌군. 이게 소문이 나돌기라도 하면 적륜군은 순식간에 와해될 수도 있다. 결국은 짐승 떼에 불과하니."

분명한 증거는 없다. 요새로 파견했던 아군, 증인이 될 만한 바하르 사람은 전원이 이미 전사했다. 바하르가 몰래 수작을 부렸다는 것이 사실로 드러나서 탄핵될 우려는 없겠으나 소문은 증거를 필요로 하지 않는 법.

사람과 사람의 입을 지날 때마다 제멋대로 살이 붙어서 퍼져 나가다가 결국 제 목을 조인다. 그것이 유언비어의 두려움이었다.

"흠, 글쎄요. 적륜군 녀석들은 말입니다, 승리와 피의 맛을 알게 되었고 진한 욕망의 발산을 경험했습니다. 어디, 이제 와서 대의명분이 어쩌고저쩌고 신경이나 쓰겠습니까? 피 맛을 본 짐승을 얕봐서는 안 됩니다."

"……과연, 네 말도 일리가 있군."

"중요한 것은 치고 치고 또 치는 겁니다. 다음 먹잇감을 던져다 주면 굶주린 짐승은 쓸데없는 고민을 하지 않지요. 수세로 돌아선다거나 하면 약간은 골치 아파질 수도 있겠습니다만."

기세가 뻗쳐 나가는 동안은 어떤 군대라 해도 무시무시한 위력을 발휘한다. 다만 한 차례 얻어맞으면 토대도 없는 사기 따위야 휙 날아가버린다.

적륜군의 경우는 곧장 붕괴할 것이 틀림없었다. 짐승의 취기에서 깨어나 「죽음」의 공포와 부닥치고 나면 자기 목숨을 아까워하게 된다. 그것이 인간이다.

"……방금 전 본국에서 안 좋은 소식이 들어왔다. 록벨에 머무르면서 반란을 장기화시키라는군. 진군도 하지 말고 주도 마들레스를 가만두라는 명령이다."

"그거참, 또 당황스러운 말이군요. 분명히 아밀 님께서는 재량껏 추진하라고 말씀하셨잖습니까. 그런데 이제 와서 왜 저런답니까?"

"파리드 놈이 쓸데없이 바람을 불어넣었을 테지. 빌어먹을 애송이, 아밀 님과 소꿉친구라는 친분을 믿고 우쭐대는 것이다! 만들어진 괴물 주제에 분수도 모르고!!"

질투를 숨기지 않고 리스티히는 내뱉었다. 본인이 듣는다면 분명 격노했을 욕설과 함께.

리스티히의 주군이자 바하르 주의 태수로 있는 아밀 바르데카. 차기 황제로 주목받는 전도양양한 청년이다. 아밀의 재기는 리스티히 역시 인정할 뿐 아니라 충성을 바치기에 합당하다고 진심으로 탄복했었다. 그러나.

아밀의 소꿉친구로 파리드라는 적발의 남자가 있다. 문무를 겸비했고 수려한 용모에 심신이 두루 강건하여 실로 완벽이라는 표현의 상징과 같은 인재였다. 병사들 사이에서 평판도 좋을뿐더러 착실하게 공적을 쌓아 올리면서 순조롭게 출세하고 있다.

이미 상급 천인장의 지위에 올라 십수 년 연상의 리스티히를 훌쩍 추월해버렸다. 머지않아 장군이 될 테고 아밀이 황제로 즉위한다면 확실하게 어느 주의 태수 자리는 따 놓은 당상이라는 평판이 자자했다. 무엇보다도 황제 베프남의 주도로 실행되었던『여명 계획』의 완성품이다. 실력은 의심할 여지가 없음. 틀림없이 아밀의 오른팔이 될 젊은이였다.

리스티히로서는 견딜 수가 없었다. 지난 20년, 몸이 가루가 되도록 헌신했던 사람은 바로 자신이었다. 성질 까다로운 바하르의 병사들을 노심초사하면서 훈련시켰다. 위험한 반란 분자를 모조리 섬멸했다. 아밀이나 파리드가 태어나기 전부터.

바하르의 현 장군은 이미 은퇴 시기가 가까운지라 그 자리에 합당한 다음 인물은 자신이라고 굳게 자부하고 있었다. 서열로 봐도 당연한 인선이었다. 여명 계획 어쩌고 하는 것이 무엇인가 모르겠으나 웬 수상쩍은 계획의 결과로 만들어진 인간에게 깔보인다니 농담도 되지 않는다. 바하르의 인간으로서 지닌 긍지가 결코 용납하지 않았다.

따라서 이번 코임브라 반란의 지휘를 맡겠다고 자원했다. 아밀에게서 주도를 멋진 수완으로 잘 함락시키면 훈공 제1등이라는 확답도 받아 두었다. 그런데 목표를 눈앞에 두고 제지당하다니. 이루 말할 수 없는 심정이었다.

'코임브라는 내가 무너뜨린다! 고작 파리드 따위 애송이에게 방해당할까 보냐!!'

살의를 숨기려고도 하지 않고 리스티히는 책상을 주먹으로 내리쳤다.

확실히 전선을 수렁으로 만들면 바하르 군이 개입할 구실이 된다. 적당히 저항하다가 항복한 뒤 그롤에게 책임을 추궁하면 되겠지. 확실하게 성과를 거둘 수 있을 터이다. 다만 그래서는 리스티히의 공적이 별반 두드러지지 않는다.

반면에 주도를 적륜군의 손으로 함락시키고 그롤의 무능함을 세상에 널리 탄핵한다면 어떻게 될까. 그리고 개입에 나선 바하르 군을 맞아서 항복한 뒤 깨끗하게 성을 넘겨준다면. 적륜군은 정의의 군대가 될 뿐 아니라 리스티히는 영웅 등극이다. 코임브라 태수의 자리도 꿈이 아니었다. 온 대륙에 명성을 떨칠 수 있으리라.

어쨌든 이번 계획은 홀시드 대륙의 최고 권력자— 황제 베프남에게 아밀이 미리 보고한 사안이었다. 장래의 화근을 제거하기 위해 친형을 실각시키겠다는 청원이었다.

황제는 즉단으로 허락한 뒤 본인의 수완을 증명하라고 했다. 차기 황제에게 내리는 시험이나 마찬가지였다. 탈 없이 성공한다면 아밀의 황태자 책봉이 확정된다.

"그래서 어찌하렵니까? 여기에 주둔하자면 다 때려 부순 성벽을 어서 수리해야 합니다. 지구전에 쓸 물자를 확보해 놓을 필요도 있습지요."

"뻔한 걸 묻는군. 당초의 예정대로 주도 마들레스를 무너뜨린다. 상대는 무능한 그롤에 약졸 코임브라, 게다가 내통자도 있지 않은가. 몇몇 실력자가 있다고 한들 전쟁의 형세에 영향을 끼치지는 못한다. 내가 지휘를 맡는다면 반드시 승리한다. 병력의 적음은 아무 문제가 안 된다!"

통일 전쟁 때 바하르 주는 겐부 주와 함께 마지막까지 태양제가 이끄는 홀시드에 저항했던 역사를 갖고 있었다. 바하르의 사람이 운용하는 기병에는 패배를 몰랐던 태양제도 고전을 면치 못했다고 했다. 무운이 다하여 패배를 맞이하였으나 바하르의 용맹함은 대륙 전토에 널리 알려졌다. 그런 까닭에 지금도 경계를 늦추지 않을 뿐 아니라 아밀이 태수로 부임할 만큼 중요시되는 지역이다.

반면에 코임브라는 병력과 물자가 대륙에서 가장 풍부했음에도 불구하고 한 차례 전투도 치르지 않은 채 성을 넘겨줬다. 필사적으로 목숨을 구걸하는 그들의 모습은 안타까움과 조소를 불러일으켰다고 전해진다. 도를 넘는 나약함으로 인하여 태양제에게 격한 꾸짖음을 들어야 했던 약국이었다.

「돈은 있어도 사람은 없다」가 바로 코임브라를 나타내는 말이다. 당대에 이르러서는 양쪽 다 찾아볼 수 없게 됐다만.

"즉 진군 준비를 갖추라는 뜻으로 하신 말씀이시지요?"

"당연하다. 본국에는 걱정 말라고, 주도 마들레스를 함락하여 반드시 아밀 님에게 헌상하겠다고 연락한다!"

"그럼 부대를 이끌 만한 녀석들을 적당히 선발해서 편성을 진행하겠습니다. 나중에 몰아서 보고합죠."

게브는 속마음을 얼굴에 드러내지 않고자 주의하면서 경례하고 물러났다.

'방심은 적이라고 말한 본인이 피가 솟구쳐서 정신을 못 차리는군. 거참, 욕심대로 잘 풀릴까. 무능한 그롤, 약졸 코임브라가 맞는 말이라고 쳐도 우리 병력의 대부분이 바로 그 코임브라의 사람이란 말이다. 애당초 인간이 달라 봤자 얼마나 많이 다르겠어.'

게다가 반란을 일으키고 갖은 약탈 행위에 치달은 리스티히를 과연 아밀이 다시 맞아들여줄까? 자칫 도마뱀의 꼬리처럼 잘려 나갈 것 같다는 예감이 스멀스멀 솟구친다. 리스티히는 아무 짐작을 못 하고 있나? 아니면 짐작 못 하는 척을 하고 있는가?

다박수염을 거칠게 쓰다듬으면서 영주의 관을 뒤로했다. 큰일은 다 마쳤기에 적당히 여자를 잡아채거나 술에 푹 빠질 작정이었다. 부대 편성은 그다음에 천천히 하면 된다.

'뭐, 분위기가 안 좋아지거든 대장에게 모든 책임을 떠넘기고 줄 행랑이다. 요것이 세상을 잘 살아가는 비결이지, 아무렴.'

행복해지는 방법을 묻던 노엘의 얼굴이 떠올랐다. 이제는 행방도 알 수 없다만 아마 다음에는 적으로 만날 테지. 근거는 없지만 병사의 감이다.

"……아, 그러고 보니 「승리」의 의미를 제대로 가르쳐주지 못했던가. 다음에 기회가 있다면 잊지 말고 알려줘야겠군."

승부를 벌여 이긴다 한들 죽어버리면 아무것도 안 된다. 게브의 경우는 죽지 않는 것이 곧 승리였다. 끊임없는 승리란 무슨 짓을 해서라도 끝까지 살아남는다는 말과 같은 뜻이었다. 노엘이 죽기 직전에 가르쳐주겠다고 머릿속에 넣어 두었다. 꿈을 이루지 못하고 죽어 가는 젊은이의 표정을 보는 것도 게브는 몹시 좋아했다.

즐거움은 또 하나 있었다. 잠시 못 만난 사이에 싹 달라진 프레서와 크래프트를 보고 어떻게 생각할까. 여유작작하게 단정하던 얼굴이 일그러지는 모습을 상상하면 게브는 가슴 설레었다. 울까, 화낼까, 절망할까. 어느 쪽이든 재미있겠다.

"흐흐, 정말 기대되는군."

코임브라 주도 마들레스 성. 성의 서편에 위치하는 해안에는 광대한 항구가 설치되어 있다. 성 아래의 다른 방면에는 방사형으로 거주 지역이 쭉 펼쳐지면서 한때나마 대륙 제일의 무역 도시라 칭송받았던 흔적이 아직껏 남아 있었다. 통일 전쟁 때 저항하지 않고 항복했던지라 전화에 휩쓸리지 않았던 것도 크게 작용했다.

북부의 금광이 말라붙었고 문도노보 대륙을 오가는 무역이 중지되기는 했으나 사람이 있는 이상 장사는 이루어진다. 설령 반란의 와중일지라도. 그런 까닭에 주도는 오늘도 얼마간이나마 떠들썩한 분위기였다.

"여기가 코임브라의 주도 마들레스구나. 정말 커다란 도시네!"

"느긋하게 구경할 틈은 없다. 즉시 태수님께 보고를 올려야 한다. 사태가 긴급하단 말이다."

커다랗게 기지개를 켜는 노엘에게 못을 박는 신시아. 이미 전령을 보냈다지만 당연히 사정 및 경위를 직접 보고할 의무가 있다.

이동 중의 원군과 합류했던 신시아 부대는 록벨이 이미 함락되었다고 보고했다. 지휘관 가디스 장군은 적 병력이 예상 이상으로 큰 규모였기에 경계하여 일단 물러난 다음 태세를 정비하겠다고 결정 내렸다.

서두른다 한들 록벨은 이미 무너졌고 영주 바렐도 사망했다. 구출 대상이었던 태수 가족은 안전이 확보되었기에 조급하게 공격할 필요가 없다는 판단이었다. 일단 견제를 위해 부대 하나는 남겨 놓았다.

신시아 부대는 이렇듯 가디스의 본대와 동행한 뒤 며칠에 걸쳐 귀로를 밟아 코임브라의 주도에 당도할 수 있었다.

"그럼 잘 다녀와. 돌아오면 포상도 주고. 나랑 약속했지?"

"무슨 소리를 하나. 너도 같이 간다. 네드를 처치한 자가 바로 너인 데다가 놈이 바하르 소속이라는 말을 들었던 증인이기도 하지. 네 입으로 직접 태수님께 보고를―.”

거기까지 말하다가 신시아는 말을 멈췄다.

노엘의 옷차림이 너무나도 심한 꼴이어서였다. 무구는 보유했을지언정 증원 부대에 여성용 옷가지가 상비되어 있을 리 없었다. 원정이 아니었던지라 필요 최저한의 보급 물자만 갖고 출진했다. 물론 사라가 갈아입을 옷은 준비해서 지참했다지만, 노엘의 몫은 당연하게도 찾아볼 수가 없었다.

지금 노엘은 피로 물든 가죽 호구, 등에는 이지창, 허리에는 철퇴라는, 다가서기는 적잖이 꺼려지는 복장을 하고 있었다. 도중에 물로 씻기는 했다지만 결국 핏자국을 다 떼어 내지는 못했다.

“있잖아, 잠깐 거리를 산책하고 와도 될까? 여기저기 구경하고 싶거든. 보물이 잔뜩 있을 것 같아.”

“안 된다. 먼저 너는 복장부터 갈아입는다. 설마 이 추레한 꼴로 태수님의 안전에 나갈 생각인가?”

“나는 별로 만나고 싶지 않은데. 괜히 귀찮을 테고.”

“에잇, 시끄럽군! 아무튼 나를 따라와라!”

“저, 저기 말입니다. 우리는 어찌합니까?”

밀트가 불안한 기색으로 물었다. 다른 마을 청년들도 마찬가지였다.

“일단 막사로 안내를 붙여주지. 그곳에서 식사를 하고 푹 쉬어라. 숨을 돌리거든 추후의 거취를 고민해보도록.”

“추, 추후의 거취라니요?”

신시아의 말에 의아하다는 표정을 짓는 밀트와 의용병들.

"이대로 군에 남느냐, 마을로 돌아가느냐. 너희 마을은 아직 반란군의 세력권에 있지 않은가. 단 군에 남는다면 전투에 참전해야 함을 염두에 둬라."

"뭐라고요! 우리는 어차피 도움도 안 될 겁니다!"

"아무것도 하지 않는 인간을 먹여줄 만큼 우리 주는 풍요롭지 않다. 거리는 언뜻 번성한 듯 보일지라도 실정은 조금 다르니까."

담담하게 잘라 말한 뒤 신시아는 발길을 돌렸다. 노엘을 억지로 데려가면서.

고급 사관용 막사까지 다다른 뒤 본인의 방에 안내했다. 이곳은 백인장보다 상위 사관을 위해 마련된 주거였다. 일반 병사가 생활하는 막사와 달리 개인실로 만들어졌고 구조도 제법 괜찮았다.

본래 신시아는 시가지에 저택을 갖고 있었지만, 고용인을 들일 여유가 없는 데다가 에드리히 가문의 구성원이 자신 혼자만 남게 된 까닭에 아예 짐을 옮겨버렸다. 넓은 저택에서 홀로 지내는 생활이 몹시 고독했기에. 그래, 차라리 훈련하기 편한 막사에서 지내자고 결심한 뒤 이렇듯 실행으로 옮겼다.

자신을 두고 몰락 귀족이 어쩌고저쩌고 수군거린다는 것은 잘 알았지만, 애당초 코임브라 주 자체가 거의 몰락한 터라 특별히 신경 쓸 말은 아니라며 흘려보냈다. 얼굴이 굳어지는 것은 어쩔 수 없었지만.

"여기가 내 방이다. 자, 어서 들어와라."

"실례합니다~."

"별로 대접할 마음은 털끝만큼도 없으니까 사양하지 마라. 복장만 갈아입고 어서 성으로 가야 하니까."

"아, 알았으니까 밀지 마."

노엘은 등을 세게 밀려서 실내로 들어갔다. 눈에 들어온 것은 폭신폭신한 느낌의 새하얀 침대, 검소한 책상. 그리고 유난히 큼지막한 옷 선반이었다. 그 옆쪽에는 갑옷 및 투구가 걸려 있었다.

만세를 하고 환호한 뒤 노엘은 곧장 침대로 몸을 날리려고 했다.

유감스럽게도 머리카락을 붙들려서 저지당하고 말았다. 침대 직전에서 제압당했다. 뒤쪽에서 머리카락을 잡아당기는 통에 목이 기묘한 각도로 꺾인 상태에서 멈춰야 했다.

"아파."

"그 꼴로 침대에 뛰어들면 어찌 되는가 말해봐라."

"폭신폭신하고 기분 좋아서 졸리겠네."

"엉망진창으로 지저분해지겠지, 웬 엉뚱한 대답이냐! 이 바보 멍청이 녀석아!"

"잠깐만 누워서 자도 될까?"

"안 된다!"

억지로 잡아끌더니 그다음은 머리를 주먹으로 빙글빙글 문대는 통에 노엘은 신음 소리를 질렀다. 이제 다시는 안 한다고 적당한 신을 부르면서 다짐도 하고 반성했지만 쉽사리 용서받을 수 없었다.

"아, 머리가 깨질 것 같아."

노엘이 불평해도 신시아는 듣는 척을 하지 않았다.

"정식 군인은 아니라 해도 아무튼 군복을 차려입으면 예의에 어긋나지는 않을 거다. 일단은 의용병 신분으로 참전하기도 했고. ……자, 내가 십인장 시절에 입던 옷이다. 기장이 맞으면 다행이련만."

그렇게 말한 뒤 백색을 기조로 한 군복을 건네줬다. 위계가 낮아 견장은 없어도 코임브라 주의 천칭 문장이 붙박여 있다. 무역 도시의 긍지를 나타내는 코임브라의 상징이었다. 천칭의 한쪽에는 금화, 다른 한쪽에는 물자를 얹어 놓았다.

신시아는 십인장에서 곧장 백인장으로 승진했던 터라 군복은 새것이나 다름없었다. 덧붙여서 전장 및 군무에 임할 때에는 물론 갑옷을 착용할지라도 그 밖의 상황에서는 이렇듯 군복을 입고 다닌다. 최근 몇 해 동안은 전장에 나간다 한들 기껏해야 산적 토벌밖에 경험이 없었다만.

"나 입어?"

"기장이 맞거든 네게 빌려주마. 태수님을 뵈어야 하니 실례를 저질러서는 안 된다."

"알았어. 와, 응응, 정말 예쁜 옷이야. 게다가 멋있어."

그리 말하고 노엘은 지저분한 가죽옷을 훽훽 벗어 던졌다. 군복이란 익숙하지 않으면 입는 데 여러모로 헤매는 법인데도 노엘은 재빨리 환복을 마쳐버렸다.

왠지 몰라도 제법 능숙한 동작이었던 데다가 분명 안 어울릴 줄 예상했던 군복이 묘하게 딱 들어맞았다. 신병이라기보다는 막 승진한 여성 사관이라고 해야 더욱 와닿지 않으려나. 진지한 표정으로 씩씩하게 자세를 가다듬더니 고개를 한 차례 갸웃거린다.

"어때? 어울려?"

"그, 그래."

신시아가 홀린 듯이 바라보기만 하자 노엘은 책상으로 다가가서 어느 물건에 손을 뻗었다. 아까 전부터 눈여겨보았는지 망설이지도 않고 대뜸 쥐어 들었다.

이미 세상을 뜬 신시아의 오라비가 쓰고 다녔던 안경이다. 특별히 추억이 서린 유품은 아니었으나 버리자는 마음도 들지 않았던 터라 보관했었다.

"이걸 쓰고 뒷머리를 정리하면, 응, 어때? 머리 좋은 사람처럼 보일까?"

검은 테 안경을 쓰고 붉은 난발을 뒤쪽으로 묶어 내린 뒤 이쪽을 돌아봤다.

과연, 유능한 비서관이나 참모로 착각할 지경이었다. 알맹이를 모른다면 누구든 속아 넘어가겠군. 이미 다 아는데도 깜빡 속아 넘어갈 것 같았다.

"……."

"음, 그러니까, 이럴 때는."

"뭐냐, 갑자기 등을 꼿꼿이 펴고."

"신시아 님, 어떤 명령이든 내려주십시오."

"가, 갑자기 무슨 소리지."

"특별히 지시할 것이 없으시다면 제가 알아서 대처하겠습니다. 전부 제게 맡겨주시길. 그러면 오늘은 이만 물러나겠습니다."

영리한 관료 비슷한 표정을 짓고 안경을 호들갑스럽게 쓱 올려 보이더니 곧장 총총히 걸어 방에서 나가려고 하는 노엘.

퍼뜩 정신을 차린 신시아가 급히 잡아 세웠다.

"서, 서라! 알아서 대처하지 마라! 그보다 뭐냐, 그 안경은!"

"엥~. 잘 먹힐 줄 알았는데."

"확실히 겉모습도 중요하다만 너는 먼저 내용물부터 수습을 해라! 이 바보 멍청이 녀석!"

신시아가 고함지르자 노엘은 귀를 두 손으로 틀어막았다. 유능한 참모의 모습으로 얼빠진 짓을 하는 꼴을 보니까 무시무시한 위화감이 느껴졌다.

"있잖아, 아무튼 이 안경은 나한테 주면 안 될까?"

"……후, 갑자기 또 무슨 소리냐."

"그러니까, 포상을 준다고 약속했었잖아. 이 예쁜 안경으로 주면 좋겠어."

잠시 망설였으나 별로 상관없겠다고 판단했다.

오히려 비싼 값을 안 치러도 되는 만큼 잘된 일인가. 약속을 깨뜨리기라도 하면 이 바보는 끝없이 물고 늘어질 것이 분명했다. 철퇴와 창을 손에 들고.

하얀 이빨을 훤히 드러내고 하염없이 쫓아오는 노엘. 저절로 등줄기에 소름이 끼쳤으나 마음을 다잡고 헛기침했다.

"……안 된다고 말하고 싶다만 약속은 약속이지. 마음대로 해라."

"만세. 이제는 내 보물이네. 이걸 쓰면 머리가 꽤 좋아 보일 거야. 머리가 좋아지는 신기한 안경이야."

"이봐. 설마 그것을 쓰고 갈 작정인가?"

“응. 세상이 되게 잘 보이잖아. 정말로 세상이 또렷하게 보이는구나.”

안경이니까 당연하지 않냐고 말하려다가 시간이 너무 많이 흘렀음을 깨달았다.

“……뭐, 됐다. 너와 말하는 사이에도 시간은 자꾸 흘러가니까 이제 가야겠다. 먼저 당부해 두겠는데 절대로 태수님께 실례되는 짓을 하지 말도록. 발언도, 행동도. 내가 하는 질문에 대답만 하면 된다.”

“알았다니까……. 아니지. 알겠습니다, 신시아 님. 제게 전부 맡겨주십시오.”

님을 붙여서 불러주는데도 몸이 간질거렸다.

“후, 나를 놀리는 발언은 그만해라. 또 하면 있는 힘껏 뺨을 꼬집어줄 테다.”

“놀리다니. 제대로 존댓말을 써줬는데?”

“시끄럽다, 하지 말라면 하지 마라!”

“어쩔 수 없네. 알았어, 신시아.”

얄밉게 어깨를 두드리고는 혼자 휙 나가는 노엘. 여유작작한 뒷모습이 마치 장군인 양 당당했다.

벌써 진이 쭉 빠진 신시아는 제자리에 주저앉더니 몇 번째인지 모를 한숨을 내쉰 다음 천천히 일어나서 노엘을 뒤쫓아 갔다.

CHAPTER 8 이카로스의 꿈

코임브리 주도, 마들레스 성.

태수 알현장에 그롤의 욕지거리가 울려 퍼진다. 무릎 꿇고 앉아서 얼굴을 붉히고 있는 인물은 록벨 구원 때 지휘를 맡았던 가디스라는 이름의 남자였다. 코임브라에서는 윌름과 동격의 지위에 있고, 건실한 전법을 특기로 삼는 숙장(宿將)이기도 했다.

"한심한 작자로구나! 무엇을 위해 자네를 선발로 보냈는 줄은 아는 것인가! 록벨을 도적의 마수로부터 지켜 내기 위함이었잖은가!!"

"감히 말씀드리겠습니다, 태수님. 저희는 밤낮을 가리지 않고 행군하였습니다. 누구라 해도 함락 전에 당도하기는 불가능했을 것입니다."

가디스는 격해지려고 하는 감정을 필사적으로 눌러 참으면서 변명했다. 변변히 지휘를 맡은 경험조차 없는 애송이에게 다른 가신들의 면전에서 욕설을 들어먹었다. 장군의 긍지가 손상된 탓에 얼굴은 한껏 일그러졌다. 유감스럽게도 그 변명은 그롤의 분노에 다시 한 번 기름을 붓고 말았다.

"이것이 만 단위 병력을 지휘하는 장군의 발언인가!! 내 말은 곧 어째서 곧장 록벨을 탈환하지 않았느냐는 질책이다! 금번의 실태를 네 술술 돌아가는 혓바닥으로 자신 있거든 어디 변명해봐라!"

"……그러면 아뢰겠습니다. 이미 바렐 백작은 전사하였고, 도시는 완전히 제압당한 상황이었습니다. 그러나 불행 중 다행으로 사라 님과 도련님의 구출은 성공하지 않았습니까. 따라서 일단 물러난 뒤에 태세를 정비하고 다시 공세를 펼치는 것이 최선. 강행군을 거듭한 탓에 병사들이 몹시 지치고 쇠약해졌던 터라 무리한 공격은 피함이 옳다 판단했을 따름입니다."

가디스의 휘하에 있던 병력은 3천. 록벨을 점한 반란군은 대략 5천. 주도에서 곧장 강행군한 탓에 피로가 누적되기도 했고 농성하는 상대를 공격하려면 그에 상응하는 준비도 필요했다. 비록 오합지졸일지라도 병력의 수는 상대가 훨씬 우위에 있었다. 건실함을 중히 여기는 가디스는 굳이 불리함을 무릅쓰면서 헛되이 병력을 죽게 만들고 싶지 않았다.

다만 그롤의 눈에는 소극적이라 보일 따름이었다. 도적 상대로 등을 보이는 꼴이 되지 않았는가. 세간의 사람들은 과연 어떻게 받아들일까. 영지 안에서 반란이 일어났을 때 이미 극한의 치욕을 겪어야 했었기에 자존심 강한 그롤은 도저히 인정할 수가 없는 처사였다.

"……어찌 사고가 이리 나약하단 말인가. 너 같은 장군이 있기 때문에 코임브라의 군대는 약졸뿐이라고 얕보이는 것이다. 잘 들어라, 엘가. 이따위 쓸개 빠진 노괴는 결코 본받아서는 안 되느니라."

옆쪽에서 좌불안석을 하고 앉아 있는 엘가에게 간곡히 당부한다.

올해 열두 살의 엘가는 태수 자리를 계승하게 될 장래의 어느 날을 위해서 때때로 이렇듯 회의에 배석하고는 했다. 가디스와 안면이 없는 사이도 아니었기에 뭐라 대답해야 하는가 알지 못한 채 엘가는 말을 흐리는 것이 고작이었다.

한편 노괴라고 모욕을 당한 가디스는 격한 어조로 변명에 나섰다. 신중책을 채용한 까닭은 결코 자기 자신의 보신을 우선했기 때문이 아니었다.

"기다려주십시오! 저는 결코 두려워하여 후퇴했던 것이 아닙니다! 확실한 승리를 위해—."

"이번에는 내가 몸소 병력을 지휘하겠다! 도적 따위에게 겁먹는 장군을 대체 어디에 쓰겠는가! 자네는 이만 물러나도록!"

"태수님, 지나친 말씀이십니다!"

"시끄럽다! 내가 물러나라고 말했을 텐데!"

"……넷. 실례를 저질렀습니다."

그롤이 말을 끊고 일갈하자 가디스는 입술을 깨물면서 허리 숙인 뒤 좌우로 정렬해 있는 가신들의 위치로 돌아갔다. 노여움과 치욕 때문에 온몸이 덜덜 떨리는 모습이 훤히 보였다.

곁눈질로 가디스를 쭉 지켜보다가 윌름이 한 걸음 나서서 보고했다.

"태수님, 사라 님의 호위 임무를 맡았던 신시아 에드리히 백인장 말씀입니다만, 이번 사태에 대하여 올릴 보고가 있다 합니다. 이 자리에 불러들여도 괜찮으시겠습니까?"

"음, 좋다. 바로 들이도록."

그롤의 허락이 떨어지자 위병이 손을 뻗어서 묵직한 문을 열었고, 신시아가 긴장한 낯빛으로 동행과 함께 입실했다.

이러한 회의는 주의 중신에 한하여 참석이 허락되기에 신시아도 경험이 없었다. 하다못해 천인장 이상이 아닌 한 발언은 용납되지 않는다. 태수에게 직접 의견을 개진할 수 있는 인물은 군의 최고 지휘관으로 있는 가디스와 월름, 혹은 각각의 부문을 관할하는 문관들로 제한되었다.

애당초 태수 그롤과 직접 대화했던 경험도 서훈식이 마지막이었다. 까딱 비위를 거슬렀다가는 신시아의 지위 따위야 휙 날아가버린다. 사정을 설명하라는 명목이었으나 어쩌면 태수 가족을 위험에 처하게 만든 책임을 추궁당할 가능성도 있었다.

좌우로 도열해 있는 중신들의 눈을 의식하면서 신시아는 그롤의 면전까지 걸어가 한쪽 무릎을 꿇고 삐걱거리는 동작으로 예를 갖췄다. 뒤쪽에서 빗겨 서 있던 노엘도 같은 자세를 취한다. 왠지 몰라도 즐거워하는 듯한 분위기가 느껴졌지만 지금은 다른 데 주의를 돌릴 겨를조차 없었다.

“시, 신시아, 에, 에, 에드리히, 백인장입니다. 그, 금번에 사라님과 도련님을, 호위하라는, 크, 큰 임무를 삼가 받들고도, 이렇듯 모, 못난 실책을 저질러—.”

정신없이 입을 놀리던 신시아의 발언을 그롤은 쓴웃음을 짓고 제지했다.

“잠깐, 잠깐만. 네게 책임을 물을 의도는 털끝만큼도 없다. 사라는 비록 부상을 당했다지만 무사히 돌아왔지. 나의 아들 엘가도 보다시피 상처 하나 없지 않은가. 너는 에드리히 가문의 이름에 부끄럽지 않은 훌륭한 활약을 펼쳤다고 들었다. 호위 임무, 대단히 고생 많았다."

가디스더러 들으라는 듯이 극구 칭찬하는 그롤.

"네, 넷. 으, 으, 으, 은혜로운 말씀에 감사드립니다!"

떨리는 혓비닥으로 안간힘을 다하여 감사의 말을 꺼내 놓았다. 책임을 추궁당할 수도 있다는 두려움이 사라졌기에 신시아는 내심 한숨을 돌렸다.

"그래, 나에게 직접 보고하고 싶은 사안이 있다 하였던가. 기탄없이 고해보거라."

"넷, 실은, 그러니까, 그것이, 세, 세브텐 요새에서, 노, 노엘이라는 자가, 그래서, 저기, 어찌하다가."

미리 정리해 뒀던 말이 머릿속에서 마구 날아다니는 까닭에 입에서 쏟아지는 말은 온통 영문을 모를 소리였다.

중신들이 쓴웃음을 짓고 있음을 깨닫자 더욱 횡설수설하게 된다. 어찌 되려는가, 시야는 빙빙 돌고 세워 놓았던 한쪽 무릎이 부들부들 떨렸다. 역시 혓바닥이 잘 움직여지지 않았다. 그롤이 눈살을 찌푸리는 모습이 시야에 들어왔을 때는 절망감이 솟아 세상이 빙글빙글 돌기 시작했다.

보다 못한 윌름이 헛기침한 뒤 떨떠름한 표정으로 주의를 줬다.

"신시아 백인장, 그리 긴장할 필요는 없네. 겪은 사건에 대하여 사실 그대로 태수님께 보고드리면 되는 것일세. 귀관은 영예로운 코임브라의 군인이자 기사의 지위에 있는 자. 어떠한 상황에서도 평정을 잃어서는 안 되잖은가!"

"네, 넷, 물론 그러합니다!"

기세 좋게 대답은 했을지언정 머릿속은 이미 새하얬다. 도대체 무슨 말을 하려고 했었던가. 준비한 말은 전부 어딘가로 날아가버렸다. 다른 때 같았다면 단단히 연습했을 텐데 노엘의 복장이며 신분을 처리한다고 틈이 나지 않았다. 이리될 줄 알았다면 종이에 잘 써서 가져와야 했다고 후회가 솟구쳤다. 펄펄 끓어오르는 머릿속으로 사력을 다해 문장을 정리해본다. —전혀 정리되지 않았다.

몇 초, 아니, 몇십 초였을까. 두렵도록 긴 침묵이 흐르던 때에 신시아의 왼쪽 어깨를 누군가가 가볍게 두드렸다. 무심코 돌아봤더니 안경을 쓴 노엘이 득의양양하게 한쪽 눈을 아주 잠시간 감았다가 떴다.

"실례하겠습니다. 신시아 님은 보고를 올려야 하는가 망설이고 계십니다. 그러나 이는 반드시 전해드려야 하는 중대한 사안. 따라서 제가 보고드릴 수 있도록 발언을 허락해주십사 청하는 바입니다."

"그대는 누구인가?"

물음을 던지는 윌름에게 노엘은 경례한 뒤 대답했다.

"넷, 신시아 님이 의용병으로 거두어주셨기에 참전할 수 있었던 조임 마을의 노엘이라고 합니다. 이번에야말로 태수님께서 베푼 은혜를 보답하고자 마을 젊은이들을 이끌고 급히 달려왔습니다. 편의를 위해 부득이하게 십인장의 지위를 잠시 빌려서 부대를 이끌기도 하였습니다. 분수를 넘는 과분한 직책이었기에 아무쪼록 용서를 간청드릴 따름입니다."

새빨간 거짓말을 마치 사실처럼 입에 담는 노엘. 신시아는 눈이 휘둥그레질 수밖에 없었다. 도대체 무슨 염치로 저런 말을 늘어놓느냐고.

사정을 알고 있는 엘가는 입을 쩍 벌리고 당혹스러워했다. 이래서는 전혀 다른 인물로 보였기에 어쩔 수 없었다. 입실한 당초에는 노엘을 알아보지도 못했다. 특징적인 붉은 머리카락과 표정이 눈에 띄어서 살짝 의아하게 여겼던 것은 분명하다만. 역시 본인이었다는 사실을 알고 완전히 당혹감에 빠져 있었다.

"……용서는 무슨, 되었다. 그나저나 우리 코임브라에서 의용병이라? 쉬이 믿기지 않는 말이군. 지금 들은 발언이 진실인가? 신시아."

의심스럽다는 표정을 짓는 그롤. 백성에게서 인망이 전혀 없음은 자각할 줄을 알았다.

그롤 본인뿐 아니라 도열해 있는 무관, 문관 전원이 같은 표정이었다. 그롤이 백성들에게 신뢰를 얻지 못했음은 주지의 사실이었으니까.

"네, 넷. 음, 그러니까, 그게, 틀림없는 진실입니다."

진실은커녕 거의 대부분이 거짓말입니다, 그렇게 마음속으로 사죄하면서 대답했다. 사실은 도적의 편에 섰던 녀석들이고 상황이 어쩌다 보니 한편이 되었다는 말을 어떻게 감히 할 수 있겠는가. 게다가 일대일 대결에서 이 소녀에게 맥없이 패배했을 뿐 아니라 하마터면 머리가 부서져 나갈 뻔했다는 말은 입이 찢어져도 할 수 없었다. 백인장이 고작 평민에게 패배했다는 사실이 세상에 알려진다면 이미 혹평을 듣는 코임브라 군의 평판은 땅속을 뚫고 들어가버린다.

따라서 신시아는 단장의 심정으로 새빨간 거짓말에 동참했다. 기본적으로 거짓말을 못 하는 성품인지라 얼굴이 일그러지고 땀이 뚝뚝 떨어졌으나 다행스럽게도 누구 하나 알아차리는 사람이 없었다.

"……이런 일이 있단 말인가. 코임브라의 백성 모두가 하나같이 배은망덕하지는 않았다는 증거인 게야. 지금 한 소리를 들었는가? 월름."

상상도 하지 않았던 원군의 조력 덕분에 그롤의 표정이 저절로 누그러졌다. 백성에게 미움받는다는 자각은 물론 있었다. 그 부분을 어떻게든 해결하고자 온갖 방법을 썼다만 전부 틀어지기만 했었다. 그롤은 성품이 과격할 뿐 딱히 백성을 학대하는 폭군은 아니었다. 유능하냐고 묻는다면 그쪽은 또 다른 문제이다만.

"……넷. 태수님의 자비와 선정이 쌓이고 쌓여 적잖은 백성들의 마음을 움직인 것이겠지요. 저 월름 또한 더할 나위가 없는 감격을 느낍니다. 올바른 행실을 태양신께서 굽어보고 계셨다는 증명이 아니올는지요."

"태양신의 가호를 받지 못하였다고 늘 험담이나 들어야 했건만, 나도 덕분에 조금이나마 위안을 받은 기분이로구나. ……그래, 노엘. 도대체 어떠한 보고 때문에 신시아가 주저한다는 말이더냐. 기탄없이 솔직하게 고해보거라."

"넷. 실은 이번 반란에 바하르의 인물이 관여하고 있을 가능성이 높다는 보고입니다."

"……뭐, 뭣이라?"

"그런 까닭에 신시아 님은 몹시 망설이셨습니다. 어떠한 방식으로 이 중대사를 전해드려야 하는가."

노엘의 발언으로 장내가 단박에 어수선해졌다.

그롤은 일순간 표정을 딱딱하게 굳히더니 곧 안색이 확 바뀌어서 언성을 높였다.

"바하르의 인물이라고! 이번 반란의 배후에 바하르, 아니, 아밀 놈이 있었다는 말인가?!"

"허무맹랑한 말은 삼가라! 바하르와 관계가 소원하다고는 하나 홀시드 제국을 함께 섬기는 동포일지니! 그자들에게 우리를 곤경에 빠뜨리는 짓을 할 이유가 대체 무엇이 있단 말인가! 노엘이라고 했나, 농담은 작작 하도록!"

무관 한 사람이 언성을 높이자 다른 문관이 즉각 반론했다.

"그러나, 우리와 얽혀 있는 관계를 감안하면 아주 허황된 말도 아니오! 이전부터 공작 행위가 있었음은 의심의 여지가 없는 사실 아니었소!"

"조용히들 못 하겠나! 태수님께서도 부디 마음을 가라앉혀주십시오! 의용병 노엘, 네가 그리 판단한 근거를 진술하라! 이곳은 태수님께서 몸소 계시는 공적인 자리이다. 이제 와서 거짓말이나 농담이었다고 넘어갈 수는 없을 줄 알라!"

윌름이 주위를 향해 일갈한 뒤 험악한 표정으로 노엘을 노려봤다.

"그, 그것은, 제, 제가, 직접 보고를 올리겠습니다!"

신시아가 일어섰다. 장내가 소란스러워지면서 방금 전까지 가득 차올랐었던 긴장도 풀렸고 냉정하게 사고할 수 있을 만큼 회복되었다. 신중하게, 단 어긋나는 부분이 없도록 지난 경위를 설명했다.

제한된 인물밖에 알지 못하는 세브템 요새로 도적이 들이닥쳤던 것. 한때 코임브라를 섬기다가 바하르로 도망쳤던 네디케스 십인장이 무리에 함께 있었다는 것. 바하르의 억양을 쓰는 도적을 몇 명 목격했다는 것. 그 부분을 추궁당하고 격앙하여 신시아뿐 아니라 부하까지 입막음을 위해 죽이려고 했던 것.

"……이러한 일이 있단 말인가. 역시 모조리 다 아밀 놈의 수작이었다! 친형임에도 간계를 써서 곤경으로 몰아넣다니. 이리 비열할 수가! 자랑스러운 바르데카 가문의 망신이로구나!"

"기다려주십시오! 이자들이 고한 말을 곧이곧대로 믿는 것은 위험한 처사입니다! 바하르가 배후에 있다는 말은 아직껏 억측에 불과할 뿐 확실한 증거가 무엇 하나 없습니다!"

윌름은 열심히 달랬다. 노엘과 신시아가 한 말은 전부 진실이었으나 지금 단계에서 발각당하는 사태는 간과할 수 없었다. 보통은 쉽사리 안 믿을 보고이건만 그롤은 사정이 조금 달랐다. 질투와 증오가 격화되어 진정 병사를 동원할 수도 있었다.

코임브라 주의 머리를 바꾸어 달겠다는 야심을 갖고 있다지만, 그 때문에 이 땅이 전화에 휩쓸리게 된다면 웃음도 나오지 않을 것이다. 윌름은 코임브라의 사람이었고 애향심 또한 갖고 있었다. 황제에게 바치는 충성심과 동등한 수준이라고 해도 좋겠다.

"확실한 증거라고? 모든 증언과 정황이 진실임을 가리키지 않나! 이제까지 그놈이 무슨 짓을 저질렀는가 알고 하는 말인가!"

리벨덤 주와 영합하여 코임브라로부터 남방 제도와의 무역 권리를 강탈한 것은 아밀의 소행이었다. 그런 데다가 있는 말 없는 말을 마구 지어내어 아룀으로써 아버지 베프남의 눈 밖에 나도록 수작을 부린 것도 아밀이다. 덕분에 차기 황제의 지위를 박탈당했고 남은 것은 세간의 악평뿐이었다. 친동생이라고는 하나 몇 번을 죽인다 한들 성이 차지 않을 만큼 원한이 컸다.

"태수님, 과격한 발인은 아무쪼록 삼가주십시오. 그런 말씀이 어떤 경로로 폐하의 귀에 들어갈지 모르는 일입니다."

"나는 황제 베프남의 장자, 제1황자 그롤 바르데카다! 어째서 동생에게 말조심을 해야 하는가!"

"감히 말씀드리겠습니다. 분명한 증거를 원하신다면 반란군 수령 리스티히를 포획하는 것이 어떠하시겠습니까? 확실하게 모종의 정보를 쥐고 있으리라 여겨집니다. 혹시, **어라, 바하르의 기사일지도?**"

마지막에 본래의 말투를 드러내면서 노엘은 즐거운 기색으로 입가를 씩 끌어 올렸다.

자신감이 가득 넘치는 그 표정은 고작 의용병이라기에는 적잖은 위화감이 있었다. 차라리 책모를 내어놓는 참모나 군사라고 하면 더 어울리겠다. 안경이 조명을 반사하여 은은하게 빛나고 있다. 도무지 소녀로 보이지 않을 만큼 강한 위압감이 흘러나왔다.

뜻하지 않게 외축된 윌름. 그럼에도.

"일개 병졸이, 아니, 평민 따위가 주제넘은 발언을 하지 말도록! 바하르 주는 심신이 두루 강건할 뿐 아니라 용맹하고 과감하기로 세상에 널리 알려진 지역이니라. 긍지 높은 그들이 지저분한 협잡을 꾸몄을 리가 있겠는가. 바하르 공 아밀 님은 말할 것도 없음이다!"

"상대가 누구일지라도 마땅히 책임을 물려야 하지 않겠습니까. 리스티히를 포획하여 고문을 가하면 진실은 명백해질 것입니다. 아무 문제가 되지 않습니다. 악한 짓을 저지른 자가 심판을 받는 것은 세상의 도리니까요."

발언을 끝낸 노엘이 또다시 무릎 꿇었다. 하고 싶은 말은 전부 마쳤다는 표정을 짓고 있었다.

"노엘의 말이 옳다. 리스티히를 포획하면 전부가 분명해질 터. 의혹이 사실로 판명되었을 때 나는 합당한 대가를 받아 내기 위하여 모든 수단을 동원하겠다!"

"태, 태수님!"

"윌름, 우선은 록벨을 탈환해야겠군. 자네도 나와 함께 가도록 한다. 부대 편성은 머지않아 완료될 테지?"

"옛, 그러합니다!"

"가디스, 자네는 주도 마들레스의 수비를 담당하라! 두 번의 추태는 절대로 용서하지 않는다. 단단히 각오하고 직분에 매진하도록!"

"부, 분부를 따르겠습니다!"

윌름과 가디스가 명령에 따라 경례했다.

"신시아, 이번 임무는 실로 고생이 많았다. 따라서 포상을 내리도록 한다. 앞으로도 코임브라를 위하여 한껏 활약해주기를 기대한다."

"과분한 말씀에 감사드립니다!"

신시아는 정중하게 예를 갖췄다. 속마음은 드디어 끝났다는 안도감이 가득 넘쳐흘렀다. 이런 분위기는 당최 맞지를 않는다.

"그리고 노엘, 잠시 마주하였으나 상당한 식견을 지닌 인재라 여겨지는군. 만약에 네게 뜻이 있다면 이대로 십인장이 되어 코임브라에 임관해도 좋다. 물론 마을로 돌아가서 원래 누리던 생활을 되찾아도 무방하겠군. 그리할 경우는 따로 포상을 마련해주마."

"네, 감사드립니다."

"그럼 오늘은 이만 물러가도록. 임무, 애썼다."

"넷. ……그러면 가시지요, 신시아 님."

안경을 벗고 활짝 핀 얼굴로 신시아에게 손을 내민다. 마치 춤을 권하듯 우아한 동작으로. 신시아가 찡그린 얼굴로 손을 맞잡고 일어섰고, 두 사람은 경례한 뒤 물러났다.

시선으로 둘을 배웅하다가 그롤은 얼마 전까지 치솟았던 분노는 잊어버린 채 뜻하지 않게 웃음을 터뜨리고 말았다.

"세상에는 저리 기묘한 소녀가 다 있구나. 자네의 감상은 어떠한가? 윌름."

"……예. 이제까지 본 적이 없는 성질의 인물인 듯합니다. 오래 살고 볼 입니다그려."

"게다가 장군에게, 자네에게 당당히 의견을 개진할 만큼 담력도 있군. 제법 머리를 쓸 줄 아는 인재이지 않은가. 실로 흥미로운 소녀였다."

"그러나 내력을 알지 못하는 이상 결코 방심해서는 안 됩니다. 저 소녀, 도저히 평범한 마을 사람이라 여겨지지 않았습니다. 한동안은 주의를 기울여야 할 것입니다."

"알겠네, 알겠어. 뭐, 자네의 군걱정 같네만."

"송구합니다."

맞장구를 치면서도 윌름은 내심 강하게 경계심을 불러일으켰다. 단지 어린 계집에 불과하다고 깔보기는 쉽다. 그러나 불길한 예감이 자꾸 치솟아 견딜 수가 없었다. 나이에 어울리지 않는 저 달관한 눈빛이 마치 만물을 꿰뚫어 보는 듯 느껴졌기에. 그렇다, 월름이 변심했다는 사실도 포함하여.

50년이나 살다보면 직감이 제법 힘을 발휘한다. 사람을 보는 눈도 배양된다. 그것들이 격렬하게 경종을 울리고 있지 않은가. 계집아이라는 외견에 결코 속지 말라고. 이 녀석은 인간의 거죽을 뒤집어쓴 다른 무엇일 가능성이 극히 높다고.

'그러나 용케 책략을 간파했다 한들 십인장 따위가 무엇을 할 수 있겠는가. 지위가 따라주지 않는다면 머리를 쓸 줄 안다 하여도 전혀 무의미하지.'

불안감을 쏟아 내고자 깊숙이 숨을 토한 뒤 마음을 다잡았다. 여차하면 이쪽으로 포섭해버리는 수단도 있다. 언뜻 보기에 말이 통하는 인간으로 여겨졌다. 이른바 실리를 중시하는 책략가 기질이랄까. 이 부류의 인간은 침몰하는 모습이 뻔히 보이는 배에 올라타지는 않을 것이다. 정의라든가 도리를 중시하는 작자보다는 다루기 수월했다.

가장 골치 아픈 부류는 증오와 질투에 사로잡힌 족속이었다. 대화가 통하지 않을뿐더러 쓸데없는 짓을 거듭 저질러서 사태를 악화시킨다. 그렇다, 예를 들자면 태수 그롤 같은 인물이었다.

월름은 그런 생각을 하면서 자신의 주군을 싸늘한 시선으로 바라봤다.

"이상으로 회의를 종료하겠다. 모두들 머지않아 출진한다는 사실을 머리에 깊이 새겨 넣도록. 다음번 전투, 패배는 결코 용납되지 않는다."

해산이 선언되자 가신들은 경례한 뒤 조용히 물러났다.

한숨 돌린 뒤 몸이 성하지 않은 사라를 만나러 가려고 하는 그롤을 옆쪽에 앉아 있었던 엘가가 불러 세웠다.

"……아버님, 한 가지 소원이 있습니다. 다시는 이런 말씀을 드리지 않겠습니다."

"왜 그러느냐, 엘가. 대단히 격식을 차리는구나. 네가 나에게 무엇을 조를 줄이야, 참 별일이 다 있군. 다시 또 말해줘도 거리낌 없이 일러보거라. 아비의 능력이 닿는 한 무엇이든 다 이루어주마."

태수가 아닌 아버지의 표정을 짓는 그롤이 아들을 향해 기쁜 기색으로 몸을 가까이 가져갔다.

"……방금 전 입실했던 노엘이 코임브라에 임관하게 된다면 제가 부하로 거두어들이고 싶습니다."

"노엘을, 너의 부하로 말이더냐?"

"예, 달리 아무것도 바라지 않겠습니다. 그 소녀를 제 부하로 들이고 싶습니다. 평생의 소원입니다, 아버님!"

엘가는 진지한 얼굴로 간청했다.

어찌해서든 꼭 갖고 싶었다. 자신을 붙잡으려고 했던 도적을 철퇴로 분쇄했을 뿐 아니라 미끼로 자원하고도 도망쳐서 살아남은 용맹함. 그리고 방금 전에는 다른 사람이라 착각할 만큼 진실로 참모 같은 기세를 발휘했다. 도대체 무엇이 본성일까. 어떻게든 꼭 알고 싶었다.

자신도 모르게 단 한 순간도 시선을 떼지 못했었다. 촐싹거리던 모습은 온데간데없이 전혀 다른 사람으로 보였던 행동거지와 용모에서.

"그렇다면 이렇듯 간절하게 청할 일도 아니란다. 너의 바람은 결국 이루어지는 것이 필연이니."

"무슨 말씀이십니까?"

"너는 이곳 코임브라를 계승할 사내가 아니더냐. 아니, 어쩌면 제국 전체를 다스리게 될 수도 있겠군. 그때가 오면 모든 가신은 마땅히 너를 섬길 것이다. 노엘도 포함해서 말이다."

"……예."

"서두르지 말거라. 너는 자기 자신을 단련하며 누구에게도 지지 않는 훌륭한 사나이가 되어라. 그날이 올 때까지 가능한 한 많은 장해를 제거하고 번영의 토대를 세울 작정이다. 모든 오명과 악명은 내가 짊어지겠다. ……아무렴. 이 땅을, 코임브라를 진정한 의미에서 바꿀 사람은 내가 아니다. 엘가, 바로 너란다."

그롤은 그렇게 말한 뒤 엘가의 머리를 마구 어루만졌다. 각오와 체념이 뒤섞인 표정으로.

엘가는「네」라고 수긍한 뒤 묵묵히 아버지의 손길을 받아들였다.

"……어쩌자는 거냐. 태수님께 온갖 거짓말을 다 늘어놓다니! 까딱 잘못하면 죄인이 되어 감옥에 갇힐 뻔했다! 게다가 월름 님께 어떻게 그리 불경한 말투를 쓰나! 네 머릿속에는 대체 무슨 속셈이 들어 있는가!"

억지로 자기 방까지 끌고 온 다음 신시아는 노엘에게 따져 물었다. 미간에 주름살이 잡히고 관자놀이에는 혈관이 튀어나올 만큼 몹시 화났다.

"별로 아무 속셈도 없는걸."

"뻔뻔하구나, 이 바보 녀석!!"

'정말이지 믿을 수가 없구나! 태수님의 면전이었건만 티끌만큼도 긴장하지 않을 줄이야!'

노엘을 어떻게 소개해야 하는가 죽을 둥 살 둥 고민하는 옆에서 유들유들하게 거짓말을 늘어놓지 않았던가. 거침없는 변설에 너무나도 당당한 행동거지였던지라 누구 하나 의심하지 않았다.

덧붙이자면 노엘은 이미 안경을 벗어 놓았고 묶어서 정리했던 머리카락도 끌렀다. 무슨 생각을 떠올렸는지 문득 장난기 어린 미소를 짓더니 갑자기 진지한 얼굴을 만들었다.

"시, 신시아 에드리히 백인장입니닷. 그, 금번에, 사라 님과 도련님을 요러쿵조러쿵해 갖고—."

신시아의 목소리를 흉내 내면서 촉새처럼 조잘거리는 노엘. 몸짓도 흉내를 내서 긴장된 모습까지 멋지게 재현하고 있다.

"나를 흉내 낸다고 하는 짓이냐! 이런 맹랑한 녀석을 봤나!"

새빨간 얼굴로 군복 앞자락을 틀어잡자 노엘의 안색이 점점 핼쑥해졌다. 놀리는 데 정신이 없어 도망칠 시기를 깜빡 놓치고 말았다.

"수, 숨 막히잖아. 시, 신시아가, 나, 난처해하길래, 도와주고 싶어서, 나도 모르게."

혀를 내밀고 얼렁뚱땅 넘어가려고 하는 노엘.

"시끄럽다, 「나도 모르게」라고? 믿을까 보냐!"

"수, 숨 막힌다니까."

노엘이 두 손으로 항복 자세를 취하자 신시아의 울화는 안개처럼 흩어졌다. 화낸다고 체력을 쓰는 지금의 상황 자체가 어처구니없다고 느껴져서였다.

"……그래서, 너는 어떻게 할 셈이냐!"

"어떻게 하다니? 뭘?"

"그러니까, 그게. 태수님의 말씀대로 군에 들어올 텐가, 혹은 마을로 돌아갈 텐가. 네 거취를 묻는 거다!"

버럭 외치고 노엘을 풀어준 뒤 호흡을 가다듬기 위해서 한숨 돌렸다.

애당초 의용병 운운은 명목에 불과했기에 호위 임무가 완료된 이상 노엘 및 다른 마을 청년들에게 더는 볼일이 없었다. 당연하지만 보수는 건네준다. 군대에 들어오고 싶어 한다면 노엘을 포함하여 전원의 의사를 상신하겠다는 마음도 있다.

본심을 말하자면 노엘이 이대로 입대하기를 바랐다. 여러모로 골치 아프고 귀찮고 인간성도 너무 분방하기는 하나 본신의 무예와 용맹함은 인정하고도 남음이 있었고 두뇌도 제법 쓸 줄 아는 듯 여겨졌다. 제법이라고 단서를 붙인 이유는 단지 허튼소리를 늘어놓는 것인지, 혹은 고찰의 결과로 꺼낸 발언인지 판단이 불가능하기 때문이었다.

본인에게 물어본들 「머리가 좋아지는 안경」을 쓰고 있었으니까 그러한 태도를 취했을 뿐이라고 대답할 것이 틀림없다.

솔직한 심정으로 노엘은 종잡을 수가 없는 인물이었다. 다만 같은 여성이기도 하고 듣자 하니 나이 차이도 네 살 정도에 불과했다. 이따금 도를 넘어 우쭐거리는 구석은 있다만 성격 또한 아주 나쁘다고 볼 수는 없었다. 굳이 고르지면 이대로 남아주는 것이 더 좋겠다는 생각이었다.

“으음, 어떻게 할까?”

“왜 나한테 묻나. 너는 어찌하든 상관없다는 거냐.”

“행복해질 수 있다면 나는 어디에서 뭘 하든 괜찮으니까.”

“……후유. 더 진지하게 고민해봐라. 네 앞날이 달린 문제잖은가.”

신시아는 어이없어했다. 입대하면 여러모로 제약은 발생한다만 끼니 걱정은 면할 수 있다. 반란이 수습된 다음에는 비교적 안정된 생활을 누릴 수도 있겠다. 물론 목숨의 위험이 따라붙는다만.

“으음.”

“…….”

마을로 돌아가겠다면 돌아가는 사람을 억지로 붙잡아 놓을 마음은 없었다. 여자의 몸으로 검을 쥐는 고생은 자신이 가장 잘 알기에.

들은 이야기에 따르면 본래 그 마을의 출생이 아니었고 여행 도중에 정착했다고 했다. 태어난 곳이 어디인지 물어봐도 대답은 돌아오지 않았다. 잘 모르겠다고 얼버무리기는 했다만.

어떻게 하든 노엘이라면 능란하게 잘 살아갈 것이 분명했다. 이 여유작작한 소녀는 어떤 상황에 처할지라도 느긋하게 웃음 짓지 않을까.

“……있잖아, 신시아는 혹시 행복해지는 방법을 알아?”

노엘이 갑작스럽게 질문을 했다. 웬 엉뚱한 소리냐고 코웃음 치려 했으나 진지한 표정인지라 그만뒀다.

"행복해지는 방법이라? 흠, 너무 막연해서 대답이 어려워지는군."

"지금까지 들었던 답은 말이야. 잘 먹고 잘 잔다, 출세한다, 동료와 친구를 만든다, 보물을 잔뜩 가진다, 끊임없이 승리한다. 다른 대답도 많이 들었지만 아니다 싶은 대답도 많이 있었어. 잘 모르겠다는 사람이 또 많았고."

품속에서 수첩을 꺼내 들고는 확인한다.

"으음. 나 또한 그런 문제로 고민한 적이 없어서 잘 모르겠군."

"그럼 신시아는 무엇 때문에 입대한 거야? 싸우는 게 좋아서?"

"딱히 싸우는 것을 좋아하지는 않는다. 가문의 이름을 계승하고 기사로서 명예를 지키기 위해서였지."

백성을 지키겠다든가 이 땅을 지키겠다든가 하는 갸륵한 각오를 갖고 임관하지는 않았다. 지금은 생각을 고쳐먹고 코임브라 주, 그리고 백성을 위해 전력하고 싶다는 마음가짐을 갖고자 애쓰고 있다. 그것이 기사의 마땅한 의무이니까.

"그렇게 하면 행복해지는 거야?"

"……아니, 딱히 행복해졌다는 생각은 들지 않는군."

기사가 되어 군에 들어가지 않는 한 가문의 이름을 이어받을 수 없는 처지였다. 그 때문에 여성임에도 불구하고 군에 들어가 갑옷을 입고 검을 휘둘렀다. 주위 사람들이 바보 취급을 하고 조소하는데도 사력을 다해 훈련에 따라붙었다.

긍지와 명예를 지켜 냈다고 자부할 수는 있겠으나 행복과는 또 다른 문제였다.

애당초 행복이 무엇인지 알 수가 없다. 사랑하는 사람과 인연을 맺어 아이를 낳고 따뜻한 가정을 꾸리는 것인가? 그렇다면 공연히 기사가 되지 않아도 괜찮았을 텐데. 어째서 자신은 검을 쥐고 있는가. 팔짱을 끼고 자문자답했다.

"혹시 신시아도 모르는 거야?"

"……으음. 행복이란 무엇인가. 간단한 듯하면서도 뜻밖에 어려운 문제로군. 미안하다, 역시 나는 잘 모르겠군."

"그렇구나. 그럼 같이 찾아볼래? 다 같이 고민하면 분명히 찾을 수 있을 거야."

그렇게 말한 뒤 노엘이 손을 내밀었다.

"그, 그러나, 나와 너는 이제 막 만난 사이잖나."

"시간의 길이 따위는 상관없는걸. 중요한 것은 계기야, 계기. 예전에도 그랬었고."

자, 빨리. 오른손을 흔들어 재촉하는 노엘. 그 손을 바라보면서 신시아는 상념에 잠겼다.

"……중요한 것은 계기라는 말인가."

"응. 앗, 그래도 나는 가능한 한 계속 승리해야 하니까 잘 부탁할게. 이른바 상승 무적(常勝無敵)이라는 거야. 목표는 크게 잡아야지."

"사, 상승 무적이라니 꽤나 대담하군. 계속 승리한다는 것이 말은 간단해도 절대로 쉬운 목표가 아닐 텐데. 애당초 상승 무적이라는 말을 우리처럼 미숙한 인간이 가볍게 입에 담아서는—."

"그러니까 말이야, 같이 열심히 하자. 응? 신시아 대장."

너무나도 시원스러운 태도였기에 무심코 웃음이 나올 뻔했다. 이렇듯 천하태평으로 구는 녀석이 또 있을까. 역시 이쪽이 본성이고 방금 전 모습은 연기임이 분명하겠다. 전부 안경 하나 때문이 되는 셈인가. 본인도 긍정했던 말이니까.

"너와 함께하자고?"

"맞아. 둘이서 상승 무적을 목표로 하자. 먼저 백승 장군, 둘이 더하면 이백 승 부대겠네."

"……."

하얀 이를 내보이면서 노엘이 너스레를 떨었다.

어이없었다만 별로 나쁘지 않겠다는 생각이 든다. 그렇다면 이 손을 붙잡는 데 어떤 지장도 없다. 확실히 인원수는 많을수록 더 찾기 쉬워질 테지. 구체적으로 무엇을 해야 하는가 잘은 모르겠으나 요컨대 친구가 되고 싶다는 뜻으로 이해해도 무방하지 않을까.

신시아는 한 차례 고개를 끄덕거린 뒤 노엘의 오른손을 맞잡았다. 상관과 부하가 친구 사이라는 것은 부적절하다는 생각이 잠시 들었으나 자잘한 데 신경 쓸 필요는 없으리라. 노엘의 사람됨은 아마 변함이 없을 테니까.

"……자, 잘 부탁하마."

"응, 같이 계속 승리해서 행복해지자!"

마치 어느 이야기에 나올 법한 명대사 같다고 피식거리면서 신시아는 쓴웃음을 지었다. 그리고 해야 할 일을 떠올렸다. 말하려면 지금이 가장 좋을 것이다.

"……하나, 안 하고 잊어버렸던 말이 있었다."

"무슨 일 있었던가?"

"비록 상황에 휩쓸렸기 때문일지라도 너에게 목숨을 빚진 것은 사실이다. 그게, 뭐랄까, 음, 일단, 고마워하는 마음은 있다. 으음."

"아, 별로 신경 안 써도 괜찮은데."

"어물쩍 넘길 수는 없다! 나는 진지하게—."

"그렇구나. 알았어, 계속 신경 써도 괜찮아. 나는 안 곤란하니까."

노엘은 방싯방싯 미소 짓더니 안경을 손에 꼭 쥐고 바깥으로 뛰어나갔다.

군속이 된 노엘에게는 십인장의 지위가 주어졌다. 신시아에게 잠시 빌렸던 군복을 그대로 물려받기로 한 다음에는 잔뜩 들떠서 밀트와 마을 청년들을 찾아가 자랑했다. 이미 노엘에게는 소중한 보물의 하나였다.

한편 밀트와 마을 청년들은 반란 수습 후 떠나겠다는 조건을 붙여서 병사 신분으로 참전을 결정했다. 지금 상황에서는 마을에 돌아가는 것도 여의치 않았던지라 차라리 이대로 부대에 적을 두고 급료를 받자는 생각이었다. 목숨을 걸어야 하는 만큼 그런대로 많은 돈을 받을 수 있었다. 목숨의 대가치고 싼값이라는 것 또한 분명한 사실이었다만.

반란군 격멸을 목표로 하는 코임브라 군은 남부 지역 전체에 소집을 걸어서 분주하게 병력을 이동시키는 와중이다. 재편성을 마치는 대로 록벨 탈환을 위해 출진한다고 지휘관을 통하여 각각의 인원들에게 통보가 떨어졌다.

노엘과 의용병들은 일단 신시아의 지휘를 받아 움직이게 되었다. 제대로 훈련을 받은 적도 없는 말괄량이를 굳이 떠맡을 별난 사람은 한 명도 없어서였다. 이른바 졸병이라면 또 몰라도 십인장쯤 되면 말단일지언정 지휘관으로 대우해줘야 했다. 상대하기는 귀찮고 전력으로 계산할 수도 없는 인물을 흔쾌히 받아들이려는 상관이 어디 있겠는가.

신시아도 이들을 어떻게 대우해야 할까 골치를 썩였으나 일단 비교적 위험이 적은 임무부터 하달하기로 했다. 느닷없이 최전선으로 보낼 만큼 박정한 성격은 아니었다.

"그렇게 됐어. 이제부터 내가 너희를 통솔할 거야. 앞으로는 노엘 십인장, 혹은 대장이라고 부르도록. 간단하게 말해서 내가 밀트보다 열 배는 높으니까 늘 염두에 두고 예의를 갖추면 돼."

십인장의 군복을 차려입은 노엘이 거들먹거리면서 턱을 치켜들고 말했다. 몸짓만 보면 천인장인 줄 착각하겠다.

앉은 채 위쪽을 올려다보던 밀트와 마을 청년들은 영문을 모르겠다는 얼굴이었다.

"……네가 군대에 들어갔다는 말은 들었는데 말이다. 왜 불쑥 십인장이 된 거냐? 이상하잖아."

"태수님한테 받은 포상이야."

"대체 뭐라는 건지. 애당초 너한테 뭔 예의를 갖추라는 소리냐. 제일 예의 없이 막말해 대는 녀석이 바로 너인데."

밀트의 말에 마을 청년들도 맞장구쳤다.

"아무튼 지금 들었다시피 내가 대장이 됐어. 십인장이니까 밀트보다 열 배는 높은 거야. 어때? 굉장하지?"

"전혀 굉장하지 않다만. 그야 신시아 님은 위엄이 느껴졌다만 너는 전혀 안 그렇고."

“엥, 위엄이 전혀 안 느껴져?”

“군복 잘 차려입어 봤자 말투며 태도가 그래 갖고는 무용지물이지.”

“아, 정말? 유감이네.”

노엘은 턱을 도로 내려뜨리고 아쉬워했다.

“……아무튼 뭐냐, 바보 같은 소리는 그만하고 얌전히 신시아 님을 기다리자고. 그래야 이야기가 좀 진행되지 않겠냐.”

노엘이 자신보다 강하다는 것은 인정하겠으나 누군가를 지휘하여 싸우는 역할은 무리일 테지. 얼마 전까지는 함께 짐승을 쫓아다니는 사이였다. 아무리 짧은 기간이라도 하나밖에 없는 목숨을 맡긴다면 좀 더 미더운 상관에게 부탁하고 싶은 마음이었다.

“신시아 백인장은 출진 준비로 바빠서 우리 같은 신병을 상대할 시간은 도저히 안 난대. 여기저기 정신없이 휙휙 뛰어다니더라.”

“그럼 짬이 날 때까지 대기하면 되겠군. 우리는 어차피 머릿수나 채우는 역할이잖냐. 너도 이름만 십인장일 텐데.”

“으음. 그러면 내 지시는 정말 안 따라주겠다는 거네?”

“미안하지만 그렇게 됐다. 애당초 우리는 정규병이 아니라 그냥 마을 사람이잖냐. 검이며 창을 쓰는 훈련은 받은 적도 없고 아무 도움이 안 된다고. 우리도 적당히 때울 테니까 너도 적당히 때워라. 안 죽으면 되는 거지, 뭐.”

하품하면서 밀트가 대답했다. 반란군을 빠져나왔어도 딱히 코임브라 주를 위해 싸우고 싶지는 않았다. 그 때문에 훈련을 받아야 한다? 딱 질색이었다. 어차피 머지않아 몸을 뺄 테니까. 적당히 돌아다니면서 보수만 받아 챙기면 된다. 자신의 본직은 사냥꾼이잖은가.

“밀트의 말이 옳군.”

“동감, 동감.”

“아휴, 역시 이렇게 될 줄 알았어. 알았어, 나도 비장의 보물을 쓰도록 할게.”

그렇게 말한 뒤 노엘은 안경을 쓰고 머리카락을 묶기 시작했다. 갑자기 무슨 짓을 하는가 싶어 밀트와 다른 청년들은 어리둥절하면서 말을 잇지 못했다.

잠시 후 방금 전과 달리 표정을 싹 바꾼 노엘이 고압적인 자세로 허리에 손을 얹어 놓았다.

“사실은 쓰고 싶지 않았지만 어쩔 수 없네.”

“뭐, 뭐냐. 뭘 하려고.”

“으흠. 이 대륙에 존재하는 어느 주를 살펴봐도 군대에서는 계급이 절대적. 상관에게 말대답은 결코 용납되지 않는다. 너희의 모자란 머릿속에다가 단단히 새겨 넣도록!”

“갑자기 웬 안경을 쓰나 싶더니 무슨 소리를 하는 거냐. 너 혹시 어디 돌아다니다가 머리라도 부딪힌 거냐?”

신시아처럼 위압적인 군인 말투로 말을 늘어놓는 노엘. 어딘가의 청년 사관 같은 말투였기에 지금 또 건방진 대답으로 받아쳤다가는 즉각 얻어맞고 쓰러질 것 같았다.

그렇다, 마치 신시아를 앞쪽에 두고 있는 기분이었다. 여자이고 젊은 나이임에도 거역할 수 없는 무언가를 신시아는 갖고 있었다. 자신들에게는 없는 무언가. 박력이나 위엄이라고 표현하면 적절할까. 그런 분위기가 노엘에게서 흘러나오고 있었다.

“말투를 그렇게 써도 되겠나? 바로잡고 싶거든 지금 하도록. 말로 타일러 못 알아듣는 녀석은 몸에다가 가르쳐주마. 그럼에도 못 알아듣는 녀석은 아예 구제할 방법이 없다는 뜻. 일찍이 나는 그렇게 배웠지. 마지막으로 확인하겠어, 말투를 고칠 마음은 정말로 없나?”

히죽 웃으면서 허리에 손을 뻗어 철퇴를 빼내는 노엘. 박자를 맞추는 듯 손바닥에 톡톡 두드려서 소리를 울린다. 철퇴에 묻어 있는 붉은 얼룩, 그것이 무엇인지는 이제 와서 말할 필요도 없었다.

저 둔기가 적 병사에게 휘둘러지는 광경을 목격했던 밀트와 다른 청년들은 공포가 솟아 무의식중에 얼굴을 굳혔다. 노엘은 가볍게 만지작거리고 있으나 저 쇳덩어리가 달린 막대는 두꺼운 문짝을 깨부술 만큼 강한 위력을 발휘한다.

밀트는 자세를 꼿꼿하게 하고 서둘러 말투를 바로잡았다.

“시, 실례를 저질렀습니다. 노엘, 대장.”

“좋은 대답이야. 그럼 이제부터 우리가 준수해야 하는 군법에 대해 설명하겠어. 군법을 위반했을 경우 신병일지라도 가차 없이 처벌이 떨어지게 될 거야. 「나는 마을 사람이니까」라는 멍청한 변명은 통하지 않아. 여기까지 이해됐어?”

“네, 네.”

“목소리가 작아! 또한 명령을 하달받을 때는 경례도 함께 실시할 것. 「당신의 말을 제 모자란 머리로 완전하게 이해했습니다」라고 말과 몸으로 똑똑히 표현하도록 한다!”

“아, 알겠습니다!”

등을 꼿꼿이 펴고 어설프게나마 흉내 내어 경례를 실시하는 밀트.

다른 청년들도 황급히 일어서서 경례를 실시했다. 다음 표적이 되어 눈총을 맞는 신세는 사양하고 싶었기에.

"좋아. 그러면 이제부터 같이 열심히 하자. 너희가 군대에 있을 날은 짧지만 죽음은 한순간이잖아. 죽은 다음에 후회해 봤자 아무 의미가 없으니까 지금 할 수 있는 일은 지금 하는 게 맞아."

안경을 벗어 순박하게 미소 짓고는 얼렁뚱땅 경례를 하는 노엘.

"어?"

"의외로 잘 먹혔네. 역시 신시아 방식이 좋아. 신병한테 효과 최고야."

"……지, 지금 한 말이 전부 연기였냐?"

"응, 전부 신시아 흉내였어. 눈에다가 힘 팍팍 주고 거들먹거리면서 말하는 거야. 그런데 긴장하면 혓바닥을 잘 못 움직이더라. 어때? 닮았지?"

"그, 그래. 진짜 군인 같더라. 아, 아니. 음, 다른 사람 같았어, 같았습니다."

연기나 흉내 따위의 어설픈 분위기가 결코 아니었다. 진짜 살의였다. 죽고 싶지 않다면 명령을 충실하게 실행하라는 위협.

설령 이곳이 진짜 전장이었을지라도 밀트는 명령을 따라 적진으로 돌격했으리라. 거역하면 죽음이 있음을 아는 데야 복종하는 것이 당연하다. 방금 전의 잔상이 아직 머릿속에 남아 있었기에 반말을 써도 되는가 판단이 되지 않았다. 불쑥 손바닥 뒤집듯 태도가 또 바뀐다면 감당할 수 없다.

"해냈다. 이 안경을 쓰면 머리 좋은 사람처럼 보이거든. 거들먹거려야 할 때는 앞으로도 이 안경을 써야겠어."

안경을 천에 감싸서 품속에 고이 집어넣는 노엘. 익숙한 손놀림으로 묶어 놓았던 머리카락을 풀어 내린다.

"민약에 방금 또 반발했다면 어쩔 작정이었어, 작정이었습니까?"

"그야 물론 한 방 후려쳤겠지. 말로 해줘도 못 알아먹으면 이쪽이 빠르니까. 원래 교육은 이런 식이잖아."

입가를 쓱 끌어 올리면서 사납게 웃는다. 안경을 쓰지 않았는데도 방금 전과 마찬가지로 붉은 머리카락의 소녀에게서 불현듯 위압감이 흘러넘쳤다.

그 모습을 본 밀트와 마을 청년들은 마음속으로 한 가지 다짐했다. 군대에 있는 동안은 노엘의 말을 거역하지 않겠노라고. 괜한 짓을 해서 분노를 샀다가 인사 대신 철퇴가 날아들기라도 한다면 견딜 재간이 없었다. 곰곰이 돌이켜보면 노엘은 이미 바하르 병사를 해치운 전적이 있다. 아직 사람을 죽인 경험이 없는 자신들과는 달라도 많이 달랐다.

"흠흠, 알겠지? 앞으로는 내 말을 잘 따라줘야 해. 이게 군대에서는 정말정말 중요한 규칙이거든. 깨뜨리면 최악의 경우 사형 판결이 떨어지니까 모두 조심하자."

노엘은 신시아에게 받은 종이를 꺼내 들고 설명을 시작했다. 이것저것이 조목조목 쓰여 있었는데 노엘이 전한 사항은 셋뿐이었다. 명령을 따른다, 혼자 도망치지 않는다, 동료를 배반하지 않는다.

당연한 말이 되겠으나 실전에 나서 준수하기는 어려운 규칙이다. 특히 두 번째, 혼자 도망치지 않는다는 항목. 열세에 몰리면 자연스럽게 몸을 빼내고 싶어지고, 위험이 들이닥쳤을 때 앞다투어 도망치는 것이 인간의 본성이다. 그것이 연쇄되어 대열이 무너지면 이윽고 패주로 이어지게 된다. 따라서 지휘관은 병사의 사기를 유지하기 위해서라도 항상 용감하고 침착한 행동거지를 견지해야 했다.

옛날에 노엘이 진저리가 날 만큼 주입받았던 가르침과 마찬가지였다. 굳이 종이를 받아 읽지 않아도 기억이 난다.

"지금 하는 말은 비밀인데, 혹시 뭔가 잘못돼서 지면 도망치는 게 좋아. 가만히 앉아 죽기만 기다리는 바보 멍청이 짓을 할 필요는 없잖아."

"……그런 말을 해도, 괜찮은 겁니까?"

"하다못해 최후의 순간에는 스스로 판단해야지. 명령에 따를 것인가, 따르지 않을 것인가. 싸울 것인가, 싸우지 않을 것인가. 살기 위해 발악할 것인가, 아니면 죽음을 선택할 것인가. 당연한 거야. 자기 목숨이잖아?"

"……."

"나는 스스로 판단하고 있어. 그날, 분명히 결심했으니까."

그렇게 말한 뒤 노엘은 미소 지었다.

제아무리 즐거울 때도 그날, 그 장소를 떠올리면 노엘은 기분이 어두워진다. 친구들의 얼굴이 저절로 떠오르니까. 머릿속에 비치는 장면은 친구들의 웃는 얼굴이 아니다. 구덩이에 버려진 주검, 썩은 살점이 끈적끈적하게 벗겨지는 감촉, 코를 찌르는 시체의 냄새, 싸늘한 비.

그런 때에는 하늘에서 눈부시게 빛나는 태양을 바라봤다. 눈에 햇살이 비쳐 들어 망막이 뜨거워진다. 그럼으로써 사고를 백지화할 수 있었다. 노엘에게 태양은 없어서는 안 되는 가장 귀한 보물이다. 손안에 붙들 수는 없지만 원하는 만큼 바라볼 수 있었다. 그러면 충분했다.

"음, 이제 대강 끝났어. 뭐, 우리 임무는 검을 휘두르는 게 아니라 당분간은 다른 쪽을 맡겠지만."

"다른 쪽이라, 무슨 일을 하는 겁니까?"

이제는 높임말로 질문을 하는 마을 청년들. 부하의 마음가짐이 몸에 확 배어버렸다. 그뿐 아니라 두려움이라는 감정도 솟아나고 있었다.

"다른 부대에 신호를 보내는 아주 중요한 역할이야. 신시아 대장이 나중에 이것저것 가르쳐준대. 어떻게 하는 걸까? 기대되네."

"……그, 그런 겁니까? 틀림없이 전선에 확 세워 놓을 줄 알았습니다."

"허수아비를 앞에 내세워 봤자 시체만 늘어나지 않을까?"

웃는 얼굴로 잔혹한 말을 꺼내는 노엘.

"화, 확실히, 우리가 앞에 나선들 허수아비나 다름없죠."

어쨌든 간에 죽을 위험은 적겠구나 싶어서 밀트와 마을 청년들은 후유, 한숨을 쉬었다. 죽고 싶지는 않을뿐더러 아직 인간을 죽인 경험도 없었으니까. 가능하면 이대로 반란이 끝나주기를 진심으로 기원할 따름이었다.

인간을 죽이면 대체 어떤 기분이 들까. 문득 의문이 들었지만 노엘에게 물어볼 수도 없었다. 적어도 노엘이 손을 쓰지 않았더라면 자신들은 이미 죽었을 테니까.

“그러고 보니 결국 존댓말을 쓰기로 했구나? 왠지 잘 안 어울리네. 봐봐, 다들 아까부터 입이 씰룩거리는걸.”

노엘이 손가락으로 뺨을 콕콕 찌르기에 밀트는 몸을 비틀면서 싫은 얼굴을 했다.

“……네가 그러라고 명령했잖냐. 너도 신시아 님에게 꼬박꼬박 「대장」을 붙여서 부르고 있고.”

“응, 다른 사람들 앞에서는 대장을 붙여서 부르라고 혼났거든. 상관한테 불경한 짓을 하면 원래는 처벌받은 다음에 독방행이라더라.”

자신은 신경 쓰지 않을지라도 다른 사관이 탐탁지 않아 한다고 신시아가 충고의 말을 건넸다. 친구에게 폐를 끼치고 싶지 않았던 노엘은 연기를 하겠다고 마음먹었다. 다른 사람의 흉내를 내거나 복종하는 척하는 것은 제법 자신있었다. 그 장소에 있을 때는 곧잘 했던 행동이니까.

“뭐, 군대에 있는 동안은 참아야겠지. 음, 노엘 대장.”

또래의 여성에게 경칭을 붙여야 하는 관계가 적잖이 어색하기는 했다. 다만 또 분위기가 돌변하는 꼴을 보고 싶지는 않았기에 밀트는 가능한 한 주의를 기울여야겠다고 결심한 참이었다.

“응, 그게 좋겠네.”

짧게 답하고 잠깐 쉬겠다고 말한 뒤 노엘은 주저앉았다. 그대로 눈을 감고 기분 좋게 일광욕을 즐긴다.

이보다 더 무사태평한 군인이 또 있지는 않을 것이다. 만약 있다면 바보이거나 거물이거나 둘 중 하나일 테지. 그런 생각을 하면서 밀트도 땅바닥에 앉았다.

그리고 줄곧 신경 쓰였던 의문을 꺼내보기로 했다. 지금 이 시간을 흘려보내면 혹시 영원히 다음 기회가 오지 않을 수도 있으니까.

"……이봐."

"존댓말, 벌써 질렸구나?"

"지금만 잠깐. 나중에는 제대로 높여서 불러주지."

"그렇구나. 그럼 문제없겠네."

"너는 어째서 군대에 들어간 거지? 정식으로 군에 소속되면 반란이 수습돼도 마을로 못 돌아가잖냐. 까딱 잘못됐다가는 목숨을 잃어버릴지도 모르는데."

밀트의 물음에 노엘은 눈을 크게 뜨고 태양으로 손을 뻗었다.

"신시아 대장, 그리고 도련님이랑 약속했으니까."

신시아는 함께 행복을 찾아보자고, 엘가는 위대한 사람이 되면 행복을 나눠 준다는 약속이다. 그 마을도 싫지는 않았으나 노엘과 다른 친구들이 바랐던 행복을 손에 넣을 수 있으리라는 생각은 들지 않았다. 정작 행복이 무엇인지도 아직은 잘 모르겠다만.

"역시 구석진 마을에서 평생을 보내기는 싫은 거냐?"

밀트가 근처의 풀을 쥐어뜯어서 입에 머금었다. 다른 청년들도 묵묵히 대화에 귀를 기울이고 있었다.

"아니야, 밀트도 있고 케르도 있으니까 싫지는 않아. 마을에서 보낸 생활은 정말로 즐거웠고. 그래도."

"……그래도?"

"나 혼자는 거기에서 쭉 살아도 아마 괜찮을 거야. 그래도 나는 혼자가 아니니까. 결국 못 이루더라도 끝까지 기운 내서 노력할 거야. 그러니까—."

노엘은 거기에서 말을 멈췄다.

"그러니까, 여기에서는 찾을 수 있는 건가?"

"아하하, 나도 잘 몰라. 그래도 내가 남들보다 조금 나은 특기는 싸움이 거의 전부인걸. 동료를 잔뜩 만들어서 끊임없이 승리하고 높아질 거야. 그동안 배운 방법을 가장 잘 써먹을 수 있을 테니까 여기에서 지내보려고. 나는 바보이고 반편이니까 다른 방식을 떠올리지는 못했어."

노엘은 느긋한 표정으로 자기 자신을 비하했다. 진심으로 하는 말인지 알 수가 없었다.

"죽을 위험이 있다는 것은 물론 알고 있겠지?"

"뭐, 어쩔 수 없지. 세상은 원래 그런 법이잖아."

"……그런가."

"응."

"그래도 말이다, 우리 중 십인장으로 뽑힌 사람은 달랑 너 하나뿐이잖냐. 바보든 반편이든 절대 아니라고."

"그런가?"

"보장해주마. 잘 부탁합시다, 노엘 대장. 우리 목숨이 걸려 있으니까 말이다!"

밀트가 어깨를 두드려서 격려해줬다. 작은 몸집인데도 살집은 짐승처럼 질기고 탄탄했다. 밀트가 한마디 하자 마을 청년들도 「아무렴, 그래야지!」 하고 목소리를 높여 격려했다. 전의 따위야 티끌만큼도 없었으나 대화를 듣는 사이에 마을 청년들도 감정이 절로 고양됐다. 딱히 코임브라에 충성심은 전혀 없음에도. 죽음은 여전히 두려울 텐데도. 다만 마치 마음이 이끌리는 듯 노엘에게서 눈을 떼지 못하고 있었다. 지금은 몹시도 눈부시게 보인다.

"물론이야! 다들 헛되이 죽지 않도록 온 힘을 다해서 노력할게!"

굳게 다짐하고 노엘을 일어섰다. 태양의 햇살이 노엘의 등을 힘껏 비춰주었다.

노엘의 얼굴을 바라보고 있던 밀트는 눈이 부셔서 저절로 손을 들어 올렸다.

그 순간, 노엘의 등 뒤로 작고 검은 그림자가 보였다. 하나둘이 아니었다. 수십, 아니, 수백이었을까. 그림자들이 몸을 떨면서 기뻐하는 듯 보이기도 했다.

저도 모르게 눈을 감았다가 다시 떴을 때 검은 그림자는 완전히 자취를 감춰버렸다.

'지금 뭘 봤지? 착각인가?'

—나는 혼자가 아니야.

방금 전 들었던 노엘의 말이 밀트의 머릿속에서 싸늘하게 울려 퍼졌다. 마을 청년들은 방금 전과 마찬가지로 꿈결에 취한 얼굴을 하고 바라보고 있었다. 밀트는 어째서인지 써늘하게 한기를 느껴야 했다.

군용 창고에서 북과 징, 뿔피리를 수령한 노엘 부대는 코임브라의 항구로 위치를 옮겼다.

맨 처음에는 연병장에서 연습을 실시했으나 다른 부대에게 민폐 끼치지 말고 다른 곳에서 하라는 말이 날아들었기 때문이다. 너무 엉망진창인지라 사기가 떨어진다고 신시아에게 불평이 접수되었다고 했다.

"확실히 많이 심각하군. 몹시 귀에 거슬리는 데다가 불쾌하다. 상대의 사기를 떨어뜨리는 데는 효과가 있을 듯싶다만."

신시아는 솔직하게 감상을 늘어놓았다.

"……역시 전혀 못쓰겠군요. 치는 횟수라든가 강약 조절이 도저히 손에 익지를 않아요."

북채를 잡아 쥔 밀트의 어깨가 축 처졌다.

"그래, 이래서는 어림도 없지. 진군, 돌격, 정지, 후퇴, 퇴각. 이러한 신호가 병사들에게 확실히 전달되어야 의미가 있다. 요컨대 이 바보 녀석의 연주로는 아무 의미도 없다는 뜻이다."

신시아가 노엘의 머리를 쿡 찔렀다. 노엘은 아프다고 눈빛으로 투덜거렸다. 아울러 뿌웅, 힘 빠지는 한심스러운 소리가 울렸다.

노엘이 입에 물고 있는 악기는 나팔이었다. 코임브라의 해군은 나팔을 애용한다만 육지에서 싸우는 병사들은 별로 사용하지 않았다. 연주하는 데 연습과 경험이 필요하다는 것이 주된 원인이다. 뿔피리와 북으로 신호하는 쪽이 주류였다.

"연습한 적도 없는 나팔은 그만두고 순순히 타악기를 치는 게 좋지 않겠나? 지시 전달이 목적이니까 꼭 나팔을 고집할 필요는 없을 텐데."

신시아가 설득하는데도 노엘은 고개를 가로저었다.

왠지 모르게 역사를 느끼게 하는 이 나팔이 노엘은 마음에 들었다. 게다가 멋있었다. 뺨에 공기를 가득 넣어서 온 힘으로 불어 연주한다. 그래도 역시 이상한 소리가 났다.

"뭐, 나팔을 동경하는 이유도 모르는 바는 아니다만. 확실히 선망의 대상이기는 하지."

옆쪽에서 울려 퍼지는 뿌웅, 소리를 무시하고 신시아는 계속 이야기했다.

"일전에 전기에서 읽었다만 옛 코임브라에는 군악대라는 부대가 편성된 적이 있었다더군. 갖가지 곡조를 연주하면서 우아하게 행진했다던가. 제법 웅장한 광경이었을 테지."

대륙이 통일되기 전의 기록이었다. 흘러넘치도록 많은 황금을 보유했던 코임브라는 문화도 높은 수준으로 발달했다. 수많은 음악가 및 예술가를 배출했을 뿐 아니라 그 흐름이 군대에도 영향을 미쳤다. 묵직한 갑옷을 입고 연주에 맞춰 행진하는 병사들의 모습은 바라보는 자를 압도했다고 한다.

신시아의 말에 나팔을 불고 있었던 노엘이 관심을 보였다.

"그거 진짜진짜 재미있겠다. 어떻게? 다 같이 노래하면서 걸어가는 거야?"

"음. 전장의 공포를 불식시키는 한편 병사들이 전의를 갖고 적과 맞서도록 고양시키는 것이 목적이었다고 한다. 굳세고 용맹한 선율과 함께 전원이 일사불란하게 전진을 개시하는 거지. 싸우지 않고 적에게 패배를 자각시키겠다는 목적도 있었다던가."

“말씀만 듣자면 꽤 대단하군요. 그런데 노렸던 대로 효과는 잘 나왔답니까?”

“아니, 유감스럽게도 완전히 실패했다. 연주 중 적의 기습을 받아 아주 박살이 났지. 심지어 소규모 적군 상대로 말이다. 병력의 절반 이상에게 악기를 들려주고 경계를 게을리하면 그렇게 되는 것도 당연하겠군. 이후 군악대라는 부대는 폐지되고 말았다더군.”

빛나는 코임브라의 오점 중 하나. 각국의 병법서에 실패 사례로 반드시 기재되는 일화였다. 「돈은 있어도 사람은 없다」를 뒷받침하는 근거. 코임브라의 약졸을 증명하는 역사는 그 밖에도 다수가 남아 있었다. 어떤 기록이든 나약함을 비웃는 논조였다.

“그래도 재미있을 것 같아. 보고 싶기도 하고, 해보고 싶기도 하고. 분명히 멋있을 거야. 응, 신시아는 어때? 멋있겠지?”

“실전에서 느긋하게 연주할 틈이 있을 것 같지는 않군. 게다가 화살이 날아오는 가운데 무사태평으로 연주나 할 사람이 어디 있겠나. 미안하지만 나는 전혀 하고 싶지 않다. 네가 정 하고 싶다면 말리지는 않을 테니까 마음대로 해라.”

“알았어. 음, 밀트는 하고 싶지? 나중에 꼭 같이 행진하자.”

“……신시아 님, 노엘 십인장에게 쓸데없이 바람을 불어넣지 말아주십쇼. 바보인 터라 진짜로 저질러버립니다.”

“으음, 미안하네. 바보이기에 진심으로 받아들이는군.”

“뭐야, 흉보는 소리 전부 다 들리거든?”

“물론 알고 하는 말이다.”

“너무해라.”

항의를 대신해서 노엘은 뿌웅, 하고 나팔을 불었다.

그 이후 노엘 부대는 한나절 동안 쉬지 않고 쭉 연습에 몰두했다. 신시아는 도중에 본인의 직무를 수행한다고 돌아갔다.

나팔을 불면서 노엘은 코임브라의 항구를 바라봤다. 바닷물의 냄새가 코를 간질거린다. 이따금 교역선이며 어선이 출항했고 그때마다 자랑스럽게 나팔을 불어 소리를 냈다. 서투르기는 해도 경쾌한 선율이 흘러나오면 저절로 마음이 들뜨게 된다.

맞네, 역시 음악이 있으면 즐겁기도 하고 기분이 밝아지는구나. 군악대라는 부대를 떠올렸던 사람도 분명 같은 생각이었겠다.

그때 인적이 별로 없는 시장 방향에서 밀트와 마을 청년들이 돌아왔다. 언뜻 보기에 음식물이며 옷가지 따위를 지급받은 봉급으로 구입한 듯싶었다.

"뭐냐, 아직도 하고 있었나. 그쯤 했으면 이만 포기하시죠?"

"아직 멀었어. 포기 안 할 거야. 음, 그거 밥이야?"

"예, 대장 몫도 사 왔습니다."

밀트가 빵을 던져주었다. 이어서 봉투에 들어 있는 생선튀김도.

"고마워."

봉투 안에서 하나를 집어 입에 넣었다. 몹시 짭짤했다. 그 감정을 담아 나팔을 불어본다. 방금 전보다 좋은 느낌으로 소리가 났다.

"……으음, 이 녀석은 덤입니다. 십인장이 된 축하 선물로. 그리고 사죄의 뜻을 조금 담아서."

"사죄? 밀트가 무슨 잘못을 했던가?"

"아, 아무것도 아닙니다. 아무튼 받아 두세요. 내 기분 문제니까."

그렇게 말한 뒤 밀트는 아기자기하게 물고기 자수를 놓은 작은 상자를 건네줬다.

"……."

"왜 말이 없습니까? 별일이네. 마음에 안 들어요?"

"아니야, 그렇지 않아. 뭐랄까, 한꺼번에 보물이 늘어났잖아. 응응, 지금은 살짝 행복해졌어."

노엘은 하얀 이를 내보이면서 진심으로 기분 좋게 미소 지었다.

이제껏 그림책과 신기한 창이 전부였건만 두 손으로 들지 못할 만큼 많이 모았다. 허리춤에 매달아 놓은 굉장한 철퇴, 신시아에게 받은 안경과 군복, 밀트에게 받은 상자. 게다가 나팔도 있다.

"뭐냐, 안경 갖고 다니잖아. 그거 집어넣기에 괜찮아 보이더라. 품속에 대충 넣으면 어디 툭 부딪혔다가 깨질 수도 있고."

"응, 밀트 말이 맞아. 진짜 고마워!"

부리나케 상자에다가 안경을 넣어 봤다. 마침 크기가 알맞았기에 쏙 들어갔다. 물고기 자수가 좋은 느낌이다. 웃음 짓는 눈동자가 무척 귀여웠다. 노엘의 마음에도 쏙 들었다.

"에헴, 그러면 밀트 대원에게 감사의 뜻을 담아 이 나팔로 지금 기분을 연주해드리죠."

"……그런 감사는 별로 안 기쁩니다만."

"자, 시작할게!"

살짝 행복을 느낀 지금이라면 아마도 잘 불 수 있을 것 같았다. 중요한 것은 계기와 마음가짐이니까.

두 눈을 감고 호흡을 가다듬는다. 배의 출항을 알리는 나팔 소리가 들렸다. 그에 맞춰서 노엘도 훅 숨을 토한다. 경쾌하게, 그리고 드높게. 노엘의 나팔 소리가 울려 퍼졌다. 밀려들어 왔다가 빠져나가는 파노 소리. 출항 나팔은 바다를 연상케 하는 선율이었다.

잠시 멍하니 소리를 듣던 밀트와 마을 청년들은 가만히 있기 아쉬워져서 손에 들고 있던 북과 징으로 장단을 맞춰봤다. 노엘의 연주가 이끌어줬을까, 모두의 호흡이 점점 하나로 조화됐다. 아마 신시아도 흔쾌히 합격 판정을 내려줄 멋진 솜씨였다.

한 차례 높은 물결이 큰 파도가 되어 쇠퇴한 항구에 옛 활기를 일순간이나마 되찾아 왔다. 일찍이 코임브라의 항구는 출항 나팔이 언제나 울려 퍼지는 바다의 도시였다. 사람과 배가 왕래하고 상인들은 연주에 맞춰 물품을 분주하게 들여놓는다. 항구의 어부, 시장에 있던 상인들은 잠시 동안 옛 영화에 잠겨 들었다.

만족한 노엘이 연주를 멈추자 밀트와 마을 청년들도 손을 멈췄다. 동시에 주위에서 박수 소리가 쏟아졌다. 수는 많지 않아도 모두들 진심으로 만족스러웠다는 뜻을 담아서 온 힘을 다해 손뼉을 치고 있었다.

"아하하, 노엘 군악대의 첫 연주는 대성공이네!"

"우리가 언제부터 군악대였냐? 아니, 군악대였습니까?"

"응? 방금 전부터. 이름하여 노엘 군악대."

득의양양한 얼굴로 엄지손가락을 세우는 노엘. 이 악기를 골랐던 것이 딱 정답이었다고 노엘은 나팔을 빙빙 돌렸다. 음악은 연주해도 들어도 즐거운 데다가 모두에게 힘을 가져다준다. 신비로운 마법 같았다.

“있잖아, 나중에 진짜 군악대를 만들고 싶어.”

“코임브라의 오점을 들춰내는 짓이니까 그만두는 게 좋지 않겠습니까?”

“멋진 깃발을 들어 올리고 나팔을 불면서 행진하고 싶어라. 분명히 즐거울 거야. 같은 깃발 아래에서 다 같이 싸우고 함께 살기도 하고 죽기도 하고. 분명히 동료 이상의 깊은 사이가 될 수 있어.”

들어 올리는 깃발에는 노엘이 무척 좋아하는 태양을 꼭 그려 넣을 것이다. 홀시드 제국 군대의 깃발을 말함은 아니었다. 그것은 단지 모조품에 불과했다. 완전히 가짜였다.

노엘이 바라는 것은 진짜 태양이다. 태양을 형태로 나타내기는 몹시 어려웠다. 얼핏 보기에는 동그란 모양인 듯싶지만 그렇지 않다. 태양은 빛의 덩어리이기에 둥글지 않았다. 빛에는 형태가 없으니까 둥글지 않다.

그러면 빛은 어떻게 표현해야 할까. 선일까? 아니, 단순한 선을 갖고는 부족했다. 너무나 부족했다. 홀시드 군의 깃발은 원에다가 햇살을 나타내는 십자 선을 넣었으나 그딴 문양은 안 된다.

깃발을 칠하려면 빨간색이 좋겠다. 귤색도 괜찮겠지만 이왕이면 노엘의 머리카락 색과 똑같은 빨간색이 좋겠다. 다 같이 진홍빛 깃발을 들고 행진하는 사람들. 위에서 내려다보면 어떤 광경일까.

“……음, 뭐. 어쩌면 즐겁기는 하겠습니다.”

“응, 즐거울 거야. 그때는 밀트랑 다 같이 꼭 함께 하자.”

“……나는 반란이 끝나는 대로 군대에서 나간다니까. 살인을 직업으로 하고 싶지는 않단 말이다."

"어라, 유감이네."

"우, 우리는 같이 따라가겠습니다!"

나도, 나도. 잇따라 소리 높이는 마을 청년들. 밀트는 한 걸음 물러나서 가만히 바라보고 있다.

"만세! 그럼 멋진 군악대를 만든 다음에 밀트한테 보여주러 가자!"

"예!"

"그래, 나도 기대하겠어. 아, 이것도 약속의 범주에 들어가는 거냐?"

밀트가 기대감 어린 눈으로 노엘에게 물어 확인했다. 그러나 노엘은 곤란한 표정으로 고개를 갸웃거렸다. 노엘은 장담 못하는 약속은 하지 않았다. 약속을 어기면 행복해질 수 없으니까.

"으음, 나 혼자서는 못 하니까 당장 약속은 무리네. 그래도 열심히 할게."

"그런가, 뭐, 잊어버리지 않거든 부탁하마. ……흠, 슬슬 돌아가시죠? 신시아 님께 훈련의 성과를 보여드리면 놀랄 겁니다."

"그러자, 시간도 딱 적당하네. 좋아~ 그러면 돌격 나팔! 노엘 부대, 돌격 개시!"

노엘은 뛰뛰 나팔을 불다가 느닷없이 달음박질쳤다. 밀트와 마을 청년들도 허둥지둥 따라 달렸다.

며칠 뒤 노엘 부대는 첫 임무를 받아 임했다. 다만 정찰 및 공작에 속하는 임무는 아니었다. 누구든 할 수 있는 전령 역할을 하달받았을 뿐이다.

적의 손에 떨어져버린 도시 록벨. 그곳에서 주도 마들레스로 이어지는 길은 카난 가도라고 불리며, 가까운 거리에 소규모 마을이 여기저기 흩어져 있다. 노엘 부대의 역할은 마을 주민들에게 반란군이 들이닥치고 있음을 전달한 뒤 조심하라고 주의를 환기시키는 일이었다. 위험을 알리기만 할 뿐 딱히 지켜주지는 않는다. 다수의 마을에 병사를 배치할 만한 여유가 없었으니까.

그롤을 비롯한 코임브라의 수뇌부는 반란군이 록벨을 거점 삼아서 주위에 세력권을 뻗쳐 나가리라고 예상했다. 반란이 일어난 이후 어딘가에 거점을 만들어 머무르지 않고 불만분자를 규합하면서 남하를 거듭했다. 그러던 중에 이동을 멈췄다 함은 반란을 장기화시키는 것이 목적이라고 추측했기 때문이었다.

게다가 배후에 바하르가 있을 가능성이 판명된 이상 그들의 목적도 일목요연해졌다. 사태를 수렁으로 빠뜨림으로써 코임브라의 권위 실추를 꾀하고 태수 그롤에게 책임을 추궁하는 것. 아밀은 본인의 차기 황제라는 지위를 확고하게 다지면서 또한 장래의 정적까지 매장할 수 있었다. 그야말로 일석이조의 계략이다.

그 속셈을 진절머리 나도록 잘 알고 있는 그롤은 마음 깊숙이 이를 갈았으나 병력의 소집이 완료되기까지 산발적인 공격은 자제하고자 마음먹었다. 결전을 벌여 단기간에 적을 쳐부수면 다소의 오명 따위야 뒤집어 놓을 수 있다. 경거망동을 저질렀다가 자칫 패전이라도 한다면 그야말로 치명적인 대가를 치르게 될 것이다.

"음, 다음은 어디였더라~."

"다음 마을로 가는 길은 저에게 맡기십쇼."

지도를 펼친 병사가 노엘에게 말을 건넸다.

"아하하, 이제 존댓말이 입에 착 붙었네."

"뭐든 익숙해지는 법이죠. 밀트 녀석은 아직도 적응이 안 되나 봅니다만."

"시끄러워."

밀트는 언짢아하면서 투덜거렸다. 다른 청년들과 같이 웃고 있을 기분이 아니었다.

『적이 접근 중이니까 위험하다고 판단되면 도망쳐라』, 『코임브라주는 병력을 보낼 수 없지만 반란군에 가담할 경우는 죽을죄로 다스리겠다』.

이렇듯 두 가지 통보를 명령에 따라 전하면서 돌아다는 것이 전부인 임무. 마을 주민들의 반응이 탐탁할 리가 없었기에 노엘 부대는 욕설이며 호통 소리를 지긋지긋하게 들어야 했다. 때로는 흙탕물을 뒤집어쓰기도 했다. 지켜주지는 않고 기껏 한다는 말이 조심하라는 소리이니 물론 격분할 만도 하겠다.

"그건 그렇고 다들 엄청 화내더라. 방금 본 할아버지는 입에 거품 물면서 쓰러져버렸고."

"화낼 만하죠. 주에 높은 세금을 내고 있는데도 아예 안 지켜준다잖습니까. 이런 때를 위해서 주립군이 있는 건데요."

밀트는 한숨 쉬었다. 주립군이 제때 나서줬다면 자신은 지금 이곳에 없었다. 조임 마을의 이웃들은 무사할까. 지금 할 수 있는 것은 기도뿐이었다.

이런 속마음을 알 길이 없는 노엘이 또 히히거린다.

"그래도 진흙 싸움은 재미있었지?"

"재미있었던 사람은 대장 한 사람뿐입니다. 새 갑옷을 지급받은 지 얼마나 됐다고 꼴 좀 보십쇼. 쳇, 안쪽까지 스며들었군. 이런 봉변이 있나."

밀트가 혀를 차면서 자기 복장을 살펴본다. 신품이었던 갑옷— 보호 범위는 고작 흉부가 전부이기는 해도 진흙에 절어서 꼴이 처참했다. 속에 껴입은 내복에도 진흙이 배어든 터라 몹시 찝찝한 기분이었다.

마을 주민을 다치게 할 수도 없는 노릇이었던지라 목이 터져라 외치면서 자제해 달라 요청할 수밖에 없었다. 따라서 노엘 부대의 면면들은 온몸이 진흙투성이로 젖는 결과를 맞이했다. 세상에 다시 없을 촐싹데기 여자를 한 명 제외하고.

노엘 한 사람만은 여느 때와 같은 모습이었다. 진흙 자국은 거의 찾아볼 수 없다. 마을 사람들이 던진 진흙 덩이를 화려하게 피하다가 빈틈을 포착하는 대로 강렬한 일격을 선사하는 꼴이 정말이지……. 물론 창이나 철퇴 따위가 아닌 진흙 덩어리였다만.

한 시간이 꼬박 지났을 때는 마을 사람들도 기진맥진하여 해산했고, 노엘은 남아 있던 아이들과 즐겁게 장난질했다. 신시아가 들으면 또 격노하리라. 지휘관의 위치에 있는 인물이 웬 엉뚱한 짓을 하느냐고.

"그나저나 어떻게 그리 잘 피하는 겁니까? 거의 한 번도 안 맞던데요."

"잘 봤으니까. 잘 보면 피하기는 간단해."

"본 다음은 못 피합니다. 보통은 몸이 느려서 맞는다고요."

"그런가? 나는 그냥 되던데. 다들 연습하면 따라 할 수 있지 않을까?"

노엘은 이상하다는 표정을 지었다. 별로 하나도 어렵지 않았으니까.

진흙 덩어리 피하기야 아무것도 아니다. 누가 어디에서 노리고 있는가 손에 잡힐 듯 훤히 내다보이니까. 그중 대부분은 보지 않고도 피할 수 있었다. 다만 이따금 진흙 덩이가 날카롭게 날아들 경우, 그때는 잘 보고 피해야 했다.

"……그런 사고방식이면 화살이든 뭐든 피할 수 있지 않겠습니까?"

"그럴지도? 어라, 혹시 내가 굉장한 거야?"

"예이, 굉장합니다. 멋져요, 노엘 십인장."

밀트는 못 말리겠다는 듯이 손을 흔들더니 몸에 묻은 진흙을 털어내면서 걸어갔다. 노엘도 뒤따랐다.

노엘은 전투 중 감각이 이상하리만큼 예민해질 때가 있었다. 그런 때는 무언가 일어난다. 따라서 잘 본다. 보고 나서 피한다. 혹은 맞받아친다. 그럼으로써 이제까지 쭉 살아남았다. 몸에 밴 버릇처럼 하는 대처인지라 말로 전하기는 너무나 어려웠다.

그래서 잘 보면 괜찮다는 말밖에 할 수 없었다.

그로부터 사흘이 지나도록 노엘 부대는 줄곧 같은 임무를 수행했다. 지도를 들여다보면서 여러 마을을 한 곳 한 곳 돌아다닌다. 마을 사람들이 퍼붓는 욕설에도 적당히 익숙해졌을 즈음에는 명령받은 범위의 마지막 마을 하나만을 남겨 놓았다.

카난 가도의 동편으로 나아가 높지막한 구릉 너머에 있는 마을이 목적지였다. 전망이 좋아서 구릉 위로 오르면 가도가 한눈에 내다보인다. 예전에는 이 가도에 사람들의 왕래가 끊이지 않았지만, 이제 와서는 때때로 지역 주민의 짐마차가 다니는 것이 고작이다. 반란 발발이라는 악재마저 겹쳐 든 탓에 상인들의 모습은 정말 드물게나 발견할 수 있었다.

반대편을 내다보면 숲이 펼쳐져 있다. 삼림을 빠져나가니 보리밭이 보였고, 조금 더 나아간 곳에서 작은 촌락의 위치를 확인할 수 있었다.

목적지까지 이제 얼마 남지 않았음을 깨닫고 모두 긴장을 푼 그 순간.

"위험해!"

노엘이 옆쪽에서 땀을 훔치고 있던 밀트를 냅다 밀쳤다. 너무 갑작스러웠기에 밀트는 낙법도 못한 채 안면부터 땅바닥에 나자빠졌다. 다행스럽게도 코뼈 부러지는 신세는 가까스로 면했다.

“아프잖아!! 갑자기 무슨 짓이야!”

“얼른 일어나서 무기나 들어. 적이 올 거야.”

“저, 적?! 어디에?!”

노엘이 창을 빼 들자 나무 위에서 휘파람을 불며 누군가가 뛰어내렸다. 붉은 천을 팔뚝에 휘감아 묶은 남자, 밀트와 같은 마을 출신의 젊은이— 프레서였다.

“오호, 내 화살에 반응하다니 제법이군. 역시 노엘이다. 칭찬 몇 마디는 해줘야겠어.”

“프, 프레서?!”

“오랜만, 밀트. 게다가 다른 녀석들도 같이 왔군. 얼빠진 주립군인 줄 알고 깜빡 시위를 놓아버렸군. 뭐냐, 어쩌자는 거야. 왜 코임브라의 갑옷을 입고 어슬렁거리냐? 우리 적륜군을 배반한 거냐?”

“아, 아니. 사, 사정이 있어서.”

“있지, 프레서. 너 혹시 밀트를 죽일 작정이었어?”

변명하려는 밀트의 말을 가로막고 노엘이 나서서 질문했다.

밀트도 지면에 화살이 꽂혀 있음을 깨달았다. 밀트가 있던 위치를 어긋남 없이 꿰뚫어 지나갔을 예리한 화살. 노엘이 제때 밀어주지 않았더라면 분명 목숨이 달아났다. 프레서가 진심으로 죽일 작정이었음을 뒤늦게나마 절감했다.

“그야 적은 당연히 죽여버려야 하지 않겠냐. 게다가 배신자라면 더더욱."

태연자약한 얼굴로 받아치는 프레서. 사냥꾼 시절에 쓰던 활을 손에 쥐고 화살을 메겨 놓았다. 뒤쪽에서 무장한 남자들이 서른 명 정도 나타났다. 모두 팔뚝에 붉은 천을 묶었다. 그중 남달리 몸집이 큰 남자 하나는 역시 얼굴을 잘 알고 있는 크래프트였다.

"하기야, 적은 죽이는 게 맞네."

노엘이 허리에 손을 가져가자 적륜군 병사들이 말없이 검을 뽑아 들었다.

"잠깐! 기다려라, 노엘! 너도 기다려봐, 프레서! 우리는 딱히 배반한 게 아니다. 알겠냐? 차분하게 들어라. 이번 반란은 바하르 놈들의 계략이었어!"

"흠, 그러냐?"

"맞아, 적륜군 지휘관은 백성이야 어떻게 되든 전혀 관심이 없단 말이다. 반란을 일으켰던 이유는 전부 자기들 속셈 때문이니까!"

"어이쿠, 그러신가? 그래서 뭘 어쩌라고?"

비릿한 웃음을 띠고 고개를 갸웃거리는 프레서. 크래프트도 같은 표정이었다. 예전의 주뼛주뼛하던 녀석과 같은 사람이라는 생각은 도저히 들지 않았다. 대검을 어깨에 얹고 험악하게 눈을 부라리고 있다.

"어, 어쩌기는. 그러니까, 이번 반란에는 아무 의미도 없다는 뜻이잖냐! 너희도 얼른 안 빠져나오면 붙잡혀서 사형이라고!"

"흐흐. 뭘 모르는군, 밀트. 너는 아무것도 모르는 놈이다. 너희도 이쪽에 붙었다면 좋았을 텐데 말이다. 그랬다면 분명 즐거움이라는 감정을 깨달았을 텐데."

프레서의 말에 거듭거듭 고개를 끄덕거리는 크래프트.

"즐거움이라고?"

"그래, 빼앗는 즐거움이다. 누군가의 소중한 재물과 사람을 강제로 빼앗는 거지. 약한 놈들을 유린하면서 자신의 힘을 마음껏 과시하는 거다. 이게 진짜로 즐겁거든. 내가 살아 있음을 진심으로 실감할 수 있단 말이다."

"……너 지금, 도대체 무슨 말을."

"이봐, 밀트. 록벨에서 내가 인간을 몇 명이나 처죽였을 것 같냐? 서른 명이다. 나보다 머리도 좋고 돈도 많이 갖고 있는 놈들을 잔뜩 처죽여줬지."

"……프, 프레서?"

"너는 모를걸? 검으로 목을 치면 피가 엄청난 기세로 뿜어 나온다? 그다음은 놈의 여자며 재산을 챙겨 먹는 거지. 흐흐, 한번 맛들이면 절대로 그만둘 수가 없어."

굶주린 이리와 같은 얼굴로 노엘을 주시하는 프레서. 군침을 꿀꺽 삼키면서 흘러넘치는 욕망을 내비치고 있다.

"바보 같은 소리는 그만하고 어서 반란군을 빠져나와라! 지금 마들레스로 코임브라의 모든 땅에서 주립군을 소집 중이다. 이제 승산이 없어!"

"그럼 그 전까지 실컷 날뛰다 가야지. 나는 그 망할 비참한 생활로 이제 와서 다시 돌아가지는 않을 거다. 갖은 고생 다 하면서 짐승을 사냥해 봤자 멍텅구리 놈들이 거의 다 빼앗아 가잖냐. 나머지

푼돈이나 받아먹어다가 울고 웃고 한다는 게 대체 말이나 되냐? 그야말로 죽어 마땅한 놈들이지."

"이제 알아들었지? 미안해, 밀트. 다른 친구들도. 그래도 있잖아, 나도 같은 생각이거든. 우리 마을은 진짜 시시했어. 그따위 쓰레기 같은 생활을 다시 하라고? 나는 절대로 사양할래."

히죽히죽 웃음을 짓고 크래프트가 뒤이어서 답했다. 예전의 어눌했던 분위기는 온데간데없이 사라졌다.

이쪽의 이야기가 전혀 통하지 않았다. 달라져버린 두 사람을 보고 밀트는 차마 말을 잇지 못했다.

"그나저나 말이다, 별동대를 지휘했던 네드 대장은 너희가 죽인 거냐? 게브 씨가 한숨 좀 쉬더군."

"응, 맞아. 내가 죽였어."

노엘이 솔직하게 인정했다.

"너 같은 여자한테 당했을 줄은. 네드 씨가 뜻밖에도 한심한 사람이었군. 숨어 있다가 기습이라도 했나?"

"아니, 제대로 맞붙었어. 일대일 정면 승부."

"뭐, 이미 죽은 사람이고 아무러면 어떠냐. 게브 씨가 은근히 신경 쓰길래 물어본 거다."

"……."

"아무튼 간에, 노엘. 딱 한 번만 더 물어봐준다, 나를 따라와라. 이쪽으로 붙으면 내가 이래저래 즐거운 경험을 잔뜩 시켜주마."

"몇 번을 물어봐도 똑같아. 사양할게. 프레서랑 같이 가도 즐거울 것 같지는 않으니까. 게다가 지금 나한테는 동료가 잔뜩 있거든."

노엘은 무표정으로, 다만 여지를 두지 않고 거절했다. 프레서는 기분이 상한 듯 얼굴을 실룩이다가 곧 다시 이죽거렸다.

"흐흐, 그러신가. 뭐, 됐다. 다음에 만날 때 강제로 끌고 가면 그만 아니겠어. 오늘은 옛정을 봐서 놔줄 테니까 돌아들 가라. 다음번에는 가차 없을 줄 알고 각오하라고."

"다들 잘 가. 혹시 이쪽에 붙고 싶거든 록벨로 오면 돼. 언제든 환영할게."

"실수로 쏴 죽일 수도 있지만 말이다."

아무래도 좋다는 듯이 손을 들어 보이고 무장한 남자들의 곁으로 돌아가는 프레서. 크래프트가 뒤를 따라서 천천히 걸어갔다.

두 사람의 등에다가 대고 노엘이 말을 건넸다.

"있잖아. 이제 프레서랑 크래프트는 우리 편이 아닌 거네? 이쪽으로 돌아올 가능성은 절대로 없지?"

노엘의 물음에 프레서는 한순간 걸음을 멈췄다.

노엘의 목소리는 담담한 가운데 왠지 모르게 마음을 뒤흔드는 울림이 있었다. 밀트에게는 그렇게 느껴졌다. 아마도 프레서와 크래프트도 마찬가지였을 것이다.

프레서는 제 머리카락을 짜증스럽게 긁어 흩뜨렸다. 그리고 고개 돌렸다.

"……그래, 우리는 더 이상 동료가 아니다. 애당초 잠시 같은 마을에 살았던 것이 전부였잖냐. 다음에는 완전히 적이 되어서 만나는 거다. 내가 빼앗는 쪽이고 너는 빼앗기는 쪽. 승자와 패자, 알아먹기도 쉽잖아?"

“응. 좋아, 알았어. 나중에 또 보자.”

노엘은 그렇게 말한 뒤 흥미를 잃어버린 듯 걸음을 뗐다. 더 이상은 프레서나 크래프트를 돌아보려고도 하지 않고 목적지였던 마을로 척척 걸어갔다.

“가만히 둬도 괜찮겠습니까?”

“괜찮아. 아까는 우리 편으로 보고 싶었으니까. 다음에 만났을 때는 적이야. 거리낌 없이 상대하겠어.”

병사의 물음에 노엘은 아무래도 좋다는 듯이 대답했다.

노엘 부대의 면면들도 프레서와 크래프트를 비롯한 반란군을 경계하면서 뒤따라 이동했다. 다행히도 추격은 없었다. 프레서가 눈감아준 것인가, 혹은 다른 의도가 있는가 분명하게 알 수는 없었다.

밀트는 내심 안도했다. 전투가 벌어졌다 해도 프레서를 죽일 자신이 없었다. 어릴 적부터 알고 지냈던 소꿉친구를 상대로 검을 휘두를 자신이 없었다. 프레서와 크래프트는 그 벽을 거뜬히 뛰어넘은 듯 보였다만.

“이, 이봐. 저 녀석들 대체 어떻게 된 거야? 마을에 있을 적과 비교하면 완전 딴사람이잖아!”

“분명히 바뀐 거야. 빼앗는 즐거움을 알았다고 말했으니까. 이렇게 된 이상 어쩔 수 없겠네.”

“어, 어쩔 수 없다니? 간단하게 말하지 마라! 같은 마을의 친구잖아!”

“그럼 납득될 때까지 설득하다가 와도 좋아. 틀림없이 살해당할 테니까 추천은 안 하겠지만. 밀트는 내 동료니까 살해당하면 슬플 거야."

노엘이 태연하게 말을 뱉었다. 그 눈에서 안타까움이나 서글픔 같은 감정을 전혀 찾아볼 수가 없었다. 무의식중에 눈을 부릅뜨면서 밀트는 말을 이어 나갔다.

"다, 다음에 저 녀석들을 만나면 어떻게 할 건데?"

대답을 이미 알고 있는 질문을, 밀트는 입 밖에 내고 말았다.

"이제 만날 일은 아마도 없겠지만, 만에 하나 정말 만나게 되면—."

노엘은 손에 들고 있는 창을 가볍게 어루만졌다.

"물론 죽일 거야. 적은 반드시 죽여야 해. 나는 빼앗기는 쪽에 서고 싶지 않으니까. 이제는 같은 편이 아니라고 대답했으니까 살려 줄 필요도 없잖아."

"……나는 너처럼 단숨에 결론짓지는 못하겠다. 뻔히 아는 녀석을 죽이겠다고? 나한테는 무리야."

"응, 무리여도 밀트는 괜찮을 거야. 삶의 방식이야 사람마다 다른 법이고."

"……겁쟁이여도 상관없다는 말이냐?"

"선량하다는 표현을 써도 되지 않을까? 아하하, 밀트처럼 마음씨 고운 사람만 잔뜩이라면 이 세상에 행복이 가득할 텐데."

노엘은 입가를 일그러뜨리면서 조소 비슷한 감정을 드러냈다. 언제나 촐싹거리기나 하는 이 여자가 이런 표정도 지을 수 있었던가 싶어서 밀트는 눈이 휘둥그레졌다.

"노, 노엘?"

"뭐, 다들 자기 내키는 대로 살아가는 게 좋지 않을까 싶어."

"……내키는 대로 살다가 픽 죽어 나가면 아무 의미가 없잖냐."

"그야 그렇기는 하겠네."

"……저 바보 녀석들, 알고 저러는가 모르겠군."

"글쎄, 어느 쪽일까? 나도 잘 모르겠어. 뭐, 적이니까 아무래도 상관없고."

가만히 웃다가 노엘은 어깨를 으쓱거렸다.

마을로 향하는 노엘 부대를 바라보고 있는 프레서와 적륜군의 병사들. 옛 친구들의 뒷모습을 응시하다가 크래프트가 고개를 갸웃했다.

"으음, 프레서. 이래도 되는 걸까? 건드리지도 않고 보내주는 건 조금. 게다가 우리 저 마을을 박살내러 온 거 아니었어?"

"여기 주변에서는 소란 부리지 말라고 게브 씨가 명령도 했고 괜찮을 거다. 그리고 저따위 별 볼 일 없는 마을에 무슨 대단한 게 있기나 하겠냐. 못 본 척한다고 아쉬울 일은 없어."

프레서가 시큰둥하게 침을 뱉었다.

활 솜씨를 높이 평가받은 프레서, 그리고 큰 체구와 완력이 눈에 띄는 크래프트는 얼마 전부터 게브에게 제법 주목을 받고 있었다.

게브는 숙련된 전사이자 리스티히의 심복답게 여러 방면에 걸쳐서 영향력을 발휘했다. 이번 전투를 마치고 나면 부하로 들어오라고 권유해주기도 했다.

'그 사람의 말이 어디까지 진심인지는 몰라도 나는 갈 수 있는 데까지 갈 뿐이다. 그래야 살아 있다는 실감이 더욱 진해지니까.'

게브의 본심이라든가 리스티히의 목적이라든가 적륜군의 대의라든가 그따위 것은 아무래도 좋았다. 단지 내키는 대로 날뛰면서 살고 싶었다. 가난뱅이 생활에서 쌓이고 쌓인 울적함을 마냥 발산하고 싶었다.

'게다가 사냥감은 역시 인간이 제일이잖아. 짐승하고는 전혀 다르다고.'

짐승 사냥과 달리 인간을 노릴 때는 심장이 격렬하게 고동을 친다. 그 독특한 긴장감은 인간 상대가 아닌 한 맛볼 수 없었다. 언제부터인가 살인에 대한 기피감은 완전히 사라졌고, 오로지 충실감이 솟을 따름이었다. 게브에게서 어른의 계단을 오른 증거라고 칭찬받았다. 덧붙이자면 크래프트 또한 비슷한 변화를 겪었다. 본인의 말로는 괭이에서 대검으로 도구가 바뀌었을 뿐이라고 한다.

"그러고 보니 말이야. 방금 전 노엘, 아주 살짝 섭섭해하는 거 같더라."

"……그랬던가? 내 눈에는 평소와 똑같아 보였다만."

프레서는 기억을 되새겼으나 특별히 묘한 구석은 떠올리지 못했다. 유일하게 깨달은 것은 저 여자가 자신에게 전혀 관심을 갖고 있지 않다는 사실뿐이다. 프레서에게는 못 견디도록 담담한 반응이었기에 조바심이 났다. 무엇보다도 옆쪽에 서 있는 녀석이 밀트였다는 것이 마음에 들지 않았다. 그래서 노리고 쐈다. 진심으로 살의를 담아.

"내가 보기에는 은근히 섭섭해하는 얼굴이었어. 으음, 내 착각일까?"

"따라오라고 친절하게 권유해줬는데도 거절한 사람은 노엘이잖냐. 그런데 뭐가 섭섭하다는 건지 의미를 모르겠다."

"그렇기는 하네. 역시 내가 착각했나 봐."

"내가 신경 쓰이는 긴 밀트는 말고 다른 녀석들이군. 뭔가 이상하지 않았냐?"

프레서가 노엘, 밀트와 대화를 나누는 중에 다른 마을 청년들은 쭉 검을 쥐고 이쪽을 주시했었다. 충실하게 명령을 기다리는 숙련된 병사처럼. 도대체 어떻게 된 영문일까.

"프레서한테 기가 죽어서 긴장했던 거 아니야? 우리는 언제 검을 쥐어본 적도 없었잖아."

"흠, 뭐, 아무래도 상관없지. 다음에 만나면 다른 놈들은 처죽이고 노엘은 내 여자로 삼을 테니까. 크래프트, 너는 손대지 마라."

노엘은 반죽음을 만든 뒤 사로잡는다. 다른 놈들은 몰살이다. 같은 마을 출신이라는 옛정은 방금 전 살려 보내줬을 때 끝났고 이제 어떠한 주저도 없다. 제멋대로 적륜군을 빠져나가서 저들끼리 코임브라 군대에 붙은 녀석들에게 자비 따위 베풀지 않겠다. 특히 멍청한 밀트 녀석은 갈가리 찢어발긴 다음 놈의 여동생 케르에게 시체를 던져줄 작정이었다. 과연 어떤 반응을 보여줄까. 실로 기대가 된다.

"치사하잖아, 프레서. 그러면 나는 어떻게 하라고?"

"몰라, 인마. 아무튼 간에 나보다 먼저 노엘에게 손대면 처죽일 테다!"

"왠지 얼굴이 무서운걸, 프레서."

"너는 자제할 줄을 모르잖냐."

툴툴 내뱉고 프레서는 손을 흔들어 신호했다. 이제는 슬슬 철수해야 하는 시각이었다.

이번 목적은 이 지점을 정찰하는 데 있었다. 프레서만은 게브에게서 작전의 진의를 전달받았다. 이 가도를 멀리 바라다볼 수 있는 구릉은 중요한 거점이 된다. 코임브라 군 측에 아무 의미도 지니지 못하는 장소일지라도 적륜군에게는 달랐다.

'주도를 성공리에 함락시키면 수확제가 열린다. 빌어먹을 귀족 놈들은 깨닫게 될 거다. 태어난 장소가 다를 뿐 결국 똑같은 인간이었다는 사실을. ……안 그러냐? 노엘. 제아무리 새침한 얼굴을 하고 다녀도 한 꺼풀 벗기면 너 역시 마찬가지란 말이다.'

공포에 질려 일그러진 노엘의 얼굴을 상상했다. 록벨의 여자들과 마찬가지로 고통과 절망에 물든 표정이었다.

그러나 몇 번을 시도해봐도 잘 떠올릴 수가 없었다. 아무리 겁박하고 고통을 줘도 마지막에는 이를 드러내고 씩 웃는다. 불현듯 프레서의 등줄기에 한기가 치달렸다.

"……큭."

뒤쪽을 돌아봤다가 눈을 찌르는 태양의 햇빛과 멀리서 이쪽을 바라보고 있는 노엘의 모습을 목격하고 말았다.

사냥감을 관찰하는 듯한 눈빛으로 이쪽을 주시하고 있다. 활은 소지하지 않았는데도 불구하고 이내 꿰뚫려 죽어버릴 것 같은 예감을 느끼게 된다.

'저 눈, 어딘가에서 본 적이 있어. 언제, 어디였더라.'

"……그래, 그때였어."

노엘이 마을에 막 정착했을 무렵의 이야기다. 노엘은 사냥에 나설 때 언제나 저런 눈빛이었다. 맞힐 수 있는가, 없는가. 죽일 수 있는가, 없는가. 살육의 가능성만을 헤아리고 있음이 절실하게 느껴지는 냉담한 시선. 게다가 자신마저도 그 시선의 대상이 된다. 진심으로 소름 끼쳐서 한동안은 노엘이 사냥하러 가도 동행하지 않았다. 언제든 자신에게 화살이 날아들 수 있다는 공포가 치솟았으니까. 죽음을 피부로 느낀 경험은 그때가 처음이었다.

다만 시간이 흐름에 따라 점점 격의 없는 사이가 되었고 특별한 감정을 품는 동시에 옅어지다가 결국은 사라졌다. 언제부터인지 모르겠다만 노엘은 자신을 아군으로 인정하고 받아들여주는 듯했다.

그래서 납득이 됐다. 노엘의 마지막 물음에 자신은 아니라고 답했다. 변화의 여지도 없이 완전한 적이 되었노라고. 다음에 만났을 때 노엘은 분명 죽이러 온다. 밀트나 다른 녀석들과 달리 사냥해야 하는 표적이 인간일지라도 주저하거나 사정을 봐줄 성격이 아니었다. 어린아이 같은 명랑함의 뒤쪽에 천진난만한 잔혹함이 분명 자리를 잡고 있다. 프레서도 그 이면성에 마음이 이끌렸었기에 틀림없다.

흥분에 차올랐던 프레서의 감정은 급속도로 사그라졌다. 뭔가 터무니없는 실수를 저질러버린 듯한 기분이 들어 못 견디겠다.

“프레서, 왜 그래?”

“아, 아니. 아무것도 아니다.”

크래프트의 말에 적당히 대꾸해주고 프레서는 빠른 걸음으로 그 자리를 떠나 걸어갔다.

‘나는 틀리지 않았어. 나답게 살아가겠다는 게 뭐가 잘못됐냐. 그

때의 내가 애송이였을 뿐이다. 지금의 나는 예전과 달라. 여자 상대로 겁먹을 리가 없다고!'

프레서는 침을 내뱉고 바닥을 걷어찼다. 억지로 불길한 상상을 지워 없애고자 시도해본다. 그런 노력이 허망하게도 프레서의 뇌리에서 노엘의 시선은 도무지 사라질 줄을 몰랐다. 등 뒤에서 꽂혀 들어오는 강한 햇빛이 몹시도 불쾌하게 느껴졌다.

노엘 부대가 주도로 복귀했을 무렵. 같은 시기에 반란군이 록벨을 떠나 대규모 병력으로 주도를 노리고 침공 중이라는 보고가 들어왔다. 적륜군이라고 자칭하는 반란군, 총수 5천이었다.

지구전을 벌이리라는 예측이 어긋났음에도 그롤은 즉각 요격하도록 명령했다. 일부 신중파는 주도를 지키고 농성하여 적에게 소모를 강요해야 한다고 진언하였으나 그롤은 버럭 고함을 질러 일축했다. 고작 반란군 상대로 성문을 걸어 잠그는 수세적 전술이라니. 누가 봐도 이보다 더 나약할 수가 없지 않은가. 게다가 성 주변의 거주 지역에는 이렇다 할 방비도 되지 않은 까닭에 막대한 피해를 감수해야 함은 확정적이었다. 따라서 그롤은 출병한 뒤 야전을 펼쳐 섬멸하자는 계획을 수립했다.

그롤의 판단 및 방침은 잘못되지 않았다. 다만 도적들은 오합지졸에 불과하다는 「방심」, 조기에 섬멸하지 못하면 자신의 입장이 위태로워진다는 「조바심」, 병력과 장비로 압도한다고 자신하는 「교만함」. 이렇듯 세 가지 허물이 그롤의 판단력을 흐리게 했고 둔해지도록 만들었다. 저것이 치명적인 요소로 작용하게 될지는 아직은 알 수 없다.

"이토록 큰 규모의 군사 행동에 참가하는 것은 나도 처음이다. 가슴이 저절로 두근거리는군."

"에이, 그냥 감기 걸린 거 아니야? 혹시 열 나지는 않고?"

"……안경을 쓰지도 않았건만 말을 험하게 하는군. 어쩌면 이게 네 본성인가?"

"아니야. 전에 친구한테 들은 이야기인데 인간은 무척 복잡한 생물이랬거든. 그러니까 하나의 면만 보고 헤아릴 수는 없는 거야."

"흠?"

"세상에는 사람을 잔뜩 죽이는 선인도 있고 사람을 잔뜩 구하는 악인도 있어. 인간도 태양과 마찬가지라서 여러 모습을 갖고 있대. 다각적으로 보지 않으면 진짜 형태를 알아볼 수가 없는 거지."

철학자처럼 말을 늘어놓는 노엘. 의미심장한 말 같기도 하고 역시 좀 아닌 것 같기도 하다. 신시아는 고개를 가로저었다.

"미안하지만 전혀 의미를 모르겠군."

"안경을 쓰든 안 쓰든 나는 내가 맞다는 뜻이야. 아, 왠지 멋진 말을 들었다는 느낌이 들지 않아?"

"네 말을 진지하게 들은 내가 바보였다. 자, 너는 얌전히 나팔이나 불어라. 가능한 한 조용하게 말이다."

신시아가 나팔을 노엘의 입에 억지로 집어넣었다. 노엘은 저항하지 않고 가만히 받아서 문 다음 뿌웅~ 무의미한 소리를 불어 울렸다.

"……이러한 병력과 진용을 갖춘 이상 우리는 확실하게 승리한다. 반란을 한시라도 빨리 제압하고 코임브라에 평온을 되찾아야 할 테지."

『뿌웅~』

"시끄럽다."

대열을 짠 부대가 지휘관의 명령에 따라 반전하여 성을 떠나서 출발한다. 코임브라의 군기, 천칭 문장을 자랑스럽게 내걸고. 신시아 부대가 출발할 차례는 아직 한참 멀었다.

성을 나서 곧장 거주 지역을 지난 뒤 가도에 진입하여 반란군을 요격할 예정이었다. 병력의 우위를 활용하기 위해 그롤은 학익진을 전개하겠다고 선언했다. 좌익과 우익으로 적을 포위하고 곧장 섬멸하겠다는 것. 적은 군율이나 병법과 인연이 없는 인간이 전부이다. 게다가 숫자로 열세이기에 적절한 대처는 어림없었다.

신시아는 승리를 확신하고 힘 있게 고개를 끄덕거렸다.

"와아, 벌써 다 이겼다고 얼굴이 아주 자신만만하네. 응응, 막 히죽거리는걸. 지금 제가요, 완전히 방심하고 있답니다, 라는 느낌이 팍팍 들어."

콕콕 노엘이 뺨을 찌르자 신시아는 손을 흔들며 허둥지둥 부정했다.

"그, 그렇지 않다. 마침 마음을 다잡으려던 참이다! 방심했다가는 뜻밖에도 낭패를 당할 수 있으니까 말이지!"

"흐음. 여유로운 척 꾸미고 사실은 잔뜩 긴장한 거네. 맞지? 몸이 살짝살짝 떨리고 있고."

"바, 바보 같은 소리는 지버치워랴!"

혀를 세차게 깨물어버린 신시아. 얼굴을 찡그리고 필사적으로 통증을 견디고 있는 모습이다. 노엘은 정말 괜찮은가 싶어서 쓴웃음을 지었다.

후방을 둘러보면 밀트와 다른 마을 청년들이 딱딱하게 굳는 표정으로 입가를 딱 한일자로 다물고 못 박혀 있었다. 신시아 부대의 고참 병사들도 마찬가지다. 그들도 어떤 의미에서는 첫 출진이나 매한가지였기에 별수 없겠다.

노엘은 문득 하늘을 올려다봤다. 태양의 형태가 온통 구름에 가려졌다. 별로 달갑지 않은 느낌이었다. 노엘은 살짝 낙담했다.

"뭐, 살아 있으면 어떻게든 될 거야. 그러면 나는 몇 번이든 싸울 수 있고. 마지막에는 내가 이기는 거지."

노엘은 중얼거렸다. 요는 오셀로 게임과 마찬가지였다. 전투에서 몇 번인가 패배를 겪을지라도 단지 엎치락뒤치락에 불과하다. 마지막에 뒤집어엎으면 된다. 게브가 가르쳐줬던 행복해지기 위한 방법, 「끊임없는 승리」란 그런 뜻이라고 받아들였다. 과정이 어떻든 간에 마지막 순간을 웃음과 함께 맞이하면 되는 것이다. 즉 노엘에게 패배란 꿈을 못다 이루고 전사하거나 진퇴양난에 빠져 항복하는 두 가지 경우뿐이었다. 적에게 항복한다는 것은 말도 되지 않으니까 단지 죽음을 모면하면 된다.

"그러니까 말이야. 좀 더 가슴을 펴고 여유를 가지는 게 어떨까요? 신시아 백인장."

"무, 물론이다. 그러나 병사의 목숨을 책임지는 입장인 이상 결코 쓸데없이 여유를 부릴 수는 없다!"

"그렇구나. 그럼 어쩔 수 없겠네. 포기해야겠어."

조금 더 놀려볼까 하다가 노엘은 그만뒀다. 도를 넘었다가는 철권이 날아들 테니까. 왠지 졸음이 몰려들기에 입을 크게 벌리고 숨을 쏟아 냈다.

"전투를 앞두고도 하품 한번 거창하게 하는군. 바보 멍청이인지 거물인지 판단을 내릴 수가 없구나."

"혹시 거물이면 어떻게 될까?"

"글쎄다, 언젠가는 어엿한 장군이 돼서 나를 거느리고 전투에 임한다는 것은 어떤가? 백승 장군을 자처하고 싶다 했었지?"

신시아가 짓궂게 웃자 노엘은 순순히 고개를 끄덕였다.

"그럼 나는 더 높은 자리, 대장군이 돼볼래. 평범한 장군보다 더 강하기도 하고, 대단하기도 하고."

"대, 대장군 노엘? ……황당한 농담으로 들릴 뿐이니까 두 번 다시 말하지 마라. 갑자기 현기증이 나려고 하지 않은가."

"처음에 말 꺼낸 사람은 신시아잖아. ……아차, 신시아 님이잖아."

허물없이 이름을 불렀다가 시선으로 타박을 받았다.

"그래, 님을 붙이도록. 다른 사관이 신경 쓰니까 말이다. 자칫하면 철권제재를 당할 수도 있다."

이러니저러니 말을 주고받던 사이에 신시아 부대의 출발 시간이 왔다.

말을 데리고 온 병사에게 고삐를 넘겨받고 휙 올라타는 신시아. 기승(騎乘)은 백인장부터 허용된다. 손에 장창을 들고 온몸은 묵직한 철 갑옷으로 둘러 놓았다. 투구의 바이저를 전부 내리면 여자라는 사실마저도 알아볼 수 없었다.

"신시아 부대, 출발하겠다! 모두 나를 따르라!"

『예!』

신시아가 선두에 서서 천천히 말을 몰아간다. 거기에 맞춰서 노엘 부대는 출발 나팔을 불고 북을 두드렸다. 연습의 성과가 있어 이번에는 딱히 불평이 쏟아지지 않았다.

창을 치켜든 병사들이 신시아를 따라서 걸어 나아간다. 보조를 맞춰서, 대열을 흐트러뜨리지 않고.

노엘은 이지창을 들어 올린 채 밀트와 마을 청년들을 이끌고 걸음을 내디뎠다. 장비는 군복 위에 철제 흉갑과 투구를 걸친 것이 전부. 지급받은 갑옷은 두께도 얇은 주제에 움직임을 방해해서 마음에 들지 않았다. 여차할 때 걸리적거리면 아무 의미도 없다.

신시아는 별로 달가워하지 않았으나 전선에 서지 않는다는 이유로 딱히 타박을 놓지도 않았다.

'나한테도 이번 전투가 첫 출진이 되는 셈이네. 그곳에서 공부한 게 과연 쓸모가 있는지 분명하게 확인해야지.'

노엘은 소중한 친구의 얼굴 다음에 선생들의 얼굴을 떠올리고 말았다. 아름다운 추억을 거뭇하게 흐려 놓는다.

이 자리에 있었다면 머리부터 꿰뚫어줬을 텐데. 노엘은 진심으로 유감스러웠다. 그놈들은 틀림없는 적이었으니까.

"응, 열심히 하자. 이번 전투가 노엘 부대의 첫 출진이야!"

"예!"

노엘이 웃어 보이자 밀트를 제외하고 마을 젊은이들은 팔을 들어 올리면서 호응했다.

CHAPTER 11 깨져 나가는 붉은 륜

리베리카 대륙의 역사가 최초로 맞이하였던 격동기는 틀림없이 「통일 전쟁」의 시대이다. 대륙을 화려하게 제패해 보였던 태양제 베르기스의 수완은 각 지역의 지배 형태, 문화를 크게 바꿔 놓았다고 말할 수 있겠다. 통일이 이루어진 이후의 100년간은 극히 안정된 시대를 맞이하게 된다. 백성들은 변함없이 과중한 세금에 불만을 품을지언정 폭발할 지경에 이르지는 않았다.

민심이 안정되면 문화는 발전하는 법이다. 태양제 베르기스의 주도로 시작됐던 문도노보 대륙 및 남방 제도와의 무역은 비단 경제 교류에서 그치지 않고 다양한 기술이며 뛰어난 지식을 온 대륙에 가져다줄 수 있었다.

위대한 베르기스의 뒤를 이었던 2대, 그리고 3대이자 현 황제 베프남 또한 건실한 정치를 펼쳐 제국의 기반을 착실하게 다져 나갔다. 사람들은 언제까지고 이 안녕한 시간이 이어지리라고 믿어 의심치 않았다.

그러나 그 기대는 속절없이 배반당하게 된다. 대륙에 찾아든 두 번째 격동의 시기, 지옥이라 부른다 해도 모자람이 없는 최악의 시대. 이른바 「태양 전쟁」이 발발했음이다. 그때 계기가 된 사건은 코임브라 주에서 일어났던 적륜군의 반란, 카난 가도의 전투였다. 역사에 「만약」은 없겠으나 반란이 일어나지 않았더라면 평온한 시대는 이제껏 지속되었을지도 모른다.

어찌하여 평온은 끝을 맞이했을까. 정치 수완에 부족함이 있었던 그롤의 책임인가. 야심에 가득 찬 아밀의 책임인가. 혹은 황자들의 경쟁을 부채질하고 방치했던 3대 황제 베프남이야말로 원흉인가.

아니, 책임이 오직 그들에게 있지는 않겠다. 그들의 대결을 이용하여 더욱 드높이 올라서려고 했던 유력자들이 있었다. 시대의 형세에 복종했던 병사들이 있었다. 제 운명을 한탄할 줄만 아는 백성들이 있었다. 그들에게는 진정 한 조각의 죄도 없는 것일까? 누가 잘못했는가, 누구도 잘못하지 않았는가. 이 물음에 답할 수 있는 것은 천상에서 우리를 쭉 비춰주고 계시는 위대한 「태양신」뿐이리라. 단 한 가지 말할 수 있는 것은 태양 전쟁 발발 후 전란에서 목숨을 잃은 자는 수십만을 가볍게 넘는다는 사실뿐이다.

그 격동의 시대에 갑작스럽게 두 명의 젊은이가 나타났다. 코임브라 군 노엘 보스하이트. 바하르 군 파리드 아라인. 태양의 깃발을 내건 위대한 제국이 만들어 내고 말았던 괴물들. 태양 전쟁에서 두각을 나타낸 뒤에 혼돈의 도가니로 화한 대륙을 질주했던 두 명의 인물. 그들을 어떻게 평가하느냐는 지금도 의견이 분분하다. 위대한 영웅인가, 혹은 무도한 학살자인가. 시점을 옮긴다면 어느 쪽에도 맞아떨어지게 된다.

난세의 막을 올렸던 카난 가도의 전투. 훗날 새벽의 장군, 악귀라고 두려움을 샀던 두 인물이 처음으로 역사의 전면에 나타났던 전투다.

—『태양 전쟁사』발췌.

그롤이 지휘하는 코임브라 군은 다가오는 반란군을 요격하기 위해서 카난 가도를 따라 북상 중이었다. 주도와 연결돼 있는 카난 가도는 대부분이 전망 좋은 평야 지대이고, 동쪽은 완만한 구릉 지대가 형성돼 있다. 험준한 산악 지대는 도시 록벨을 지난 다음부터 뻗어 나간다.

척후의 보고에 따르면 반란군은 대열을 정돈하지도 않고 제각각 내키는 대로 진군하는 중이라 했다. 거듭된 약탈로 피 맛을 보고 기세가 바짝 오른 데다가 살기도 등등했다던가. 그롤은 무뢰배들에게 항복 권고 따위는 아예 가당치도 않다고 노기가 충천하여 잘라 말했다.

"역시 전장이 될 곳은 가도의 중간쯤, 이 주변이지 싶습니다. 인원수와 장비는 저희가 우위에 있는 만큼 지금은 서두르지 말고 차분하게 공격을 펼치는 것이 어떨는지요. 그리한다면 별다른 손해 없이 저희가 승리를 거머쥘 수 있을 것입니다."

탁상에 펼쳐 놓은 지도를 바라보면서 윌름이 제언했다. 적은 장비도 변변히 못 갖춘 데다가 제대로 훈련을 받은 적도 없는 인원이 대부분이다. 포위하여 철저한 화살 공격으로 몰아세우기만 해도 승리는 저절로 굴러들어 오리라. 윌름은 내심 그롤로 하여금 더한 실책을 범하도록 꾀고 싶었으나 주도 마들레스까지 반란군의 손에 농락당하도록 내어 줄 마음은 없었다.

'반란군을 이끄는 자는 리스티히인가 하는 장수였던가. 공을 쌓겠다고 안달이 나서 마들레스까지 제 수중에 넣으려고 드는 속셈일 터이나 아무러면 그런 짓마저 두고 볼 수는 없다. 아밀 님에게 줄을 대고 있을지언정 나는 코임브라의 사람일지니.'

"너무나 늘어지는 전법 아닌가! 당초의 예정대로 학익진을 펼쳐 포위한 뒤 단박에 몰아쳐서 저 벌레 놈들을 박살 내겠다! 바하르의 기만에 넘어갔다 하여도 동포를 살육하는 작당은 결코 용서할 수 없다!"

"그러나 불필요하게 강공에 나서 병사를 소모시킬 필요도 없지 않겠습니까."

"이러한 비상사태에 대비하기 위하여 병사를 선발하고 훈련을 거듭한 것이 아니겠느냐. 지금 피를 흘리지 않는다면 대체 언제가 돼야 흘리겠다는 말인가!"

그롤이 얼굴을 붉게 물들이고 부르짖었다. 결국 코임브라 북부 방면에 발령했던 소집은 진척이 썩 원만하지 않았던 터라 남부를 중심으로 하여 병력을 구성하게 되었다. 총수는 8천 명. 전 병력으로 철두철미하게 압살하려고 했음에도 뜻대로 일이 풀리지 않아 안달복달하는 모습이었다.

"……그러면 단기간에 결판을 내는 방침으로 변경은 없다 받아들여도 되올는지요?"

"그렇다. 윌름, 자네는 중앙에서 대기하다가 승기를 포착한 순간

한꺼번에 병력을 전진시키도록 하라. 자네의 공격을 신호 삼아서 전 부대를 돌격시키겠다. 후퇴는 결코 허락되지 않음을 명심하라!"

"넷, 맡겨주십시오."

윌름은 경례한 뒤 천막에서 나왔다. 바깥에서 대기하고 있던 아들 로이에와 딸 리그렛이 가까이 다가왔다. 둘 모두 코임브라의 군인으로 젊은 나이에 적당히 높은 지위를 획득했다. 윌름은 특히 로이에에게 관심을 갖고 장래를 기대했다. 문무에 두루 뛰어날뿐더러 병사들의 신뢰도 두텁다. 장수에게 필요한 소질을 모두 갖추고 있었다. 이제 경험을 더 쌓으면 자신의 후계자로 삼기에 무엇 하나 모자란 점이 없을 것이다.

반면에 리그렛에게는 혹시 정략결혼의 도구로 쓸 수 있다면 족하다는 마음뿐이었다. 로이에와 달리 무인의 재능을 전혀 찾아볼 수 없었다. 어린 시절부터 병약했을뿐더러 얼굴은 몹시 해쓱하다. 언제나 안경을 착용해야 하며 검 한 자루도 제대로 거머쥐지 못하는 나약함이란. 그란블 가문의 이름이 아니었다면 군대에 적을 두지도 못했으리라. 친우가 죽고 남긴 신시아가 차라리 친딸이었기를 몇 번을 바랐었던가.

무엇보다도 리그렛의 음침한 성격, 시선, 표정은 피붙이인데도 몹시 신경에 거슬렸다. 음습한 모략가이기도 한 자신의 일면을 고스란히 구현해 놓은 듯한 존재였다. 지저분한 부분을 똑바로 마주 보는 기분이 들어 시야에 들어오기만 해도 짜증이 솟구친다. 분명하게 말해서 딸이 아니었다면 틀림없이 배제했다.

"아버님, 군사 회의는 어떠셨습니까?"

"로이에인가. 역시 태수는 단기 결전에 나설 작정이다. 방침에 변경은 없군."

"저는 도저히 이해가 안 되는군요. 포위만 하고 있어도 승리하는 전투가 아닙니까. 불필요한 소모를 감당할 필요는 없지 싶습니다만."

로이에의 말에 윌름도 연신 고개를 끄덕거렸다.

"네 말이 옳다. 다만 태수에게도 위신이 있지 않느냐. 도적 상대로 몸을 사렸다가 세간에 악평이 퍼지는 것을 진심으로 두려워하더구나."

"호락호락 반란을 허용해 놓고 이제 와서 무슨 악평을 신경 쓰겠답니까? 뭐든 더 이상은 잃어버릴 것도 없을 텐데요."

로이에가 피식 웃었다. 그롤을 실각시키기 위한 방침에 대해서는 로이에에게 이미 설명을 마쳤다.

"네 말이 전적으로 옳구나. 다만 전투가 벌어지고도 방심하면 목숨을 잃게 된다. 절대로 긴장을 풀지 마라. 이따위 시시한 전투에서 죽는 것은 용납 못 한다."

"넷, 명심하겠습니다."

"……분부대로 따르겠습니다."

로이에에 이어서 조금 전부터 입을 다물고 있던 리그렛도 경례했다.

"리그렛, 너에게 한 말이 아니다."

"……무슨 뜻으로 하신 말씀인지요?"

"몰라서 묻느냐? 너의 생사 따위야 어찌 되든 전혀 관심이 없다는 뜻이다. 가끔은 그란블이라는 성씨에 부끄럽지 않은 용맹을 발휘해 봐라. 여자일지언정 네 녀석도 명색이 무인이지 않느냐. 조금이라

도 신시아 백인장을 본받으라는 말이다."

월름이 코웃음을 치자 리그렛은 얼굴을 찡그렸다. 저 반응이 더한 짜증을 불러일으키는 결과가 된다. 이 계집은 불평불만을 곧장 얼굴에 드러내고는 했다. 심한 경우에는 대놓고 쯧쯧 혀를 찬다. 그러한 행동이 월름을 진심으로 불쾌하게 만들었다. 로이에가 무인답게 양(陽)의 기질을 갖고 있는 데 반해 리그렛은 음(陰)의 성질. 이러고도 진정 피가 이어진 남매인가 월름은 진심으로 고민한 적도 있었다.

"……알겠습니다. 명령이시라면 제가 선진을 맡아 전투에 임하겠습니다."

"못할 장담을 입에 담는 짓은 그만둬라. 검 한 자루도 제대로 쓸 줄 모르는 인간이 전선에 나가 봤자 개죽음을 당할 뿐이다. 너는 궁병 부대를 이끌고 원호하는 시늉이나 내거라. 그란블 가문의 이름에 먹칠을 하는 짓만큼은 삼가도록. 그때는 피붙이일지라도 베어버리겠다."

"……."

"뭐냐. 무언가 하고 싶은 말이라고 있는 게냐?"

"……아닙니다, 잘 알겠습니다."

리그렛은 고개를 끄덕거리면서도 입가가 실룩실룩 경련한다. 아마 「그러면 처음부터 쓸데없는 소리를 하지 말라고」 따위의 생각을 하고 있지 않을까. 온 힘을 실어 따귀를 날리고 싶은 충동을 꾹 견디면서 월름은 화제를 전환했다.

"그나저나 내가 지시했던 건은 차질 없도록 수배해 놓았을 테지?"

"……아버님의 명령대로 수행했습니다. 사라 님을 비롯하여 누구에게도 의혹을 사지 않았습니다."

"흠, 그러면 됐다."

"그 의사는—."

"네가 알 필요는 없다. 불필요하게 머리 굴리지 마라. 얌전하게 내 지시를 따르기나 해라."

윌름은 로이에를 데리고 곧장 자신의 부대 방면으로 걸음을 옮겼다. 리그렛은 분한 기색으로 제자리에 가만히 못 박혀 있었다. 더 이상 말을 나눴다가는 정말로 손찌검을 할 듯싶었기에 어서 시야 바깥으로 내보내고자 마음먹었다.

리그렛에게 수배를 지시한 사안이란 부상당한 그롤의 아내 사라에게 윌름의 입김이 닿은 의사를 붙여 놓으라는 것. 정보 수집은 물론 만일의 경우 강경 수단을 사용할 수도 있겠다. 추후 형세가 어찌 될는지 알 수는 없으나 포석은 미리 놓아두는 것이 현명했다.

"아버님. 도적들은 정말 아무런 작전도 없이 쳐들어오는 겁니까? 병력의 수로 뒤진다는 것은 놈들도 잘 알고 있을 텐데요."

"당연히 알고 있겠지."

"그렇다면 놈들이 취할 수 있는 계책은 하나입니다. 만약에 대비하여 부근을 조사하도록 조치했습니다. 이쪽을 살펴봐주십시오."

"……어디, 보자꾸나."

로이에의 지도를 집어 들여다보면서 자신이 적장 리스티히라면 어떻게 할까 고찰한다. 지휘하에 있는 인원은 타국의 민간인이기에 전력으로 헤아릴 만한 자원이 아니었다. 제 몫을 해줄 병력은 바하르에서 데리고 온 병사와 용병 몇몇이 고작일 테지. 소수의 직할 부대로 열세를 어떻게 뒤집어엎을 수 있을까. 세력 형성을 시도해 봤자 반란군에 가담할 군인이나 영주는 결코 없었다.

"건곤일척의 기습밖에 없겠군. 태수를 척살하면 지휘 계통이 크게 흐트러질 테고, 그때 총공격에 나서면 패주를 강요할 수 있다. 분명히 도박이기는 하나 시도할 가치는 충분하겠구나. 지금의 우리 군에는 슬플 지경으로 효과적일 게야."

윌름은 조소를 담아 내뱉었다.

"저희가 지구전을 선택하지 않으리라고 적장 리스티히도 알고 있을 겁니다. 그토록 태수의 천성을 꿰뚫어 보고 있다면 반드시 기습을 펼치겠지요. 결과는 저희가 어떻게 대응하느냐에 따라 달라지겠습니다."

로이에가 말끝을 흐리더니 대답을 요구하는 시선으로 윌름을 바라본다.

전면에 등장하는 반란군은 민간인을 주체로 하는 부대. 숫자로 보면 주력임에도 실은 미끼와 다름없겠다. 반란군은 곧장 열세에 몰릴 테지. 그롤은 전면 공격의 명령을 내린 뒤 양쪽 날개, 나아가서는 중앙 부대도 돌격을 개시하겠군.

윌름은 동쪽으로 뻗어 나가는 구릉을 올려다봤다. 저 지점이라면 가도를 한눈에 내다볼 수 있으리라. 저곳에 소수의 정예병을 잠복시켜 둔다면?

"……이 이야기는 누구에게도 발설하지 마라. 알겠나? 로이에."

"물론입니다."

"흠."

윌름은 지도를 접어 품에 넣었다. 한 번의 패전이라면 재정비가 가능할 테지. 자신의 부대가 건재하다면 어떻게든 수습이 된다. 당초의 예정과 조금 달라졌으나 결과가 똑같다면 아무래도 좋지 않겠는가.

리스티히는 그롤의 목뿐 아니라 주도 함락도 노리는 듯싶다만, 그것만큼은 절대로 용납할 수 없었다. 그롤을 배제하는 데서 만족을 못 하겠다면 윌름이 병력을 재편하여 괴멸시킬 뿐이다. 상대도 피해 없이 작전을 끝내지는 못할 테니까 충분히 가능했다. 무능한 놈이 사라지는 만큼 오히려 더 수월해지겠다.

'목숨까지 빼앗을 필요는 없다 여겼거늘. 태수, 당신은 실로 운이 없으시군. 그러나 전부 자업자득이오. 응보는 마땅히 받아들여야지. 코임브라의 미래는 우리에게 맡겨주시오.'

카난 가도의 평야 지대. 구름 한 점 없는 푸른 하늘 아래에서 반란군의 선공으로 전투가 개시됐다.

대열도 짓지 않고 횡으로 퍼져 나가는 반란군은 자연히 중앙이 돌출되는 포진을 형성했다. 코임브라 군은 예정대로 두 날개를 전개하여 요격. 초반은 반란군도 기세등등하여 몰아붙였으나 이렇다 할 저항이 없었던 록벨과 달리 상황은 만만하지 않았다. 유린전밖에 경험이 없었던 터라 단번에 쳐서 무너뜨리지 못했을 경우 허망하게 힘이 빠져버린다. 느린 속도이기는 하나 장비와 인원수로 우위에 있는 코임브라 군에게 조금씩 밀려 나갔다.

우익의 후방 부대에 배치된 신시아는 망원경으로 전황을 확인했다. 서열을 따져 신참에 위치하는 신시아는 최전선을 희망하였으나 승인을 받지 못했고 최후미에서 대기하라는 명령이 떨어지고 말았다. 첫 출전에 가까운 이번 전투에서 어찌해서든 공을 쌓겠다고 단단히 마음을 다지고 있었지만, 뜻을 이룰 기회는 얻지 못할 듯싶었다.

"끙. 이대로 가면 아무 전공도 못 세우고 전투가 끝나버리겠군. 대체 어쩌다가 이렇게 됐나."

말 위에 앉아 있던 신시아가 침음하면서 팔짱을 꼈다. 분명히 말해서 이미 전투의 향방은 훤히 내다보였다. 전면의 적은 이미 기가 꺾였다. 한 번만 더 몰아치면 허겁지겁 패주할 분위기였다. 중앙에서 대기하고 있는 월름의 본대가 공격을 개시한다면 두 날개도 돌격을 개시한다. 물론 신시아도 함께 공세에 나서겠지만, 위치가 너무 후방인지라 분명히 접근 이전에 전투가 끝나버린다. 본심을 말하자면 전과 한둘을 바라는 마음이 아주 없지는 않았다.

'이리된 이상 새치기라도 하여 부대를 조금 전진시켜야 하나. 다소의 이동 정도는 질책을 받지 않을 터이다.'

명령 위반은 중죄에 해당하나 공을 세우면 책임을 묻지 않는다는 불문율은 어느 주에도 존재한다. 전기에 남아 있는 위인 중에도 명령 위반을 저질러서 큰 공을 세운 인물은 많았다. 다소의 위험을 무릅쓰지 않는 한 젊은이가 공을 세우기는 어려웠다.

"좋아."

신시아는 입술을 꽉 깨물고 검을 잡아 쥐었다. 그리고 각오를 다진 뒤 명령을 내리려고 한 순간, 망토를 붙잡혀서 말 아래로 끌려 내려갔다.

"끄흑."

지면에 등을 부닥치고 말았다. 갑옷을 입고 있었기에 부상은 당하지 않았으나 그만큼 충격이 컸다. 일굴을 한 차례 찌푸린 다음에는 분노가 부글부글 끓어올랐다. 급히 일어서서 무례를 범한 인간에게 일갈했다.

"도대체 무슨 짓이냐!!"

"지금 명령 위반하고 뛰쳐나가려고 했지? 위치가 이래서는 공적을 못 세울 테니까. 또 얼굴에 다 나왔거든~."

"바, 바, 바바바, 바보 같은 소리를."

"어라라, 왜 이렇게 동요하는 걸까? 혹시 정곡이었어?"

"……으흠, 허무맹랑한 말은 하지 말도록! 내가 명령을 위반하다니 말도 안 된다! 그보다 너는 자신이 무슨 짓을 했는지 알고는 있는 것인가!"

신시아를 끌어 내렸던 장본인, 천연덕스러운 표정을 짓는 노엘의 멱살을 추켜잡았다. 계급, 지휘관으로서 지켜야 하는 체면이 있다. 개인 대 개인의 상황이라면 또 몰라도 지금은 가만 넘어갈 수 없었다. 필히 처벌을 내려야 했다.

"신시아 대장, 철권은 잠시만 더 기다려주세요. 있잖아, 이왕 명령 위반으로 뭘 하려면 더 큰 공을 세우자. 그래야 더 재미있고 다들 깜짝 놀랄 테니까."

노엘은 가방에서 진형도를 꺼내더니 의기양양하게 들이밀었다. 대단히 중요한 정보인지라 심지어 신시아도 갖고 있지 않은 문서였다. 십인장에 불과한 노엘이 어디에서 입수했는가 모르겠다. 이야기만큼은 일단 들어봐야겠다는 생각에 힘을 풀고 노엘을 놓아주었다.

“이런 문서를 대체 어디에서 구한 거냐.”

“헤헤, 아까 내가 직접 그렸어. 실물로 하는 게 처음이기는 한데 제법 잘 만들었지? 지휘관 이름을 다 알지는 못하고 궁금하지도 않으니까 그쪽은 대충 때웠지만.”

진형도에는 낯익은 이름 말고도 바둑이 부대, 야옹이 부대 등등 누가 봐도 적당히 붙여 놓은 이름이 기재돼 있다. 도무지 안 믿긴다만 아마도 노엘이 그린 지도임이 분명하다.

노엘은 한쪽 눈을 감고 의기양양하게 엄지손가락을 세워 보인 뒤 다시 설명을 이어 나갔다. 긴장감이라고는 한 조각도 찾아볼 수가 없는 모습이었다.

“우리 위치는 여기 우익의 후방이고 적의 본대가 여기야. 그리고 결판을 내기 위해서 월름 장군의 본대가 이제 곧 전진하겠지? 그러니까 신시아 대장도 대공세에 한몫 끼고 싶어서 부대를 이동시키려고 했던 거지. 여기에 있어 봤자 적의 본대를 못 만나니까.”

“……으, 으음. 뭐, 그게, 얼마간 비슷하기는 하군. 아니, 그게 아니라. 끙, 뭐, 지나간 일을 들출 필요는 없지 않나.”

정곡을 찔린 신시아가 우물거렸다. 새치기를 해서 전방에 나서려고 했다고 차마 인정할 수가 없었다.

“자~ 여기에서 문제입니다. 어째서 적은 아무 작전도 없이 정면으로 맞붙었을까요? 지금 시점에서 싸워 봤자 절대로 못 이길 텐데 말이야. 병력의 수도 장비도 아예 다르니까 원숭이도 알 수 있잖아.”

“이길 수 없음을 안다 하여도 전진해야 할 때가 있는 법이다. 저들의 입장으로 보면 지금이 바로 그때일 테지.”

열세일지라도 물러나서는 안 되는 상황이 있다. 설령 반란군이 10만의 대군이었다 해도 신시아는 최후의 순간까지 코임브라를 위해 싸운다. 어쩌면 적도 마찬가지이겠다.

“신시아다운 기특한 의견이네. 그래도 사람들이 다 기특하지는 않아. 세상에는 상대의 약점을 잡아 찌르려고 하는 사람이 많으니까.”

어떤 행동이든 의도가 있다. 노엘은 그렇게 말한 뒤 어느 지점을 가리켰다. 일전에 노엘 부대가 반란군과 마주쳤다는 구릉이 위치하는 지점이었다.

“……그 장소가 어쨌다는 거지?”

“응. 전에 프레서랑 크래프트랑, 그러니까 적의 척후와 만난 곳이거든. 왜 여기를 기웃거렸을까 신경 쓰여서 곰곰이 고민해봤어. 마을은 습격 안 했으니까 아마 예비 조사가 목적이었겠지? 이제 곧 개시할 진짜 작전을 위해.”

“이제 곧 개시할 진짜 작전은 또 무슨 소리인가. 에잇, 뭐 이리 말을 돌리나! 알겠으니까 어서 결론부터 말해라!”

뜸 들이지 말고 빨리 대답을 내놓으라고 노엘을 채근한다.

“태수님이랑 윌름 장군이 알아차렸을지 잘은 모르겠는데 전군이 돌격하는 동시에 이 주변에서 우리 본진으로 적이 막 쏟아져 들어오지 않을까? 그렇게 되면 아마 못 막을걸.”

“뭐, 뭐라고?”

“나라면 꼭 기습할 거야. 깊숙이 파고들어서 태수의 목을 치면 다들 동요할 테고. 소수 병력으로 승리를 거두고 싶다면 당연히 태수님을 제일 먼저 노려야겠지?"

노엘은 허리에 달아 놓았던 단도로 진형도의 본진을 푹 찔렀다. 단도는 그롤이 있는 본진에 깊숙이 박혀 들어갔다.

"그, 그러나, 지나치게 비관하는 것이 아닌가? 적이 별동대를 편성할 만큼 여유로울 리가 없잖나."

적일지언정 결국은 오합지졸 도적 떼에 불과하다. 책략을 구사할 줄 아는 인재가 과연 있기는 하겠는가. 만에 하나를 대비하고자 척후를 보내는 방법은 있겠으나 돌아오기 전에 이미 대공세가 시작될 것이다.

"그렇구나. 응, 그럴 수도. 그러면 내가 지나치게 비관했다고 치고 넘어가자."

깨끗이 수긍하고 진형도를 집어넣으려고 하는 노엘. 홀로 갈등하다가 맥이 쑥 빠진 신시아는 이야기를 더 진행시키라면서 불평을 제기했다.

"이봐, 말을 꺼낸 본인이 이리 간단히 물러서면 어쩌자는 거냐. ……으음, 만약 그 흉행을 저지하려면 어떻게 하는 것이 좋겠나?"

"그게 말이야, 부대를 움직여서 구릉 아래의 수풀에 숨겨 놓으면 돼. 적절한 시기에 적의 옆구리를 찌르면 기습의 기세를 죽일 수 있으니까. 그다음은 원군을 기다리기만 해도 본진은 무사할 거야."

"……."

"결정은 신시아 대장한테 맡길게. 나는 어느 쪽이든 좋아."

꺼내고 싶은 말은 다 했다는 듯이 노엘은 하품하면서 두 팔을 하늘로 뻗었다. 온몸으로 햇빛을 쬐는 모습이 무척 기분 좋아 보였다.

'차근차근 돌이켜보면 노엘의 말도 일리가 있군. 다만 지나친 비관이었을 경우 나는 여지없이 명령 위반자가 된다.'

동쪽 구릉 방면으로 눈을 부라린다. 지금 시점에서는 적의 기척이 느껴지지 않았다. 그러나 전군이 돌격한 순간 모습을 드러낼 것 같기도 했다. 적장이 바하르의 인물인 이상 기병으로 치고 들어올 가능성이 높겠다. 습격이 벌어진 다음 되돌아온들 절대로 제때 도착하지 못할 것이다.

더 높은 계급의 천인장에게 보고하고 판단을 요청한들 분명 일축당하리라. 이미 돌격 태세를 갖춘 채 전의를 끌어올리고 있을 테니까.

"어떻게 하나, 어떻게 하나, 으으, 나는 어떻게 해야 하는가!"

"뭐야? 마음의 목소리가 바깥으로 새어 나오는 거야? 역시 신시아는 재미있구나."

"시끄럽다! 너도 고민 좀 해봐라!"

"오늘은 날씨가 참 맑아. 어느 쪽을 골라도 아마 죽지는 않을 거야. 응, 아마 어떻게든 될 거야. 걱정 마, 신시아 대장."

얼토당토않은 근거를 들어 의견을 제시한 뒤 노엘은 멋들어지게 경례했다.

카난 가도 동부의 구릉. 리스티히의 별동대는 말에 올라타서 잠복한 채 숨을 죽이고 있었다.

적과 정면으로 맞부딪치게 한 본대는 상정했던 대로 처참한 꼬락서니였다. 그럼에도 모두 다 계획의 일환. 조바심에 사로잡힌 그롤은 반드시 미끼를 물고 늘어지리라 예상했다. 그리고 월름이 복병을 간파하고도 일부러 못 알아차린 척을 한다는 사실까지도.

드높이 뿔피리 소리가 울려 퍼지고, 그다음은 북이며 종 치는 격한 소리가 이어졌다. 코임브라 군 중앙에 대기하고 있던 월름의 본대가 전면으로 나서는 순간이었다. 그 신호를 따라서 두 날개가 의기양양하게 돌격을 개시했다. 기세를 더한 코임브라 군을 잡병 따위가 감당하기란 그야말로 어림도 없다. 적륜군의 주검이 늘어나면서 일거에 열세로 몰렸다. 이제 머지않아 완전한 붕괴를 맞이하리라.

리스티히는 고개를 끄덕거렸다. 지금이야말로 최대의 승기라 판단했다.

"좋아, 우리의 책략은 들어맞았다! 봐라, 코임브라의 주력은 미끼에 정신이 나간 탓에 정작 본진은 허술하기 그지없구나! 어리석은 그롤을 처단하는 데 이보다 더 좋은 기회가 있겠느냐!!"

리스티히가 소리 높이자 기병들은 기세를 북돋았다. 적륜의 군기가 높이 올라간다. 지금은 단순한 상징에 불과하나 리스티히가 코임브라를 함락하면 새로운 주기(州旗)가 될 수도 있겠다. 그롤만 죽인다면 임무는 완료. 일단은 아밀에게 헌상했다가 다음 태수의 지위도 획득할 수 있지 않을까. 리스티히는 악정에 괴로워하는 백성들의 대변자이자 무능한 그롤을 처단하는 영웅이 되는 셈이다.

옆쪽에 있던 게브가 다박수염을 쓰다듬으면서 이를 드러내고 웃었다.

"이렇게까지 예측대로 흘러갈 줄은 몰랐습니다그려. 아마도 리스티히 대장님에게 운이 따르는가 봅니다."

"하하하, 천운은 틀림없이 우리에게 있다. 게브, 너도 전력을 다해라. 바하르에서 갈고닦은 기마술을 뼈저리게 느끼게 해주는 거다!"

"맡겨주십시오. 이봐. 프레서, 크래프트. 너희도 분발하라고. 그롤의 목을 치면 일등 수훈이다. 기사에 귀족도 꿈이 아니란 말이다!"

"넷, 알겠습니다!"

"내, 내가 귀족이 된다? 바, 반드시 적의 목을 잔뜩 잘라 오겠습니다!"

"좋은 대답이다, 이 녀석들아. 인간이 야망을 가질 줄 모르면 무슨 재미로 살아가겠냐!"

말을 몰아가는 데 고생하면서 대답하는 프레서와 크래프트. 두 사람은 게브의 부대에 편입되어 이렇듯 별동대로 합류했다.

둘은 자신들이 올바른 선택을 해서 다행이라고 진심으로 안도 중이었다. 까딱 잘못했다면 지금 궤멸당하고 있는 미끼 부대에 자신들 역시 포함됐을 테니까. 그리고 지금 맞이하게 된 다시없는 기회에 가슴 설레는 기분이었다. 그롤의 목을 벤다면 귀족도 꿈이 아니라잖은가. 인생이 완전히 달라진다.

프레서와 크래프트는 솟구치는 야심에 두근거리면서 숨을 멈추고 호령만 기다렸다.

"게브 부대가 진격을 개시하는 동시에 우리도 돌입한다! 목표는 적 본진, 코임브라 태수 그롤의 목이다! 다른 잡병에게는 눈길도 돌리지 마라!"

『예!!』

"적륜군 돌격, 승리는 우리에게 있다!!"

코임브라 군 본진. 망원경으로 전황을 바라보면서 그롤이 만족스럽게 고개를 끄덕끄덕했다.

두려울 만큼 순조롭게 진행 중이다. 양쪽 날개는 포위 섬멸을 위해 압력을 높이고 있고, 또한 중앙에서는 월름 부대가 전진을 개시한 참이었다. 드높이 울려 퍼지는 북과 피리 소리가 실로 흡족했다.

"반란군도 이제 끝이군. 우리의 위신도 아슬아슬하게나마 지킬 수 있게 되었어."

"넷, 사태를 수습한 다음은 바하르의 건을 엄중하게 추궁하시지요. 상황 증거만 갖고도 바하르 공을 충분히 견제할 수 있을 겁니다."

"당연하다. 아밀, 그 아첨꾼 같으니라고. 미사여구로 아버님의 환심을 사서 벌써부터 황제 행세를 하지 않는가! 이대로 가만 지켜볼 수는 없을지니!"

그롤이 검집을 땅바닥으로 세차게 내동댕이쳤다.

"리스티히를 무사히 사로잡는다면 주도권은 우리의 수중에 들어온다. 꼭 생포해주기를 바라고 싶군."

"예, 전선에 나간 장수분들도 그 점은 잘 알고 계시리라—."

그롤의 옆에 서 있던 문관의 말이 갑작스럽게 끊어졌다. 의아하게 여긴 그롤이 옆쪽을 바라본다. 문관은 목에 화살이 꽂혀서 선 채로 목숨이 끊어졌다. 힘없이 허물어지더니 몸을 실룩실룩 경련시켰다.

"무, 무슨 일이냐?!"

“도, 동쪽 방면에서 습격! 저희 본진을 목표로 적 기병대가 돌격 중입니다!!”

“바, 바보 같은. 서, 설마 그럴 리가 있겠느냐. 잘못 본 것이 아닌가?!”

“틀림없습니다! 반란군입니다!”

“전원, 수비를 단단히 하라! 태수님께 도적이 접근해서는 안 된다!”

근위병들이 즉시 대열을 갖춘 뒤 그롤의 주변을 지켰다. 모래 먼지를 피워 올리면서 달려 내려오는 무리는 적륜의 깃발을 내건 기병대. 손에 쥔 활로 쉬지 않고 화살을 날리고 있다. 숫자는 오백쯤 될까.

“마, 막아라. 어찌해서든 막아야 한다!!”

그롤이 명령함에도 이미 본진 동편의 수비병은 말발굽에 쓸려 나갔다. 거의 전 병력으로 공세에 나선 탓에 일시적으로 방비가 허술해진 탓이다. 반란군이 벼리고 벼린 흉창(凶槍)이 코임브라 군의 급소로 깊숙이 꽂혀 들고 말았다. 방심하여 방패를 내려놓고 있던 사람은 다름 아닌 그롤 본인이었다.

보병으로 구성된 방진은 무력하게 돌파당했고, 제2진이 방어에 나섰다. 이다음은 드디어 본진, 그롤의 주위를 지키고 있는 근위병이었다.

그롤은 부들대는 손을 움직여 검을 뽑아 든 뒤 근처에 대기 중이던 문관 페리우스에게 거친 목소리로 명령했다.

“윌름, 윌름을 복귀시켜라!! 시급히 본진으로 복귀하라고 봉화를 올리고 뿔피리로 신호를 보내도록!!”

“태수님, 그래서는 너무 늦습니다! 이미 월름 님의 부대는 최전선에서 적과 접촉했습니다! 이리된 이상 본진에서 몸을 피하는 것이 현명할 줄로 압니다!”

“다, 당찮은 소리! 반란군 상대로 본진을 두고 도망친다? 그야말로 웃음거리가 아닌가! 이 본진에는 나의 긍지를 상징하는 휘장기를 내걸었단 말이다!”

본진에는 그롤이 지휘하고 있는 증거로 천칭과 두 자루 검을 그려 넣은 깃발을 걸어 놓았다. 긍지의 상징인 만큼 적에게 유린당하는 일은 결단코 발생해서는 안 된다. 하물며 반란군이 상대라면 더더욱.

“태수님! 어떤 일을 도모하든 간에 목숨이 우선입니다! 고작 도적 상대로 목숨을 잃어버려서는 안 되십니다!”

억지로 끌고 나가려 드는 페리우스를 뿌리쳤다. 어찌 도망칠 수 있겠는가. 자신은 긍지 높은 코임브라의 태수이자 황제 베프남의 아들이거늘. 빛나는 영예를 더럽히는 짓은 절대로 용납되지 않는다.

“닥쳐라, 닥쳐라, 닥쳐라! 나는 절대로 물러나지 않는다!”

“태수님!”

저지하고자 팔을 붙잡아 말리는 페리우스를 뿌리치고 다시 노성을 질렀다.

“무슨 수를 쓰든 이곳에서 막아 내겠다! 전원 분발하라, 코임브라군의 저력을 놈들에게 철저히 알려주어라!”

그롤이 검을 내리 휘두르면서 고무했던 순간 최악의 흉보가 날아들었다.

“아룁니다! 동쪽 방면에서 적 기병의 제2파가 쇄도합니다! 협공을 받은 수비대는 괴멸, 마지막 방진이 돌파당했습니다!!"

그롤이 눈을 부릅뜨고 동쪽 방향으로 시선을 돌렸다. 새로운 적의 무리가 혼전 상태였던 수비대를 단숨에 타격한 뒤 본진으로 덮쳐들려고 하는 모습이었다.

망연자실하는 그롤을 대신하여 페리우스가 명령 내렸다.

"어찌해서든 태수님을 지켜야 한다! 시간을 끌면 전선에서 원군이 달려올 터!"

"태수님, 저희의 등 뒤로 물러나십시오! 목숨이 다할 때까지 지켜드리겠습니다!"

근위병이 최후의 방패가 되기 위해서 전면으로 나섰다. 적 기병의 기세가 무시무시하여 도저히 감당할 수 있을 것 같지 않았다. 목전까지 다가들었던 승리는 저 너머로 멀어졌고, 그 대신 죽음이 다가든다.

'이런 곳에서 내가, 바르데카 가문의 피를 잇는 내가 죽는단 말인가? 도적의 손에 피를 흘리고 꼴사납게 죽는 것이 나의 운명이라고?'

그롤은 허물어지려고 하는 육체를 주체하는 것만으로도 벅찰 지경이었다.

동쪽 구릉에서 단숨에 달려 내려왔던 기병대 제2파. 선행했던 제1파는 리스티히가 지휘를 맡았고, 용병 중에서도 실력자를 모아 놓은 제2파는 게브가 돌격 대장을 맡았다. 서슬이 퍼런 그들의 앞을 가로막는 자는 없었고, 총공격에 나선 우익 후방을 어려움 없이 통과하여 단박에 본진을 목표로 돌입했다. 시간 차를 두고 연이어졌던 기습은 코임브라 본진의 수비병을 완벽하게 농락할 수 있었다.

"죽어라! 졸병 놈들아!"

얼마 남지도 않은 수비병을 마상에서 창으로 꿰뚫어 죽인 게브는 곧바로 달려 나갔다. 제1파로 진격했던 인원과 합류하여 일거에 휘장기가 걸려 있는 장소로 돌진한다. 후방에는 리스티히가 대기 중이다. 여기까지는 두려울 만큼 순조로웠다.

수행으로 데리고 온 프레서가 활을 쏘았고 크래프트는 대검을 휘둘러서 적병을 쓸어버렸다.

"제법 잘들 하는군."

역시 쓸 만한 녀석들이었기에 게브는 고개를 주억거렸다. 단련시키면 괜찮은 전사로 탈바꿈하리라 기대했었다. 게브는 인간의 능력을 꿰뚫어 보는 재능을 갖고 있다. 따라서 누구를 따라가면 좋은가, 누구를 상대하면 안 되는가 판단할 줄을 안다. 그럼으로써 게브는 이제까지 살아남았고 끊임없이 승리를 거뒀다.

'노엘도 재미있는 녀석이었다만. 가만있자, 아직 살아 있기는 하려나.'

본진을 지키려고 하는 용감한 병사가 창을 겨누고 앞길을 막아선다. 장비가 다른 병사들과 달리 호사스러우니 아마도 근위병이겠지. 달리 말하자면 이들의 가장 뒤쪽에 서 있는 핼쑥한 얼굴의 남자가 태수 그롤이겠다. 저자의 목은 그야말로 천금의 값어치가 있었다.

제 성질에 못 이겨서 대부분의 병력을 공격에 보내 놓고도 정작 자신의 수비는 잊어버린 듯싶다. 총대장의 목은 비록 무능할지라도 가치가 높다. 척살하면 병사의 사기는 절로 떨어지기 때문이다. 심지어 태수의 지위에 있는 인물이니 더욱 치명적이다. 섣불리 전장에 나와 설쳐도 되는 존재가 아니었다. 그 사실을 모른다는 것은 역시 무능하다는 증거 되겠다. 게브는 득의의 미소를 지었다.

'무능한 놈이든 어쨌든 간에 저자의 목에 막대한 가치가 있다. 내 눈으로 보면 황금 덩어리나 마찬가지구나!'

부하에게 명하여 불을 지름으로써 더한 혼란을 부추겼다. 단걸음에 본진을 돌파하기 위해 장창을 마구 휘두르면서 자꾸 몰려드는 적병을 베어 냈다. 근위병이라 하여도 관계없다. 적은 기가 꺾인 반면에 이쪽은 그야말로 노도의 기세를 발휘하고 있으니까.

"죽여, 죽여라! 닥치는 대로 처죽여라! 이제 곧 그롤의 목을 칠 수 있다! 놈을 잡은 자에게는 포상을 원하는 대로 퍼부어주마!"

아무렇게나 접근하는 근위병을 노리고 창을 내찌른다. 묵직한 충격이 손에 전해졌다. 고작 잡병 따위에게 게브의 일격이 막혀버렸다.

"쳇, 졸병 주제에!"

열이 확 올라서 반사적으로 창을 끌어당겼다가 두 손으로 꽉 붙들고 말의 높이를 더해 내리찍었다. 또 틀어막히고 말았다. 바하르에서 갖은 수련을 쌓아 갈고닦은 게브의 강력한 창 공격이.

"빌어먹을, 내 창을 두 번이나 막아 냈겠다!! 네놈, 단순한 졸병이 아닌 게로군!"

게브는 무심코 잡병의 얼굴을 노려봤다. 코임브라의 병사가 일반적으로 착용하고 다니는 갑옷과 투구. 근위병의 장비가 아니었다. 그러나 이 잡병은 근위병보다 틀림없이 더 강하다. 투구 안쪽으로 붉은 머리카락이 엿보였다. 즐겁게 히죽히죽 웃고 있는 낯익은 얼굴.

"그 얼굴은, 노엘인가! 그래, 살아 있었군!!"

"응."

"배짱 한번 좋—."

그렇게 소리 지르고 다시금 창을 내리찍으려고 하던 때 복부로 격통이 치달았다. 어리둥절하여 그쪽을 내려다보니 두 갈래로 뻗은 창날이 장기를 쑤시고 있었다. 붉은 액체가 뚝뚝 흘러내렸다.

"거, 거짓말이다. 내, 내가, 고작, 일격에?"

방심은 전혀 하지 않았다고 자부한다. 노엘의 일격은 정녕 파격적으로 예리했다.

네드의 죽음이라는 단서를 접했으면서도 경계를 소홀히 하고 말았다. 그 시점에서 운이 다한 것이다. 내장이 뜯겨 나가는 감촉을 몸서리나도록 맛보면서 게브는 피를 내뿜었다.

뜨겁다. 타오르는 듯한 열기가 복부로 퍼져 나간다. 아니, 타오르는 듯이 아니라 실제로 타오르고 있었다. 복부가 이글거리는 붉은 빛에 감싸이는 한편 지방 타들어 가는 냄새가 코를 찌른다. 시야는 붉게 물들고 입에서는 귀에 거슬리는 휘익휘익, 소리가 제멋대로 새어 나왔다.

맨 처음 느꼈던 격통은 어느 틈에 희미해졌고 살점, 뼈, 내장, 뇌, 신체의 곳곳이 불타오르고 있음을 분명하게 깨달았다. 깨닫고 말았다.

"타, 타오른다? 하하, 이게 도대체 뭐냐. 어째서, 내 몸이, 불타는—."

"이유는 나도 잘 모르겠네. 불이 나오는 창이라니 정상이 아니잖아. 기적의 산물이라는 이야기는 들었는데 좀 수상쩍거든."

"하하하, 타오, 타오르는군. 나, 나의, 몸이, 몸이, 끄헉!!"

"있잖아, 이 창은 대체 뭘까? 내가 그쪽으로 갈 때까지 괜찮으면 고민 좀 해줄래? 물론 나도 고민해볼 테니까. 알았지?"

노엘의 물음에 대한 대답은 결국 돌아오지 않았다. 게브의 눈은 고열에 녹아 융해됐고, 입에서는 검붉은 액체가 끊임없이 흘러나온다.

승리한 노엘은 살아남았고 패배한 게브는 숨이 끊어졌다. 끊임없는 승리란 역시 어려운가 보다. 그러나 끈질긴 생존은 혹시 가능할 수도 있겠다. 아마도 가능하겠다. 그러다 보면 분명히 행복을 손에 넣는 날이 오리라.

중요한 가르침을 준 게브는 죽고 말았다. 게브가 적이어서였다. 적이었기에 네드도 살해했다. 크래프트와 프레서도 죽인다. 둘은 더 이상 같은 편이 아니니까.

"영차."

노엘은 창을 더욱 내뻗어서 말 위로 게브의 시체를 들어 올렸다. 마치 깃발처럼 높이 쳐들자 시체가 격렬하게 불타오르면서 검은 연기와 함께 시취를 주위에 퍼뜨렸다.

주위의 시간이 멈춰버린 듯 일순간 정적이 찾아들었다. 적과 아군이 모두 말을 잇지 못한 채 단지 붉은 머리카락의 소녀를 쳐다보기만 했다.

"신시아 부대, 노엘 십인장. 적 기병 부대의 대장 게브를 처단했다!!"

"……어?"

"놈들은 또 온다! 대열을 갖추고 창을 들어 올려라!! 말을 노려서 적을 찔러라!! 전원, 그롤 님을 수호하도록!!"

노엘은 말투를 바꿔 거칠게 질타하는 동시에 게브가 타고 있었던 말에 휙 올라탔다. 허리춤에 매어 놓았던 나팔을 잡아 쥐더니 드높이 돌격 나팔을 연주하면서 적병에게 돌격한다. 그다음은 노엘 부대의 병사들도 의기양양하여 뒤를 따랐다. 나팔 소리가 멎은 뒤에는 적병의 비명과 절규가 메아리쳤다.

밀트도 창을 치켜든 채 황급히 뒤를 따랐고, 멍하니 있던 수비병도 기세에 휩쓸려서 노엘의 명령을 따라 움직였다.

"정말이지 터무니없는 녀석이군!"

신시아는 말을 달리면서 눈앞의 반란군에게 돌입했다. 전부 노엘의 추측대로 이루어졌다.

결국 신시아는 대기 명령을 무시하고 적의 기습에 대비하기 위해 이동을 감행했다. 더욱이 노엘 부대를 앞서 보내서 본진 측면에 잠복해 있다가 적의 기선을 제압하라는 임무를 부여했다. 곧이어 신시아 부대가 적의 옆구리를 친다는 계획이었다. 기습에 기습으로 응전하는 것. 노엘의 말대로 실행했다. 적의 제1파를 막아 내지는 못했을지언정 간신히 그롤의 목숨은 지킬 수 있었다. 더구나 선봉군의 대장이 전사한 탓에 적은 혼란 상태로 빠져들었다.

노엘의 득의에 찬 얼굴이 문득 뇌리를 스친다. 본인의 평소 발언 때문에 쉬이 믿기지는 않는다만 적의 노림수를 완전히 간파한 셈이었다. 신시아 혼자였다면 적이 본진 기습을 꾀할 가능성에 다다르기란 도저히 어려웠을 터이다.

'노엘, 이 녀석은 대체 정체가 무엇인가! 바보처럼 헛소리를 늘어

놓는가 하면 무섭도록 앞을 환히 내다보는구나. 정말이지 종잡을 수가 없단 말이다!'

적의 기병대는 계속 전진해야 하는가 응전해야 하는가 미적거리다가 어리석게도 발을 멈추고 말았다. 선두에서 달리던 게브, 즉 돌격대장이 패전하여 죽은 까닭이리라. 노엘이 큰 목소리로 외친 토벌 선언은 이곳까지 울려 퍼졌다. 적장의 토벌이란 아군 병사들의 사기를 저절로 끌어올리고 적군의 사기는 떨구는 효과가 있는 법이다.

그리고 기습을 실시함에 있어 금기가 되는 행동은 발을 멈추는 짓이었다. 기병의 무기는 돌진력과 기동력. 그 둘을 빼앗기는 사태는 절대로 막아야 한다. 따라서 기선을 제압당했다고 판단된다면 당장 철수를 결단할 필요가 있다. 누구든 알고 있는 사실임에도 막상 실전에 임했을 때는 어려워진다. 애당초 소수 병력으로 펼치는 기습 작전이란 그만큼 궁지에 몰렸다는 증거 아닌가. 조금 더 손을 뻗으면 승리를 거머쥘 수 있는 상황에서 물러나는 판단을 내릴 수 있는 인물은 많지 않았다.

"이러면 말이 다르잖아! 본진은 텅텅 비어 있어야 되는 거 아니냐!"

"도적놈들, 너희의 꿍꿍이는 훤히 들여다보고 있었다! 미련 없이 검을 버려라. 더 이상 너희에게 승산은 없다!"

"시끄럽다, 망할 년! 네년 하나라도 쳐죽여주마!"

말에 탄 기병 하나가 신시아에게 달려들었다. 침착하게 보고 피한 뒤 팔을 베어 날리고 곧장 몸에 찔러 넣었다.

본진 방향에서 나팔 소리가 들렸다. 현 상황은 의도하지 않게 협공의 형태를 만들어 냈다. 본진의 수비병을 노엘이 선도하고 신시아 부대가 측면을 친다. 적장 리스티히가 이쪽에 있을 가능성은 높았다. 사로잡는다면 반란도 종식되는 셈이다.

"모두 목을 베어버려라! 어차피 도적의 목이니! 우리의 목표는 적장 리스티히뿐! 가능한 한 살려서 붙잡도록 한다!!"

신시아는 혼란에 빠진 적병을 철저하게 괴멸시키기 위해 검을 치켜들고 명령 내렸다.

"헉, 허억. 젠장, 젠장맞을! 어쩌다가 이리되었나!"

예상치 못한 증원군의 개입으로 인하여 리스티히의 별동대는 공황 상태에 빠져들었다. 기습의 기세는 흔적도 없이 사그라졌고 협공을 받는 진형을 강요당해야 했다. 무능한 그롤이 복병을 숨겨 놓았다고 보기는 어렵다. 윌름이라면 혹시 알아차렸을 수도 있겠으나 병사를 이끌고 전진했음은 이미 확인했다. 그렇다면 누군가 머리를 쓸 줄 아는 자가 쓸데없는 짓을 저질렀다는 뜻이다. 리스티히는 엄지 손톱을 물어뜯었다.

"리스티히 님, 지금은 일단 물러나시죠! 더는 돌파에 성공할 가망이 없잖습니까!"

"물러난 다음 뭘 어찌하겠나! 록벨로 물러나 봤자 더 이상은 시간 끌기도 되지 않는다!"

"바하르, 고향 바하르로 돌아갑시다!"

"맞습니다, 이딴 곳에서 죽을 필요는 없습니다!"

"얼토당토않은 소리! 우리를 맞아들여줄 리가 없잖은가! 지금 우리는 적륜군이란 말이다!"

반란을 장기화하라는 아밀의 명령에 등 돌린 채 주도 진군을 결정했던 리스티히. 맥없이 패배하고도 용서받을 길은 없었다. 바하르로 돌아간들 기다리는 것은 죽음뿐이다. 따라서 이제 남은 방법은 더한 맹공뿐이었다.

발걸음을 멈추고 창을 휘두르는 리스티히. 선두를 달려 나가던 게브의 죽음 때문에 기병들은 기세를 온통 잃어버린 데다가 전면과 측면으로부터 협공을 받고 있었다.

직속의 바하르 병력은 어쨌든 간에 용병들은 이미 몸을 뺄 태세였다. 잡병과 달리 실력은 확실하나 고용주에 대한 충성심 따위는 티끌만큼도 없다. 목숨이 위태롭다는 판단이 들면 당장에라도 도망쳐 버릴 것이다. 패주를 막기 위해서라도 아직은 승산이 남아 있다고 안도감을 갖게 해줘야 한다.

"전원, 다시 한 번 분발하라! 그롤의 목이 바로 눈앞에 있다! 고작 이따위 수비는 단번에 무너뜨려라!"

"으음, 공격은 이제 무리가 아니려나?"

눈부신 햇살과 함께 본진 쪽에서 말에 탄 사람이 천천히 다가들었다. 온몸을 붉게 물들인 코임브라의 병사.

"코임브라의 약졸 주제에 웬 망발이냐!"

창을 바짝 당겼다가 바하르에서 섬광과 같다고 칭송받았던 찌르기를 날렸다. ―그 공격을 피하는 것은 물론 잡아버린다. 허둥대는 시늉은커녕 움찔하는 반응조차 없었다.

"이럴 수가!"

"대장인 만큼 제법 빠르네."

"놓, 놓아라!"

"너를 죽이면 공적이 절반 아래로 떨어지거든. 그러니까 지금은 살려 놓겠어."

"졸자가 감히 나 리스티히를 무시하는 것이냐!"

리스티히는 창을 놓아버리고 허리에서 검을 뽑아 들려고 했다. 그러나 검은 뽑혀 나오지 못했다. 오른 어깨에 묵직한 충격이 치달은 순간 너무나도 심한 격통 때문에 낙마하고 말았다.

주위에 있던 바하르 출신 병사들이 검을 겨누며 막으려고 했으나 눈 깜짝할 사이에 가슴을 꿰뚫려서 절명했다.

"일단 확인차 물어볼게. 적륜군 수령 리스티히 맞지? 혹시 아니면 큰일이니까."

주위의 병사들은 신경 쓰지도 않고 코임브라의 병사가 말에서 내렸다. 손을 쓰려고 한들 무언가 시도하는 순간 리스티히의 목숨이 날아간다. 마상에서 창을 겨누어 들고 포위할 뿐 지금 기병들에게는 취할 대응책이 없었다.

"너, 너는 도대체 뭐냐."

"내 이름은 노엘. 조임 마을에서 딱 한 번이지만 얼굴을 마주친 적도 있기는 한데."

"조, 조임 마을이라고? 그 마을은 우리의 지배하에 있을 터. 그런데 어째서 코임브라 군에—."

"여기가 더 재미있을 것 같았으니까. 게다가 나는 일회용 도구가 아니거든. 너, 우리를 단지 도구로만 봤잖아? 그런 눈으로 보는 사람은 정말 싫단 말이야."

노엘은 그리 말한 뒤 허리춤에서 철퇴를 빼 들고 단단히 잡아 쥐었다. 비록 웃는 얼굴이었으나 내심 배알이 뒤틀리는 기분이었다. 그 요새에서 신시아를 만나지 않았더라면, 코임브라의 군인이 되지 않았더라면 미끼 부대에 편입돼서 포석으로 사용되었을 테니까. 이 놈들에게 코임브라 주민들의 목숨은 돌멩이와 같은 가치를 지닌다.

실제로 미끼 취급을 당한 반란군 본대는 비참하다는 말밖에 안 나오는 상황이었다. 검을 버리고 비명 지르면서 도주를 벌이고 있다. 뒤쪽에서는 수많은 화살이 날아들고, 주검을 거두어줄 사람도 없어 버림받는다. 진정 두려운 광경이었다.

—만약 저곳에 자신이 있었다면.

노엘은 고개를 가로젓고 힘겹게 불길한 상상을 떨쳐 냈다. 마치 그 옛날의 무덤구덩이 같아서 몹시 두려웠으니까.

"기, 기다려라. 대화를 하자! 정말로 악한 인물이 누구인지 떠올려봐라! 악정의 원인은 대체 누구에게 있는가! 한 번만 나를 눈감아 준다면—."

"시끄러워."

노엘은 리스티히의 오른 무릎에 철퇴를 내리쳐서 완전히 분쇄했다. 비명을 지르는 틈에 다시금 왼 무릎을 분쇄하고 일절 행동을 못하게 만든다. 리스티히는 극심한 격통 때문에 거품을 물고 졸도해 버렸다. 리스티히의 투구를 난폭하게 걷어찬 다음 머리카락을 쥐어 잡고 질질 끌어서 이동했다.

주위의 병사들은 무기를 겨눈 채 움직이려고 하지 않았다. —아니, 움직일 수 없었다. 노엘의 오른손이 피가 뚝뚝 떨어지는 창을 쥐고 있기에. 위아래로 흔들흔들하는 두 갈래 창날을 지닌 흉창이 마치 먹잇감을 찾는 듯 희미하게 빛을 발하고 있다. 리스티히를 구하겠다고 발을 내딛는 순간 제 목구멍으로 꽂혀 들리라는 예감이 솟아 한 발자국도 움직일 수 없었다.

"귀, 귀신이다."

"사, 사람의 거죽을 뒤집어쓴 악귀다."

"자기들이 한 짓은 전부 잊어버렸나 봐. 왜 나만 악귀야."

노엘은 쓴웃음 짓고 주위를 빈틈없이 두루 살폈다. 그때였다.

"노엘, 무사한가! 합류가 늦어 미안하다!"

적 병력을 소탕한 신시아가 부대를 이끌고 드디어 본진으로 밀려닥쳤다. 제자리에 못 박혀 있었던 용병들이 결박에서 풀린 사람처럼 뒤도 돌아보지 않고 달아난다. 무기를 버리고 항복하는 자도 있었다. 원군을 기다릴 것도 없이 이미 승패는 판가름이 났다. 신시아는 의식을 잃고 혼절한 리스티히와 놈을 질질 끌고 오는 노엘을 말에 탄 채 눈이 휘둥그레져서 거듭 확인했다.

"걱정 마! 숨은 붙여서 잡았으니까!"

"그 남자가 리스티히인가? 설마 네가 혼자서 제압했나?"

"응, 얼굴을 기억하고 있었거든. 일단 확인도 했고 아마 이 사람이 맞을 거야."

"그, 그런가. 아주 잘했다."

얼굴에 경련을 일으키면서도 신시아는 칭찬의 말을 건넸다. 주위에는 적지 않은 적병의 주검이 나동그라져 있다. 개중에는 검게 눌어붙은 소사체(燒死體)까지 있었다. 노엘이 이끌고 나갔던 밀트와 부대원들은 조금 떨어진 위치에서 아무 말도 못 하며 뻣뻣하게 굳은 모습이다. 아무러면 저들이 이런 짓을 저질렀겠는가. 즉 노엘 혼자서 선봉 대장 게브를 척살했고 기병대의 기세를 압박하여 유린한 끝에 반란군 수령 리스티히를 사로잡았나는 설명이 된다. 마땅히 경탄해야 하는 큰 전공이라 할 수 있겠다.

"신시아 대장, 어서 적장을 잡았다고 알리자. 그럼 이 전투가 당장 끝날 거야."

"그, 그러나—."

생포한 자는 노엘이기에 신시아는 동료의 공적을 빼앗는 기분이 들어 망설임이 있었다.

"밀트, 북을 치고 종을 울리도록 해. 내가 나팔을 불 테니까. 그러면 신시아 대장이 아주 멋지게 승리 선언을 외쳐줄 거야."

지시한 다음 노엘은 나팔에 숨을 불어 넣고 소리 높여서 연주했다. 승리의 선율이다. 곧이어 밀트와 부대원들이 북과 종을 쳐 울렸다. 본진뿐 아니라 전장에 있는 병사들 모두가 이쪽으로 시선을 보내는 것이 느껴진다.

"정말 괜찮겠나?"

"물론이야. 나는 아까 한 번 했으니까 이제 괜찮아."

신시아는 고개를 끄덕거린 뒤 숨을 한껏 들이마셨다가 카난 가도 전체에 울려 퍼지도록 소리 높여 외쳤다.

"코임브라 군 신시아 부대, 반란군 수령 리스티히를 생포했다!! 이 전투는 우리의 승리다!!"

한 박자 늦게 주위의 코임브라 군 병사들에게서 환성이 터져 나왔다. 승리의 여신이 어느 쪽에 미소를 보냈는지는 누구의 눈으로 봐도 명백했다.

CHAPTER 12

악의는 돌아온다

카난 가도의 전투에서 승리한 그롤은 곧바로 군을 북상시켜서 반란군을 재차 타격하는 한편 록벨의 탈환에 임하였다. 반란군은 이렇다 할 저항도 못 하고 패주한지라 록벨의 지배권은 허망하리만큼 간단히 코임브라로 돌아왔다.

록벨의 주민에게서 반란군이 저지른 수많은 악업을 전해 들은 그롤은 극히 격노하여 모든 포로의 처형을 명령했다.

"바하르가 배후에 있었다고 하나 동포에게 저지른 수많은 죄악, 결단코 용서할 수 없다. 일절 자비를 베풀지 말고 참수형에 처하라!"

"잠시만 제 말을 들어주십시오. 태수님의 분노에 진심을 다해 동감하는 바입니다만, 불문곡직하고 참형을 시행하는 조처만큼은 아니 됩니다."

문관 페리우스는 지나치게 과격하다는 이유를 들어 간언했다. 분명 록벨에서 저지른 악행은 죽어 마땅한 죄가 맞을지언정 각각의 죄과를 헤아리지 않고 한데 묶어서 참수하면 필시 화근이 남는다.

"닥쳐라, 페리우스! 저 참상을 보고 잘도 그따위 말을 지껄이는구나!"

그롤은 검에 손을 가져가서 죄인을 감싸고 나설 작정이냐고 격앙했으나 페리우스는 차분하게 의견을 개진했다.

"아무쪼록 마지막까지 다 들어주시기를 간청합니다. 록벨에서 붙잡은 자의 경우는 주민에게서 사정을 청취한 뒤 절차를 밟아 사형. 본인의 뜻과 관계없이 반란군으로 끌려 들어온 자의 경우는 각각의 죄과에 합당하도록 병역을 부과하는 선에서 처벌을 마치는 것이 어떨는지요."

"어찌 관용을 베풀어야 하는가!! 반란에 가담한 행위가 이미 중죄이거늘. 지금 필벌을 어설프게 하면 또다시 재액이 찾아들리라!"

"외람되오나 그 말씀에는 어긋난 부분이 있는 줄 압니다."

"무엇이 어긋난다는 게냐!"

"반란에 가담한 자의 대부분은 협박 때문에 가담을 강요당했다고 증언했습니다. 진정 필벌해야 하는 대상은 수령 리스티히와 일부의 폭도뿐입니다. 태수님께서는 불쌍한 약자를 단죄하여 제2, 제3의 반란을 일으키겠다는 심중이십니까?"

"……으음. 전원 참수를 단행하면 또 반란이 일어난다는 말인가?"

그롤은 마지막까지 내키지 않는 기색이었으나 다른 문관들도 같은 의견이라고 동의하는 터라 전원 참수형이라는 방침은 수정될 수 있었다. 적륜군 잔당의 경우는 고분고분 항복한다면 모두 목숨을 살려주겠노라고 포고했고, 지배하에 놓여 있었던 여러 마을에 대해서도 문책은 않겠노라고 선포했다.

처음에는 격멸을 위한 기만책이라고 의심과 불안감을 못 거두는 축이 많았으나 포고가 사실임을 알게 되자 적륜군 병사들은 잇따라 코임브라 군에 투항했다. 수령 리스티히가 이미 구금당하여 대신 지휘를 맡을 인물도 없었던 터라 적륜군은 이미 붕괴 상태에 가깝기도 했다.

대부분은 귀향을 허락받았다만 예외는 물론 있었다. 록벨에서 항복한 인원들이다. 살아남은 주민은 약탈자의 얼굴을 잊어버리지 않았고 증오를 쏟아부으면서 포로들의 죄상을 조목조목 들어서 고발했다. 코임브라의 주법(州法)을 준거하여 약식 재판에 회부한 뒤 록벨에서 구속된 모든 포로에 대해 같은 판결이 선고되었다. —참수형이다.

코임브라의 천칭 깃발이 펄럭이는 록벨의 거리를 신시아와 노엘은 걸어 나아갔다. 몇 명의 병사를 동반하여 잔당이 숨어 있는가 확인하는 경계 임무. 다만 실상을 말하자면 노엘이 심심했기에 산책을 나가자고 제안한 것에 불과했다만.

“아~ 이래서는 도시가 아니라 폐허네. 재미있어 보이는 게 아무것도 없는걸.”

“……과격하게 약탈을 당한 까닭에 어쩔 수 없다. 그나저나 이리 처참할 줄은. 동포에게 이토록 잔혹한 짓을 저지를 수 있단 말인가. 나는 아직껏 안 믿기질 않는군.”

신시아는 눈살을 찌푸리고 파편이 어지럽게 흩어져 있는 도시를 바라다봤다. 사체 수습이 아직 완료되지 않았던지라 몹시 지독한 냄새가 감돌았다. 바닥에 주저앉아 있는 아녀자들의 눈은 공허했고, 남자들의 얼굴에는 증오와 비애가 떠올라 있다. 불과 1주일 전까지는 아름다운 도시였건만 지금은 실로 처참한 광경이었다.

“말이 좋아서 동포지 만난 적도 없고 말 한 마디 나눈 적도 없는 사이가 대부분이잖아.”

“그야 그렇기는 하다만…….”

“알고 지내는 사람 하나를 죽이기보다 생판 모르는 타인을 백 명 죽이는 게 훨씬 쉽지 않을까? 왜냐하면 금방 잊어버릴 테니까.”

“바보 같은 소리, 말이 되지 않는다. 너의 발언은 극단론이다!”

“음, 그런가? 모르는 사람이 어떻게 되든 나는 별로 신경 안 쓰이니까 다른 사람도 그런 줄 알았지, 뭐. 그러니까 다들 잔인한 짓을 막 저지르는 거야. 세상은 원래 그런 법이잖아. 어쩔 수 없어.”

노엘은 가만가만히 웃고 있었다. 평소의 웃음과 비교하면 왠지 모르게 씁쓸해하는 인상이 뒤섞였다.

“무엇이 어쩔 수 없다는 말인가! 이러한 소행은 결코 용서되어서는 안 된다! 우리는 짐승이 아니잖나!”

“응. 그러니까 이제부터 긍지 높은 인간으로서 죄 많은 짐승들을 처형하는 거지.”

노엘이 경쾌하게 손가락을 튕기고 이것으로 전부 해결된다면서 고개를 끄덕거렸다.

“……혹시 너는 그 죄인들을 살리고 싶은 것인가? 그래서 이런 소리를?”

“응? 살리고 싶은 마음은 전혀 하나도 없어. 당연하지, 적인걸.”

노엘은 태연자약하게 대답했다.

광장 방향에서 들리는 욕설과 노성이 점점 커진다. 신시아가 그쪽으로 걸음을 옮기자 노엘도 느긋하게 따라왔다.

광장에서는 코임브라의 병사가 몇 명 돌아다니면서 즉석 처형장을 설치 중이었다. 또한 주위를 에워싸고 록벨의 주민들이 늘어서 있다. 그들은 반란군 포로에게 욕설이며 노성을 끝없이 쏟아부었다. 개중에는 조임 마을에서 같이 지냈던 크래프트의 얼굴도 보였다.

크래프트는 프레서와 함께 본진 기습 부대에 가담했었는데 패배하고 도망친 뒤 록벨로 몸을 빼냈다. 프레서는 난전 중 떨어져버린 탓에 어떻게 되었나 알지 못한다.

반란군의 주검이 늘어남에 따라 크래프트는 점점 닥쳐드는 죽음에 두려워했다. 피와 폭력에 취했다 한들 근본은 새가슴이다. 최후의 순간까지 싸우다 죽는 기개 따위는 지니고 있지 않았다. 도시로 코임브라 군이 밀려들자 검을 집어 던지고 제일 먼저 항복했었다.

신시아와 노엘, 동반한 병사들이 사람들을 밀어 헤치면서 형장에 들어섰다. 밀트도 거북스러운 마음을 꾹 달래면서 노엘과 함께 걸었다. 이쪽을 알아봤던 위병이 자세를 꼿꼿이 하여 경례했다.

"고생 많으십니다, 신시아 백인장!"

"그래, 수고하는군. 우리는 현재 경계 임무 중이다. 뭔가 이상은 없는가?"

"넷, 특별히 없습니다! 포로 일부가 소란을 부리고 있습니다만 이제 곧 조용해지겠지요."

병사가 가리키는 방향을 보니 단두대에 죄인을 끌어다 놓는 참이었다. 울부짖어도 귀를 기울이는 사람은 물론 없다. 단두대에 구속한 뒤 도끼를 든 집행인이 옆쪽에 대기했다.

“시, 싫어. 살려줘! 정말로 나는 그냥 농민이라고! 제발 부탁이야, 살려줘!”

『죄인에게 죽음을!』

『원수를 죽여라!』

주민들의 노성이 정점에 달했을 때 도끼가 불쑥 죄인에게 휘둘러졌다. 앞쪽에 놓인 나무통으로 머리가 툭 굴러떨어지고 몸에서는 피가 쏟아진다. 병사가 재빨리 통을 치워 놓으면 다음 죄인이 끌려왔다. 이번 죄인은 몸집이 꽤나 큼직해서 병사 몇몇이 함께 구속해야 했다.

“이, 이봐. 저거, 크래프트 아닌가? 보라고, 저 커다란 덩치와 얼굴. 틀림없어!”

밀트가 크게 소리쳤다. 크래프트도 밀트를 알아보고 자비를 구걸했다. 큰 소리로 울부짖으면서.

“으, 으흡!! 밀트, 게다가 노엘! 제발 부탁이야. 나를 살려줘! 이대로는, 내가, 죽어버릴 거야!”

“……노엘, 저자는 너의 지인인가?”

“응, 일단은 아는 사람이야. 조임 마을에서 살던 크래프트라는 녀석이거든. 그래도 지금은 적이니까 아무래도 좋아.”

노엘의 너무나도 냉담한 발언을 들은 밀트는 무의식중에 고함치고 말았다.

“이봐! 저 녀석도 강압적으로 반란군에 가담한 처지였던 것은 마찬가지잖냐! 신시아 님, 어떻게든 저 녀석을 살려줄 수는 없겠습니까?!”

"……이 도시에서 붙잡힌 포로만큼은 확실하게 단죄하라는 것이 태수님의 엄명이시다. 유감스럽게도 내 힘으로는 살려줄 수가 없군. 게다가 나는 주민들을 설득할 방법이 떠오르지가 않아."

신시아는 고개를 가로저었다. 선불리 처형을 중지시켰다가는 주민들의 증오가 방향을 돌려서 코임브라 주로 쏟아질 것이다. 그렇다면 잔혹할지언정 이 도시의 포로는 제물로 바치는 것이 낫겠다. 게다가 욕망을 주체 못 하고 폭행, 약탈, 살육을 지독하리만큼 난행한 것은 틀림없었다. 동정심은 들지 않았다.

"……어떻게. 노엘, 정말로 저 녀석을 죽게 내버려 둘 작정이냐?!"

"어쩔 수 없어, 밀트. 크래프트는 스스로 선택해서 싸우다가 패배했으니까. 게다가 이 도시의 사람에게 잔인한 짓을 한 건 사실이잖아? 그러니까 복수를 당한다 해도 어쩔 수 없지 않을까?"

"어, 어쩔 수 없다니. 말이 좀."

"그럼 있잖아. 밀트는 금쪽같이 아끼는 케르를 누가 욕보이고 죽여도 똑같은 말을 할 수 있겠어?"

"나, 나는……."

"응? 똑같은 말을 할 수 있을까? 응?"

"……으으."

노엘이 웃음을 거두고 무표정하게 밀트를 바라본다.

대답은 이미 알고 있을 테니까 이렇게 반문하여 자신의 발언이 허무맹랑함을 깨닫게 해주려는 것인가. 아니면 딱히 별생각이 없는 것인가. 신시아는 이해할 수 없었다. 다만 발언의 요지를 살펴보자면 노엘이 옳다 여겼다. 무도한 짓을 저지른 자는 그에 상응하는 응보를 각오해야 한다. 죗값을 피하려거든 끊임없이 승리해야 한다. 그러니까 패배한 크래프트는 이제부터 제 응보를 받게 된다.

"죄는 미워하되 사람을 미워하지 말라고 했던가? 어느 나라에서 나온 굉장히 좋은 말이지만 실행하기는 참 어렵네. 왜냐하면 증오를 가라앉힐 수가 없는걸."

노엘은 밀트의 얼굴을 아래쪽에서 쓱 들여다보다가 어느 명언을 거론함으로써 대답을 갈음했다.

"……미안하다, 크래프트. 너는 해서는 안 되는 짓을 저질렀어. 그러니까 내게는 구할 방법이 없구나."

마치 벌레를 씹은 듯한 표정으로 밀트는 외면했다.

"어떻게! 싫어, 나는 죽고 싶지 않아! 제, 제발 살려줘!!"

강제적으로 단두대에 목을 걸치게 된 크래프트. 다만 큰 덩치가 걸리적거려서 좀처럼 목이 들어가지 않았다. 더욱이 전력으로 몸부림치는 터라 단두대에서 머리가 빠지고 말았다. 병사와 집행인이 급히 온몸을 제압했다.

"……."

"가자, 노엘. 마지막까지 볼 필요는 없다."

신시아는 노엘을 배려하는 마음에 이곳에서 물러나자고 제안했다. 그러나 노엘은 다리를 움직이려고 하지 않았다.

"……있지, 신시아."

"뭔가?"

노엘이 발버둥 치는 크래프트에게서 시선을 떼지 않고 무표정으로 물었다.

“크래프트는, 내가 목숨을 거두어줘도 괜찮을까?”

“……그만둬라. 네가 불필요하게 죄를 짊어질 필요는 없다. 한때나마 이웃으로 지낸 인간을 손수 해친다면 두고두고 괴로울 테니.”

“이제 와서 한 사람 늘어나 봤자 아무것도 아니야. 응? 부탁할게.”

노엘이 진지한 어조로 부탁했다. 달랜다 한들 들을 낌새가 전혀 아니었다. 신시아는 잠시 망설이다가 고개를 끄덕였다.

“고마워.”

노엘은 허리춤에 꽂아 두었던 철퇴를 들고 천천히 단두대로 다가갔다. 검과 비슷한 크기의 철퇴는 제법 묵직했다. 한 바퀴 가볍게 회전시킨 다음 힘껏 잡아 쥐었다.

“저기, 잠깐만 비켜줄래?”

“너, 너는 누구냐!”

“나는 노엘 십인장이야. 자, 여기 계급장.”

“시, 실례했습니다! 이놈은 당장 입을 다물릴 테니 잠시만 기다려 주십시오!”

“이제 내가 할 테니까 잠깐 비켜줘.”

“그리할 수는—.”

“신시아 백인장에게 허가는 받았어. 그러니까, 응?”

억지로 병사들을 물리치고 구속에서 벗어난 크래프트가 노엘의 발치로 달려들었다.

“살려줘, 노엘. 나는 죽고 싶지 않아, 죽고 싶지 않다고!”

“응, 이제 살려줄게. 어서, 얼굴을 들고 내 눈을 봐.”

크래프트가 눈물에 젖어 잔뜩 구겨진 얼굴을 들어 올렸다. 태양의 빛이 눈에 들어와서 노엘의 얼굴이 잘 안 보인다. 뺨에 차가운 손바닥이 와 닿았다. 차가워서 무척 기분 좋았다. 흥분 상태에 있었던 크래프트의 정신이 점차 진정된다. 방금 전 그토록 크게 들렸던 살의 어린 외침이 전혀 들리지 않았다. 지금 들리는 소리는 자신의 호흡과 노엘의 목소리뿐이었다.

뺨에 와 닿은 노엘의 왼손을 두 손으로 잡았다.

"으흑, 고마워. 정말 고마워, 노엘. 어째서 내가 그렇게 잔인한 짓을 했을까. 분명히, 그때 나는 정신이 나갔던 거야."

"이제 괜찮아, 더는 무섭지 않을 테니까. ……있지, 크래프트. 다음에는 끝까지 같은 편으로 지낼 수 있으면 좋겠네."

"노엘?"

"안녕."

햇살 가운데로 다정스레 미소 짓는 노엘의 얼굴이 도드라졌다. 크래프트가 살아서 본 마지막 광경이었다.

노엘이 손을 뒤로 돌려서 쥐고 있었던 철퇴가 크래프트의 머리로 내리 떨어졌다. 와지끈하는 소리와 동시에 열매 터지는 듯 뇌척수액이 날아 흩어졌다. 바로 앞에서 액체와 파편을 뒤집어쓴 노엘이 붉게 물든다.

그 처참한 광경을 보고 살기등등했던 주민들도 무의식중에 숨을 멈췄다. 떠들썩했던 온갖 소리가 멎고 장내에는 긴장 가득한 정적이 찾아들었다.

그들을 시시하다는 듯이 일별한 뒤 노엘은 신시아의 곁으로 돌아갔다.

"고마워, 신시아. 아하하, 조금 마음이 약해졌나 봐."

"……너는, 정말로, 별종이로군."

「정말로 미쳤군」이라고 말할 뻔하다가 신시아는 허둥지둥 표현을 바꿨다. 손수건으로 노엘의 얼굴을 닦아준 다음 병사들에게 신호한 뒤 그 자리를 떠났다. 아직 죄인은 많이 남아 있었다. 잠시 시간이 지나면 또 떠들썩하게 욕설이 울려 퍼질 것이다. 그리되기 전에 자리를 뜨고 싶었다. 다시 또 누가 죽어 나가는 장면을 보게 된다면 정신이 못 버틸 것 같았다.

"이봐."

"왜 그래? 밀트."

"혹시 저곳에 있던 사람이 나였어도 너는 가차 없이 머리를 깨부쉈을까?"

밀트가 떨리는 목소리로 묻는다. 크래프트의 죽음에서 충격을 받은 기색이었다. 가까이 알고 지냈던 인간의 죽음도 이 청년에게는 처음 겪는 경험이리라.

"그런 짓은 하지 않아. 왜냐하면 밀트는 동료니까."

"……무슨 뜻이야?"

"나는 동료를 절대로 내버리지 않아. 그러니까 죽을 각오로 구출했을 거야. 반드시 구하러 갔어. 그런데 크래프트는 적이었잖아. 적을 구해줄 필요는 없는 거지."

"……."

노엘은 무슨 당연한 질문을 하느냐는 듯이 대답했다.

밀트는 적과 아군을 엄격하게 구분 짓지 못하고 있다. 인간, 하물며 알고 지내던 이웃을 주저하지 않고 살해할 수 있는 사람이 더 의문스럽다는 당혹감이 강하게 솟을 뿐이다.

"맞다, 그랬지. 밀트도 이제는 깨달았을 거야."

"……무엇을?"

"행복해지지 못하면 어떻게 되나. 저렇게 되고 싶지 않으니까 나는 행복해질 수 있는 방법을 찾고 있어. 그러니까 있잖아, 밀트도 같이 찾아보자."

노엘은 미소 지었다.

과연, 그렇군. 신시아는 침음했다. 노엘이 행복에 얽매이는 이유를 조금은 알 것 같았다. 이 소녀는 행복이 무엇인가 알지 못했다. 그렇기에 행복해지는 방법을 찾는 데 집착한다. 그리고 행복해지지 못한다 함은 무참한 죽음과 같은 뜻으로 받아들인다. 따라서 하염없이 행복을 찾아 헤맬 수밖에. 행복이 무엇인지 모르는데도 불구하고.

저절로 동정심이 솟구치려고 했으나 실은 자신도 같은 입장이었기에 신시아는 자조했다. 귀족의 명예를 지키기 위해 기사가 됐고 여자답지 않게 검을 들었다. 태수에 대한 충성도 물론 갖고 있다고 자부한다만 근저에 자리 잡은 감정은 제 자존심을 지키겠다는 집념이다. 실로 경박한 동기가 아닌가. 명예, 긍지처럼 형태 없는 가치에 집착하는 자신은 노엘과 별반 다르지 않았다.

'……서로 비슷한 처지라고 여겼건만 노엘이 나보다는 훨씬 낫겠군. 나는 이 소녀에게 패배했으니까.'

노엘이 왜 그러냐는 듯 빤히 쳐다보기에 아무것도 아니라는 뜻을 담아 살포시 미소 지어 보였다.

조금 전 처형당한 크래프트의 얼굴이 머릿속에 떠올랐다. 행복해지지 못하면 이리된다고 노엘은 말했으나 그 청년은 마지막 임종의 때에 구원을 맞아들인 것이 아닐까. 적어도 고통 속에서 죽지는 않았으니까. 범한 죄의 무게를 감안하면 편안한 죽음만으로도 족히 행복한 것이 아닐까 하고 신시아는 마음을 가다듬었다.

록벨에 수비 병력을 남긴 뒤 그롤은 코임브라의 주도로 귀환했다. 비록 한때는 궁지에 몰렸다 하나 반란군을 완전히 섬멸하여 수령 격의 리스티히마저 생포하는 데 성공했다. 더할 나위가 없는 승리다.

그롤은 곧장 가신들을 소집해서 이번 진압전의 논공행상을 진행하고자 했다. 반란 진압의 공을 대대적으로 포상하는 조처는 본래 이례에 속하겠으나 배후에 바하르의 음모가 있었다는 사실을 강조하기 위한 목적도 컸다. 책모를 훌륭하게 격파했다고 각 주의 태수와 아버지이자 황제 베프남에게 강하게 호소하려는 의도도 있다. 아밀의 부정함을 알리기 위한 사절은 이미 각지에 파견되었다. 거센 반격을 펼치겠노라고 그롤은 단단히 이를 갈았다. 궁지를 벗어난 지금은 차기 황제의 지위를 탈환하는 것도 꿈이 아니게 됐기 때문이었다.

논공행상에서 반란군을 패주로 몰아붙였던 윌름, 그리고 각 지휘관들의 공을 평한 뒤 그롤이 친히 포상과 표창장을 하사하고 있었다.

본래 이러한 자리에 참가가 허락되지 않는 신시아와 노엘도 이번에는 나란히 자리했다. 그롤의 지명으로 초대를 받아 성에 든 덕분이었다. 신시아는 또다시 몸이 바짝 굳어버린 데다가 얼굴에도 긴장이 가득했다. 노엘은 머리 좋은 사람처럼 보이고 싶을 때 애용하는 안경을 쓰고 나왔다.

"백인장 신시아 에드리히. 명령을 위반하여 제 위치를 벗어난 것은 사실이나 네가 달려와주지 않았다면 내 목숨은 아마 무사하지 못했을 터. 진심으로 감사의 뜻을 전하는 동시에 그 활약을 예찬하노라."

"네, 넷. 분에 넘치는 칭찬, 감사드립니다!"

"죽은 아비에게 부끄럽지 않은 활약이었다. 금번의 공을 인정하여 상급 백인장으로 계급을 승진시키고 코임브라 은관 훈장을 수여한다. 앞으로도 나, 그리고 코임브라를 위해 힘써주게."

근위병이 계급장 및 천칭과 관을 각인한 훈장을 신시아에게 정중히 건네줬다. 신시아는 딱딱한 동작으로 받아 든 다음 홍조띤 얼굴로 경례했다.

"아, 앞으로도 태수님, 그리고, 코임브라를 위해 전신전령으로 헌신할 것을, 매, 맹세합니다!!"

"좋다. 그리고 또 한 사람, 이번 진압전에서 전례가 없는 활약을 펼친 자가 있군. 십인장 노엘, 이리 나오라."

그롤이 손짓하자 윌름은 얼굴을 찡그리면서 간언했다.

"외람되오나 저자는 신상조차 불명확합니다. 이리도 무방비하심은 다소 문제가 있다 여겨집니다만."

"하하하, 윌름은 또 군걱정이 솟는가 보군. 내 목을 떨구려고 온

자가 그 좋은 기회를 어찌 지나쳐 보냈겠는가. 노엘, 부담 갖지 말고 가까이 오라!"

그롤이 웃음 짓고 재촉했다. 옥좌의 옆쪽으로 시립해 있던 태수 자제 엘가가 왠지 몰라도 안절부절못하는 기색으로 노엘을 바라본다. 노엘이 살짝 손을 흔들어 신호 보내자 엘가의 입가에 미소가 떠올랐다. 안경을 쓴 노엘은 전혀 다른 사람으로 보일 만큼 인상이 확 바뀌는 터라 본인이 틀림없음을 알고 조금 안도해서였다.

노엘은 천천히 걸음을 옮겨 그롤의 앞에 나아간 뒤 공손히 무릎 꿇었다. 신시아는 몹시 걱정스러운 시선으로 바라보고 있다. 도무지 거리낌이 없는 성격인지라 무슨 짓을 벌일까 짐작도 되지 않아 저절로 불안감에 휩싸이게 된다. 태수에게 무례라도 저질렀다가는 단박에 사형 판결이 떨어질 수도 있었다. 마지막까지 예의를 잘 갖추라고 기도나 올릴 따름이었다.

"제법 장래성이 있는 줄은 알았으나 설마 이토록 걸출한 무용을 지녔을 줄은. 우리 군의 그 누구와 비견하여도 수위를 다툴 수 있는 용맹의 소유자이리라. 실로 감탄하였다!"

어지간하면 가신을 칭찬하지 않는 그롤이 웬일로 극구 치켜세운다. 놀란 가신들은 저절로 웅성거렸다. 그롤은 걸핏하면 제 감정을 쏟아붓는 기분파인 터라 푸념이며 불만을 곧장 입 밖에 꺼내 놓는 결점을 갖고 있었다. 위대한 태양제의 직계라는 자존심, 자신은 우수하다는 거만함이 온몸에서 흘러넘치는 인물이었다. 일이 순조롭게 진행될 때는 사람을 끌어들이는 힘이 되겠으나 한 차례 비틀거리기만 해도 오만불손한 호통질로 전락하게 된다. 그 탓에 그롤은 가신들의 신망을 거의 다 잃은 처지였다.

그토록 자부심 강한 그롤이 곡진히 칭찬하는 소녀— 노엘 십인장에게 시선이 집중됐다.

"노엘은 단신으로 적 선봉 대장을 처단함으로써 적 기병대를 괴란시켰다. 그뿐 아니라 도적들의 수괴 리스티히를 단숨에 생포하는 공을 세웠다. 나는 그 광경을 내 눈으로 똑똑하게 목격하였다. 그대의 무용, 여간내기가 아님을 내가 보증하는 바이다."

"감사합니다. 과분한 칭찬 말씀, 분에 넘치는 영광입니다."

노엘이 무릎 꿇은 채 대답하여 감사의 말을 늘어놓았다.

"듣자 하니 사라와 엘가를 구출하던 때에도 그대가 진력하였다고 했지. 이번에 세운 공을 더하면 실로 다대한 업적이라고 할 수 있겠다. ……그대에게 뜻이 있다면 기사가 되어 우리 코임브라에 임관하지 않겠나? 지위는 백인장을 준비해 놓았다네."

그롤의 말에 장내가 어수선해졌다. 출신도 알지 못하는 비천한 소녀에게 백인장, 그리고 기사의 지위를 하사한다는 것은 이례 중의 이례였다. 젊은 나이만 들자면 신시아도 해당되겠으나 아버지의 뒤를 잇는다는 명목이 있었다. 노엘에게는 어떤 뒷배도 없는 데다가 입대하고 아직 1개월도 지나지 않은 신분이었다.

"조심스럽게 아룁니다. 느닷없이 백인장, 심지어 기사의 지위까지 하사하심은 다소 과한 조처가 아니올는지요. 군의 질서가 흐트러질 가능성도 있지 않겠습니까. 노엘 십인장은 당분간 경험을 더 쌓는 것이 좋을 듯싶습니다만."

문관이 간언함에도 그롤은 일축했다.

“우습군. 지금 필요한 것은 질서가 아닌 능력이다. 이자가 지닌 빼어난 무력이 내게 필요하단 말이다. 어떤가, 노엘. 나쁜 제안은 아닐 터인데.”

노엘은 얼굴을 들고 잠시 상념에 잠겨 있다가 고개를 끄덕였다.

“기쁜 마음으로 받아들이겠습니다.”

“그런가! 임관에 뜻이 있었는가! 하면 백인장의 계급장과 은관 훈장을 수령하도록 하라.”

“넷.”

“또한 기사가 되면 성씨를 허락받아서 사용할 수 있다. 갑작스럽겠다만 무언가 좋은 성명은 떠오르는가? 아니라면 고민할 시간을 주겠다만.”

“보스하이트. 노엘 보스하이트라는 이름을 쓰고 싶습니다.”

노엘은 딱히 고민하는 시늉을 보이지 않고 문득 떠올린 성씨를 말했다.

“……기사 노엘 보스하이트. 제법 정취가 있는 좋은 성씨로군. 조만간 서훈식을 거행할 테니 자세한 사안은 신시아에게 물어 듣도록 하라. 추후의 활약을 기대하겠다.”

“넷, 감사합니다!”

노엘은 일어서서 씩씩하게 경례한 뒤 신시아의 곁으로 돌아왔다. 올곧은 자세로 시원스럽게 걷는 모습이 역시 다른 사람 같았기에 신시아는 고개를 갸웃거릴 따름이었다. 혹시 이쪽이 본성이고 평소 태도는 놀리려는 것이었나 하는 의문이 떠오른다. 그렇다면 적의 책략을 간파한 명석함도 납득이 간다.

“이상으로 논공행상을 종료한다! 포로로 잡은 리스티히는 이번 음모에 관하여 모든 자백을 받아낸 뒤에 바하르와의 교섭 결과에 따라 즉각 처형한다. 미리 말해 두겠다만 다가오는 몇 개월 사이에 우리의 운명은 큰 변화를 맞이하게 될 것이다.”

“태수님, 그 말씀은 대체 어떠한 뜻이온지요?”

얼굴을 딱딱하게 굳힌 문관 한 명이 물었다. 대답은 이미 예측할 수 있었음에도 사태의 중대함으로 인하여 굳이 확인을 거쳐야 했다.

“뻔한 걸 묻는군. 바하르가 스스로의 죄를 인정한다면 물론 괜찮다. 단 뻔뻔하게 부정한다면 아밀 놈에게 심판의 철퇴를 가할 수밖에 없지 않겠는가!”

리스티히라는 확고하고도 굳은 증거가 있다고는 하나 바하르가 끝내 안면을 몰수하고 시치미 떼면 더는 추궁할 길이 없었다. 황제 및 각 주의 태수에게 사정을 널리 퍼뜨린다 한들 아밀의 명성을 다소 떨어뜨리는 효과가 있을 뿐 그것이 전부였다. 그롤은 고작 여론전으로 마무리할 의도는 털끝만큼도 없었다. 명성이나 긍지뿐 아니라 본인과 처자식의 목숨까지 위협당하지 않았던가. 기필코 대가를 받아 내겠노라고 이미 결의를 단단하게 굳혔다.

그렇다, 바하르와의 전쟁이다. 단순한 국지전 따위가 아닌 차기 황제의 지위를 걸고 대결하는 격렬한 분쟁이 되리라. 승자는 황제의 지위를 거머쥐고 패자는 파멸한다.

아버지 베프남은 아마도 대세가 기울어질 때까지 개입하려고 들지 않을 것이다. 베프남은 틀림없이 반란의 배후에 바하르가 있었다는 사실을 진작 파악하였을 터. 묵인한 까닭은 정적 제거를 위한 책략이었음을 알았기 때문이리라. 그러나 이번 반란의 실패로 아밀에게 보내던 신뢰도 다소 손상되지 않았을까. 베프남은 분명 아밀에게 깊은 관심을 갖고 있으나 그 까닭은 우수한 자질의 소유자라고 여기기 때문이었다. 인간 대 인간으로 아끼는 관계가 아닌 단순히 능력을 사랑하는 것에 불과하다. 왜냐하면 그롤도 코임브라 통치에 실패하기 이전까지는 총애를 받은 적이 있었으니까.

즉 그롤이 아밀보다 우수함을 증명한다면 차기 황제의 지위를 탈환할 수도 있었다. 아들 한 명이 죽어 나간다 한들 홀시드 제국만 안녕하다면 베프남은 필시 만족한다. 이제껏 겪은 경험에 근거하여 그롤은 몸서리나도록 잘 알고 있었다.

"태수님, 섣부른 말씀을 하셔서는 아니 됩니다! 바하르 공 역시 우리와 같은 제국의 신하, 동포가 아니옵니까! 이웃에게 칼날을 겨누겠다는 말씀은 너무—."

"같은 제국의 신하, 동포라고? 놈의 책모로 인하여 얼마나 많은 백성이 희생되었는 줄은 알고 하는 말인가! 그 어리석은 놈에게 골수에 사무치도록 교훈을 내려주겠다. 내가 기필코 그리하겠다! 명심하라, 온갖 사태를 상정하여 단련에 힘쓰도록! 우리 코임브라가 약졸이라는 말은 이미 먼 옛날의 이야기이니까 말이다!"

"부, 분부 받들겠습니다."

"오늘은 이만 해산한다!"

그롤이 일어서서 노성을 쏟아 내자 가신들은 제각각 다른 표정을 지은 채 경례를 실시했다.

흥분 때문에 얼굴을 벌겋게 붉힌 자, 얼굴이 핼쑥하게 질린 자,

입가를 일그러뜨리고 무언가를 꾀하는 자, 긴장에 휩싸여서 실신할 듯한 신시아.

그리고 노엘은……. 긴 이야기를 견디지 못하고 거창하게 하품을 한 탓에 눈물이 맺힌 참이었다. 다행스럽게도 신시아를 제외하고 목격한 사람이 없었던지라 기사 서훈의 건이 백지로 돌아가는 사태만큼은 피할 수 있었다. 대신 철권이 날아왔다만. 노엘은 아파 울상을 짓고도 잠을 깨워줘서 고맙다고 미소로 얼버무렸다.

"이런 바보를 봤나! 그 중요한 자리에서 하품을 하는 녀석이 어디에 있나!"

"긴장을 풀어내기 위해서는 어쩔 수 없는 행동이었습니다. 고민을 거듭한 결과 단장의 심정으로 하품을 했습니다. 신시아님, 모쪼록 저를 용서해주십시오."

진지한 척 굳힌 표정으로 심각하게 목소리를 쥐어짜는 노엘. 초대면이었다면 확실히 속아 넘어가고도 남았을 연기 솜씨였다.

"거짓말하지 마라. 진심을 담지 않으려거든 사죄도 하지 마라!"

"잘못했어."

노엘은 재빨리 사과했다. 철권이 날아올 것 같아서였다.

"……그나저나, 분명 무력은 뛰어난 구석이 있다지만 네가 기사이고 게다가 백인장이라니. 정말이지."

"세상 참 말세지~."

묵직한 철권이 노엘의 머리로 날아들었다. 머리를 감싸 쥐고 쪼그려 앉는 노엘.

"잘 들어라, 기사 노엘! 너는 백인장으로서 병사를 지휘하게 된다. 위엄과 책임을 배워 익히고 항상 규율을 중히 여겨야 함을 가슴에 새겨 넣어라!"

"아주 잘 알았어!"

벌떡 일어선 노엘은 호들갑스럽게 고개를 끄덕거리고 방금 전에 막 받은 계급장과 훈장을 가슴께에 달았다. 반짝반짝 빛나서 멋있다. 득의양양하게 가슴을 펴 보였을 때 관자놀이에 핏대가 선 신시아와 눈이 맞았다.

"……꽤나 마음에 들었나 보군. 그런데 나는 상급 백인장이지. 요컨대 내 말은 아직껏 지켜야 하는 상급자의 지시가 된다!"

"응, 진심으로 아주 잘 알았어!"

전혀 알지 못하는 눈치였기에 신시아는 한숨 쉬었다. 노엘은 다정하게 등을 두드린 다음 콧노래를 흥얼거리면서 걸어 나아갔다.

"그나저나 조금 전에는 망설이지 않고 성씨를 결정하더군. 보스하이트라는 성에 무언가 사연이라도 있는 건가?"

"아니, 별로. 그래도 다른 건 안 떠올랐으니까 이게 괜찮을 것 같았거든. 어때? 에드리히 경."

"……등이 근질거리니까 신시아라고 불러 다오. 경도 붙이지 마라."

"그렇구나. 응, 맞아. 신시아는 신시아가 더 잘 어울리는걸."

노엘은 어린애처럼 천진난만하게 미소 지었다.

신시아와 함께 성 바깥으로 나왔다. 태양의 빛을 받아 쬐면서 새 훈장이 반짝 빛났다. 만족스럽게 고개를 끄덕거린 뒤 노엘은 빠른 걸음으로 달음박질쳤다.

방금 전 신시아의 물음, 사실은 살짝 고민한 뒤에 결정한 이름이었다. 얘기해 봤자 웃든가 어이없어할 테니까 엉겁결에 대충 얼버무렸지만. 그렇다, 보스하이트라는 성씨를 더함으로써 자신의 이름에 「의미」를 주고 싶었다. 좋은 이름 노엘과 나쁜 이름 보스하이트. 눈부신 햇살의 뒤쪽에는 반드시 그림자가 드리워진다. 태양이 만들어 내는 빛과 어둠, 양쪽을 더한 이름을 갖고 싶어졌기 때문이었다.

노엘은 그림책에 나온 기묘한 고양이에게서 따온 이름. 노엘이 무척 마음에 들어 하는 이름이다. 평소 불러주는 이름은 이쪽이 좋다.

그리고 보스하이트는 노엘의 이지창에 새겨져 있는 문자다. 피처럼 붉은색으로 자루에 각인돼 있는 그 단어는 씻어서 지우려고 해도 전혀 흐릿해지지 않았다. 어떤 의미인지는 몰라도 노엘은 별로 좋은 뜻은 아닐 것이라 추측하고 있다. 그 창은 보물 중 하나이기는 하나 틀림없이 절대로 기적의 산물이 아니었다. 오히려 저주받은 무기로 간주하자면 납득이 된다.

노엘을 제외하고 다른 사람이 손대면 화상을 입는 데다가 가끔은 힘을 흡수당하는 듯한 느낌마저 들 때가 있다. 또한 비 오는 날의 밤이라든가 창에서 뭔가 소리가 들리는 것 같기도 했다. 왠지 몰라도 그리운 목소리여서 끌려 들어갈 것 같았기에 그런 날이면 노엘은 얼른 잠들어버린다. 몇 가지만 참는다면 불도 나오고 녹슬지도 않고 멋있고 손에 착 달라붙기에 무척 마음에 들었다. 어차피 평생 함께할 무기인 만큼 의미를 알지 못하는 이 불길한 문자를 성씨로 써도 괜찮겠다는 생각에 덥석 골랐다.

"나만을 위한 이름. 분명히 다들 갖고 싶었을 거야."

본심을 말하자면 번호만 빼고 특별히 뭐든 다 상관없었다. 성씨가 무엇이든 간에 지금의 자신은 노엘이라는 이름을 갖고 있었으니까.

노엘은 모든 친구들의 몫까지 열심히 살아가야 했다. 열심히 열심히 최후의 순간까지 줄곧 열심히 살아야 한다. 먼 옛날부터 다짐한 결심이었다.

CHAPTER 13 살아남은 자

바하르 주도, 베스타 성.

바하르 태수 아밀 바르데카는 코임브라의 사절과 면회 중이었다. 사절의 용건은 물론 반란에 관련된 힐문이다. 사절의 얼굴은 분노에 젖어 벌겋게 달아올랐고 언사도 몹시 거칠게 튀어나왔다.

옥좌에 앉아 비웃음 어린 시선을 보내고 있는 아밀. 따분해하는 표정을 숨기지도 않고 발언의 절반 이상을 흘려듣고 있었다.

"그러면 바하르 공은 정녕 이번 반란과 연관이 없다고 우길 작정이시오!"

"사실무근이라고 방금 전부터 몇 번을 대답하지 않았나. 이보게, 사절. 나는 형님을 진심으로 염려하는 사람이라네. 그런 나에게 반란의 원흉이라고 황당한 트집을 잡을 줄이야. 실로 유감스럽군."

아밀이 마치 연기를 하는 말투로 응수하자 사절은 얼굴을 일그러뜨리고 소리 높였다.

"귀하의 가신, 적륜군을 통솔했던 리스티히가 이미 자백했소! 바하르 공의 지시에 따라 선동을 실시하고 백성들을 부추겨서 반란을 일으켰노라고!"

"미안하네만 리스티히라는 인물을 나는 알지 못하

네. 본 적도 들은 적도 없군."

"그렇다면 목을 쳐서 리스티히 천인장의 얼굴을 직접 보여드려도 상관없으시겠소!"

"삶든 태우든 좋을 대로 하시게나. 후후, 웬 무뢰한의 망언을 믿을 줄이야. 형님께서 과연 제정신인가 의심스럽군그래."

"나, 나의 주군을 모욕할 작정이시오!"

격앙하여 벌떡 일어서는 사절을 등 뒤에서 엎어누르는 붉은 머리의 젊은이. 늠름한 용모를 지닌 그 남자의 이름은 파리드. 아밀의 소꿉친구이자 가장 신뢰할 수 있는 오른팔이었다. 계급은 상급 천인장, 바하르 차기 장군의 지위를 아밀에게서 일찌감치 확약받았다.

"사절, 이제 그만하시지요. 나의 주군 아밀 님께서 전혀 관련이 없으시다고 줄곧 말씀하시지 않았습니까. 더 이상의 무례는 용납할 수 없습니다."

"큭! 이번 반란의 경위는 베프남 폐하께는 물론 각 주의 태수에게도 상세히 알리도록 하겠소! 그대가 버린 리스티히 천인장에게도 혹독한 처분이 내려질 게요! 그때 뒤늦게 후회하지나 마시오!!"

"나는 위대한 황제 베프남의 아들이자 무(武)를 긍지로 여기는 바하르의 태수다. 도망치지도 숨지도 않는다. 돌아가서 형님께 전달하게나. 정녕 나에게 죄를 뒤집어씌우고 싶거든 바르데카 가문 전통의 방식을 준비하여 찾아오라고. 그때는 바하르의 전력을 동원하여 상대해주마."

바르데카 가문 전통의 방식을 언급함은 결국 무력을 겨뤄 전부를 결판 내겠다는 뜻. 대륙을 제패했던 태양제 베르기스는 압도적인 무력을 휘둘러서 모든 것을 진압했었다. 전쟁을 벌이기 위한 대의명분을 준비하지도 않고 외교 교섭은 무조건 항복을 재촉하는 처음 한 번뿐, 그다음은 노도의 기세로 몰아붙인다. 그 극렬함에 공포를 느낀 각국의 왕은 이윽고 전투마저 포기한 채 성을 넘겨줬다고 한다. 최종적으로 태양제는 대륙을 완전 제패했고 확고한 권력 기반을 쌓아 올렸다.

홀시드 제국에서는「승자야말로 정의」가 기본이다.『대의명분 따위는 훗날 저절로 따라붙을뿐더러 얼마든지 만들어 낼 수 있다. 패자의 말에 누가 귀를 기울이겠는가』베르기스가 대륙을 제패한 뒤 남긴 말이라고 전해 내려온다.

코임브라의 사절이 떠난 후 파리드는 옥좌에 앉아 미소 짓고 있는 아밀에게 말을 건넸다.

"괜찮으시겠습니까? 이래서는 코임브라 공의 분노에 기름을 끼얹는 격입니다."

"그게 내 목적이다. 어리석은 형님은 틀림없이 우리 바하르에 병력을 출진시키겠지. 같은 제국에 속해 있는 바하르 주에 말이다. 큭큭, 아버지의 노림수대로 친형제 간에 전쟁이 벌어지겠군."

"십중팔구, 전쟁이 나겠군요."

"환영하는 바이다. 설령 저쪽이 머뭇거린다 해도 개전 종용을 위한 준비도 갖춰 놓았다. 형님이 오기 때문에라도 행동에 나서도록 말이다."

"……."

아밀은 바하르의 입김이 닿은 밀정을 벌써 전부터 코임브라에 잠입시켰다. 정 안 움직이겠다면 그롤의 가족을 암살해서 폭발시키겠다는 계획까지 세워 놓았다. 다만 그롤의 아내 사라가 이미 건강이 많이 상한 까닭에 특별히 손을 쓰지 않아도 죽을 가능성이 높았다.

"당초의 계획과 다르다 해도 덕분에 재미있어졌어. 리스티히 녀석에게 훈장을 수여하고 싶을 정도다. 그렇군, 녀석이 자랑했던 아들내미에게 대신 전해주면 되겠군."

"그러나 리스티히 천인장은 명령을 위반한 끝에 패전했을 뿐 아니라 정보를 토설하는 과오마저 저질렀습니다. 일족을 모두 배신자로 간주하여 처형하는 것이 어떻겠느냐고 밀즈 참모가 말씀하셨습니다만."

"놈의 가족은 처벌하지 않겠다. 장래 유망한 싹을 잘라 낼 필요가 없잖은가. 성장하면 아비의 오명을 설욕하고자 몸 바쳐 헌신할 테지."

"넷, 그리 전하겠습니다."

"후후, 그건 그렇고 윌름 녀석은 필시 간담이 서늘해졌겠군."

"배후에서 손을 써 자신에게 해가 미치는 사태를 피했겠지요. 그 자는 교활한 까닭에 위험을 알아차리는 능력 역시 뛰어나다고 밀즈 공이 즐거운 얼굴로 말씀하시더군요."

"교활하든 우직하든 쓸모 있다면 뭐든 다 좋다. 나는 언제나 유능한 자를 바라는 사람이니까 말이다."

아직 앳된 구석이 남아 있는 얼굴로 유쾌하게 미소 짓는 아밀. 그의 내면에서는 계획이 순조롭게 수행되고 있다는 표시였다. 리스티히가 폭주할 가능성도 어느 정도는 사전에 예측하지 않았을까. 선동된 반란군이 이토록 철저하게 패배한 데다가 산 채로 붙잡히는 사태는 물론 예상 밖이었겠지만.

그렇다 해도 아밀에게는 목적으로 쭉 나아가고자 계획을 수정할 줄 아는 유연성이 갖춰져 있었다. 목적이란 정적 그롤을 실각시키고 차기 황제의 지위를 확고하게 굳히는 것.

아밀은 친형과 직접 검을 부딪치게 되는 사태를 기피하기는커녕 환영하고 있다. 태양제 베르기스의 피를 이어받았다는 가장 큰 증거라고 여겨도 되지 않을까.

"얼마 전 징병한 병사들의 훈련은 순조롭습니다. 선발한 기병들의 단련도 예정보다 빠르게 진행 중입니다. 전장에서 기대 이상의 성과를 보여드릴 수 있을 겁니다."

"역시 파리드로군. 선발 기병 「흑양기(黑陽騎)」의 관리는 네게 완전히 맡겨 두겠다. 정예 기병의 첫 전투 상대가 코임브라여서는 아쉬움이 많겠지만 그 부분은 아무쪼록 참아줘야겠군."

"과분한 말씀이십니다."

"다음 전투는 이 대륙에서 나와 네가 명성을 떨치는 발판이 될 것이다. 또한 황제의 지위를 거머쥐기 위한 마무리 작업일 테지."

"기필코 아밀 님의 기대에 부응하겠습니다. 제게 맡겨주십시오."

파리드는 공손히 경례했다. 어릴 적부터 알고 지냈던 사이인 터라 아밀의 인간성은 숙지하고 있었다. 합리적인 성격이며 능력주의를 절대적으로 준수한다. 천성은 냉담하나 호기로운 측면도 있고 무엇보다도 사람을 끌어당기는 매력을 갖췄다. 성질 까다로운 바하르 사람들이 얌전히 따르고 있는 이유도 그 때문이리라. 신분과 출신이 어떠하든 간에 능력만 인정받으면 기회를 얻을 수 있고 성과를 거둔다면 합당한 지위에 오를 수 있었다. 폐쇄적이고 답답한 분위기에 뒤덮여 있던 바하르가 전례 없는 번영을 이루어 낸 것은 전적으로 아밀의 업적이었다.

파리드가 아밀에게 충성을 다하는 까닭에는 어린 시절부터 받은 교육이 토대를 이루고 있다. 스스로도 자각은 하고 있었다. 다만 교육이 전부는 아니다. 자신은 꼭두각시 인형이 아니었기에.

'그래, 아밀 님은 이 대륙을 더욱 발전시켜서 풍요롭게 가꿀 수 있다.'

파리드는 아밀이 황제의 지위에 오르는 것이 최선이라고 진심으로 믿어 의심치 않았다. 아밀은 틀림없이 황제에게 필요한 그릇을 갖추고 있다. 아밀의 황제 즉위는 대다수 백성들의 행복으로 이어진다. 그 미래를 실현시키는 것이 「그 장소」에 있었던 자들의 꿈을 이루는 길로 이어지지 않겠는가. 따라서 기필코 실현시키겠다. 그것이 여명 계획의 유일한 생존자가 완수해야 하는 사명이었다.

"승리하면 황제, 패배하면 역적이 되는가. 나의 아버지 베프남께서 지금은 나를 높이 쳐주고 계시지만 실패한다면 대번에 내버리겠지. 그 남자는 그런 인간이다."

"아밀 님."

파리드가 말을 건네려고 하자 걱정 말라고 손짓으로 가로막는다.

"그래서 더욱 재미있지 않겠나. 승부라 함은 이런 긴장감이 있어야겠지. 영광과 파멸은 표리일체. 세상은 본래 그런 법이니까."

아밀은 입가를 비뚤어뜨린 채 벽에 장식해 놓은 지도로 시선을 보냈다.

"나는 말이네, 내가 어디까지 갈 수 있는가 확인하고 싶다네. 이미 완성돼 있는 제국을 이어받은들 어떤 감개도 없을 테지. 그러나 토대를 단단히 하는 작업은 필요 불가결. 따라서 나는 패배할 수 없다. 나의 꿈, 야망의 성취를 위해서도 말이야."

"넷!"

"나를 따라와라, 파리드. 결코 뒤처지지 말고."

파리드의 꿈이 수많은 백성들의 행복인 것과 마찬가지로 아밀에게도 장대한 야망이 있다. 파리드는 처음 만났을 때부터 거듭 이야기를 들었다.

—내 꿈은 황제가 되는 데서 멈추지 않는다. 이미 준비된 장소에 앉는 것만으로는 도저히 만족할 수 없어.

아밀의 진정한 꿈은 아득히 먼 서방에 있는 문도노보 대륙 진출이었다. 원정에 나서 식민지를 개척하고 영토를 확장하는 것. 이것이야말로 아밀이 품은 야망이었다. 희소한 물품을 만들어 내는 이국의 기술, 미지의 지식은 확실하게 제국의 발전으로 연결되리라.

귀환한 상인들의 이야기를 듣자 하니 종교 혁명 이후는 크고 작은 세력을 지닌 수많은 영주들이 난립하여 같은 신의 이름 아래에서 격렬한 영토 분쟁을 펼치고 있다 하였다. 파고들 틈은 대단히 많았다.

파리드는 낯선 대륙에 딱히 흥미를 갖고 있지 않았다만, 아밀의 명령이라면 반드시 실행에 나서야 했다. 그것이야말로 자신들의 사명인 동시에 사람들의 행복으로 이어지는 길일 테니까. 아밀의 말은 절대적이다.

"갖고 싶은 물건은 무력으로 빼앗는 것이 태양제 베르기스 때부터 전해 내려오는 법식. 그렇다면 나도 본받고 따라야 하지 않겠나."

아밀의 눈에 열화와 같은 야심이 끓어올랐다.

"제 검은 아밀 님에게 바쳤습니다. 제게 목숨이 붙어 있는 한 어느 곳이든 함께하겠습니다."

파리드의 말에 아밀은 만족스럽게 고개를 끄덕였다. 그리고 결의를 굳힌 얼굴로 중얼거렸다.

"비록 개인적인 원한은 없다만 형님은 필히 죽어주셔야 한다. 이 위대한 제국의 더한 영광을 위한 제물, 그리고 내 야망의 발판으로 말이다."

알현장에서 물러난 파리드는 따분한 기색으로 벽에 기대서 있는 여사관에게 시선을 보냈다.

이 여사관은 파리드의 부관을 맡고 있는 레베카 백인장이었다. 두루 고찰한 뒤에 조언을 건네는 등등 부관에게 필요한 능력은 완전히 결여됐다만 그 부분을 보충하고도 남는 무력의 소유자이다. 그 힘과 실력을 높이 사서 파리드가 부관으로 임명했다. 여성의 신체임에도 불구하고 몹시 다부진 근육을 갖고 있었다. 레베카를 당할 전사는 바하르를 전부 뒤져도 몇 명밖에 되지 않을 것이다. 천성의 소질에 더해 인공적으로「모종의」힘을 부여받은 결과다.

"레베카, 이런 데서 너는 도대체 뭘 하고 있나?"

"뭘 하기는, 파리드 형을 기다리고 있었지. 내가 이래 봬도 부관이니까 말이야. 안 그래?"

"인마, 부관이라는 자각이 있거든 나를 형이라고 부르지 마라. 부대의 규율이 흐트러지잖아."

"형이야말로 상급 천인장 계급에 「인마」는 그만두는 게 좋겠어. 말할 때 언제나 위엄과 격식을 갖춰야지."

"네 말이 맞기는 한데. 뭐, 평소에는 편히 말해도 되잖냐."

납득되는 말이었던 터라 파리드는 쓰게 웃고 말았다. 레베카가 옆에 나란히 서서 걸음을 옮겼다.

"그건 그렇고 아밀 님은 뭐라셔? 맞다, 코임브라의 사절이랑 만났던 거지?"

"그래, 반란의 배후를 따지러 왔어. 회담은 물론 결렬됐고."

"어휴, 진짜 짜증 나네. 코임브라 놈들. 지금 따라가서 죽이고 올까?"

"바보 같은 짓 하지 마. 서두르지 않아도 조만간에 싸우게 될 텐데, 뭐. 우리가 훈련시킨 정예 기병, 흑양기의 진가를 발휘할 때가 온다."

"아주 좋은 소식이잖아. 아, 좀이 쑤시네! 헤헤, 나 말고 다른 녀석들도 피에 굶주렸거든. 죽기 살기로 「시험」에서 살아남았는데도 매일매일 훈련만 반복해야 되는걸. 진짜 못살겠다니까! 살아 있는 상대가 아니면 피도 안 나오고 비명도 안 지르니까 하나도 재미없다고!"

이를 드러낸 레베카가 사납게 웃는다. 레베카는 새벽 계획에 참가한 생존자였다. 더 이전의 여명 계획을 개선해서 다시 실시한 것이 새벽 계획. 이번에는 8할쯤 살아남았다. 그 성과로 전원이 인간을 벗어난 완력을 획득했다. 그 대가는 인간성의 현저한 결여라고 말할 수 있을까. 레베카를 포함한 생존자들은 인간의 말을 할 줄 아는 짐승이라는 평이 옳았다.

파리드는 그들을 진심으로 가엾게 여겼다. 자신도 별반 다른 처지는 아니었으나 지성, 이성은 건재하다고 믿는다.

"뭐야, 눈빛이 되게 이상하네. 하고 싶은 말 있으면 거리끼지 말고 해줘. 내가 머리를 잘 못 쓴다는 건 알잖아."

"별로, 아무것도 아니야. 신경 쓰지 마."

소모품 병사에게는 지성 따위 필요하지 않을 수도 있겠다. 다만 그러다가는 무엇을 위해 살아 있는 것인가 모르게 되지 않을까.

계획의 지휘를 맡은 황제 베프남은 생존자를 전부 바하르에 배치했다. 아밀에게 보내는 선물일 수도 있겠지만 본인의 주변에 짐승을 두고 싶지 않다는 것이 본심이리라. 충성심을 철저히 주입했다고는 하나 빈틈을 발견하면 덮쳐드는 것이 짐승의 습성이었다.

"전쟁이 벌어지면 많은 백성이 괴로움에 시달릴 거야. 사실은 쓸데없는 피는 흘리지 않는 게 제일이지. 이 대륙에 사는 사람은 모두 동포니까."

"또 또 이런다. 전쟁 난 다음에는 그런 말 제발 참아줘. 갑자기 맥이 확 빠질 테니까!"

"또라니, 뭐가 또야. 마치 내가 언제나 잔소리만 늘어놓는다는 말 같잖아."

파리드가 힐끗 눈을 흘기자 레베카는 순간 움츠러들었다.

짐승의 습성을 갖고 있는 레베카가 어째서 얌전히 파리드의 말에 따르는가. 대답은 간단하다. 짐승은 자신보다 압도적으로 강한 자에게는 복종한다. 초대면 때 파리드는 제게 덤벼든 레베카를 반항의 여지조차 남기지 않고 때려눕힌 뒤 철저하게 「복종」을 가르쳤다. 따라서 레베카는 따를 수밖에 없었다. 반발한다면 반죽음이 되도록 처벌당할 테니까.

레베카를 제압한 다음은 일사천리였다. 무리의 수장이 패배한 만큼 다른 자들도 얌전히 복종해야 했다. 새벽 계획의 참가자들도 이제 와서는 파리드의 충실한 부하가 되어 있었다. 난폭하고 거친 녀석들이지만 명령은 거스르지 않는다.

덧붙여서 레베카의 당돌한 태도는 표면뿐이고 진심으로 파리드를 거역한 적은 없었다. 못 당하는 상대라는 자각이 몸에 각인돼 있기 때문이었다.

"도대체가 말이야, 형은 여명 계획의 유일한 생존자잖아? 제대로 미친 계획의 생존자라고. 사실은 형이 제일로 미친 사람이라고 다들 수군거리거든."

"……."

"형은 진짜 대단해. 우리가 마신 모조품이 아니라 희석도 안 한 「그것」을 마신 거잖아. 그리고 유일하게 혼자 살아남았지? 「그것」을 이겨 낼 만큼 미쳐 있으면서도 왜 맨날 툭하면 잠꼬대 같은 소리를—."

파리드는 말하는 도중이었던 레베카의 턱을 오른손으로 잡아 올렸다. 의도적으로 통증을 느끼도록 힘을 넣어서.

"그 이야기는 두 번 다시 하지 말라고 말했을 텐데? 너는 몇 번을 말해줘야 알아들을까. 말로 해서 못 알아먹는 쓰레기에게는 내가 어떻게 했더라. 벌써 잊어버렸어?"

"힉, 자, 잘못했어요! 기, 기억해요!"

파리드가 노려보자 레베카는 황급히 사죄의 말을 늘어놓았다. 얼굴은 핼쑥해졌고, 이는 딱딱 소리를 울리고, 무릎은 부들거리고 있다. 턱을 놓아준 다음 둥글게 굽은 등을 가만가만 쓰다듬어주고 귓가에 속삭였다.

"잘 들어, 레베카. 다음 전쟁은 이 대륙에서 벌어지는 마지막 전쟁이 될 거야. 최대의 정적이었던 코임브라 공에게 승리하면 아밀 님은 명실공히 제국의 후계자가 되실 수 있지. 이 말의 의미를 이해하겠어?"

"후, 후계자……. 그러니까, 아밀 님이 다음 황제가 된다는 말이지?"

평판을 깎아내렸다고는 하나 그롤은 후계자 분쟁의 최대 경쟁자. 그를 패배시키면 황제의 자리는 틀림없이 아밀의 소유가 된다.

현 황제 베프남은 이미 나이가 많은 까닭에 아마 머지않아서 퇴위할 것이다. 아밀에게서 들은 이야기에 따르면 지금은 정치보다도 불사를 실현하기 위한 새로운 계획에 몰두하고 있다 하였다. 여명, 새벽의 두 계획은 일단 성공했으나 황제의 비원을 실현시키기에는 아직껏 갈 길이 멀다는 뜻이었다.

"아밀 님이 황제로 즉위하면 리베리카 대륙은 분명 발전과 안녕을 맞이할 수 있어. 또한 그다음이 바로 진짜 시작이지."

"지, 진짜 시작?"

"너도 태양의 피를 이겨 낸 한 사람이잖아. 네가 익힌 힘을 전부 아밀 님을 위해서 써라. 새벽, 여명 다음에 해는 하늘 높이 떠오른다. 너도 그렇게 배웠을 텐데? 그러니까 우리의 손으로 아밀 님을 그 장소까지 모셔다드리는 거다."

파리드가 그렇게 말하고 웃어 보이자 레베카는 호들갑스럽게 고개를 끄덕끄덕했다.

"아, 알았어! 나도 진지하게 힘낼게! 형이랑 같이 번영하는 제국을 건설하는 게 우리 역할이잖아!"

"그래, 좋은 마음가짐이야. 물론 나도 열심히 힘낼 거다."

새벽, 여명의 다음에는 조금의 어둠도 남지 않는다. 태양 제국이라고 칭송받는 홀시드의 전성기는 아밀을 위해 준비되어 있다. 그 장소까지 무사히 바래다주는 것이 파리드와 생존자들의 사명이다. 태양 제국을 이어받은 아밀은 저 멀리 더 많이 빛을 비춰주리라. 이 대륙은 행복을 맞이하리라. 반드시, 틀림없이.

'다음 태양으로 적합한 분은 아밀 님이다. 그 자리를 떠받치는 것이 우리 「생존자」들의 역할. 그러니까 그 앞길을 방해하는 자는 누구라 해도 처단해야 한다.'

파리드는 주먹을 부르쥐고 굳게 결의했다.

감개에 젖어 있었던 레베카가 무언가를 떠올리고 불쑥 손뼉을 친다.

"맞다, 형. 지금 갑자기 떠올랐는데 말이야. 게브랑 네드, 게다가 리스티히 아저씨가 죽어 나갔다는 이야기 들었지? 뭐, 음험한 리스티히 자식은 아무래도 좋지만 말이야."

"……그래, 아까운 인재를 잃었지. 다들 우수한 군인이었어. 게브는 위험해지면 도망치겠다더니 결국 몸을 빼내지 못했나 보군. 네드는 탐색 임무 중 전사했다고 듣긴 했다만."

반란의 성패와 관계없이 리스티히는 무사하지 못하리라고 예상을 했다. 다만 게브와 네드까지 전사한 것은 예상 밖이었다. 임기응변의 판단을 할 줄 알고 풍부한 경험을 지닌 현장 지휘관들. 아직은 맡길 만한 임무도 많으련만.

"으음, 살짝 납득이 안 되더라고. 게브라면 잽싸게 도망칠 만도 한데 말이야. 맘먹고 죽이려고 해도 쉽게 죽어줄 아저씨가 아니잖아."

"소식을 듣자 하니 기습을 시도했다가 코임브라 공을 처단하기 직전에 섬멸당했다던가. 선봉대를 이끌었던 게브는 창에 꿰뚫려서 전사했고, 리스티히는 양쪽 무릎을 분쇄당한 뒤 맥없이 포로 신세가 됐고. ……코임브라에는 약졸뿐이라는 말도 믿으면 안 되겠군."

본진의 측면으로 적병이 나타났다는 것은 달리 말하면 리스티히의 기습도 사전에 간파되었음을 의미한다. 게다가 내통자의 협조에 힘입어서 주력 부대와 분리하는 데 성공했는데도 불구하고 벌어진 일이다. 본래 코임브라 군은 전 병력으로 공세를 펼친 까닭에 본진이 텅 비어 있어야 했다. 누군가가 독단으로 병력을 숨긴 채 잠복시키고 있었을 테지.

리스티히와의 관계는 좋지 않았다만 딱히 무능한 인물은 아니었다. 그런데도 코임브라 군에 격파당한 것이다. 세간의 평판은 역시 무턱대고 믿을 것이 못 된다. 어디까지 내다보았는가 알 수는 없으나 필시 골칫거리가 될 만한 인물이 코임브라에 존재한다는 뜻이다. 적의 기습을 꿰뚫어 본 뒤 아군이 총공격에 나선 와중에 병력을 반전시킬 수 있는 결단력과 실행력, 또한 용기를 지닌 인물이다. 그 인물이 혹시 대군을 맡아 지휘할 수 있는 입장에 오른다면 실로 까다로운 적이 되어서 나타날 테지.

"뭐, 유감스럽기는 해도 어쩔 수 없지. 언젠가 내가 전원의 원수를 갚아줄 거야. 그래서 누가 죽였는지 알아는 냈어? 그걸 모르면 복수도 못 해주잖아."

"들은 이야기에 따르면, 분명—."

무사히 도망쳐 나온 자들의 이야기로는 젊은 여병사의 손에 거꾸러졌다고 했다. 병사의 내력은 내통자를 통해 파악할 수 있었다.

"노엘이라는 이름의 여사관이다. 내통자가 보낸 연락에 따르면 궁지에 몰린 코임브라 공을 구원한 공적으로 기사 서훈을 받았다더군. 어디까지 사실인지는 알 수 없겠지만 상당한 강자라는 보고를 받았어."

"흐흐, 그렇담 아주 기대되는걸. 코임브라 군의 여병사, 그리고 바하르 군에서 새벽 계획의 최강자로 꼽히는 나. 누가 더 강한지 결판을 내겠어! 헤헤, 머리통을 깨부숴주지!"

마치 짐승처럼 입맛을 다신 뒤 홀로 의욕을 끌어올리는 레베카. 파리드는 한숨 쉬다가 못을 박았다.

"기합을 넣는 것은 상관없다만 단독 행동은 절대로 용서 안 할 거다. 부대의 질서를 흐트러뜨리는 녀석은 군법 위반의 죄를 물어야 하고, 그렇게 되기 전에 내가 제재를 가할 테니까."

"다, 당연히 알지. 형이 하는 말은 절대로 거스르지 않을 거야."

"알아들었으면 됐고. 도대체가, 네가 조금만 더 똑똑하게 굴면 부대 하나를 맡겼을 텐데."

"헤헤, 나는 고민 안 하고 막 날뛰는 게 성미에 맞단 말이야. 그나저나 도망쳐 온 적륜군 잔당은 어떡할 거야? 볼일 다 마쳤으면 훈련 과녁으로 써먹어도 될까?"

"외부에 내어놓을 수도 없는 관계로 폐하의 계획에 쓸 재료로 바친다더군. 불쌍하지만 아밀 님의 명령이니까 어쩔 수 없어."

도망쳐 온 자는 수십 명, 개중에는 사정을 잘 아는 인원도 있는지라 괜한 소문이 새어 나가도록 둘 수는 없었다. 따라서 아밀의 명령에 따라 전원을 즉시 구속했다. 또한 베프남의 새 계획을 위한 희생양으로서 제도로 이송되었다.

"칫, 유감이네. ……아, 맞다! 다른 녀석들에게도 방금 형이 한 말을 가르쳐줘야지!! 걔네 다 바보라서 어차피 하나도 못 알아들었을 테니까 말야!!"

레베카가 도망치듯이 달려 떠나갔다. 설교를 듣기 싫은 눈치이기도 했고 어서 가르쳐줘야겠다는 마음이 절반쯤 되지 않았을까.

"……정말이지 사람 말을 안 듣는 녀석이군. 성 안에서 뛰어다니지 말라고 몇 번을 말해도 고치질 않아."

레베카의 뒷모습을 바라보다가 자기 방에 돌아온 뒤 파리드는 한숨 쉬고는 어깨를 으쓱거렸다. 본인은 바보 취급을 했지만 다른 녀석들과 레베카의 지력은 별반 다르지 않았다. 오히려 레베카를 가장 머리 나쁜 녀석으로 여기고 있다. 본인에게는 말을 안 한다만.

"후유."

의자에 걸터앉아서 바하르의 문장, 그리고 홀시드 제국의 태양 깃발로 시선을 보냈다.

'여명 계획에서 목숨을 잃어버린 친구들을 위해서라도 나는 더 힘껏 살아야 한다. 함께 행복을 찾아 나설 수는 없게 됐지만 더 많은 사람들이 행복한 삶을 누릴 수 있도록 노력하자. 그렇게 하면 나 홀로 살아남은 의미도 분명 있을 테니까.'

굶주리지 않고 연인이며 가족 및 친구들과 서로 웃으면서 살아갈 수 있는 나날. 특별할 것 없는 평범한 나날이야말로 행복이지 싶었다. 자신은 그런 삶을 살아본 적이 없으나 백성들과 병사들의 바람은 분명 그러하지 않을까. 그래, 그것이야말로 행복이다. 따라서 많은 사람들이 평범한 삶을 누릴 수 있는 세상을 만드는 것이 파리드의 사명이자 살아가는 목적이기도 했다.

그 때문에 파리드는 싸운다. 아밀을 위해 전신전령을 다 바쳐서. 이 대륙에서 살아가는 사람들의 행복으로 이어질 테니까.

"그렇겠지? 13번. 더 많은 사람이 행복해질 수 있도록 힘쓰는 것, 나는 아마도 내가 해야 할 일을 찾았어."

창 너머로 비쳐 들어오는 빛을 쬐면서 파리드는 딱 한마디 중얼거렸다. 마치 태양과 같이 밝았기에 일찍이 마음이 이끌렸던 소녀.

소녀의 바람을 이루어주기 위해 파리드는 계속 싸운다. 그리한다면 하늘 위에서 소녀가 웃어줄 테니까.

연병장에서는 흑색 복장의 기병들이 대열을 짜고 기세를 드높이면서 바삐 뛰어다녔다. 펄럭이는 깃발에는 바하르의 인장, 하늘을 달리는 용 문장을 수놓았다.

태양제를 마지막까지 괴롭혔던 바하르의 기병들. 맹렬한 돌진력으로 어떤 적이든 단숨에 쳐부순다. 태양제는 용의 깃발을 내걸고 모래 먼지를 일으키면서 달려드는 그들을 목격한 뒤에 『전승에 남아 있는 용기병이 나타난 줄 착각할 뻔하였다』라며 탄식했다고 한다.

아밀은 전승을 재현하고자 상당한 비용을 치러 준마와 장비를 갖추고 새벽 계획의 완성품을 투입함으로써 부대를 결성했다.

또한 정예 부대를 「흑양기」라고 명명한 뒤 지휘권을 파리드에게 맡겼다.

파리드는 기필코 그 기대에 부응해야만 했다.

"괜찮아. 나는 할 수 있어. 왜냐하면 친구들의 꿈을 이어받은 사람은 나 혼자뿐이니까. 그러니까 분명히 할 수 있어."

CHAPTER 14 웃는 얼굴로 작별

노엘이 기사 서훈을 받은 다음 날. 신시아는 큰 손짐을 손에 들고 노엘의 사관실 앞에 서 있었다. 한 차례 헛기침 뒤에 문을 두드리고 말을 건넸다.

"노엘, 있나?"

"네~ 있어요~. 지금 열어줄게."

맥 빠지는 목소리와 함께 문이 열렸다. 막 수령한 새 군복에 은관 훈장을 자랑스럽게 달아 놓은 노엘이 방싯방싯하는 표정으로 나타난다. 태양과 같은 붉은색 머리카락은 여전히 인상적이었다. 다만 머리 모양이 이전보다는 꽤 단정했다. 그동안은 스스로 손질을 한 듯싶었다만, 얼마 전 서훈식 때 신시아가 몸단장용 인원을 수배해줬던 덕분이다. 입을 다물면 혹시 귀족 아가씨로 보일 수도 있겠지만 성격 쪽은 그야말로 대책이 없었다.

"좋은 아침, 앗, 신시아 님. 오늘도 바깥은 좋은 날씨야. 산 너머에 구름이 끼어 있어서 살짝 싫은 기분은 들지만."

"……."

여전히 촐싹거리는 언동 때문에 신시아는 무심코 한숨을 쉬고 말았다.

'이러고도 말단일지언정 기사가 되어버렸으니 머리가 아프군. 만약 이 녀석이 실책을 저지른다면 태수님의 명성에 흠집이 나게 되겠지. 내가 철저히 교육해야 한다. ……앞날이 걱정되는군.'

신시아는 불현듯 위가 쿡쿡 쑤시는 느낌을 받았다. 딱히 후견인은 아님에도 노엘이 태수와 대면하도록 자리를 만든 사람은 자신이었다. 책임의 일부는 분명 제 몫이었다.

"있잖아, 왜 계속 아무 말을 안 하는 거야? 눈도 한 번 깜빡을 안 하고. 게다가 가슴은 왜 감싸 쥐는 걸까? 혹시 배고파?"

"……아니, 뭘. 앞날을 잠시 고민했을 뿐이다."

"그렇구나."

"아무튼 오늘은 네게 중요한 용건을 전달하러 왔다."

"중요한 용건? 뭘까. 기사 서훈이 사실은 뭔가 착오였다든가? 그러면 깜짝 놀랄 텐데. 아하하."

노엘의 뜬금없는 말을 흘려 넘기고 신시아는 손가락을 척 들이밀었다. 그대로 노엘의 이마를 빙글빙글 돌려 누른다.

"웃을 때가 아니잖나! 너는 백인장이 되었고 게다가 기사의 지위까지 갖게 되었다. 즉 자신의 부하를 거둘 수 있음을 의미한단 말이다."

"부하?"

한 마디 중얼거린 노엘이 고개를 갸웃거렸다.

"그렇다. 태수님께서 내어 주시는 병력과는 별개로, 즉 직속의 측근을 고용할 수 있다. 당연히 네 급료로 대가를 지불해줘야 한다만. 그럼에도 신뢰할 수 있는 부하란 무엇과도 맞바꿀 수 없는 귀한 존재이기는 하지."

직속 측근이라는 말을 몇 차례 중얼거리다가 짝 힘껏 손뼉을 치는 노엘. 겨우 이해가 됐는가 보다.

“알겠다, 마음에 드는 사람을 써도 괜찮다는 말이네? 더 특별한 동료구나.”

조금 다른 듯싶기도 하다만 얼추 뜻은 맞아떨어지기에 일단 고개를 끄덕여줬다. 자세하게 설명하려다 보면 틀림없이 해가 떨어질 테니.

“뭐, 음. 대충 그런 뜻이다. 참고로 나 역시 아버지 대부터 몸담았던 자들을 고용하고 있다. 풍부한 경험을 갖고 있는 인원들이기에 몇 번이나 도움을 받았지.”

“조금만 더 빨리 말해주면 좋았을 텐데. 밀트도 병사가 안 되도 괜찮았다면 남아줬을지도. 유감이네.”

노엘과 같은 마을에 살던 밀트는 고향 마을로 돌아가겠다고 말한 뒤 이미 마들레스를 떠났다. 다른 자들은 이곳이 더 좋다면서 군에 남아줬다만. 신시아는 당시의 광경이 강하게 인상에 남아 있었다.

『나는, 역시 마을로 돌아가야겠다. 케르도 걱정되고, 크래프트가 죽었다는 사실도 전해줘야 하고』

『그렇구나. 조금 쓸쓸해지겠네』

『……혹시 말이다』

『응?』

『여기에서 아무것도 발견을 못 한다면 다시 마을로 돌아와도 돼. 네가 바라는 행복은 없을지도 모르겠지만. 그렇다 해도 그곳에는 네 집이 있으니까』

『……』

『나는 마을에서 기다리겠어. 케르와 함께, 그날이 올 때까지. 아, 아니, 네 입장을 감안하면 그렇게 되지 않는 게 더 좋겠지만 말이야』

『고마워, 밀트. 이걸 케르에게 전해다 줄래? 소중한 그림책이지만 케르가 갖고 싶어 했으니까 줄게』

노엘이 너덜너덜해진 그림책을 건넨다. 지면은 다 번졌는데도 언제나 소중하게 갖고 다녔던 그림책.

『이 그림책은, 네 보물이잖아』

『괜찮아. 나는 이미 충분히 기운을 받았으니까. 케르가 갖고 있어도 내 보물이라는 건 변함없는걸. 그러니까 줄게. 분명히 다들 기뻐할 거야』

『알겠다, 꼭 전해주마. ……그러면 잠시 작별이다. 또 보자』

『응, 이제 작별이구나. 그동안 친절하게 대해줘서 정말 고마웠어!』

그때 노엘은 기운차게 웃고 있었다.

신시아는 노엘이 사실은 어떤 생각을 하고 있는가 헤아릴 수가 없었다. 다만 아마도 슬퍼했던 듯싶었다. 막연하게나마 느낄 수 있었다.

“기회가 나거든 언젠가 다시 제안을 해봐도 괜찮을 테지. 특별히 멀리 떨어진 위치도 아니잖나. 영원한 작별이 아니니.”

“아니야, 그만둘래. 밀트가 여기에서 군인으로 사는 건 무리야. 그래도 헤어지니까 많이 섭섭하네.”

“……음, 뭐냐. 날씨도 이리 좋지 않은가. 평소처럼 기운을 내라.

네가 풀 죽은 꼴을 보면 해가 서쪽에서 뜰 것 같단 말이다."

신시아는 격려해주고자 했으나 말이 잘 나오지 않았다.

"아하하, 너무하네. 그래도, 응, 맞아."

"……네가 기운을 내는 데 도움이 될지는 잘 모르겠다만, 이것을 받아라."

신시아는 그렇게 말한 뒤 손에 들고 있던 커다란 천 자루를 노엘에게 건네줬다.

"되게 무겁네. 이게 뭐야?"

노엘이 한 손으로 들어 올리더니 이리저리 흔든다. 그때마다 안쪽에 들어 있는 물건이 짤랑짤랑 부딪치는 소리가 났다.

"태수님께서 네게 하사한 포상이다. 저번 전투의 포상금에 기사가 된 축하금을 더해주셨다고 하더군. 아무쪼록 감사한 마음으로 받고, 결코 낭비하지 말도록 해라."

자루 한가득 담겨 있는 금화. 그롤은 노엘을 상당히 마음에 들어 하는가 보다. 아무리 기사가 됐다고 하나 이토록 큰 금액을 대뜸 하사하는 것은 과한 포상이었다. 농민 한 사람이라면 절제한다는 가정하에 평생 일하지 않아도 먹고살 수 있을 것이다. 비난할 마음은 없었다만 재무 담당관이 꽤나 떨떠름한 표정을 지었을 것은 분명하다.

"으음, 돈이라~."

"뭐냐, 그 얼굴은. 설마 액수가 불만인가? 이만한 금화가 있는 이상 어지간한 물품은 다 갖출 수 있을 터인데."

"왜냐면 돈은 쓰는 대로 사라져버리고, 또 갖고 있어도 별로 기쁘지 않거든. 많든 적든 모두가 갖고 있잖아. 그러니까 보물로 삼기에는 안 내킨달까."

노엘은 금화를 한 장 꺼내 들더니 엄지손가락으로 튕겨 올렸다. 막 주조한 듯 황금색으로 빛나는 금화였으나 노엘의 안경 하나도 못 당하는가 보다.

확실히 금전이란 다들 갖고 있기에 희소한 것은 아니다. 그러나 많은 금액을 받고도 시큰둥한 표정을 짓는 녀석이 이 바보 멍청이 말고 또 있을까? 인간은 돈을 위해 일한다. 그리고 돈을 위해 인간을 죽일 수도 있다. 건전한 사고방식은 아닐 테지만 돈에는 분명 큰 가치가 있었다.

"돈이 많으면 마음에 드는 물건을 살 수 있잖나. 그렇다면 보물과 마찬가지가 아닌가?"

"돈으로 못 사는 물건도 잔뜩 있지 않을까?"

마치 성인(聖人)이나 할 법한 말을 늘어놓는 노엘. 여기에다가 수녀처럼 진지한 표정을 더한다면 꽤나 감동적이련만 유감스럽게도 정반대의 얼굴이었다.

"……네 녀석치고는 제법 함축이 있는 의미심장한 말이군. 살짝 감탄했다."

"그래?"

노엘이 되묻는다. 이대로 두면 대화를 진행하지 못한 채 해가 떨어질 테니 신시아는 어서 용건을 매듭짓고자 마음먹었다. 노엘과 대화하면 지루하지는 않으나 시간은 유한하니까.

"아무튼 이 돈을 자금 삼아서 부하를 고용하면 될 거다. 거듭 당부하겠는데 절대 헛되이 낭비하지 마라. 특히 시가지에서 쓸데없는 물건을 사들이는 짓은 아예 말이 안 되니까 명심하도록."

"아하하, 그런 짓, 하지 않아. 나는 백인장이고. 아하하하."

정곡을 찔린 노엘이 시치미 뚝 떼고 시선을 돌린다. 돈으로 못 사는 물건도 있다면서 제법 기특한 말을 늘어놓더니 이런 꼴이다. 아무 당부를 하지 않았다면 틀림없이 온갖 잡동사니를 사들였을 것이 분명하다.

노엘의 뺨을 두 손으로 단단히 잡아 쥐고 신시아는 얼굴을 바짝 가져다 댔다.

"절대로 돈을 헛되이 쓰지 마라. 왜 대답을 안 하나, 노엘 백인장."

"네, 넷. 알겠습니다."

비뚤어진 얼굴로 끄덕끄덕하는 노엘. 추후에 사용처를 보고하라고 다시금 못을 박은 다음에 퇴실했다. 등 뒤에서 지쳤다~ 하고 한숨 섞인 목소리가 들려도 애써 무시했다. 회중시계를 꺼내서 보니 이미 한 시간 이상은 경과했다. 시간은 유한하다.

딱히 매사를 다 신경 써줄 의무도 없다지만 가만히 방치하면 무슨 짓을 저지를까 모를 녀석이었다. 기사로 발탁한 그룹의 체면에 먹칠을 하는 불상사만큼은 일어나서는 안 되겠다.

'……역시 불안하군. 집무를 마치거든 나중에 상황을 보러 가도록 하자.'

오후, 밀려 있었던 업무를 끝낸 신시아는 마들레스의 성 아래 거주 지역으로 외출했다. 어느새인가 빗방울이 떨어지고 있었던 터라 광장의 상인들도 오늘은 일찌감치 가게를 닫으려는지 허둥지둥하는 모습으로 노점을 정리하는 모습이었다.

또한 광장의 한구석에서는 반짝이는 새 갑옷을 입은 병사 몇 명이 쪼그려 앉아 있었다. 이제는 비가 죽죽 쏟아지는데도 단지 주저앉아 있기만 하는 저 집단에서 이상한 분위기가 퍼져 나온다. 신시아는 집단으로 다가가 가운데에서 힘없이 어깨를 늘어뜨리고 있는 붉은 머리카락이 특징적인 인물에게 말을 건넸다.

"……무엇을 하고 있는 거냐, 너는."

"……."

푹 머리 숙인 노엘은 아무 대답을 않았다. 흠뻑 젖은 머리카락이 달라붙어서 묘한 색기를 자아내고 있다. 여기에 성격이 조금 멀쩡하다면 사내놈들이 가만히 두지 않을 텐데 유감스럽게도 내용물은 쾌활하면서도 굶주려 있는 늑대와 다르지 않다.

잠시 기다려봐도 대답이 없었다. 군대에 남은 노엘과 같은 마을 출신의 젊은이가 눈치 빠르게 대신 답해주었다.

"음, 그게 말이죠. 노엘 대장은 부하를 모집하려고 했습니다. 그런데 계집아이가 웬 엉뚱한 말을 하냐고 진지하게 듣는 사람이 없더군요. 뭐, 당연한 반응입니다만."

"설마 여기에서 부하를 모집했다는 말인가?"

"예, 아침부터 쭉 모집했었죠. 구경꾼은 제법 기웃거렸습니다만 정작 지원자는 한 명도 오지 않았습니다."

내 부하가 되고 싶은 사람은 여기 모여라, 누가 떠들어 댄다고 대뜸 넘어오는 어리석은 사람은 드물 것이다. 보통은 될성부른 인물에게 예의를 잘 갖춰 방문한 뒤 정중하게 권유하는 것이 마땅한 도리이니까. 군대에서 실시하는 모병이 아닌 우수한 측근을 고용하기 위함이 아닌가.

노엘의 모집 활동을 본 주민들은 필시 코임브라 군을 못 미덥게 보았을 테지. 노엘의 무용이 뛰어나다는 것을 신시아는 물론 안다만 겉모습만 갖고 판단할 수는 없는 능력이었다. 언뜻 보기에는 어린 소녀에 불과하니까.

“그렇군. 그런 이유로 코임브라 군의 백인장, 게다가 기사의 신분을 지닌 인물이 낙담하여 길가에 쭈그려 앉아 있는 것인가. 내 말에 틀린 부분은 없겠지?”

“아, 넷. 무엇 하나도 틀리지 않았습니다.”

주뼛주뼛하면서 경례하는 젊은이. 노엘은 주저앉은 채 잡초를 잡아 뽑고 있었다. 완전히 삐친 기색이다.

“……아무도 내 말을 진지하게 안 들어주더라. 지쳤어. 비는 또 왜 내리는 거야. 오늘은 진짜 재수 없는 날이야. 아아~ 비가 확 죽어버리면 좋겠어.”

노엘은 뽑아낸 풀을 휙 집어 던졌다. 신시아는 한 차례 어둑어둑한 하늘을 올려다본 다음 숨을 내쉬면서 말을 건넸다.

“그래, 노엘. 이제부터 너에게 더욱 재수 없는 사건이 일어날 텐데 각오는 되어 있나?”

“……어째서?”

“어째서인지 네 머리로 고민해봐라.”

“전혀 모르겠거든. 비 내리니까 고민하기도 싫어.”

노엘의 퉁명스러운 대답. 신시아는 한 차례 미소 지은 뒤 노엘의 머리에 철권을 선사했다. 꽥, 개구리 짓눌리는 소리가 울려 퍼졌다.

"어째서겠냐, 내가 이제부터 설교를 쏟아부을 테니까. 바보 멍청이 녀석!! 코임브라의 명예를 걸고 오늘은 철저하게 교육해주마!"

"어휴. 역시 오늘은 재수 없는 날이야. 너희도 그렇지?"

노엘이 자신의 병사들에게 도움을 청하는 시선을 보내봐도 전원 얼굴을 돌린다. 괜히 말려드는 신세는 사양하겠다는 듯이.

"어라, 왜 눈을 피하는 걸까? 대장이 위기에 빠졌는데."

"다른 인원은 해산해도 좋다! 자, 가자!"

"누가, 살려줘!"

신시아는 노엘의 목덜미를 붙잡아 곧장 성 쪽으로 걸음을 뗐다. 반항할 기력이 없는 노엘을 질질 끌고 가면서.

—여섯 시간 후, 간신히 풀려나온 노엘의 눈은 완전히 흐리멍덩해서 마치 사신에게 혼을 빼앗긴 사람 같았다.

다음 날, 노엘은 태수 그롤에게 호출을 받아 성에 올랐다. 신시아는 본인의 업무로 바쁜지라 노엘 혼자였다. 설교 때문에 날아갔던 혼이 무사히 돌아온 덕에 노엘은 평소처럼 기운찬 모습을 되찾았다. 무엇보다도 오늘은 활짝 개었다. 기운이 가득 차오른다.

위병에게 안내를 받아 성주의 방에 들어서자 장군 월름, 가디스, 그 밖의 무관, 문관의 시선이 한꺼번에 집중됐다.

"오오, 노엘이군. 기다렸다네. 사양하지 말고 더 가까이 오도록 하라."

"넷, 실례하겠습니다!"

희색만면한 그롤의 지시에 따라 자세를 바르게 하고 다가섰다. 이런 상황에서 평소의 칠칠맞은 태도로 굴면 위험하다는 것쯤 노엘도 물론 알고 있었다. 오늘도 보물 안경을 쓰고 얌전하게 행동할 작정이었다. 얼마 전 신시아에게 교육을 받은 성과이기도 했다. 가만가만 몇 걸음 나아간 뒤에 천천히 무릎 꿇었다.

"굳이 호출한 이유는 다름이 아니라 실은 빼어난 무용을 지닌 귀관에게 기대를 걸어 중요한 임무를 하달하기 위해서이다."

노엘은 얼굴을 들고 말을 기다렸다. 희색이 가득한 그롤과 대조적으로 양옆에 있는 윌름과 가디스는 떨떠름한 표정이었다.

"태수님, 굳이 노엘 같은 신참을 보낼 필요야 있겠습니까. 현안은 디르크 천인장이 진압 작전을 수행하고 있습니다."

"작전을 수행한 지 대체 몇 개월이 지났는 줄은 아는가? 이제 슬슬 인내심의 한계가 온단 말일세."

"아무래도 신중에 신중을 기하는 것이 아니올는지요."

"신중이 전부는 아닐 테지. 디르크는 북부 출신이잖은가. 하여 도적을 상대함에도 차마 엄격하게 손을 쓰지 못하는 게다. 하나 후환을 제거하지도 않고 어찌 앞날을 전망할 수 있겠는가. 따라서 지금 이때에 노엘의 무용이 놈들에게 통할 것인가 시험해보고 싶네. 엘가도 마음에 들어 하는 인재이니까 말일세."

그롤은 몸을 내밀더니 드디어 노엘에게 임무의 상세를 전달했다.

"잘 듣게, 우리 코임브라의 봉토 북부에는 폐기된 광산 지대가 있네. ……한때는 양질의 금을 채굴하던 곳이었거늘. 여하튼 그곳에 도적이 된 전직 광부들이 모여 거점까지 구축한 형편이다. 그대가 가서 도적 일당을 진압해주게."

"넷, 분부 받들겠습니다!"

노엘은 일어서서 빠릿빠릿한 동작으로 경례를 했다. 그다음은 득의양양하게 안경을 쓱 고쳐 쓴다.

임무를 받아 불안해하는 기색 따위는 티끌만큼도 느껴지지 않았다. 역전의 장수와 같이 위풍당당한 태도. 조금이라도 주눅이 들면 비웃어주리라 벼르고 있던 무관들도 무의식중에 숨을 멈췄다.

그롤은 흡족하게 고개를 끄덕거리다가 윌름에게 시선을 보냈다.

"좋은 대답이다. 병력은 필요한 만큼 내어 주도록 하지. 윌름, 자네가 준비를 갖춰주게."

"넷. 노엘 백인장. 상대는 도적이라고는 하나 상당한 규모를 이루었다. 숫자가 아마 오백보다는 적지 않을 것이다. 놈들은 무기를 제법 쓸 뿐 아니라 지형을 이용하여 자취를 감추는 전법이 특기이다. 이제껏 여러 번 토벌대를 출진시켰으나 헛수고로 끝나고 말았지. 기껏해야 도적에 불과하다고 얕보다가 낭패를 보는 사태가 없도록 주의하라."

"알겠습니다."

"태수님, 경험 일천한 노엘에게는 보좌관이 필요할 것입니다. 제 딸 리그렛을 부관으로 붙일 계획입니다만 괜찮으시겠습니까?"

윌름이 꺼낸 뜻밖의 제안에 그롤이 고개를 갸웃거렸다.

"……그야 상관없네만. 한데 자네의 여식 또한 백인장 계급을 갖고 있었을 텐데? 분명히 근위대에 적을 두고 있으렷다. 갑자기 직책을 바꿔 노엘의 보좌관을 맡으라 하면 본인이 납득하겠는가?"

그롤은 팔짱 끼면서 우려를 표시했다. 차분할 때는 비교적 매사를 정확하게 파악할 줄 알았다. 지난번 승리 덕택에 평소의 울분은 가라앉았고 이렇듯 가신을 배려하는 여유가 생겼다.

"아무쪼록 염려는 거둬주십시오. 물론 서열을 분명하게 정리할 것입니다. 제 딸이 무위는 별반 대단하지 않으나 지식만큼은 풍부합니다. 분명코 노엘에게 도움이 되겠지요."

"알겠네. 그렇다면 자네 말대로 리그렛을 부관에 임명하겠네. 노엘, 부관과 잘 상담하여 필요한 병력을 신고하도록. 준비가 갖추어지는 대로 출발하라. 나의 아들과 함께 좋은 소식을 기다리고 있겠네."

"태수님의 분부를 유념하도록, 노엘 백인장. 곧 리그렛을 귀관의 예하로 보내주겠네. 태수님의 기대를 배반하는 일이 없도록 분발하게나."

"넷, 알겠습니다!"

노엘은 빠릿빠릿한 동작으로 다시 경례했다. 얼굴에는 불안을 느낄 만한 흔적이 일절 없었고, 다만 태연자약한 인상만 떠올라 있었다.

아버지 윌름에게 호출을 받은 리그렛은 얼굴을 한계까지 일그러뜨리면서 노골적으로 불쾌함을 드러냈다. 그 꼴을 마주 바라봐야 했던 윌름도 점점 짜증이 치밀었다. 다만 울분을 주체할 수 없었던 리그렛은 상대의 기분을 알아차리지 못했다. 사람의 내밀한 감정

변화에 어두운 것이 리그렛의 최대 결점이기도 했다.

"도대체 무슨 말씀이시죠? 납득이 되지 않습니다. 저는 영예로운 근위대의 지휘관입니다. 어째서 부대를 몰수당하는 것도 모자라서 신참의 부관으로 전락해야 하는 겁니까. 제가 과실을 저질렀다면 가르쳐주시죠. 저는 아버님께서 내린 분부를 모자람 없이 수행했다고 자신합니다."

"흥, 근위대가 아니라 어떤 다른 부대이든 단지 병력을 거느리고 다니는 것쯤이야 그 누가 못 하겠느냐. 시건방진 소리는 로이에처럼 부대를 제 뜻대로 통제하는 역량이나 갖춘 다음에 늘어놓도록 해라. 네가 하는 짓은 단순히 거들먹거리면서 명령질을 하는 게 전부이거늘."

그러고는 작은 목소리로 덧붙였다. 무능하기 짝이 없는 태수처럼 말이다, 라고. 윌름의 옆쪽에서 시립해 있던 동생 로이에는 모멸이 묻어나는 표정을 감추려고도 하지 않았다.

"……저는 병법에 근거하여 병력을 지휘합니다. 무능하다는 악담을 들을 이유는 없습니다."

"얼빠진 녀석. 거기에서 만족하려거든 지금 당장 군적을 버리고 꺼지도록 해라."

"……큭."

얼굴을 일그러뜨리고 항의의 뜻을 드러낸들 윌름은 전혀 거들떠보지도 않았다.

"다시 한 번 말하마. 근위대를 나와서 노엘 백인장의 부관으로 들어가라. 명령이다, 잠자코 따라라."

“거부권은 없다는 말씀입니까?”

“물론이지. 그렇다 해도 어떤 기약도 없이 영원히 부관 직위에 붙어 있으라는 말은 아니다. 그 부분은 안심하도록.”

리그렛이 의구심 이린 시선을 보낸다. 약속을 깨뜨리는 짓 따위야 눈앞의 이 남자에게는 일상다반사이기 때문이었다. 아무렇지도 않게 거짓말을 늘어놓는다.

“때가 되면 적당한 지위를 마련해주마. 어쨌든 너는 사라 님의 주위에서 맡을 임무가 더 많으니까 말이다.”

그롤의 아내 사라. 리그렛은 주도 마들레스의 근위대 지휘관 중 한 사람이었고 같은 여성이라는 이유 덕분에 사라에게서 여러모로 좋은 대우를 받고 있었다. 그 입장을 이용하여 아버지 윌름의 지시대로 수차례 손을 썼다. 부상당한 사라에게 윌름의 뜻대로 움직이는 의사를 수배한 것도 리그렛이다. 뭔가 「사건」이 발생했을 때 의심을 받는 일이 없도록 멀리 떨어뜨리려는 의도일 테지.

아버지가 아마도 바하르와 내통한다는 사실은 리그렛도 어렴풋이나마 알고 있었다. 다만 입 밖에 낸 적은 없다. 입 밖에 내면 틀림없이 살해당한다는 뚜렷한 예감이 들었으니까.

태수 그롤뿐 아니라 은의를 베풀어줬던 사라마저 배반하면서 아버지의 분부를 따라 갖은 활동을 했다. 그 결과는 눈 가리고 아웅과 다를 바 없는 경질. 리그렛은 도저히 받아들일 수 없었다.

“……그러나.”

“하하. 무엇을 망설이는 겁니까, 누님. 마들레스의 수비는 제가 전부 맡아보겠습니다. 누님은 안심하시고 태수님이 발굴한 영웅 나리를 모시면 될 겁니다."

로이에가 비웃음을 머금고 내려다본다. 남동생이기도 한 이 남자는 일단 같은 아버지와 어머니에게서 태어난 관계인데도 전혀 닮은 구석이 없었다. 누구에게든 호감을 사는 성격이고 문무를 겸전하여 그야말로 무인이 되기 위해 세상에 나온 듯한 인물이다.

반면에 리그렛은 음침한 성격에 몸도 약했다. 기억력은 좋지만 한 걸음 나아가서 발전된 사고를 하지 못한다. 전형적인 문관형 인재인 터라 무인 기질이 강한 그란블 가문에서는 완전히 겉도는 존재였다.

"로이에, 아주 재미있나 보구나. 불행에 빠진 누나를 보는 게 그렇게 즐거워?"

긴 흑발을 짜증스럽게 헤집다가 리그렛이 불쑥 쏘아붙였다.

"누님의 영달을 기뻐하지 않는 동생이 어디에 있겠습니까. 하하, 누님께 실로 어울리는 직무라 여겨집니다만."

"나에게, 어울리는 직무?"

"그럼요. 애당초 누님께서는 근위대의 부대 하나를 지휘할 만한 됨됨이가 못 되잖습니까. 그란블 가문의 이름에 언제 먹칠을 하려나 아주 불안했습니다. 그러나 오늘부터는 마음 편안한 나날을 보낼 수 있을 듯싶습니다."

비웃음 짓고 도발하는 로이에. 리그렛은 무의식중에 허리춤의 검으로 손을 가져다 댔다.

"듣자 듣자 하니까!"

"안 어울리는 짓은 되도록 자중하는 것이 좋겠습니다. 머리 좋은 누님은 아실 텐데요. 백 번, 아니, 천 번을 대결해 봤자 나는 못 당할 겁니다. 실력 차이가 그만큼 역력하니까요."

살의를 담아 노려봐도 로이에는 전혀 동요하지 않았다. 이대로 확 베어버리고 싶은 충동이 솟구치지만 검술로는 전혀 상대가 되지 않는다. 모자란 제 검 솜씨를 몸서리나도록 잘 알고 있기에 증오를 억누르면서 노려보는 것이 고작이었다.

리그렛은 보통 사람들보다 머리가 잘 돌아가지만 매사에 체념이 빨랐다. 노력이 헛수고로 그칠까 두려워하면서 행동을 회피하는 나쁜 버릇이 있다. 그럼에도 어쩔 수 없다고 매듭짓는 것이 리그렛 나름의 처세술이겠다.

다만 머리로 이해할 수는 있을지언정 마음은 납득하지 못하는 터라 악감정만 줄곧 축적된다. 또한 표정에 노골적으로 드러나버리는 까닭에 사람들이 다가오지 않았다. 심지어는 가족마저도. 개의치 않고 교제해주는 사람은 성품 온화한 사라가 거의 유일하다고 할 수 있었다.

그럼에도 사라마저 배반한 자신은 정말이지 구제 불능이었다. 리그렛의 정신은 온갖 악감정으로 가득 찬 나선을 빙글빙글 돌아 내려갔다.

"보면 볼수록 딱한 녀석이군. 내가 이리 모욕을 당했다면 앞뒤 가리지 않고 검을 뽑아 들었으련만."

"아버님, 누님을 부추기는 발언은 그만해주십시오. 저 또한 가족을 베어버리고 나면 마음이 다소 아프지 않겠습니까."

"뭐, 됐다. 인간에게는 제 그릇이 있는 법. 리그렛, 그 시골뜨기 계집을 감시하는 것이 너의 새로운 임무다. 다만 얼마간 꺼림칙한 구석도 있더군. 묘한 낌새를 발견하거든 속속들이 보고해라."

윌름이 턱수염을 어루만졌다. 리그렛은 울분에 차서 입술을 꽉 깨물었다. 손이 검 자루에 닿아 있음에도 결국은 뽑아 들지 못했다. 그릇의 한계를 새삼 통감하면서 절망이 솟구쳤다. 이러한 감정마저도 냉정하게 자각할 수 있는 자신이 정말 지긋지긋했다.

"……."

"대답은 왜 안 하나. 그란블 가문에서 의절당하고 싶지 않다면 내 지시에 복종해라. 너의 최대 행운은 내 딸로 태어난 것, 나의 최대 불행은 네까짓 년을 딸로 가진 것이다. 실로 몸서리나는 말이로군."

윌름이 나지막한 목소리로 으름장을 놓자 리그렛을 눈을 내리깔고 한 번만 고개를 끄덕였다.

"……분부대로, 따르겠습니다."

"로이에, 앞으로는 네가 리그렛의 부대를 맡아라. 더한다면 3천의 부대가 되는군. 그에 걸맞은 계급도 마련해줘야겠구나. 내일이라도 당장 태수님께 상신을 올리도록 하마."

"넷, 배려에 감사드립니다."

윌름과 로이에가 담소하면서 방을 떠나갔다. 그들을 쭉 지켜보다가 리그렛은 제자리에서 덜컥 허물어졌다. 울분에 차서 주먹을 꽉 쥐었다가 소리 없이 오열을 터뜨렸다.

몇 시간 후, 간신히 기분을 가라앉힌 리그렛은 노엘의 사관실을 방문하기로 했다. 기계적으로 직무에 몰두하여 잡념을 떨쳐 내려는 목적이다. 문을 두드린 뒤 대답을 확인하고 나서 안으로 들어서서 보니 노엘과 신시아가 나무판을 사이에 두고 주저앉아 있었다.

"실례합니다. 금일부로 귀하의 부관으로 착임할 것을 명받은 리그렛 그란블 백인장입니다. 앞으로 잘 부탁드리겠습니다."

"리그렛 공이 노엘의 부관이라니? 뭔가 착오가 발생한 것이 아닌가? 귀하는 근위대의 부대를 하나 맡고 있었을 텐데."

"아니요. 어떠한 착오도 발생하지 않았습니다, 신시아 상급 백인장. 근위대의 직무는 이미 해제되었고, 추후 노엘 백인장을 보좌하라는 명령을 받았습니다. 계급은 같은 백인장입니다만 서열은 준수하겠습니다. 이제부터는 노엘 대장이라고 부르도록 하죠."

가시 돋친 말투로 답하면서 신시아에게 시선을 보낸다. 같은 여사관인 데다가 신시아는 사라의 호위, 리그렛은 마들레스 성내를 수비하는 근위대. 가까운 입장이기는 하나 리그렛은 의도적으로 신시아를 피하고는 했다. 모범적인 무관이라고 평할 수 있는 신시아의 활약을 보면 추악한 질투와 열등감이 마음속으로 끓어오른다. 자신에게는 없는 소질, 재능을 전부 갖고 있어서였다. 신시아 같은 인재였다면 아버지 윌름은 자신을 이리 업신여기지 않았을 텐데.

괜한 망념에 사로잡힌 다음은 항상 지독한 자기혐오감이 덮쳐들었고 자살 충동마저 솟구쳤다. 다만 죽을 각오는 없을뿐더러 배짱도 없었다. 결국 자신이 구제 불능의 인간임을 재확인한 뒤 음침한 성격이 더욱 심화될 따름.

신시아도 본인이 회피당했던 사실은 물론 알아차렸을 것이다. 실제로 평소 제대로 대화를 나눈 적도 없는 사람을 맞이하여 뭐라 말을 붙여야 하나 망설이는 분위기였다.

"……그, 그렇군. 노엘, 리그렛 공은 복무 경력도 길고 지식도 풍부하다. 분명 너에게 많은 도움을……. 음? 이봐, 내 말 듣고 있나?"

"좋아~. 이제 내가 이겼네! 신시아가 뭘 어떻게 하든 내가 이겼으니까 이다음은 마음 내키는 대로 해도 괜찮아."

노엘이 나무판 위에 말을 딱 내리쳤다. 언뜻 보건대 두 사람은 병기(兵棋) 연습을 하는 중이었다. 연습이라고 해 봐야 일종의 두뇌 게임이었다만. 대륙이 통일된 이후 좀처럼 실전을 겪을 기회가 없는 사관들을 위해서 제작된 보드게임. 전황을 예견하는 힘과 냉정한 판단력을 배양할 수 있다는 것이 선전 문구다. 본진과 군량고의 위치, 병력의 배치, 그리고 기병과 복병의 사용법이 중점이었다. 과연 실제로 도움이 되는가 하는 부분까지는 모르겠다.

"이봐, 농담하지 마라. 어째서 압도적으로 우위를 점하고 있는 내가 패배 선고를 들어야 하나. 네 본진은 이제 곧 함락당할 텐데!"

외통수에 몰렸음을 인정할 수 없었던 신시아가 눈살을 찌푸리고 털썩 고쳐 앉았다.

"왜냐하면 일부러 지는 척했거든. 신시아는 깜빡 속아서 유인당했던 거야. 봐봐~ 옆쪽에서 내 복병이 잔뜩 튀어나왔네? 어디로 도망쳐도 내 본진에 도착하기 전에 격파당할걸."

"……정녕 외통수라고? 마, 말도 안 된다. 이 많은 병력을 굳이 벽지에다가 내내 잠복시켰다는 말인가! 내가 그 경로를 지나가지 않으면 아무 의미도 없었을 텐데!"

"그러니까 옆으로 지나가라고 부추긴 거잖아. 신시아는 흥분하면 판단력이 둔해지거든. 이제 설명은 끝. 사양하지 않고 무찔러줄게."

잠시간 신음한 뒤 결국 패배를 인정해야만 했던 신시아는 나무판으로 힘없이 고개를 수그리고 말았다. 먼발치에 있던 리그렛의 눈에도 확실히 노엘의 역전승으로 보였다.

승자가 된 노엘이 일어서서 주먹을 꼭 쥐고 높이 쳐들었다. 만족감을 드러내면서 노엘은 웃는 얼굴로 이쪽을 향해 다가왔다.

"내 이름은 노엘 보스하이트. 너는 나의 첫 번째 부관이야. 앞으로 잘 부탁할게."

바보 같은 얼굴로 악수를 권한다. 대뜸 친한 척 구는 태도가 짜증스러웠다만 매몰차게 거절해 봤자 관계만 괜히 어긋나게 된다. 가볍게 혀를 찬 다음 마지못하여 악수를 받아줬다. 경애 따위는 있을 리가 없었다.

"네, 아무쪼록 잘 부탁드립니다. 오랫동안 함께하는 일이 없기를 기원하죠."

야유를 담아 답했는데도 노엘은 제대로 알아들은 눈치가 아니었다. 무심코 혀를 찼다.

"맞다, 심심하면 같이 놀래? 신시아는 당분간 재기 불능이거든."

"재, 재기 불능이라니 무슨 말이냐. 뭔가 잘못된, 그래, 분명히 뭔가 잘못된 거다."

흡사 망령처럼 원한에 찬 목소리가 들려왔지만 리그렛은 못 들은 시늉을 하고 대답했다.

"저는 바쁜지라 사양하겠습니다. 또한 상관의 이름을 경칭도 없이 부르는 것은 부적절한 행동입니다."

"여기는 내 개인실이니까 딱히 상관없다고, 신시아가."

"알겠습니다. 그럼 됐습니다. 본론으로 들어가죠. 이번 임무에 대해 뭔가 조언이 필요합니까?"

감정을 담지 않고 담담하게 묻자 노엘은 「응?」 하면서 고개를 갸웃거렸다. 뒤쪽에서 고개 숙이고 있던 신시아가 벌떡 일어서서 대신 질문을 꺼낸다.

"리그렛 공. 임무라니 무슨 말인가?"

"네, 노엘 대장이 태수님께 하달받은 임무는 북부 광산 지대에서 활보하는 도적의 진압입니다. 아울러 저는 보좌관으로 착임하였습니다."

"북부 광산 지대의 도적이라니, 설마, 흰개미당을 말하는 건가?! 제아무리 노엘이라도 아직은 감당하기 힘든 임무가 아닌가?"

"제게 말씀한들 소용없습니다. 태수님께서 몸소 분부하신 명령인데다가 노엘 대장이 이미 배명한 만큼 결정 사항입니다. 감당할 만한 임무인지 여부는 제 알 바가 아닙니다만."

리그렛의 쌀쌀맞은 대답을 듣고 저절로 질색하는 신시아. 저런 반응을 유도하는 대답이었던 만큼 당연하다. 정작 노엘 본인은 전혀 기분이 상한 낌새가 아니었다. 야유를 이해하지 못할 수준의 바보일 수도 있겠다. 윌름은 꺼림칙한 구석이 있다 말했었다만 어차피 후미진 마을 출신의 인간이다. 게다가 병기 연습에서 패배한 신시아도 요컨대 같은 수준이라는 뜻. 리그렛이 흥, 코웃음을 치자 노엘은 재미있다는 표정을 지었다.

“뭐야? 흰개미당이라니 재미있는 이름이네. 이름 그대로 집을 다 먹어 치우는 걸까?”

“폐광의 갱도를 이용해서 몸을 숨기는 습관 때문에 붙은 이름입니다. 듣자 하니 몸을 숨길 뿐 아니라 습격에도 이용하는지라 토벌대가 꽤나 애먹는다더군요.”

“우리 군의 소초가 몇 번이고 습격을 받기도 했지. 의적을 자처한다만 결국은 도적 집단이다. 가차 없이 섬멸에 나서고 싶은 심정이다만 대부대를 이끌고 가면 쥐새끼처럼 자취를 싹 감춰버리지. 정말이지 골치 아픈 녀석들이다.”

신시아가 팔짱을 끼고 불쾌해하며 눈살을 찌푸렸다. 토벌대로 참가한 적이 있음에도 성과를 올리지는 못했었다.

“그렇구나. 그럼 한 차례 정찰을 다녀오는 게 좋겠네. 괜히 놓치면 귀찮으니까.”

“잠깐, 기다려라. 설마 혼자 갈 작정인가?”

깜짝 놀라서 눈이 휘둥그레지는 신시아에게 노엘은 당연하다고 대답했다.

“잔뜩 몰려가면 곧바로 들킬 테니까.”

“그러면 저도 동행하겠습니다. 길 안내쯤은 가능하니까요.”

“알았어, 일찌감치 내일 출발해도 될까?”

“문제없습니다. 미리 준비를 갖춰 두지요.”

리그렛의 경례는 지나치게 정중한 탓에 도리어 불쾌감을 불러일으킨다. 경례 동작 중간에 말소리가 들려왔다.

“있잖아, 같은 계급이니까 존댓말은 안 써도 되는데.”

“그럴 수는 없는 노릇입니다. 귀하는 태수님께서 친히 관심을 갖고 돌봐주시는 특별하고 훌륭한 분입니다. 반란군의 기습을 운 좋게도 저지하는 데 성공한 선택받은 인간. 저 같은 쓰레기가 건방지게도 반말을 할 수는 없죠.”

장황하게 빈정거리는 말을 섞어서 극구 칭찬한다. 대부분의 인간은 불쾌한 표정을 지은 뒤 두 번 다시 리그렛에게 접근하려고 들지 않는다. 그러면 자신도 접근하지 않았다.

“그렇구나. 응, 알았어. 준비 잘 부탁해. 내일 봐.”

하얀 이를 드러내고 밝게 씩 웃은 뒤 군례대로 완벽한 경례를 해 보인다. 막 입대하여 경력도 얕은 주제에 몹시도 능숙하게 경례를 하니 무의식중에 시선을 빼앗겼던 터라 리그렛은 황급히 그 자리를 떠나기로 했다.

‘정말 이상한 여자야. 뭐, 그 골치 아픈 흰개미당의 토벌이 수월하게 끝날 리 없잖아. 이따위 임무에서 빨리 해방되고 싶네. 그리고 다시 한 번 근위대로 복귀해주겠어.’

그런 생각을 하면서도 더 이상 근위대 복귀는 어렵다는 것 또한 알고 있었다. 이 임무에서 제외된 다음은 대충 한직을 받아 돌아다니다가 골칫덩이를 내쫓을 겸 정략결혼의 도구로 쓰이리라. 죽을 때까지 이어지는 나태하고 따분한 생활이 기다리고 있을 것이다.

‘정말 하찮구나. 살아 있어도 죽은 사람과 다를 바 없다면 차라리 일찌감치 죽는 게 낫겠어. 정말로 지긋지긋해.’

평소처럼 부정적인 사고에 잠긴 채 리그렛은 긴 흑발을 만지작거리면서 힘없이 걸음을 뗐다.

한편 노엘의 방.

“설마 리그렛 공이 부관일 줄은, 정말 놀랍군.”

“얼굴이 되게 재미있었지. 햇볕을 더 자주 쬐는 게 좋아 보였지만.”

“별로 바깥출입을 좋아하지 않는 듯싶더군. 또한 성격은 목격했던 대로. ……뭐라고 할까, 교제에 적이 어려움이 있는 인물이지.”

“그렇게 어려워?”

“그렇고말고, 지금 대화 나누고 아무것도 못 느꼈나? 누가 봐도 신경질적인 사람이었잖나.”

이상하다는 듯이 되묻는 노엘 때문에 신시아는 기가 막혔다.

“으음, 별로. 이래저래 재미있다는 생각은 했지만. 얘기하다가 나도 모르게 웃어버릴 뻔했어. 방금 전에는 진짜 굉장했지?”

어디에 웃을 이유가 있었던가 되새기다가 금세 머리에서 떨쳐 냈다. 고민해 봤자 손해임이 명백해서였다.

“……그렇군, 미안하다. 네가 훨씬 더 문제 가득한 인물이라는 점을 잊고 있었군. 어지간히 어려움이 있는 정도로는 별 느낌이 없을 테지.”

“그럼 신시아랑 똑같은 거네.”

“너와 똑같이 취급하지 마라!”

신시아가 전력으로 부정하면서 노엘의 뺨을 꼬집었다. 전혀 반성하는 기색이 없었던 터라 신시아는 한숨 쉬면서 놓아줬다. 리그렛과 나눈 대화 때문에 정신이 몹시 지쳐버렸다. 더 이상 피곤한 상황은 피하고 싶었다.

희희낙락하는 노엘에게 신시아는 물었다.

"그래, 리그렛 공과 잘 지낼 수 있을 것 같나?"

"응, 같이 다니면 지루할 틈이 없겠어. 분명히 잘 지낼 수 있을 거야."

노엘은 나무판 위의 말을 집어 들고는 손가락으로 높이 튕겼다. 빙글빙글 돌던 말이 노엘의 붉은색 머리 위로 멋들어지게 착지했다.

"해냈다."

"그래, 바보 같은 짓은 그만두고 어서 정리나 하자. 방금 전 대결은 없던 것으로 치고. 뭔가 잘못된 판이니까."

"응, 알았어. 그렇게 하자. 방금 전에는 뭔가 잘못된 거네. 나도 괜찮아. 그냥 신시아가 이겼다고 치자."

"……아니, 역시 잘못되지 않았다. 진 사람은 졌다고 깨끗하게 인정해야 옳겠지. 안 그러면 긍지 높은 기사로서 실격이다, 음."

동정이 절반, 웃음이 절반씩 어려 있는 노엘의 시선을 견디면서 신시아는 간신히 목소리를 쥐어짜 냈다.

노엘과 리그렛은 호위 병사 세 명을 동반하여 마들레스에서 북쪽으로 뻗어 나가는 가도를 마차로 이동하고 있었다. 첫 번째 목적지는 일찍이 황금향(黃金鄕)이라고 불렸던 도시 보르보. 그곳에서 정보를 수집한 뒤 준비에 임하는 것이 최선이라고 리그렛이 진언해서였다.

호위는 필요 없다고 노엘은 떨떠름한 표정을 지었으나 리그렛이 독단으로 동행시켰다. 산적에게 습격당해서 비참한 말로라도 맞이한다면 웃기지도 않을 테니까. 반란군 잔당이 숨어 있을 가능성도 고려해야 했다. 지금의 정세에서는 아무리 조심해도 모자라다고 말할 수 있겠다. 바보가 제멋대로 죽는 것은 아무 상관이 없겠으나 길동무 신세는 절대 사절이었다. 리그렛은 또 혀를 찼다. 벌써 몇 번째인지 모르겠다.

'반란군을 격퇴한 영웅인지 뭔지 모르겠지만. 저 가벼운 머릿속에 무엇이 담겨 있을까 보고 싶기는 해.'

마음이 편하지 않은 리그렛과 달리 망토로 몸을 감싼 노엘은 즐겁게 호위병들과 담소를 나눴다. 그 꼴이 묘하게 신경을 건드려서 리그렛은 점점 짜증이 솟구쳤다. 몇 번인가 말을 걸어온 적은 있었다만 무시를 고수했다. 임무이기에 수행할 뿐 신뢰 관계를 구축할 의향

따위야 한 조각도 없었다.

"그건 그렇고 마차는 편해서 좋네. 아예 잠을 자도 괜찮고."

"다만 가도의 상태가 나쁜지라 진동이 몹시 심합니다. 이래서는 오던 잠도 달아나겠죠."

"흔들의자 같아서 기분 좋지 않아? 나는 잠잘 수 있어."

"……아뇨, 유감이지만 저는."

"저도 같은 의견입니다."

호위병이 쓴웃음을 짓고 부정하자 다른 자도 지친 얼굴로 맞장구쳤다.

"그런가~?"

노엘이 의견을 구하려는 듯 이쪽을 돌아보기에 혀를 찬 다음 외면했다.

"아하하, 리그렛은 혀 차는 솜씨가 참 좋아. 있지, 네 생각은 어때?"

"……그게, 음. 말씀을 듣고 보니까 어쩌면 그런 듯싶기도 합니다만."

"응, 숙련된 기술이라는 느낌이지. 이렇게 혀를 잘 차는 사람은 처음 봤어. 쯧쯧 아가씨랄까!"

꽤나 기뻐하면서 웃는 노엘.

'이 시골뜨기 계집이 잠자코 있으려니까 할 말 못할 말을 다 지껄이잖아!'

리그렛은 얼굴을 찡그렸다. 이대로 가만두면 혀 차는 방법을 가르쳐 달라는 말도 꺼낼 듯싶었다. 별수 없이 화제를 바꿔서 입을 다물려주고자 마음먹었다.

"그러고 보니 노엘 대장은 신시아 님과 제법 친밀한 듯하더군요. 뭔가 환심을 살 만한 물건이라도 선물한 겁니까? 그분도 코임브라에서는 이름 있는 집안의 출신이죠. 그 연줄을 잘 활용하면 태수님께도 적잖이 신뢰를 살 수 있었겠습니다."

노엘의 빠른 출세에 트집을 잡았다. 저 낯짝이 조금이나마 일그러진다면 작은 복수에 성공하는 셈일 테지만 딱히 화내는 기색은 없었다.

"아냐, 별로 아무것도 선물 안 했어. 다만 도와준 대신 포상을 받은 적은 있네. 바로 이거야. 보여줄게."

품에서 작은 손함을 빼내더니 갑자기 안쪽에 넣어 두었던 안경을 꺼내 쓴다. 가지런하게 다듬은 붉은 머리카락, 제법 잘 만들어진 검은 테 안경. 단지 안경을 하나 썼을 뿐인데도 분위기가 지성 가득한 참모와 같이 변화했다.

"안경?"

"맞아, 리그렛 백인장. 있지, 나도 이렇게 보면 조금은 머리 좋은 사람 같을까?"

"그렇군요. 외모에 한정하여 어쩌면 좋아 보일 수도 있겠습니다. 내면은 물론 모르겠습니다만."

리그렛은 비꼬는 말을 섞어서 대답했다.

"태수님을 만날 때마다 이 안경을 쓰고 갔거든. 아, 맞다. 네 아버지도 같이 만났어."

아버지라는 말을 듣고 저절로 얼굴이 들려 올라갔던 탓에 눈을 마주치고 말았다. 노엘은 입가를 끌어 올리며 히죽 웃었다. 렌즈 너머로 비치는 눈동자는 전혀 웃고 있지 않았다. 이쪽의 마음속을 들여다보는 듯한 불가사의함이 느껴진다. 기가 눌린 리그렛은 다시 시선을 외면해버렸다.

"아하하, 네 아버지는 나를 싫어하는 눈치더라고. 있잖아, 너도 마찬가지일까?"

"……."

"아, 이 안경은 소중한 보물이니까 망가지지 않도록 잘 간수해야지. 혹시 깨지면 붙일 수도 없는걸."

한마디 하고 미소 짓다가 안경을 고이 손함에 집어넣는다. 방금 전 느꼈던 위압감은 어느덧 침묵을 지키고 있고 평소의 촐싹데기 여자로 돌아온 모습이다. 저 일순간의 변모를 목격한 덕에 윌름이 경계심을 품는 이유도 뒤늦게나마 알 수 있었다. 초대면 때에 이렇듯 위압감을 발하였다면 경계하는 것은 당연한 반응이다. 어느 쪽이 본성인지 모르겠으나 리그렛은 방심은 금물이라고 마음을 다잡았다.

리그렛이 입을 꾹 다물고 있으려니까 노엘이 몸을 내밀면서 말을 건넸다.

"있잖아, 나도 한 가지 물어봐도 될까?"

"……뭡니까?"

"리그렛은 인상이 좀 박복하잖아. 은근 표정도 음침하고, 세상을 증오하면서 사는 사람 같달까? 맞아, 그야말로 추방자라는 느낌이네."

"……."

호위병들이 숨을 멈추는 소리가 났다.

가족을 제외하고 얼굴을 마주한 채 악평을 듣는 것은 오랜만이었기에 신선했다. 다만 기분이 좋을 리도 없었던 터라 들으라는 듯이 혀를 찬 다음 호들갑스럽게 한숨을 내뱉어줬다. 노엘이 서열은 더 윗줄이지만 계급은 동렬이다. 바보 상대로 입조심할 필요는 전혀 없었다.

“그러니까 말이야, 옛날의 나랑 닮았다는 생각이 들어.”

“……예?”

“그러니까, 나랑 리그렛이 닮았다는 말.”

잠시 말을 못 잇고 어리둥절하다가 곧 분노가 부글부글 끓어올랐다. 전혀 닮지 않았다. 닮았을 리가 없잖아. 너는 머릿속에 아무 생각도 없는 얼간이 시골뜨기, 나는 이름 높은 그란블 가문의 장녀. 출생이 다르고 성격도 완전 다르다. 머리카락 색도 다르다. 모든 것이 전부 다 다르다.

“공교롭게도 저는 절대로 동감할 수 없군요.”

“별로 상관없어. 중요한 것은 내 생각인걸. 응, 닮았지만 안 닮았다고 치자.”

또 얄밉게 받아치고 노엘은 몸을 일으키더니 큰 자루를 들고 마차에서 뛰어내렸다. 정신을 차린 호위병들도 뒤를 따랐다. 어느 사이에 목적지였던 도시 보르보에 도착했나 보다.

즉시 쫓아가서 자신과 어떤 차이점이 있는가 철저하게 주입하고 싶으나 그에 앞서서 숙소를 잡을 필요가 있었다. 해가 아직 떨어지지 않았다 해도 곧바로 광산 지대에 진입하는 것은 지나치게 위험했다. 도착할 무렵에는 분명 석양이 질 테니까.

마차에서 내려 마부에게 신호를 한 뒤에 노엘과 호위병들을 서둘러 찾아 나섰다. 어째서인지 마을 입구가 아닌 광산 지대의 방향을 목적지로 걷고 있었다. 호위병들 역시 어떻게 된 영문인가 당황하면서도 차마 만류하지는 못하고 모습이다.

리그렛은 급히 달려서 다가간 뒤에 노엘의 어깨를 난폭하게 잡아 세웠다.

"걸음을 멈춰주세요! ……오늘은 도시에서 숙소를 잡고 조금이나마 정보를 수집하죠. 지금 출발하면 광산 지대에 도착할 즈음 틀림없이 해가 떨어집니다. 이번에는 정찰이 목적인 만큼 위험을 무릅쓸 필요는 전혀 없습니다."

"그래서 지금 출발하는 거야. 낮에는 상대에게 우리 모습이 훤히 다 보이니까."

"대장은 어디까지 정찰할 작정이죠? 지형만 미리 파악해 두면 충분합니다. 더욱 상세한 정보를 원한다면 척후를 보내서 맡길 문제입니다."

"다른 사람을 보내도 의미 없거든. 아무튼 나는 갈 거야. 아, 리그렛이랑 너희는 돌아가도 좋아. 여기까지 배웅해준다고 고생 많았어."

"도, 돌아가도 된다니—."

거기까지 말하고 나서 노엘의 차림새가 이상하다는 것을 깨달았다. 갑옷을 착용했고 허리춤에는 철퇴, 등에는 이지창을 맨 완전 무장이다. 마차 안에서는 망토를 두르고 있었던지라 눈치채지 못했다. 한편 리그렛과 병사들은 군복 차림. 이번에는 전투에 임할 계획이 아니었기에 당연히 경장이었다.

그리고 노엘의 왼손에는 큰 천 자루가 들려 있었다. 마차에 들고 탄 줄은 알았지만 안쪽에 무엇을 채워 놓았는지는 알지 못했다. 흥미도 없었고 노엘과 적극적으로 말할 의향도 없었기 때문이다.

"……도대체 대장은 무슨 짓을 할 작정이죠? 아니, 애당초 무슨 생각을 하는 겁니까. 웬 중장비예요."

"지금은 아직 아무 짓도 안 할 거야. 생각은 흰개미당을 직접 만나고 나서 해야지. 그래야 더 재미있을 테니까."

그럼 나중에 보자, 한마디를 남긴 뒤 노엘은 콧노래를 흥얼거리면서 홀로 걸음을 떼고 움직였다. 내부에 파고들어서 가능한 한 깊숙이 정찰을 실행하려는 의도일까? 위험하기 짝이 없는 행위다. 그렇다 해도 부관으로서 조언은 한 만큼 더 이상 동행할 의무는 전혀 없겠다.

"리, 리그렛 님. 어떻게 하시겠습니까?"

"위험하니까 어서 쫓아가야 합니다. 저러다가 정말로 혼자 가시겠습니다."

"……."

숙소를 잡고 다음 날까지 기다렸다가 안 돌아오면 철수한다고 말할 작정이었다. 신참 노엘이 죽든 말든 신경 쓸 사람도 없지 않은가. 독단으로 벌인 폭주인 만큼 그롤에게 문책당할 일도 없었다.

노엘의 뒷모습을 바라본다. 기다란 창이 졸랑졸랑 흔들리고 있다. 두려움은 전혀 품지 않았음을 알아볼 수 있었다. 불손하다고 표현해야 마땅한 저 자신감은 어디에서 왔는가, 아주 조금이나마 신경 쓰였다. 그리고 자신과 「닮았다」라고 말했던 이유 또한.

"리그렛 님?"

"……마차에서 짐을 갖고 오세요. 조금 더 대장을 따라갑니다."

"그, 그러나. 지금 막 위험하다고 말씀하지 않으셨습니까. 저희도 같은 의견입니다."

"싫으면 내버려 두고 돌아가든가. 군법 위반을 묻지는 않을 테니 본인의 머리로 결정하세요. 어깨 위에 큼지막한 물건을 달아 놓았으면 가끔은 쓸 줄도 알아야지. 장식품도 아니고."

"……예. 알겠습니다."

리그렛이 바보 취급하면서 쏘아붙이자 호위병들의 얼굴에 약간이나마 분노의 기색이 떠오른다. 다만 금세 수습하고 지운 뒤 경례하고 마차를 향해 급하게 뛰어갔다.

결국은 상관에게 복종해야 하는 것이 병사의 본분이었다. 군대에서는 계급이 절대적이니까. 뻔히 사지로 가는 줄 알면서도 가만뒀다가는 나중에 분명 처벌이 떨어진다.

"……정말 괘씸하네. 망할 꼬맹이, 왜 자꾸 제멋대로 쏘다니는 거야!"

리그렛은 욕설을 뱉고 긴 뒷머리를 긁다가 쥐어뜯다가 혀를 차면서 땅바닥을 힘껏 걷어찼다. 짜증이 한가득 치솟았을 때는 이렇게 불평불만을 풀어내고는 했다. 이번에는 스스로 내린 이해하지 못할 판단과 행동에 대한 화풀이도 포함되어 있었다.

'별로 흥미가 있는 게 아니야. 단지 아버지에게 받은 명령을 따를 뿐이지. 맞아, 저 불쾌하기 짝이 없는 바보 여자를 감시하는 게 나의 임무니까.'

멀리 전방에서 눈부시다는 듯이 태양을 향해 손을 뻗치는 노엘을 리그렛은 있는 힘껏 노려봐줬다.

코임브라 북부에 위치하는 보르크 광산 지대는 일찍이 땅을 파면 반드시 금이 나온다고 떠들어 댈 만큼 대단한 금광이었다. 바로 이웃해 있는 보르보에는 각지에서 돈을 벌러 온 광부들이 모여들었고 또한 그들을 손님 삼아서 상인들이 찾아왔다. 돈과 사람이 끊임없이 오고 갔기에 활기 가득하고 떠들썩하기로 비할 데가 없었던 도시. 그야말로 황금향이라 부르기에 일절 모자람이 없는 풍경이었다.

다만 금이 다 말라버린 지금 와서는 전부 과거의 영광이 되고 말았다. 도시에는 폐허로 화한 주택과 점포가 넘쳐났고 지친 표정을 지은 주민이 이따금 보이는 것이 고작이다. 광산은 어떻게 되었느냐면 길고 깊숙한 갱도가 몇 개나 채굴하던 상태 그대로 방치돼 있다. 그렇다, 현재의 보르크 광산과 도시 보르보는 이미 끝을 맞이한 장소, 꿈의 잔재에 불과하다고 말할 수 있겠다.

그럼에도 끝내 포기하지 못했던 자, 달리 갈 데가 없었던 자는 이 광산 지대에 남아서 그저 끊임없이 굴을 파고 살았다.

여러 광부 가운데 고참에 해당하는 이 근육 울퉁불퉁한 백발의 거한도 그중 한 사람이었다. 남자의 이름은 도르커스, 다른 주에서 코임브라로 돈벌이를 위해 건너왔다가 쭉 정착하게 된 인물이다. 연령은 서른여덟로 젊은 축에 속한다만 남아 있는 인원들에게서 언제나 「두령」이라 불릴 위치에 자리매김하게 됐다. 타고난 분방한 기질과

남을 잘 돌봐주는 성격 덕분에 자연스럽게 자리 잡은 호칭이었다.

"……에라, 거 재미가 없군. 당최 금은 나오질 않고. 도대체 언제가 돼야 튀어나오려나."

도르커스는 금색 담뱃대를 빨면서 무료함을 달랬다. 주위에는 광부가 — 자기들끼리는「굴삭가」라고 부른다 — 속살을 드러낸 지면에 걸터앉아서 비슷한 모양새로 휴식을 취하고 있다. 금이 나오지 않는 것은 당연하기에 이제 와서 낙담하지도 않았다. 다만 매일매일 똑같은 작업을 반복하면 싫증이 난다. 따분하다. 그럼에도 달리 할 일이 없는지라 또 땅을 팠다.

그런 생활이 도르커스는 슬슬 지겨워지는 참이었다. 그렇다 해도 오랫동안 알고 지냈던 굴삭가들을 이제 와서 내버려 두고 떠날 만큼 박정하지는 않았다. 차마 못 놓아주는 악연이란 이를 두고 하는 말이겠지. 오래도록 함께한 만큼 친분도 두터웠다. 본래 인간은 정에 얽매이는 법이다.

"두령, 주먹밥이나 드시려오? 살짝 소금이 많이 들어가기는 했소만."

"됐네, 됐어. 나는 이거면 돼."

담뱃대를 들어 올리면서 사양했다. 알겠소, 라고 답한 뒤 말을 건넸던 남자는 주먹밥을 베어 물었다.

"파고 먹고, 또 파고 또 먹고. 우리가 두더지였나?"

"흐흐, 두더지라기보다는 쪼끄만 개미 떨거지가 맞지."

"어이쿠, 그 소리를 자기 입으로 하면 대책 없잖나."

금이 나오지 않는 광산에서 이렇듯 미련한 짓을 반복한다면 보통은 생활이 가능할 리 없었다. 그럼에도 끼니를 거른 적은 거의 없었다. 그 이유는 무엇인가. ―어느 집단에서 받아 오기 때문이었다.

이곳 보르크 광산에는 굴삭가가 대략 오백 명가량 살고 있었다. 가끔 사냥을 하거나 농작업을 할 때도 있으나 기본적으로 식량은 보르보의 시가지에서 구입하고 있다. 그 자금의 출처는 코임브라 주를 지켜주시는 높은 분들이다. 물론 정식으로 자금을 지원받는 후원 관계가 아니었다. 도당을 결성하여 습격하고 듬뿍 빼앗아 올 따름이다.

도르커스를 비롯한 보르크의 굴삭가들에게는 광부가 아닌 다른 신분이 있었다. 「흰개미당」을 자처하는 무장 집단이라는 신분이다.

채굴 작업으로 단련된 체력, 완력 덕분에 코임브라의 약졸 따위야 어렵지 않게 거꾸러뜨릴 수 있었다. 습격 대상은 소초, 짐마차, 귀족 일행, 가끔은 군량 저장고도 표적으로 삼는다. 이제껏 값싼 급료로 실컷 혹사당하지 않았던가. 얼마간 다시 빼앗아 온다 한들 불평을 들을 까닭은 전혀 없다. 위대한 태양신도 못 본 척해줄 것이라고 도르커스는 진심으로 믿고 있었다.

"그러고 보니 반란군 어쩌고는 제압당했답디다. 아까 시내에서 듣고 왔습죠."

"오호라, 그래? 뭐, 분별없이 닥치는 대로 약탈하는 놈들이었잖냐. 자업자득이라고 봐야지."

반란군이 궐기했다는 소식은 이곳 보르크 광산에도 들어왔었다. 당초에는 가담 여부를 두고 굴삭가들과 상의한 적이 있었지만 놈들이 보르보의 시가지에 습격을 가한 사건 때문에 아예 파투가 났다.

도르커스는 물론 굴삭가들은 습격 대상을 코임브라 군, 또한 그들을 섬기는 잘난 인물로 한정하고 있다. 가난한 사람들을 착취하는 짓은 하지 않겠노라고 맹세했기 때문이었다. 다짐을 깨뜨리는 인원에게 도르커스는 언제나 가차 없이 처벌을 내렸다. 의적 행세를 하겠다는 것은 아니라 해도 인간으로서 최저한의 긍지만큼은 지키고 싶은 마음이 있었다.

그런 사정으로 도르커스와 흰개미당은 도시 보르보를 지키기 위해 검을 들고 약탈 행위를 저지르려고 했던 반란군을 철저하게 때려 죽였다. 다 퇴치한 다음은 또다시 이렇듯 광산에서 구멍을 파는 나날을 보내고 있다. 결국 일상은 바뀌지 않았다.

"뭣도 모르고 가담했다면 별 험한 꼴을 봤겠습니다."

"아주 동감이다."

"그나저나 두령, 또 그게 잔뜩 쏟아졌는데 어쩔깝쇼?"

"에라, 맨날 하듯이 반죽조에게 갖다 줘라. 거참, 정작 금이 안 나오면 뭔 소용이야."

이들이 언급하는 그것이란 어두컴컴한 생활 속에서 유일하게 밝은 기분을 불러일으켜주는 「돌」을 말함이었다. 다만 기분을 밝게 만들어주는 이유는 돈 되는 물품이어서가 아니었다. 물리적으로 밝고 요란하게 비춰주기 때문이었다.

"그래도 단단한 암석을 싹 날려버리면 기분이 상쾌하잖소."

"뭐, 달리 재미 볼 일도 없으니까 말이다. 실수로 사고 안 나게 조심들 하라고."

"물론입죠. 그따위 꼴을 겪는 건 아주 지긋지긋합니다그려."

"알아들었으면 됐다."

후, 입으로 연기를 내뿜었다. 본래 기껏해야 수백 명으로 구성된 작은 집단은 코임브라의 정규군과 맞닥뜨린 뒤 금세 토벌당하는 것이 상례였다. 그럼에도 몇 년 동안 줄곧 도망쳐 다닐 수 있었던 것은 정작 금맥은 다 말라붙은 이 광산에서 방금 전 언급했던 「돌」을 발견한 덕분이었다. 금은 아닐지언정 금을 채굴하는 데 쓸모 있는 물품이다. 「돌」을 잘 활용하면 도르커스와 흰개미당은 토벌대를 완전히 따돌릴 수 있었다.

그 「돌」을 도르커스와 굴삭가들은 「연소석(燃燒石)」이라고 부른다.

"크흐, 역시 따분하군! 술도 담배도 허구한 날 낮잠질도 다 질려버렸다!"

"두, 두령?"

"파고 또 파도 금은 안 나온단 말이다! 뭐냐, 거, 머리가 터져 나갈 만큼 강렬한 머시기는 안 나오는 거냐?!"

도르커스가 담뱃대를 내동댕이치고 근처에 있던 나무 상자를 주먹질로 때려 부쉈다. 그 기세에 압도당한 굴삭가들. 술을 먹여서 달래보려고 했으나 도르커스는 필요 없다고 아우성쳤다.

"그럼 재고로 놔둔 연소석을 꺼내다가 한 방 날려보시죠? 흐흐, 광산을 아주 쾅쾅 날려버립시다! 몇 년은 두고두고 안줏거리가 될 겝니다!"

"이런 바보 멍청이를 봤나! 방금 지긋지긋하다고 말했던 놈이 바로 네 녀석이잖냐!"

더욱 큰 목소리로 호통을 쳤을 때 갱도의 입구에서 확 굳은 낯빛으로 굴삭가 한 명이 달려왔다. 광산 입구 부근에서 파수를 보는 남자였다.

"두, 두령, 큰일 났소!"

"뭐냐, 뭐냐. 드디어 금이 튀어나왔냐?! 좋아, 경사 났군! 저번처럼 착각이었으면 네놈의 두 손 두 다리를 부러뜨려줄 테니까 각오 단단히 해라!"

"그, 그게 아뇨! 갑자기 코임브라의 군인 것들이 나타났다고! 벌써 저기 코앞까지 들이닥쳤소!"

그 말을 듣고 주위의 굴삭가들이 허리춤의 검을 뽑아 들면서 임전 태세에 들어갔다. 평소는 농지거리나 주고받을지라도 일단은 무장 집단에 속한 전투원이었다. 여차할 때는 칼같이 움직인다.

도르커스는 어이쿠, 이런, 투덜거린 뒤 벽면에 세워 놓았던 대검을 손에 들었다. 현재 코임브라의 군인 중 흰개미당 토벌 임무를 맡고 있는 인물은 북부 출신의 디르크라는 나이 지긋한 지휘관이다. 몇 번인가 맞붙었던 터라 성격은 대강 파악할 수 있었다. 코임브라의 군인치고는 드물게도 선량한 강골이다만 사고가 고지식하고 융통성이 없다. 임기응변의 대처가 서투른 탓에 도르커스는 교란 전법으로 몇 번이나 갖고 놀았다. 이러다가 슬슬 혈관이 터져 나가는 것이 아닌가 적대 관계임에도 걱정이 날 만큼. 그렇게 우직한 사내는 싫어하지 않으니까.

"디르크 형씨도 슬슬 결판을 내려는가 보군. 숫자는 얼마쯤이냐? 이번에는 바짝 별렀을 테고, 1천은 넘겠지?"

토벌대의 수는 대체로 백에서 천 정도가 보통이었다. 시건방진 바보 녀석은 백을 끌고 오고 배짱이 없는 얼간이는 1천의 큰 부대를 거느리고 온다. 전자는 준비를 갖춰 기다렸다가 때려눕혀주고 후자는 꾸물꾸물 기어 오는 사이에 몸을 숨길 뿐 상대하지 않는다. 그렇게 도르커스는 몇 번이고 코임브라 군을 농락할 수 있었다. 초기에는 실수를 저지를 때도 있었으나 경험이 쌓임에 따라 오판을 하는 불상사는 사라졌다.

"아, 아뇨, 그것이……."

"뭘 우물쭈물하는 게야. 이런 때는 시간이 승부를 결정짓는다는 걸 알고 있을 텐데? 자, 얼른 지껄여봐라."

"그게, 달랑 다섯이거들랑요. 게다가 둘은 여자이고, 끙. 그게, 사실은 진짜 코앞이란 말이오."

파수꾼 남자가 머리를 박박 긁었을 때 입구 방향에서 몇 사람이 나타났다. 가장 앞쪽에서 다가오는 인물은 붉은 머리카락을 대충 풀어 내리고 있는 갑옷 차림의 계집. 낯익은 굴삭가의 목덜미를 잡아 질질 끌면서 오는 모습이다. 눈이 감겨 있기는 해도 단지 의식을 잃어버린 듯 보였다.

그 뒤쪽에서는 검을 뽑아 든 인물이 넷. 남자 셋에 여자가 하나. 안색은 핼쑥하고 바짝 굳은 얼굴이다. 그간 상대했던 코임브라의 군인이 틀림없다.

"어이쿠, 이봐. 뭐가 어떻게 된 거냐. 나는 도통 영문을 모르겠군."

"아뇨, 이 빨간 머리 여자가요, 거듭 경고를 해도 듣는 척을 안 하고, 본때를 보여주겠다면서 혼자 치고 나갔던 고란 바보 녀석은 저 꼴이란 말요. 보아하니 실력은 아주 자신이 있나 보오. 아무러면 멋

없게 개떼처럼 달라붙어다가 몰매를 놓을 수도 없잖소. 그래서 두령한테 물어보려고 오긴 왔는데."

『최저한의 인의를 지키고 결코 약자를 수탈하지 마라』라는 방침을 내걸고 있는 흰개미당으로서는 세상 물정 모르는 계집아이를 들입다 둘러싸서 때려눕힌다는 선택은 불가능했을 것이다. 그렇다고 해서 이렇듯 본거지까지 길을 열어줄 이유는 되지 않는다만.

"……이 녀석아, 파수꾼의 임무는 침입자를 미리 발견하는 데 있다고 말은 했다만, 첫째 목적은 이리로 오는 침입자를 저지하라고 세워 놓는 거잖냐. 근데 어쩌자고 길 안내까지 해줘서 데려오는 게냐? 적당히 다리나 하나 부러뜨리고 내던지면 끝 아니냐."

"면목 없소. 그런데 저 빨간 머리가 겉보기와 달리 강하단 말요. 보쇼, 실력 하나는 알아주는 고란이 땅바닥을 나뒹굴 정도라니까?"

"그래, 알겠다, 알겠어. 지금은 내가 끝내주게 심기가 안 좋거든. 얼른 해치우고 옷이나 싹 벗겨서 갖다 버려야겠다. 알몸뚱이로 열심히 반성이나 하라고 해라."

목뼈를 튕겨 소리를 울리면서 붉은 머리 계집의 앞에 선다. 계집은 이쪽을 흥미진진하게 관찰한 다음 손에 들고 있던 얼간이 고란을 집어 던졌다. 지면에 얼굴부터 떨어진 터라 꺽 소리가 났다. 다시 뻗은 듯했다.

"얼씨구, 이런 데까지 기어 올 줄이야 아주 용감하시군. 배짱 하나는 칭찬해주마."

"있잖아, 이 산은 갱도가 엄청나더라. 진짜 개미굴 같아서 깜짝 놀랐어."

싹싹하게 미소를 머금고 있는 붉은 머리. 깜빡 힘이 쭉 빠져버릴 뻔했다만 허리춤에는 철퇴, 등에는 예리한 이지창을 메고 있었다. 아예 긴장을 풀 수는 없는 노릇이었다. 세상 물정은 모를지라도 실력은 제법 갖추고 있다는 뜻. 그런 인간일수록 더 빨리 죽는다는 것이 세상의 이치이다만.

"뭐, 그게 우리 굴삭가의 일이니 말이다. 너희 코임브라 놈들에게서 돈이며 식량을 빼앗는 것은 이른바 부업이라고 보면 되겠군. 알아먹었으면—."

가진 돈 다 내놓고 얼른 꺼져라. 그렇게 말하려고 했을 때 붉은 머리가 손에 들고 있었던 커다란 천 자루를 집어 던졌다. 지면에 떨어진 충격으로 끈이 풀어져서 내용물이 쏟아졌다. —대량의 금화였다. 이만한 돈이 있다면 흰개미당의 인원들이 소소하게나마 1년은 먹고살 수 있을 것이다.

"어이쿠, 이게 웬 돈이야? 굳이 기어 들어와서 이 큰돈을 갖다 바치는 거냐? 이제 보니까 네가 여신 같은 계집이었군."

큰절 한번 해주랴, 비웃어주자 붉은 머리는 고개를 가로저었다.

"이건 바치는 게 아니라 판돈이야. 네가 흰개미당의 수령이 맞지? 나랑 한판 붙어서 이기면 이 돈 전부 줄게."

"……엉?"

"단 졌을 때는 내가 시키는 대로 따라줘야 해. 약속한 거야."

"너, 너 대체 무슨 바보 같은 소리를 해 대는 거야! 정신이 나가버렸어?!"

뒤쪽에 있던 음침한 낯짝의 여자가 새된 목소리로 외쳤다. 갱도의 안쪽인지라 높은 목소리가 메아리쳐서 불쾌하기 짝이 없었다. 살기를 담아 노려봐주자 여자는 몸을 움츠렸다. 노엘이라고 이름 불렸던 여자는 물론 제정신이라면서 웃음 지었다.

"직속 부하를 영입하려면 이러는 게 빠른 방법 같아서. 게다가 혹시 내가 이상한 사람이면 여기까지 같이 따라온 리그렛도 괴짜가 되는 거네."

"도망치고 싶어도 포위당한 탓에 못 도망쳤던 거야! 이 정신병자야! 너 때문에 나도 개죽음을 당하겠네! 죽어서도 원망해주겠어!"

"갑자기 기운이 마구 넘치나 봐. 근데 괜찮아, 오늘은 날씨가 좋으니까 안 죽어."

그렇게 말한 뒤 노엘이 이쪽으로 돌아섰다. 얼굴은 온화하나 방금 전과 눈빛이 싹 달라졌다. 기회를 노리고 있는 사냥꾼의 눈빛이다.

"마지막까지 들어는 주마. 한판 붙자고? 뭘 어떻게 붙자는 거냐? 설마 내가 기뻐할 만한 승부는 아닐 테고."

"그럼 주먹질로 붙어서 항복한 사람이 졌다고 하자. 어때? 간단해서 알기 쉽지?"

그렇게 말한 뒤 장비하고 있었던 무기를 내던지더니 재빨리 갑옷까지도 벗어 던지고 말았다. 갑옷 안쪽은 얄팍한 옷이 전부.

"여자인 네가 나와 주먹질로 붙는다? 거기 음침하게 생긴 여자도 말했다만 진짜로 머리가 돌아버린 거 아니냐?"

"아주 옛날에는 제정신 아니었지만 지금은 보통 사람이야. 그때랑 달리 매일매일이 즐겁기도 하고."

하얀 이를 내보인 채 웃음 짓는 노엘. 잠시 어안이 벙벙하여 쳐다보기만 했으나 서서히 도르커스의 내면에서 분노라는 감정이 치밀어 올라왔다. 코임브라의 약졸, 게다가 새파란 꼬마 계집에게 얕보였다는 자각 때문이다. 뭐하자는 수작인가 영문을 모르겠다만 이쪽을 우습게 보고 하는 짓임은 분명했다. 근처에 있던 부하들에게 손으로 신호하여 입구를 단단히 지키도록 했다. 그리고 대검을 집어던진 뒤 두 주먹을 쿵, 세차게 맞부딪쳤다.

"약한 놈 괴롭히는 짓은 안 좋아한다. 자기 자신이 진심으로 한심해지니까 말이야. 다만 시건방진 애송이를 때려눕히는 건 상황이 달라지지. 일단 조심은 하겠다만 뒈져도 원망 마라?"

"응, 알았어."

입가를 비뚤어뜨린 채 수긍하는 노엘. 좋은 배짱이라고 침을 퉤 뱉고 도르커스는 별안간 노엘을 향해 덤벼들었다.

"고작 한 대 얻어맞고 질질 울지만 마라, 계집년!!"

"에라!!"

전력으로 휘두른 주먹이 허공을 가른다. 벌써 몇 번째일까. 적중만 되면 나가떨어지는 것은 틀림없었다. 다만 한 대도 맞히지 못했다. 바싹 붙어서 밀어 넘어뜨리려고 해봐도 잽싸게 몸을 빼내면서 연타를 쏟아붓는다. 한 발 한 발은 가벼웠지만 연속으로 얻어맞으면 피해도 점점 축적된다. 숨을 내쉬고 들이마실 때마다 옆구리가 욱신거렸다.

'설마 상대를 얕본 사람은 나였다는 말인가? 이 계집, 내 공격을

완전히 꿰뚫어 보고 있지 않은가!'

그렇다, 마치 공격이 「훤히 들여다보인다」는 듯 기다리고 있다가 정확하게 되받아친다.

이미 30분은 주먹다짐이 이어졌음에도 전혀 유효타를 가할 수가 없었다. 노엘은 지칠 줄을 모른 채 짐승 같은 움직임으로 이쪽을 갖고 놀았다. 검을 든 승부였다면 이미 도르커스는 목숨이 달아났다.

"……빌어먹을!"

피 섞인 침을 내뱉고 한 걸음 물러나서 거리를 벌린다. 처음에는 마구 떠들어 댔던 굴삭가 녀석들도 지금은 마른침을 삼키면서 가만히 지켜볼 따름이었다. 도르커스는 흰개미당을 통틀어 제일가는 강자. 그럼에도 완전히 손바닥 위에서 놀아나고 있는 만큼 마음이 편하지 않을 것이다.

"있잖아, 슬슬 항복 안 할래?"

"흐흐, 이리저리 도망만 다닐 줄 아는 계집아이 상대로 패배를 인정할 리가 없잖냐. 아까부터 뭔 안마질 같은 주먹이나 날리고 말이야. 그래 갖고는 나는 못 쓰러뜨린다."

침을 뱉은 뒤 애써 허세 부렸다. 호흡이 거칠어졌음을 들키지 않기 위해서 가능한 한 천천히 숨을 들이마셨다.

"그럼 있잖아, 한 대 때려도 좋아. 진지하게 온 힘을 다해서 때려죽일 기세로 쳐봐. 이제 슬슬 밤이 될 텐데 결판을 내자."

어서 덤비라는 듯이 두 손을 벌려 보인다. 함정인가, 아니면 진심인가. 도르커스는 판단을 할 수 없었다. 다만 이제는 슬슬 체력의 한계가 온 것도 사실이었다.

"……재미있군. 내 혼신의 일격을 맞고 견딘다면 네가 시키는 대로 뭐든 다 따라주마. 단 혹시라도 피한다거나 내빼면 용서 안 할 테다."

도발하면서 넌지시 속을 떠봤다. 노엘은 섭섭하다는 듯이 입을 삐죽거렸다.

"나는 약속은 반드시 지켜. 내가 나라는 증거인걸. 자, 이제 쳐도 돼."

노엘은 팔을 십자로 교차시켜서 방어 태세를 취했다. 진심으로 도르커스의 일격을 받아 낼 작정인 듯했다.

'망할 계집년, 팔부터 확 부러뜨리고 저 태연자약한 낯짝까지 곤죽을 내줄 테다.'

도르커스는 자세를 낮추고 두 다리에 힘을 실었다. 오른 주먹을 있는 힘껏 부르쥐면서 크게 힘을 들이마신 뒤 표적을 쏘아본다.

"간다!!"

기합 소리와 동시에 숨을 토해 내고 지면을 단박에 달음박질쳤다. 번쩍 휘둘러 올린 오른 주먹을 얼굴 앞에서 십자 자세로 팔을 들어 올린 노엘에게 꽂아 넣었다.

명중하는 동시에 묵직한 충격이 도르커스에게 전해 왔다. 무겁다. 쳐부쉈다는 후련함은 전혀 없었다. 마치 쇳덩어리에 냅다 부닥친 듯한 위화감이 남을 뿐.

교차시킨 팔의 안쪽으로 노엘의 눈을 보고 말았다. 야생의 짐승처럼 표적을 가늠하고 있는 눈동자. 조금 전 봤던 사냥꾼의 눈에 살의가 섞여 들었다. 저 눈에 고통 어린 표정을 짓고 있는 도르커스가 비쳤다.

'위험하다. 그래도, 먼저 박살 내겠다!!'

위기를 감지했던 도르커스가 급히 왼 주먹으로 추가 공격을 날리려고 했던 순간.

"뭣—."

"약속은 딱 한 대였잖아. 이번에는 내가 보답해야지."

어느 틈인가 십자 자세의 방어를 푼 노엘이 오른 주먹을 날카롭게 찔러 넣었다. 그 공격은 도르커스의 명치에 깊숙이 꽂혀 들었다. 끄헉, 몸이 허물어졌을 때 두부를 노리고 노엘이 두 주먹을 세차게 내리찍었다.

안면으로 지면을 들이받은 터라 시야가 흐트러졌다. 복부에 강렬한 발차기가 날아든 뒤 등에 무언가가 와서 닿았다.

"윽, 끄흑!"

"약속대로 항복한다면 풀어줄게. 패배를 인정 못 하겠다면 이대로 밟아서 다져주겠어. 자, 이제 어떡할래?"

나동그라진 채 간신히 위를 올려다보니 잘난 척 허리에 손을 얹고 오른쪽 다리로 제 몸을 짓밟고 있는 노엘이 보였다. 오른 다리는 척추 부분에 정확하게 닿아 있었고 느릿느릿하게나마 압박이 강해지는 느낌이 든다. 이 여자는「약속은 반드시 지킨다」라고 말했다. 즉 도르커스가 패배를 인정하지 않는다면 척추를 분쇄하여 죽일 작정이었다. 얼핏 보면 싹싹하고 앳된 표정을 짓고 있음에도 이 여자라면 분명히 감행한다. 눈을 보면 그 인간의 본질을 얼마간 엿볼 수 있는 법. 이 여자의 본질은 굶주린 짐승이다. 인간의 거죽을 뒤집어

쓴 괴물에 가까울 테지.

“끄, 끄흑.”

“응? 약속을 지켜줄 거야? 아니면 깨뜨릴 거야?”

고개를 갸웃거리면서 차분한 말씨로 질문한다. 압박이 더욱더 강해지면서 지면에 접촉돼 있는 복부가 삐걱삐걱 불길한 소리를 울리기 시작했다. 그래, 여기까지인가, 도르커스가 눈을 부릅떴을 때.

“두령!”

얼마 전부터 틈을 노리던 굴삭가 중 한 사람이 화살을 날렸다. 몰래 꺼내 든 단궁으로 노엘의 등 뒤를 저격했다.

노엘은 전혀 동요하지 않고 놀랍게도 마치 어디로 날아오는가 다 안다는 듯이 화살을 맨손으로 낚아채버렸다. 시선은 여전히 도르커스와 마주 바라보고 있었는데도 불구하고.

“으, 으앗! 뭐, 뭐, 뭐, 뭐야.”

화살을 쏜 굴삭가는 기겁하면서 털썩 주저앉고 말았다. 다른 자들도 마찬가지였다.

“이게 마지막. 자, 항복할래?”

“……아, 알겠다. 내가 졌다. 약속은, 지킨다.”

“응, 다행이네. 덕분에 싹 다 죽이지 않아도 되고.”

붙잡고 있던 화살을 한 손으로 부러뜨린 뒤 노엘은 진심으로 기쁜 듯 미소 지었다. 너무나도 천진난만한 표정이었기에 도르커스는 깜빡 홀린 듯이 쳐다보고 말았다. 방금 전까지 가득 차올랐던 분노와 패배감이 흔적도 없이 사라진다. 압박당하던 상태에서 신체가 풀려났기 때문인지도 모르겠다만. 얼굴에 달라붙은 진흙을 털어 내면서 도르커스는 천천히 일어섰다.

"……나의 완패다. 혼신의 일격마저 막혀버린 데야 뭐라고 핑계도 못 대겠군. 이 녀석, 정말이지 터무니없는 여자로군."

"그래도 방금 전 한 방은 꽤 짜릿했어. 어라라, 팔이 새빨갛네!"

소매를 걷어 두 팔을 보여준다. 확실히 일격을 막아 낸 부위가 새빨갛게 부어올랐다. 통증도 꽤 있을 텐데 얼굴에는 전혀 티를 내지 않았다.

"……약속은 약속이다. 네가 시키는 대로 따라주마. 자수를 하라면 어디에든 간다. 아예 이 자리에서 목을 쳐도 상관없다."

"두, 두령!"

동요하는 굴삭가들에게 버럭 소리쳤다.

"시끄럽다! 졌는데 어떡하라고. 진 놈은 딴소리를 할 자격이 없단 말이다. 알아먹었으면 얌전히들 꺼져라."

도르커스가 체념을 내비치자 노엘은 곤란한 기색으로 고개를 갸웃거렸다.

"음, 있잖아. 자수는 됐고, 그냥 나를 따라와주면 되거든."

"……그러니까, 어디에든 간다고 말하지 않았냐."

"으음, 간단하게 말할게. 있지, 내 부하가 되어줄래? 일손이 부족해서 되게 난처하거든."

그렇게 말하고 먼지를 털어 낸 다음 도르커스에게 손을 내밀었다.

"흰개미당의 수령으로 있는 나를 직속으로 들이겠다는 거냐?"

"응. 직접 만나고 나서 결정할 생각이었어. 싸우고 얘기도 나눠보니까 꽤 재미있는 사람 같더라. 재미있는 사람들이랑 함께라면 여러모로 즐거울 거야. 어때?"

게다가 패배를 깨끗하게 인정할 줄 알고 약속을 잘 지키는 구석도 마음에 들었노라고 웃는 얼굴로 덧붙였다.

"흐, 흐흐. 너 말이다, 역시 역시 제정신이 아니군."

"그런가?"

"그래, 틀림없다. 나도 일종의 미치광이니까 잘 알아볼 수 있지."

"그렇구나, 그럼 안 되는 거네."

노엘이 유감스러운 듯 중얼거린 뒤에 내밀었던 손을 거둬들이는 지라 도르커스는 급히 왼팔로 가로막았다.

"잠깐, 잠깐만. 그만. 그게 아니라! 네가 필요 없다고 말할 때까지 어디에든 따라가주마. 그래, 그 어디라 해도. 약속은 약속 아니겠냐."

도르커스는 오른손으로 노엘의 손을 꽉 쥐었다. 타오르는 듯 뜨거운 노엘의 손바닥을 힘 있게 잡았다. 계약의 증거로 삼기 위하여.

"그럼 있잖아, 내가 행복해지면 그 행복을 조금씩 나눠 줄게. 나도 약속은 지켜."

"그래, 잘 부탁한다. 너, 아니지, 대장 나리."

"응, 앞으로 잘 부탁할게."

그렇게 말하고 제자리에 주저앉는 노엘. 피곤해라~ 칭얼거리면서 느긋하게 다리를 쭉 뻗는다.

도르커스는 한 가지 신경 쓰였던 의문을 풀어놓았다.

"이봐, 만약에 내가 약속을 지키지 않고 시치미 뚝 떼면 도대체 어쩔 작정이었나?"

대답은 이미 상상할 수 있었다만 굳이 물었다. 묻고 싶었다. 자신의 감을 확인하기 위하여.

"약속을 안 지키는 사람을 동료로 받을 필요는 없거든. 그러니까 살려줄 필요도 없지 않았을까?"

그렇잖아? 동의를 구하는 노엘. 예감했던 대답을 딱 들을 수 있었기에 도르커스는 대단히 만족했다.

'……이거다. 나는 쭉 기다렸다. 머리가 터져 나가도록 강렬한 경험. 흐흐, 연소석 따위 별것도 아니지. 강렬함이 아주 살짝 지나치기는 해도 그야말로 하늘에서 떨어진 선물 아닌가!'

최후의 순간에 기다리고 있을 것이 무엇인가 예측은 불가능하다만 어쨌거나 한시도 지루할 틈은 없겠다. 아직껏 욱신거리는 복부의 통증을 견디면서 도르커스는 만족감에 휩싸였다.

"맞다, 아직 자기소개를 안 했었네. 내 이름은 노엘 보스하이트. 멋진 이름이지?"

"노엘이라. 멋진 이름이군. 아, 내 이름은 도르커스 바와. 음, 뭐냐, 아, 앞으로, 아무쪼록 잘 부탁드리겠소."

도르커스는 새로 맞이한 주군을 향해 첫 번째 경례를 올렸다. 익숙하지 않은 존댓말과 몹시 어색한 동작으로.

그 모습을 본 노엘은 깜짝 놀랄 만큼 경례가 서투르다면서 배를 부여잡고 웃어 재꼈다. 노엘의 웃음 소리가 동굴 안에서 메아리쳤으나 방금 전과 달리 도르커스는 특별히 불쾌함을 느끼지 않았다.

CHAPTER 16 뒤얽힌 끈

"나는 노엘 대장을 따라가기로 했다. 다음번 흰개미당 수령은 너희끼리 알아서 정하든지 해라."

입에 달라붙은 피를 닦은 뒤 도르커스는 그 자리에 있던 굴삭가들에게 큰 소리로 선언했다.

어리둥절하면서 가만히 듣기만 하던 굴삭가들도 말의 의미를 이해하자마자 허둥지둥 도르커스에게 다가들어서 소리 높였다.

"두령, 이래서는 너무 갑작스럽잖소!"

"그야 그렇겠지. 지금 막 결정했잖냐."

"잠깐만 기다려보쇼! 이곳이 잘 굴러가는 것은 두령 덕분이라고. 댁의 역할을 대신 맡을 인간이 대체 누가 있겠어!"

"나를 너무 높이 사는군. 나 역시 적당히 떠맡아서 했던 일이다. 뭐, 다음 녀석도 분명히 잘 해낼 수 있을 거다."

도르커스는 가볍게 손을 흔들었지만 굴삭가들은 어떻게 납득할 수 있겠느냐고 입을 모아 아우성치며 항의했다.

"이제 와서 우리를 내버리려고! 정말 너무하는군!"

"크, 이놈들 되게 시끄럽네. 나더러 어쩌라는 거냐."

도르커스가 곤혹스러워하면서 팔짱을 꼈다.

"우리도 같이 데려가주쇼. 그럼 아무 문제 없잖소!"

"뭐라?"

"거기 꼬맹이…… 아가씨는 두령을 부하로 들이겠다고 여기 왔잖소? 그럼 우리가 같이 가도 상관없겠네, 뭐."

"이 녀석아, 너야말로 웬 뚱딴지같은 소리냐. 전부 몇 명인 줄은 알아? 이리 큰 패거리를 뭔 수로 죄다 고용해주겠냐. 안 그런가? 노엘 대장."

눈살을 찌푸리면서 도르커스가 동의를 구했다.

"나는 별로 상관없는데? 동료는 많으면 많을수록 즐거울 테고. 게다가 왠지 떠들썩하니까 좋네."

다만 노엘은 특별히 문제없다면서 시원스럽게 승낙했다. 그리고 바닥에 떨어져 있던 금화 자루를 주워 들더니 아무렇지도 않게 도르커스의 손에 들려주었다.

"자, 받아."

"……나더러 이걸 뭐 어쩌라고?"

금화의 무게가 상당했기에 곤혹스러운 표정을 짓는 도르커스.

"따라오는 사람들한테 전부 똑같이 나눠 주도록 해. 나는 이렇게 큰돈 필요 없거든. 갖고 다니다가 내키는 대로 아무 데나 막 낭비할 것 같아."

"정말 괜찮겠소? 이놈들한테 나눠 주면 두 번 다시 안 돌아올 텐데."

"응, 나는 상관없어."

전혀 관심이 없다는 듯 즉답하는 노엘. 돈의 가치를 아는가 모르는가. 도르커스는 판단이 되지 않았다. 알고도 하는 말이라면 어지간히도 대단한 바보이든가 혹은 거물이겠다.

"그나저나 우리를 어떻게 처분할 작정이오? 당당하게 주도라든가 얼굴 내밀면 느닷없이 사형 판결이 떨어져도 이상할 게 없소만."

도르커스는 본인이 말하고도 가능성이 제법 높다 여겼다. 노엘은 물론 거짓말을 하지 않았을 터이나 코임브라의 높은 인간들은 속내가 좀 다르지 않을까. 즉각 체포 후 교수형이라는 웃기지도 않는 말로는 사양하고 싶다.

"그 부분은 걱정 안 해도 괜찮아. 내가 혼자 가서 태수님한테 설명하고 올 테니까. 너희는 도시 바깥에서 대기하고 있다가 무슨 일 생기면 얼른 도망쳐. 그러니까 진짜 괜찮아. 내가 약속할게."

안전은 반드시 보장하겠다고 힘 있게 고개를 끄덕였다. 그런 다음은 「시끄럽게 따지고 들면 아주 난리판을 만든 다음에 나도 후닥닥 도망치면 되고」라고 불온한 발언을 작은 목소리로 속삭거린다. 게다가 허리춤에 매달아 놓은 투박한 철퇴를 천천히 만지작거리면서.

철퇴에 붙어 있는 검붉은 자국이 실로 무시무시했다. 이미 몇 사람의 목숨을 족히 빨아들인 듯싶었다. 도르커스는 얼굴을 실룩거리면서도 「그러면 전부 대장에게 맡기겠소」라고 답할 수밖에 없었다.

"좋아, 슬슬 가볼까? 이제 배도 고프고. 일단 다 같이 보르보 시가지로 가자."

땀을 닦고 붉은색 머리카락을 쓸어 올린 뒤 노엘은 입구 방향으로 유유히 걸음을 뗐다. 어안이 벙벙하여 말을 못하고 있던 호위병들과 부관으로 짐작되는 음침한 낯짝의 여자도 뒤를 따른다. 마치 백

일몽을 본 듯한 넋 빠진 표정으로.

'코임브라 군을 호되게 괴롭혔던 우리를 고작 한 사람이 와서 휘어잡았으니 저런 표정도 지을 만한가. 몇 살 먹지도 않은 계집아이에게 당하다니 이리도 한심할 수가 없군. 나는 진심이었다. 봐주지 않았어. 저 여자를 따라가면 꽤나 재미있어지겠군.'

그런 생각을 하면서 도르커스는 굴삭가들을 돌아봤다.

"……자, 다들 봤을 테지만 노엘 대장에게서 허락이 떨어졌다. 여기에 없는 놈들에게도 가서 알려줘라. 오늘부로 나는 이곳을 떠난다. 나를 따라오든가 아니면 남든가 각자 알아서 결정해라. 어느 쪽이든 이 돈은 전별금 삼아서 모두 똑같이 나눠 가진다."

"알겠습니다!"

"나는 물론 두령을 따라가겠소!"

"어이구, 이놈아. 잠깐이라도 네 머리로 고민을 해라, 이 바보 녀석들아. 저 대장을 따라가는 건 말이야, 코임브라 군에 들어간다는 소리잖냐. 목숨 아까워할 줄 아는 놈들은 아예 오지도 마라? 나중에 불평한들 절대로 안 받아준다."

"흐흐, 하필 굴삭가 직업을 선택했을 때부터 이미 각오는 다 했소. 게다가 우리는 백전노장의 흰개미당 아니오!"

"옳소!"

거뭇하게 그을린 굴삭가들은 아무 문제도 없다면서 웃었다. 확실히 지켜야 할 사람, 돌아갈 곳이 있는 사람은 옛적에 이곳을 떠나갔다. 도르커스를 포함하여 달리 지향할 바를 발견하지 못했던 인원만 이곳에 남아 하루하루를 살아갈 뿐. 노엘의 도래는 전환점이 되어주리라고 예감한 도르커스와 마찬가지로 굴삭가들 또한 같은 느낌을 받았는지도 모르겠다.

도르커스는 참 대책 없는 녀석들이라고 기막힌 심정으로 중얼거린 뒤 굳세게 고개를 끄덕거렸다.

"분명히 말하겠는데 설령 죽어도 대장을 원망하지는 마라. 그래서 주는 돈이니까. 나중에 구시렁구시렁 불평 지껄이는 놈들은 목을 콱 졸라줄 테다."

"아마 그때가 오면 원망을 할 테지만 불평은 안 하도록 노력해보겠소."

"그럼 됐다. 주둥이는 힘껏 다물고 뒈져라."

도르커스가 맞받아치자 아이고, 너무하셔라, 하고 굴삭가들이 호쾌하게 웃음을 터뜨렸다.

"그러면 출발 준비에 착수하겠소!"

"부탁하마. 아, 그리고 쟁여 둔 연소석은 되는대로 다 들고 간다. 어딘가에 쓸모가 있을지도 모르니까."

도르커스는 보르크 광산의 현재 특산품을 노엘에게 선물하고자 마음먹었다. 노엘은 자루에 가득 찬 큰돈을 아무 의심도 없이 건네주고 갔다. 그 신뢰에 보답하는 방법은 흰개미당의 비밀 무기를 제공하는 길밖에 없다.

배움이 짧은 도르커스 및 굴삭가들은 갱도의 굴착 작업에 쓰는 용도 말고 획기적인 발상을 떠올리지 못했다. 그럼에도 섣불리 바깥세상에 내어놨다가는 위험해질 수 있다는 판단했었다.

추후 노엘은 압도적인 무력으로 코임브라 군에서 두각을 드러내리라. 그렇다면 이곳에서 나는 연소석은 분명히 노엘의 뒤를 밀어 줄 수 있다. 얼마나 잘 활용하는가는 노엘에게 달려 있다만.

“되, 되는대로 전부 말이오? 양이 상당한데 운반하려면 뼈가 좀 쑤시겠소.”

“들고 간다. 그리고 채굴장 입구는 잘 감춰 놓으라고. 아무도 안 올 테지만 괜히 들키면 여러모로 귀찮잖나. 게다가 재고가 다 떨어지면 또 캐러 와야지.”

“알겠습니다!”

부탁한다, 라고 말한 뒤 도르커스는 오래도록 쓴 낡은 대검을 들고 주군의 뒤를 따라 달렸다.

노엘을 불러 세워다가 예의 채굴장까지 데리고 가서 흰개미당의 비밀 무기를 보여줬다. 물론 보여주는 대상은 노엘 한 사람뿐이다.

연소석의 특징을 설명하고 암반에 직접 위력을 시연하자 노엘은 눈이 휘둥그레져서 깜짝 놀랐다. 「노엘 부대의 비밀 병기구나!」라면서 몹시 기뻐하고 한바탕 우쭐우쭐하다가 이것을 쓰면 분명히 굉장한 일이 벌어지겠구나 하고 만면에 미소를 머금었다.

그 표정은 나이에 어울리는 모습이었다만 도르커스는 무의식중에 한기를 느껴야 했다. 천진난만한 표정의 이면에 도사리고 있는 어두운 기운을 살짝이나마 들여다보았기 때문이다.

—어린아이란 천진난만하기에 더욱 잔혹한 법이다.

보르보의 시가지로 돌아온 노엘 일행은 거리에 있는 주점이며 숙소를 점령하고 거하게 연회를 벌였다. 돈은 물론 노엘이 건넨 금화의 일부를 썼다. 잘 간수했다가 생활비에 충당할 만한 착실한 인간은 벌써 옛날에 광산을 떠났던지라 의식을 놓을 때까지 전원이 함께 들이부었다.

매사에 거리낌이 없는 노엘은 금세 속을 터놓고 도르커스 및 흰개미당의 인원들과 술병을 한 손에 든 채 떠들썩하게 놀았다. 호위병도 당황하는 기색은 보일지언정 이윽고 함께 노래 부르면서 술잔을 주고받았다. 입장은 달라도 같은 코임브라의 사람이다. 게다가 가난한 생활 때문에 고생하기는 서로 마찬가지잖은가.

리그렛만 혼자 불쾌한 표정으로 일찌감치 자기 방에 돌아갔다.

떠나갈 적에 남긴 「비천한 것들, 게다가 하필 흰머리 원숭이와 유쾌하게 술잔을 주고받으라니 웃기지도 않아. 차라리 죽어버리겠어」라는 대사는 도르커스와의 관계를 결정적으로 험악하게 만들었다. 흰머리 원숭이라고 비웃음을 당한 도르커스가 격앙하여 검을 빼내서 휘두르려 했을 정도다. 막상 비천한 것들이라고 한데 묶여서 매도를 당한 노엘은 즐겁게 웃기만 했다만.

노엘이 요즘 빠져 있는 취미는 인간 관찰이다. 특히 반응이 격한 인간이나 별난 인간일수록 더 재미있다. 가장 반응이 재미있는 사람은 신시아, 별난 사람은 리그렛이었다. 이 말을 도르커스에게 하자 별 희한한 인간을 다 본다는 눈빛으로 쳐다봤다.

“내가 본 대로 말하자면 대장이 제일 별난 사람인데 말이오. 하루종일 구경해도 질릴 것 같지가 않소.”

“그런가? 그건 아마도 내가 다른 사람들이랑 달라서 그런 게 아닐까."

"확실히 대장의 완력은 괴물, 거 뭐냐, 족히 천 명의 힘과 맞먹기는 하오."

"아하하, 그게 아니라."

"그럼 무슨 뜻으로 한 말이오?"

"나는 있잖아, 한 사람이지만 한 사람이 아니거든. 그러니까 즉 나한테는 내가 없다는 뜻. 나는 나인 동시에 우리거든. 그러니까 네가 본 내가 진짜 「나」인지는 모르는 거야. 사실은 나도 잘은 모르거든."

공허한 눈빛으로 가만히 중얼거리는 노엘. 도르커스는 노엘을 응시하다가 이내 더 뒤쪽으로 시선을 옮겼다. 저 겁먹은 눈에 도대체 무엇이 보이는 걸까. 노엘은 그런 생각을 하면서 술을 들이켰다.

"대, 대장?"

"아하하. 그냥 농담이야, 농담. 뭐, 도르커스도 구경하면 질릴 틈이 없는 사람이면서. 앞으로 잔뜩 잘 부탁할게."

그러고는 요염하게 미소 지은 뒤 노엘은 도르커스에게 술을 따라줬다. 흘러넘치도록 가득히.

대연회를 마치고 다음 날. 불한당 오백 명을 데리고 위풍당당히 개선한 노엘은 주도 마들레스의 성문에서 즉각 위병에게 검문을 당했다. 곧장 공격을 하지 않았던 까닭은 단지 코임브라의 군기를 내걸었기 때문이었다. 제삼자가 보면 뻔한 도적단 패거리일 테니까 어쩔 수 없겠지만.

한동안 대기한 끝에 그롤에게서 출두를 명령받은 노엘은 당장 성에 올랐다.

"노엘 백인장, 임무를 완료하고 귀환하였습니다!"

알현징에 들어서자마자 즉시 경례하고 득의양양한 표성을 짓는 노엘. 오늘도 안경을 쓰고 주눅 든 기색도 없이 쭉 곧은 자세로 처신하는 모습이다. 쭉 늘어서 있는 무관과 문관들은 곤혹스러워하는 축과 분개하는 축으로 나뉠 테지만.

"……임무에 고생 많았다고 치하해야겠으나 먼저 설명을 듣고 싶군그래."

"무슨 말씀이신지요?"

태연자약하게 시치미를 딱 떼는 노엘. 다만 그롤은 가만 넘어가지 않았다.

"얼버무리지 마라. 나는 도적을 진압하라고 명했을 뿐 아군으로 포섭하라고 명하지는 않았다. 어째서 놈들이 마들레스의 부근에 있는가 나는 이해가 되지 않는군. 노엘, 상세한 경위를 즉시 보고하도록."

그롤이 팔짱 낀 채 미간을 찌푸렸다. 이미 위병에게서 보고를 받아 대강의 사정은 파악했다. 본래는 노성을 터뜨리고 싶은 심정이었다만 골칫덩어리 도당을 휘어잡은 것은 사실이었다. 하니 칭찬을 해줘야 할 듯싶기도 한데 윌름을 필두로 하는 무관들은 납득이 되지 않는다는 기색이었다.

"넷, 처음에는 전원 척살을 고려했습니다. 그러나 제 눈으로 직접 대면하고 생각이 바뀌었습니다. 그들의 잘 단련된 신체 능력과 통솔력은 대단히 쓸모가 있을 듯싶었습니다. 활용 가치가 있는 자들을 활용하지 않는 것은 아깝지 않겠습니까. 죽이려고 들면 언제든 죽일 수 있습니다."

"그게 웬 허무맹랑한 소리인가. 놈들은 악명 높은 흰개미당, 그따위 비천한 패거리를 어찌 마들레스에 맞아들일 수 있겠는가. 웃기지도 않는군. 태수님, 즉시 병사들을 보내 섬멸하십시다! 지금 허를 찌르면 손쉽게 전멸도 가능합니다!"

윌름이 격앙하여 그롤에게 의견을 개진하는 것을 보고 노엘은 붉은 머리카락을 손가락으로 가볍게 만지작거렸다.

'아휴, 또 윌름 장군이야. 내가 너무너무 싫어서 못 견디겠나 봐.'

주도 진입을 허락받지 못한 도르커스 이하 오백 명은 현재 마들레스 성 바깥에서 대기 중이다. 제시간에 돌아오지 않으면 즉시 도망치라고 노엘이 사전에 명령해 뒀다. 그리된다면 노엘도 함께 자취를 감추고 싶은 심정이었다만 엘가 및 신시아와 나눈 약속이 있었다. 두 사람과의 약속을 지키려면 코임브라에 적을 두고 있어야 했다. 약속은 절대적이다. 약속을 어기는 사람에게 행복은 찾아오지 않는다. 노엘의 신념이자 유일한 종교였다.

'윌름 장군의 화난 얼굴을 보고 있으면 재미있기는 한데. 음, 어떻게 할까.'

곁눈질로 힐끗 윌름의 얼굴을 바라봤다. 윌름을 정수리부터 쪼개 놓으면 왠지 몰라도 전부 다 잘 풀릴 것 같다는 기분이 든다. 도망치는 김에 겸사겸사 해치워버릴까. 그런 생각을 하면서 노엘은 그롤의 결단을 기다렸다.

"……흰개미당은 우리 코임브라 군의 물자를 거듭거듭 약탈한 악당. 법을 준거하여 판단하자면 교수형 혹은 참수형이 마땅한 처분일 테지. 능력이 있다면 등용하겠다고 내가 몸소 말했으나 우리에게 해를 끼치는 자를 활용할 마음은 없다. 이 같은 전제하에 노엘, 달리 고하고 싶은 말이 있다면 들어주겠다."

"태수님, 노엘의 의견 따위는 들을 필요도 없습니다! 즉시 처단 명령을 내려주십시오!"

윌름은 더 이상의 문답은 소용없다고 강하게 주장하였으나 그롤은 손을 들어서 제지했다.

"뭐, 잠시 진정하고 들어보세나, 윌름. 나는 노엘의 의견도 마냥 외면하기는 어렵다는 생각일세. 노엘이 병사 한 명도 잃지 않고 도적을 제 손아귀에 휘어잡은 것 또한 분명하잖은가. 어지간한 인재라 해도 엄두를 못 낼 성과 아닌가?"

"……그, 그 말씀은, 분명 옳습니다."

윌름은 말을 머뭇거렸다.

'……웬일로 차분하게 판단하는군. 평소처럼 마구 소리나 쳐 대면 좋았을 것을.'

지금껏 여러 차례 토벌군을 보냈음에도 흰개미당은 매번 성공리에 살아남았다. 그토록 결코 만만하지 않은 일당이 노엘에게 복종하고 있다. 뻔히 위험할 것을 다 알면서도 흰개미당은 이곳까지 따라 나왔다. 어떤 이득도 없는 행동, 윌름은 이해하기 어려운 행동이었다.

'나중에 리그렛에게 상세한 경위를 물을 필요가 있는가. 도대체가, 골치 아픈 계집이군.'

"……그래, 네 뜻은 어떠한가. 노엘, 기탄없이 고하라."

"넷. 그들은 비록 도적으로 전락한 처지입니다만 본래는 선량한 코임브라의 백성이었습니다. 길을 잘못 들었을지언정 고향을 사랑하는 마음은 변함이 없는 줄 압니다. 그 증거로 그들은 지난 반란에 가담하기는커녕 적륜군으로부터 도시 보르보를 끝까지 지켜 냈습니다. 물론 약탈을 저지른 죄는 결코 용서받을 수 없습니다. 따라서 그들에게 저희 코임브라에 헌신할 수 있는 입장을 마련해줌으로써 속죄토록 하는 것이 최선이라고 판단하는 바입니다."

노엘은 짐짓 진지한 얼굴로 장황하게 진언했다. 이왕에 안경도 쓱 들어 보이면서. 이렇게 하면 더더욱 머리 좋은 사람처럼 보인다고 한다. 어려운 말이 잇따라 떠오르는 것은 그 「교회」에서 보낸 나날의 덕분이리라. 감사하는 마음은 전혀 조금도 없다만 방금 전 말했던 대로 활용 가치가 있다면 뭐든 다 활용하겠다. 그리하는 것이 제일이라고 노엘은 생각했다.

"어디서 궤변을 늘어놓는가! 놈들에게 속죄할 마음 따위 있을 리가 없잖은가. 태수님, 신상필벌은 필히 지켜져야 합니다. 소홀히 취급하면 군율 또한 저절로 흐트러지는 법입니다. 추후의 치세를 위해서라도 아무쪼록 바른 판단을 내려주십시오."

"월름 님의 말씀이 옳다 여깁니다. 법을 필요에 따라 곡해하면 재앙을 초래할 것입니다."

"저도 같은 의견입니다. 태수님, 부디 올바른 판단을 내려주십시오!"

월름이 소리 높이자 반수 이상의 무관이 동조했다. 이른바 월름파라 불러야 하는 자들이었다. 그 밖의 자는 판단이 어렵다는 기색이었다.

“으음, 그대들의 의견도 일리가 있어. 적잖이 어려운 문제군.”

“저는 그들을 구명하겠다고 약속했습니다. 그 대신 그들은 저를 따르겠다고 맹세했습니다. 저는 절대로 약속을 깨뜨릴 수 없습니다. 예, 설령 어떠한 경우일지라도.”

“그러한 약속, 우리가 알 바 아니다. 백인장 따위가 무슨 권한으로 장담을 하고 다니는가!”

“실례를 저질렀습니다. 윌름 장군의 뜻은 아주 잘 알겠습니다. 주제넘은 발언을 하여 죄송합니다.”

노엘은 고개를 끄덕거리고 한 걸음 물러났다. 그러고는 벽면의 창으로 힐끗 시선을 보냈다. 시계는 갖고 있지 않은지라 살짝 들여다보이는 태양으로 시각을 가늠했다. 허리춤에 달아 놓았던 철퇴를 왼손으로 쓰다듬었다. 보물로 여기는 창은 방 안에 두고 올 수밖에 없었다.

‘응, 이제 됐어. 죽이자.’

노엘은 결심했다. 역시 이것이 최선이다. 아니꼽기 짝이 없는 윌름의 머리통을 쪼개버리는 것이 제일 빠른 길이다. 조용히 미소 지으면서 표적을 포착했다. 딱히 접근할 필요도 없다. 여기에서 철퇴를 투척하면 확실하게 죽일 자신이 있었다. 해치운 다음 도망쳐서 도르커스와 합류하면 되는 문제다. 신시아 및 엘가와 한 약속은 시간을 두었다가 나중에 완수하면 된다. 그롤 다음에 코임브라 주를 계승할 사람은 엘가이니까. 전부가 잘 풀릴지는 모르겠지만 어떻게든 될 테지. 세상이 어디 뜻대로만 흘러가던가.

“……노엘 백인장, 나에게 뭔가 하고 싶은 말이라도 있는가? 할 말이 있다면 분명하게 말하는 게 어떻겠나.”

“아니요, 이미 할 말은 다 했습니다.”

“그, 그런가. 그럼 되었네만.”

윌름은 은근하게 피어오르는 강렬한 살기를 감지하고 약간이나마 식은땀을 흘려야 했다. 어린 계집이라고 얕본다 한들 실력은 미지수다. 아니, 리스티히를 생포한 것은 사실 아닌가. 그런 인물이 눈에 농밀한 살의를 담아 이쪽을 응시하고 있다. 역전의 장군 윌름이 무의식중에 압도됐다. 마치 굶주린 짐승의 시선에 노출된 듯한 오싹함이었기에.

“잠시 기다려주십시오!”

심상치 않은 분위기를 감지하고 문관 페리우스가 전면에 나서 절충안을 제시했다. 이 남자는 윌름의 사전 교섭을 거절하는 인물인 터라 어떠한 계파에 속박되는 입장이 아니었다.

“태수님, 윌름 님을 비롯한 다른 분들의 말씀은 물론 지당합니다. 따라서 일단 추이를 보는 것이 어떨는지요? 제가 한 가지 방안이 있습니다.”

“흠. 고해보거라.”

“넷, 최근 들어서 바하르와 인접한 국경 부근에 수상쩍은 집단이 출몰한다는 보고가 들어온 상황입니다. 마침 적당하지 않겠습니까? 그들에게 조사 및 퇴치 임무를 하달하면 본심과 충성심을 헤아릴 수 있겠지요. 목숨을 아까워하는 일당이라면 좋은 기회라 여겨 도망칠 것이 틀림없겠습니다.”

"……과연, 한 차례 시험해보는 것도 나쁘지는 않겠군. 분명 신상필벌은 중대 사안이다만 전력이 될 병사를 놓아 보내기는 아쉽다. 이런 경우는 임기응변의 판단도 필요할 테지. 노엘, 페리우스의 제안대로 수행할 수 있겠는가?"

"물론입니다! 감사드립니다!"

"월름, 자네도 괜찮겠는가? 법을 중시하려는 자네의 심정은 사무치도록 알고 있으나 이번에는 내 체면을 보아 기회를 허락해주면 좋겠네."

"넷, 이견 없습니다. 태수님께서 이리 말씀하시는 데야……."

그롤의 말에 면구스러워하는 월름. 노엘에게서 날아들던 살기가 수그러들었기에 한껏 숨을 내쉬었다. 사나운 짐승이 매섭게 노려보는 상황과 별다를 바가 없었기 때문이다. 자칫하다가는 목을 물어뜯길 듯하여 못 견딜 지경이었다.

월름은 노엘에 대한 경계를 강화하겠노라고 결심했다. 말재간이 다소 뛰어난 계집년이라고 마냥 얕봤다가는 치명상을 면할 수 없을 터. 포섭하면 그만이라는 안이한 마음가짐은 완전히 내버렸다. 짐승에게는 말이 통하지 않는 법이다.

"좋다, 그러면 이상과 같이 임무를 하달한다. 흰개미당의 인원들은 근방의 주둔지에서 대기하도록 조치하면 되겠지. 노엘, 오늘은 물러나도 좋다. 임무, 고생 많았군."

"알겠습니다. 그러면 실례하겠습니다!"

노엘은 그롤에게 경례한 뒤 월름을 돌아보면서 재차 시선을 보냈다. 월름의 눈에는 역력하게 적의가 떠올라 있다. 저 음험한 시선만큼은 리그렛과 꼭 닮았다. 노엘은 딱히 미움받을 만한 짓을 한 기억이 없었으나 이런 경우도 있는 법이라고 납득했다. 아무 짓을 하지 않았는데도 미움받는 것쯤 별일이 아니었다. ―세상은 불합리한 일만 한가득 일어나는 법이니까.

노엘이 그 「교회」에서 죽을 것 같은 나날을 보냈던 일, 혼자서만 살아남았던 일, 각지를 방랑하다가 간신히 정착한 지역에서 반란이 일어나 휘말려버렸던 일. 반란군의 동료가 입막음을 위해 죽이려고 들었던 일.

세상에는 이상하고도 불합리한 일이 얼마든지 흘러넘친다. 거기에 비하면 고작 월름에게 미움받는 것쯤 대단한 일도 아니었다.

노엘은 도발하듯이 엷은 웃음을 머금고 발길을 되돌려서 알현장을 뒤로했다.

도르커스 및 흰개미당의 인원들을 근처의 주둔지까지 데려다준 다음 노엘은 사관실로 돌아가 낮잠을 잘 계획이었다. 크게 하품을 하고 자기 방으로 향하는 도중, 병영 건물의 복도에서 저도 모르게 걸음을 멈췄다.

팔짱을 끼고 벽에 기대서 있는 은발 장신의 인물― 여기사 신시아였다. 신시아가 한쪽 손을 들어서 인사하자 노엘은 콜록콜록 헛기침을 한 다음 전혀 몰라본 척 발걸음을 돌렸다.

종종걸음을 쳐서 발길을 떼려고 했을 때 멧돼지처럼 무시무시한 기세로 달려드는 신시아에게 어깨를 콱 붙잡히고 말았다.

“이봐, 왜 무시를 하나. 지금 분명히 나와 눈이 마주쳤을 텐데? 인사도 할 줄 모르다니 기사가 되어 부끄러운 행위 아닌가.”

“아하하, 햇살이 살짝 눈에 들어왔거든. 그리고 놓고 온 물건이 있어서 다시 가지러 가려고. 응, 나는 별로 꺼림칙한 짓은 절대로 하지 않았어.”

노엘은 적당한 변명을 주워섬기면서 얼버무렸다.

“놓고 온 물건이라? 나도 함께 찾으러 가도록 하마.”

신시아가 거짓말인 줄을 전부 들여다본다는 듯이 코웃음 쳤다.

“앗~ 뭐였더라. 어라라, 왜 기억이 안 난담?”

아하하, 노엘이 익살을 떨어도 신시아의 눈에는 전혀 웃음이 떠오르지 않았다. 어깨를 붙잡는 힘이 더욱 강해진다. 이래서는 도망칠 길이 없었다.

꽤나 귀찮아지겠다는 것은 금방 깨달았기에 노엘은 어서 도망치려고 했었다. 신시아는 상식에 어긋나는 행동을 특히 싫어하는 경향이 있다. 명령 위반을 저지르고 만 노엘은 절호의 먹잇감에 다름 아니었다.

저번에 본인 또한 공을 세우겠다고 독주하지 않았냐 반론한다면 더욱 혹독한 꼴을 당할 것이다.

“그러면 떠오를 때까지 잠시 대화나 하지. 아, 그러고 보니 보르크 광산에서 꽤나 대단한 활약을 펼쳤다더군. 하하, 겸손할 것 없다. 네 호위를 맡았던 대원들에게 이런저런 무용담을 듣고 왔거든. 혼자서 도적의 본거지에 잠입하여 적 수령과 일대일 승부, 나아가서는 악명 높은 흰개미당을 수하로 거둬들였다던가.”

"에, 에헤헤. 별거 아니야."

"웃음밖에 안 나온다는 말은 이런 경우를 두고 하겠군. 참고로 그 말을 들었을 때는 저절로 현기증이 났다. 하하하."

얼굴을 실룩거리면서 힘겹게 웃는 신시아.

"아하하, 정말? 힘들었겠네."

"웃을 때가 아니잖나! 이런 바보 멍청이를 봤나!"

귀신 같은 형상이 되어 어깨에 얹어 놓았던 오른손을 노엘의 뺨으로 가져가더니 곧장 있는 힘껏 꼬집는다.

"끄엑. 자, 잠깐, 아파—."

"아프도록 꼬집었으니까 당연하다! 잘 들어라. 그리 무모한 짓을 하고 다녀서는 목숨이 몇 개씩 있어도 부족하다. 따라서 오늘은 기사의 정신뿐 아니라 군인 본연의 자세, 그리고 마땅히 준수해야 하는 군율을 네게 철저하게 주입시키기로 했다. 날이 새도록 한시도 쉬지 않고 가르쳐주마!"

"배, 배가 살살 아프니까 다음 기회에 다시 부탁할게. 그럼 나중에 봐!"

지금은 졸려서 견딜 수가 없었던 터라 긴 설교를 다 들어주기는 버거웠다. 노엘은 배를 감싼 채 소리치다가 마수를 피해서 전력을 다해 얼른 자기 방으로 달아나려고 했다만.

"끄엑."

뒷머리를 붙잡히고 말았다. 봐주지 않고 꽉꽉 잡아당긴다. 목에서 뭔가 이상한 소리가 났다.

"아무 문제도 없다. 나에게 신경 쓰지 말고 싸질러도 된다. 네 방에서 설교…… 아니, 강의를 할 테니까 말이지. 아무리 지저분하든 나는 전혀 개의치 않겠다."

내가 신경 쓰인단 말이야, 하고 노엘은 살짝 질겁한 뒤에 다른 변명을 늘어놓았다.

"어라, 음, 맞다, 오늘은 되게 졸리네. 임무 막 마친 참이고, 아직 어제 쌓인 피로가 안 풀렸달까."

그렇게 말하고 사양했을 때 신시아가 얼굴을 찌푸렸다. 어느 독특한 냄새가 코를 찔렀기 때문이다.

"……이봐, 너, 술 냄새가 살짝 나는군."

"왜냐면 어제 흰개미당 사람들이랑 다 같이 대판 연회를 벌였거든. 그리고 오늘 아침에도 한 잔씩 들이켰고. 에헤헤."

어떻게든 얼버무리고자 미소를 띠는 노엘.

"설마 이 꼴로 태수님을 알현한 거냐?"

신시아의 눈썹이 위험한 각도로 치켜 올라간다. 규율, 군규, 예의를 중시하는 신시아에게는 언어도단의 사태 되겠다.

긁어 부스럼이었다고 노엘이 후회한들 때는 이미 늦었을지니.

"……시, 실례되는 짓은 안 했을 거야. 아, 아마도."

"사실은 세 시간으로 봐줄 작정이었다만 마음이 바뀌었다. 방금 전 말했던 대로 날짜가 바뀔 때까지 교육해주마!"

신시아는 그렇게 선언한 뒤 고개 숙이는 노엘의 목덜미를 붙잡아 방에 들어갔다.

억지로 밀고 들어간 노엘의 방.

얼마 전까지는 살풍경했던 사관실은 노엘의 손을 타서 산뜻하게 장식돼 있다. 먼젓번 방문했을 때만 해도 병기 연습용 나무판밖에 없었는데. 지금은 영문을 알 수 없는 항아리, 누가 봐도 위작임이 분명한 명화 모조품이며 태양을 본뜬 조각품, 동물 인형 및 코임브라의 문장을 새겨 넣은 값비싼 느낌의 융단까지 깔아 놓았다. 정리되어 있기는 해도 도저히 군인의 방이라 부를 만한 모습이 아니었다.

멍하니 바라보고 있던 신시아는 눈매를 내리누르면서 거하게 한숨 쉬었다.

"……이게 다 네 짓인가? 아니, 물을 필요도 없이 네 짓이 맞겠지."

"물론. 내 방이니까 잔뜩 힘줘서 장식해봤어. 경기가 나빠서 상품을 별로 다양하게는 못 갖춰 놨다고 시장 사람이 말은 했는데 꽤 재미있는 물건이 많더라. 봐봐, 이거. 빙글빙글 돌아가는 태양 탁상시계야. 어때? 멋있지?"

그렇게 말한 뒤 에잇, 하고 붉은 구체를 돌리는 노엘. 받침대에 고정되어 있는 구체가 빙글빙글 돌다가 점점 올라간다. 원심력을 이용한 장치 같았다. 일출과 일몰을 표현한 듯싶다만 신시아의 눈에는 단지 잡동사니로 보일 따름이다. 시계로 사용하자면 정작 시간을 전혀 알 수 없었다. 숫자를 새겨 넣지 않은 까닭은 이 물건이 예술품이기 때문일까.

"웬 잡동사니를 이토록 잔뜩 사들이는 데 대체 얼마나 돈을 쓴 건가."

"들으면 놀랄 테니까 안 듣는 게 좋지 않을까?"

가라앉는 태양을 바라보면서 익살 부리는 노엘.

"네가 뭘 어쩌든 간에 이제 와서 놀라지는 않을 테니까 신경 쓰지 말도록. 자, 말해봐라."

"음, 그게 말이야. 어제 연회를 벌인 다음에 내가 갖고 있는 돈 전부 흰개미당 사람들한테 줘버려서 한 푼도 없어. 주머니 탈탈 털어도 안 나와. 금화는커녕 동전 한 장도 없네. 이런 걸 빈털터리라고 말하던가?"

"저, 전부, 전부 줬단 말인가!! 너는 그 금화의 가치를 알기는 아는 거냐!!"

"그 돈을 줘서 도르커스랑 흰개미당 사람들을 직속 측근으로 영입했으니까 싼값이잖아. 목숨은 돈으로 못 사는데도 다들 따라와줬는걸."

노엘은 전혀 문제없다고 단정 지었다. 호되게 꾸짖으려고 했던 신시아도 이 의견에는 강하게 반론할 수 없었다.

흰개미당은 악명이 높은 만큼 실력도 확실했다. 돈을 치러서 해결 가능한 상대가 아니었음은 교섭에 나선 문관이 반죽음이 되어 돌아왔던 사건 때문에 이미 증명이 완료됐다. 한꺼번에 부하로 들일 수 있다면 확실히 싼값이다.

다만 독단으로 폭주한 것은 용납되는 행동이 아니었다. 이번 건도 자칫 잘못됐다면 노엘이 처벌받을 가능성 또한 있었다. 어떤 허가도 없이 도적을 휘하에 거둔다 함은 군대의 상식상 결코 일어나서는 안 되는 일이니까.

"……그래, 빈털터리가 된 너는 대체 어떻게 생계를 유지할 작정이지? 봉급에 생활비도 포함되는 줄은 알고 한 짓인가? 당장 내일 식사는 어쩌려고."

임무 중에는 당연히 식량이 지급된다. 단 아무 때나 보급이 나올 만큼 군대가 허술하지는 않다. 적지 않은 봉급을 지불하는 만큼 당연하기는 하다만.

"근처의 숲에 사냥을 나간다거나 바다랑 강에서 낚시를 해도 되고. 식사거리 확보는 어떻게든 될 거야."

빈손으로 활줄 당기는 자세를 잡는 노엘. 실물을 들고 있지 않는데도 제법 태가 났다. 분명히 조임 마을에서 지낼 때는 사냥꾼이었다고 들은 적이 있었다. 어쩌면 궁술에도 조예가 있는지도 모른다. 그 부분은 일단 차치하고.

"……너는 기사 신분이다. 코임브라의 이름에 흠집이 날 테니 제발 좀 자중해라. 이번 달 식비 정도는 내가 융통해주마."

"만세. 어라, 이런 걸 뭐라고 말하더라?"

노엘은 기뻐하다가 불쑥 생각에 잠겨서 고개를 갸웃거렸다.

"……뭐냐."

"돈 없는 건달이 예쁜 여자한테 신세 지는 거. 음, 맞다, 기둥서—."

말하는 도중 뺨을 꼬집어서 억지로 중단시켰다. 일반 상식에는 어두운 주제에 아무래도 좋은 말이나 알고 있다. 앞날이 염려된다만 신시아는 자신에게 주어진 임무를 완수하기로 했다.

"쓸데없는 소리는 안 해도 된다. 아무튼 너는 군대와 세간의 상식에 대해 너무나도 몰이해한 것이 문제다. 그러니까."

"있지, 있잖아. 신시아는 혹시 한가한 거야? 그렇게 한가하면 나랑 놀자. 날씨도 좋고, 같이 산책이나 나가자."

"……나는 굉장히 바쁜 몸이다만 너를 교육해서 어엿한 전력으로 만드는 것은 다른 무엇보다도 우선해야 한다고 판단했다. 제일 먼저 규율과 상식부터 주입해줘야 했다. 지금 새삼스럽게 필요성을 인식한 참이니까!"

노엘의 머리에 철권이 떨어졌다. 노엘은 붉은 머리카락을 감싸 쥐면서 쪼그려 앉았다.

"아으. 누, 눈이 핑핑 도네."

"나는 네가 어엿한 기사가 될 수 있도록 전력을 다하겠다. 그날이 올 때까지 노력을 일절 아끼지 않을 작정이다. 신시아 에드리히의 이름을 걸고 약속하마!"

"괘, 괜찮은데. 별로 이름을 걸 필요는 없잖아. 굳이 어엿한 기사가 되고 싶지도 않고. 나는 행복해질 수 있으면 충분히—."

"약속을 깨뜨리면 안 되겠지? 네가 늘 하는 말이다. 그런고로 당장 강의를 시작해야겠군. 알아들을 때까지 몇 번이고 끈질기게 설명해줄 테니 거리낌 없이 질문하도록."

도망치려고 하는 노엘을 붙잡아서 억지로 앉혀 놓았다. 몇 번인가 반복하는 사이에 기운이 빠졌는지 노엘도 간신히 얌전해졌다. 볼은 뾸룩 부풀어 올랐다만.

신시아는 기사, 그리고 군인 본연의 자세를 하나부터 백까지 자세히 설명했다. 예법과 마음가짐, 그리고 행동거지를 중심으로. 이런저런 이야기를 하는 사이에 노엘의 지식은 병법 및 군략에 치우침이 있다는 사실을 알게 됐다. 도대체 어디에서 습득했냐고 물어도 노엘은 웃으면서 얼버무릴 뿐 대답하지 않았다. 그 부분은 절대 말하지 않겠다는 강한 의지가 엿보였기에 신시아는 추궁을 포기했다.

노엘이 보유하고 있는 무력과 지략의 정체를 알아낼 수 있지 않을까 하는 기대감은 약간 남았으나 억지 강요는 기사의 행동 양식으로서 실격이었다.

도중 노엘이 꾸벅꾸벅 졸 때마다 강렬한 철권을 선사하여 강제적으로 각성시켰다. 그러기를 수십 차례 반복했을 무렵에는 날짜도 바뀌었고 노엘은 얼굴이 완전히 핼쑥해져서 다 죽어 가는 사람 같았다.

만족스러운 얼굴로 노엘의 방을 나오려다가 신시아는 깜빡 잊고 있었던 말을 불현듯 떠올렸다.

"그러고 보니 한 가지 말해주는 것을 잊고 있었군."

"……군인 된 자는 졸음에 지지 말지어다. 반찬을 몰래 집어 먹지 말지어다. 잡동사니를 방 안에 들여놓지 말지어다. 나는 기사, 나는 기사, 나는 기사, 나는 기사. 어라라, 기사가 대체 뭐람?"

마치 주문을 읊조리는 말투로 같은 말을 반복한 다음은 눈이 빙글빙글 돌아가는 노엘. 반쯤 망가진 기사의 몸을 흔들어서 의식을 각성시켜주고자 했다.

"이봐, 정신 차려라."

"기억났다. 기사 된 자는 긴장해서 말을 더듬거리지 말지어다. 신시아는 긴장하면 혀가 안 움직이지. 즉 신시아는 기사 실격—."

"시, 시끄럽다! 그때는 충분히 고민해서 틀린 부분이 없도록 발언했을 뿐이다!"

"아야!"

가볍게 머리를 두드려주자 노엘은 간신히 의식을 되찾았다.

“못 말리겠군. 아무튼, 내가 잊었던 말은 네 부관 리그렛 공의 소식이다. 오늘 아침에 언뜻 봤을 때 몹시도 골똘히 상념에 잠긴 얼굴이더군.”

“리그렛, 리그렛. 앗, 나랑 꼭 닮은 리그렛 말이네. 혀 차는 솜씨가 되게 능숙하거든. 별명도 붙여줬어. 쯧쯧 아가씨야.”

휘청거리면서 몽롱한 의식으로 손뼉을 짝 치는 노엘. 아하하~ 핑핑 돌아가는 눈으로 미소 짓고 있다. 갑작스럽게 설교에 힘을 너무 쏟았나, 신시아는 조금 반성했으나 특별히 신경 쓰지는 않기로 했다. 내일 날씨가 맑으면 이 변덕쟁이 아가씨는 틀림없이 기운차게 웃고 다닐 테니까.

“어디가 너와 꼭 닮았는지 모르겠다만 조금 관심을 기울이는 게 좋다고 본다. 부관과 신뢰 관계를 구축하는 일은 굉장히 중요하니까.”

“응, 잘 알았어.”

“정말로 알고 하는 말인가?”

노엘은 응응, 알았어, 라고 반복하더니 침대로 다가가서 곧장 쓰러지고 말았다. 기력과 체력이 다한 모양이다. 훈장이 달린 새 군복 차림으로 침대에 파묻혀서 한 차례 몸을 움찔거리지도 않았다.

“……마치 어린애 같군. 그렇다 해도 이 녀석의 실력은 진짜다. 사람을 겉보기로 알 수는 없는 법인가.”

자신을 쓰러뜨렸고, 엘가를 구출했고, 적의 기습을 간파하여 반란군 수령마저 생포해 냈다. 나아가서는 흰개미당을 몸소 휘하에 거두어들인다는 파격적인 발상마저 실행에 옮겼다.

신시아는 노엘에게 이불을 덮어주고 후유, 작게 숨을 내쉬었다.

"단지 운 좋은 바보에 불과한가, 혹은 막 걸음을 뗀 영웅인가. 나로서는 전혀 판단이 되지 않는다만."

신시아는 말을 멈추고 그 인물을 내려다봤다. 노엘은 편안한 얼굴로 잠에 빠져 있었다.

"오래도록 함께 지내게 될 것은 분명하겠군. 그동안에 대답도 자연스럽게 나올 테지. 후후, 무료함과 전혀 연이 없는 나날을 보낼 것만큼은 확실하지 않겠나."

무심코 쓴웃음을 흘린 뒤 신시아는 노엘이 꾸민 정신 사나운 방을 뒤로했다.

CHAPTER 17 비구름 출현

리베리카 대륙의 서부, 코임브라 주의 북쪽에 해당하는 위치에 겐부 주가 있었다. 겐부의 서편은 바다와 면하고 있고 동편은 롱스톰 주와 인접해 있다. 풍요로운 토지라 말하기는 어려웠으나 생산품 및 예술품이 고가에 거래되고는 했다. 통일 이전의 문화가 짙게 남아 있는 것이 특징이다.

대륙 통일 이전은 여러 나라와 패권을 다툰 강국이었으나 홀시드의 거센 진격 앞에서 결국 무릎을 꿇고 말았다. 마지막까지 완강하게 반항했기 때문에 전후의 숙청 또한 격렬했고 반제국 감정이 아직까지도 뿌리 깊게 남아 있었다.

통일을 이룩했던 베르기스는 전사한 겐부 지도자의 혈연을 태수로 임명하여 반감을 가라앉히고자 했다. 그와 병행하여 겐부의 구지배 영역 절반은 롱스톰 주로 분리, 더욱이 겐부에서 매년 고액의 상납금을 바치도록 의무 지웠다. 당근과 채찍을 두루 활용하여 세력 약화를 노리는 조처였다.

따로 분할된 롱스톰 주에는 바르데카 가문의 일원을 배치하여 겐부를 철저하게 감시하도록 태세가 갖춰졌다. 상납금의 액수는 절반까지 줄었다만 겐부에 대한 감시 체재는 100년이 경과한 지금도 아직 풀리지 않았다.

베르기스가 그토록 겐부를 위험시했던 이유는 하나. 그들의 난폭하고 거친 투쟁 본능과 무력을 진심으로 두려워했기 때문이다. 겐부에서 태어난 자는 귀족은 물론 농민까지 전원이 다 어릴 적부터 전투술을 익히는 관습이 있다. 『앞길을 가로막는 적은 동귀어진의 각오로 죽여라, 죽이지 못하겠거든 후인을 위해 상처나마 남겨라』라는 말이 겐부 병법의 기본 이념이다.

「경장병」이라 불리는 겐부의 병사들은 독특한 외관의 무구를 장비하고 곡선을 그리면서 휘는 외날 검을 애용한다. 그들은 험준한 산악 및 삼림, 좁은 선상에서 벌어지는 전투를 전혀 어려워하지 않았고 평야 지대에서는 날렵한 움직임을 살린 전법을 특기로 삼았다.

겐부 주 태수, 시덴 카이로스는 험악한 표정으로 가신들에게 말을 건넸다.

"급히 모이라 한 까닭은 다름이 아닐세. 최근 세간을 시끄럽게 만들고 있는 코임브라, 바하르의 건 때문이지. 어제 양쪽 주에서 사절이 찾아왔다. 내용은 물론 대체로 상상할 수 있을 테지만. 하쿠세키, 이들에게 보여주도록."

"알겠습니다. 자, 여러분. 이쪽을 봐주십시오."

노령의 참모 하쿠세키가 책상 위에 두 개의 서찰을 펼쳐 놓았다.

"요지는 극히 간단하다. 양쪽 주 모두 전쟁이 벌어졌을 때 자신들의 편을 들어 달라는 내용이지. 승리를 거둔 다음에는 다대한 사례를 하겠다고 실로 시원스러운 문장이 쓰여 있군."

"……잠시 읽어보겠습니다."

가신들이 서찰의 내용을 확인했다. 각각은 태수가 직접 쓴 서찰로, 내용에는 꽤나 절절한 심정이 담겨 있었다.

코임브라 공 그롤은 아밀을 탄핵하는 내용이었고, 또한 가까운 시일 안에 반드시 황제의 눈을 흐리는 역적을 주살하겠다는 선언이다. 그때 겐부의 조력을 필히 바란다는 것. 보답으로서 바하르의 영토 일부를 할양하겠다고 쓰여 있었다. 지금은 단순한 공수표여도 그롤이 승리하면 가치가 발생한다.

바하르 공 아밀의 서찰도 비슷비슷한 내용이다. 다만 그롤보다 우위에 있다는 여유 덕분인지 큰 절박감이 느껴지지는 않았다. 감언이설에 넘어가 역적에게 힘을 보태는 일이 없게 하라는 견제에 가까웠다. 그럼에도 아밀이 황제로 즉위했을 때 시행할 겐부에 대한 우대 조치를 언급하고 있다.

"코임브라 반란의 진위 따위야 우리에게는 아무래도 좋은 일이네. 중요한 것은 어느 쪽에 협력해야 우리에게 가장 큰 이익이 돌아오느냐는 계산이지. 이 안건은 신중에 또 신중을 기할 필요가 있겠다."

"코임브라와 바하르를 천칭에 올려놓는다는 말씀입니까?"

"우리가 바하르와 협력하면 승부는 금방 결정될 테지. 코임브라는 내란의 상흔이 아직 가시지 않았다. 우리가 적으로 돌아선다면 제아무리 그롤이라도 전투를 벌이지도 못한 채 무릎을 꿇을 수 있지 않겠는가. ……그러나 판을 대번에 접어버려서야 무슨 재미가 있으랴."

코임브라와 바하르가 전쟁을 벌일 경우, 인접 지역에 해당하는 곳은 북부의 겐부, 기브, 홀름즈, 남부에서는 리벨덤이다. 황제 베프남은『가족 간의 다툼이기에 개입하지 말 것』이라는 칙서를 각 주에 보냈지만, 모든 세력이 뻔한 체면치레를 착실하게 준수할 리는 없었다. 특히 바하르와 이해가 일치하는 리벨덤 주는 틀림없이 지원에 나설 것이다.

이렇듯 시류를 짐작할 줄 알았기에 코임브라의 그룹은 겐부로 사절을 파견했을 것이다. 시덴이 예상하기에 기브 및 홀름즈 두 주는 형세를 살피면서 중립을 고수할 것이다. 두 주의 태수는 무사안일주의인지라 자신들의 주가 안녕하다면 그것으로 족하다는 사고가 언제나 훤히 들여다보였었다.

"옳은 말씀이십니다. 지금은 놈들을 서로 싸우도록 하여 어부지리를 얻는 것이 최선의 계책이겠지요. 우리가 오래도록 품어 왔었던 야망을 성취하기 위해서라도 제국은 더욱 피폐해져야 합니다. 즉 금번의 분쟁에서 불씨를 꺼뜨리는 길을 선택해서는 안 된다는 뜻입니다."

"하쿠세키 공은 코임브라의 편을 들어서 참전하라는 말씀인가? 총명하기로 이름난 하쿠세키 공의 의견이라기에는 심히 당황스럽군!"

노참모 하쿠세키의 진언을 들은 가신 한 사람이 눈을 부릅뜨고 거칠게 소리 높였다. 현재 상황에서 코임브라에 승산은 희박하다. 무엇보다도 같은 제국의 주에 병사를 보내는 행위란 결국 반역 행위에 다름 아니었다. 섣불리 끼어들었다가는 파멸을 맞이할 우려가 있다. 황제 베프남이 어떠한 의도하에 내란의 씨앗을 방치하는가 알 수 없다만 그렇다 해도 하필 코임브라에 조력하는 것은 너무나 위험했다.

"이런, 잠시만요. 진정하고 들어주십시오. 아무러면 저희가 전면에 나설 필요는 없지 않겠습니까. 또한 피아를 소리 높여서 분명하게 구분 지을 필요도 없습니다. 흥정은 마땅히 상황을 보아 가면서 하는 법이지요."

"하쿠세키의 말이 옳다. 이번 분쟁에서 우리는 철저하게 배후에 선다."

"그, 그 말씀을 듣고 안심했습니다."

"……다만 전투가 발생하기도 전에 그롤이 겁을 집어먹으면 의미가 없을 테지. 따라서 우리 겐부가 불리한 입장에 있는 그롤을 위해 소소하게나마 선물을 보내고자 하네."

"외람되오나 그리 조처하면 바하르 공이 달가워하지 않을 텐데요. 늦든 빠르든 우리가 지원에 나섰다는 정보는 확실하게 전해질 것입니다."

젊은 가신 한 사람이 눈살을 찌푸리면서 우려를 표시했다.

"그게 어쨌다는 말이냐. 그러고도 무와 긍지를 중시하는 겐부의 인간인가? 증거 없는 말 따위 무시하면 그만 아니겠느냐."

시덴이 차분하게 꾸짖었다. 젊은 가신들은 겐부의 인간이 지녀야 하는 긍지를 이미 반쯤 잃어버렸다. 안녕한 나날을 보내는 동안 어금니가 물렁해져버린 탓이다. 부모에게서 태양제 베르기스와 괴물 같은 제국병의 강력함에 대해 듣고 자랐을 테니 무리도 아니다만.

소문으로는 인간을 한계 이상으로 강화하는 비술이 제국에 있다고 한다. 시덴은 물론 소문의 진위를 알지 못했다. 다만 뛰어난 무인을 다수 보유한 겐부가 지금 이렇듯 제국의 산하에 있는 만큼 아마도 진실이라고 짐작됐다.

'그러나 결코 놈들의 아래에서 영원히 안주하지는 않겠다. 겐부의 향방은 우리 겐부 사람이 결정해야 할지니.'

시덴은 숨을 죽인 채 오로지 칼날을 갈아 왔었다. 언젠가는 반드시 자유를 쟁취하여 독립을 이룩하겠다는 목표로. 또한 빼앗긴 토지— 롱스톰 주를 자신들의 손으로 탈환하는 것. 아버지 및 조부에게서 이어받은 유지이자 비원이 바로 그것이기에. 마침내 때가 온다면 얼마나 많은 피를 흘리든 간에 마지막까지 쭉 달려 나갈 작정이었다. 그러므로 지금은 굴욕에 견디면서 힘을 비축하고 정보를 모아 기회를 엿보고 있다. 이번 소동이 과연 염원했던 「기회」가 맞는가 냉정하게 보고 판별해야 했다. 실패는 결코 용납되지 않는다.

"시덴 님. 코임브라에는 물자를 들려 사절단을 파견하고, 바하르에는 친서를 써서 특사를 보내는 것이 어떨까 싶습니다. 또한 바하르는 민망하오나 제가 이 노구를 끌고 가보려고 합니다."

"다녀와주겠는가? 하쿠세키 옹."

"맡겨주십시오. 아마 바하르 공을 상대하기란 절대 수월하지 않을 겁니다. 제가 직접 방문하여 어떻게든 교섭을 매듭짓고 오겠습니다."

"바하르 건은 전부를 일임하겠네. ……코임브라에는 젊은이의 손을 빌리도록 할까. 카이, 앞에 나오라!"

"넷!"

대열의 말미에서 시립해 있던 젊은이가 시덴의 면전으로 다가와 두 팔을 가슴 앞에 교차하여 경례했다. 겐부 특유의 경례이다.

패기 넘치는 카이의 얼굴을 보고 만족스럽게 고개를 끄덕거린 뒤 시덴은 명령을 하달했다.

"이제부터 중대한 임무를 하달할 테니 잘 듣고 새기도록. 너는 사절단을 이끌고 물자를 운반하여 코임브라에 가도록 한다. 그롤에게는 사절을 보내서 미리 방문을 알려 두겠다. 또한 이 점이 중요하다, 너는 한동안 코임브라에 체류해야 한다."

"……넷."

잘 모르겠다는 표정을 짓는 카이. 아직은 젊은 무인인지라 내밀한 사정을 전혀 짐작하지 못할 것이다. 하쿠세키가 눈살을 찌푸렸다.

"카이 공, 본인이 어떤 임무를 수행해야 하는가 파악하셨소?"

"넷, 친분을 깊이 다지는 것은 명목일 뿐 코임브라에 머무르는 동안 내정을 살피라는 말씀인 줄은 알겠습니다. 다만 구체적으로 무엇을 하면 되는가 전혀 모르겠습니다."

"그러면 설명해드릴 테니 귓구멍을 잘 열어 놓고 들어주시오. 온갖 사물과 사건을 다 보고, 듣고, 기록하고, 그다음 자세히 빠짐없이 시덴 님께 보고를 올리면 되는 겝니다. 연락용 밀정은 이미 준비해 두었소이다."

"……그쯤이야 손쉬운 임무입니다. 그러나 어찌하여 병사가 필요합니까? 소관 하나로도 충분하지 않겠습니까?"

으음, 팔짱을 끼고 침음하는 카이. 그의 오른쪽 뺨에는 한 가닥 흉터가 그어져 있다. 머리 회전은 다소 모자람이 있을지언정 이미 헤아릴 수 없도록 많은 도적을 베어 넘긴 뛰어난 무인이었다.

"카이 공, 물자뿐 아니라 그들을 위해 병사를 보냈다는 사실이 가장 중요한 겝니다. 지원군의 존재가 코임브라 공의 전의를 불러일으킬 테니 말이오. 바하르와 전투가 벌어졌을 때 우리 겐부에서 확실하게 지원에 나서리라고 믿어 의심치 않겠지요."

"아, 그렇군요. 과연. 알겠습니다. 전부는 모르겠습니다만."

"하쿠세키, 수고를 좀 들여서 이자에게 단단히 가르침을 내려주도록 하게. 사태는 중대하다, 젊은이라고 하여 몰랐다는 말로 넘어갈 수는 없을지니."

"분부 받들겠습니다. 다만 적잖이 머리가 아파집니다그려."

하쿠세키가 허리를 두드리면서 한숨 쉬었다.

"카이, 공공연한 행동은 극력 피해야 함을 명심하도록. 도적을 쳐부수는 때처럼 요란하게 날뛰는 짓은 금한다. 너는 마땅한 때가 오기도 전에 검을 뽑을 필요가 없다. ……알겠나?"

시덴이 다짐을 놓자 카이는 묵직하게 고개를 끄덕였다. 다만 본인의 표정에는 먹구름이 끼어 있었다. 역시 잘은 못 알아들겠다는 눈치였다. 검 솜씨는 겐부 전체에서 다섯 손가락 안에 들지만 지략에 약한 것이 결점이었다.

그럼에도 카이를 선택한 까닭은 실전 경험을 쌓게 해주려는 것, 또한 일정 이상의 실력을 필요로 하는 임무이기 때문이었다. 이만한 역할을 수행하지 못한다면 나중에 기대할 수도 없을 터이다. 여차할 때 쉽게 잘라 내버릴 수 있다는 계산도 작용했다.

'흠, 두 황자는 과연 어찌 움직이려는가. 쌍방이 함께 거꾸러지는 것이 가장 바람직하겠다만.'

시덴은 두 인물을 천칭에 올린 채 우선은 형세를 살피기로 했다. 냉정하게 보면 바하르의 우세는 의심의 여지가 없다. 따라서 일전부터 빈번하게 사절을 보내 우호를 맺고 싶다는 의지는 강조해 왔다. 다만 이대로 바하르가 승리한들 파란은 일어나지 않을 것이고 아밀이 평온무사하게 황제의 옥좌에 오른 채 끝날 것이다.

단 만에 하나라도 그롤이 승리한다면 사태는 재미있어진다. 분명 대륙 전체가 뒤흔들린다. 따라서 상황을 정확하게 살피기 위해 사절단이라는 명목의 원군을 코임브라에 보내도록 한다. 지금은 「관찰」이 최선이라고 시덴은 판단을 내렸다.

"아무튼 일단 전투가 일어나야 한다. 다른 주가 피폐해진다 하여도 전혀 상관없다. 위대하고 눈부신 태양 제국의 일원끼리 마음껏 상잔하면 되는 일이니."

시덴은 뻐근한 목을 꺾은 뒤 주잔의 술을 단번에 들이켰다.

홀시드 제국, 제도 필즈.

리베리카 대륙 남동부 일대는 홀시드 제국 직할령이다. 또한 견고한 요새선(要塞線)으로 둘러싸여 있는 중앙에 제도 필즈가 존재한다. 비옥한 대지에 건설된 이 도시는 대륙에서 가장 번성한 곳이라고 해도 무방하다.

대륙의 온갖 문물이 이곳 제도로 모여든다. 금과 보석 같은 재보를 비롯하여 교역품, 예술품, 그리고 인간까지 다종다양하다. 귀족들은 제도에서 살아가는 것을 자랑스럽게 여겼고 태양 제국의 위광에 감사하면서 갖은 사치를 부렸다. 이러한 뒤틀림은 제도를 제외한 각 주의 백성들이 분담하여 감당하고 있다. 황제 베프남은 그것이 승자의 권리이며, 또한 패자의 힘을 빼앗는 행위로 이어진다면서 적극적으로 사치를 장려했다.

금은보석이 아낌없이 사용된 필즈의 궁전. 호화찬란하기 짝이 없는 알현장에서 황제 베프남이 유쾌한 표정으로 잔을 기울이고 있었다.

재상 엘나즈가 눈치를 살피면서 입을 열었다.

"폐하, 코임브라의 사절을 접견하신 이후 기분이 무척 좋아 보이십니다. 뭔가 유쾌한 소식이라도 들으셨습니까?"

"그래, 더할 나위가 없이 즐거운 소식을 듣지 않았는가. 사절의 말을 듣자 하니 그때가 다가왔음을 절실히 느낄 수 있더구나."

"……그때란 무엇을 두고 하시는 말씀입니까?"

"당연히 전쟁 아니겠는가. 그롤의 분노, 조바심, 질투를 손에 잡힐 듯이 알 수 있었다. 큭큭, 이 자리를 노리고 친형제가 피로 피를 씻는 전쟁을 벌이려 한다. 그 꼬락서니를 높은 곳에서 구경하는 것만큼 재미있는 일은 없을 터. 그야말로 역사는 반복되는 법이라 말할 수 있겠군."

3대 황제의 자리에 있는 베프남은 치열한 후계 분쟁을 펼친 끝에 지위를 계승했다. 아버지, 즉 2대 황제는 후계자를 지명하지 않은 채 세상을 떠났었다. 이제 와서 돌이켜보면 다분히 의도하여 지목을 하지 않았다는 확신이 든다. 베프남의 아버지는 치세를 안정시키는 데 심혈을 기울였던 명군이었음에도 인간적으로는 차마 제대로 된 작자라 평가하기 어려운 남자였다. 온화한 황제라는 가면 뒤에서 인간을 단지 장난삼아 죽이는 남자였다. 본인의 사후 틀림없이 발생하게 될 처참한 후계 분쟁을 예상하면서 득의의 미소를 짓고 죽어 갔으리라.

그 기대에 훌륭하게 부응한 것이 몇 명이나 있었던 황자 중 한 사람, 바로 베프남이었다.

2대 황제의 사후 황자들은 모두가 자신이야말로 황제에 걸맞은 인물이라고 선언했다. 결국 내란에 돌입하려고 하던 때에 형제들을 궁전으로 꾀어내서 함정에 빠뜨리고 한꺼번에 몰살시켰다. 그리고 맨 처음 광기의 검을 뽑아 들었던 베프남이 황제의 자리를 고스란히 거머쥐었다.

"그러나 폐하께서는 아밀 님이야말로 차기 황제에 합당하다고 여기셨던 것이 아니었습니까?"

"네 말은 옳다. 다만 그 누구일지라도 황제의 자리는 스스로의 손으로 잡아 쥐어야 한다. 만에 하나 그롤이 승리하는 사태가 벌어진다 하여도 나는 물론 개의치 않을 것이다. 기쁜 마음으로 이 지위를 넘겨주도록 하마."

"……코임브라 공이 황제로서 합당한 인물이라는 생각은 차마 들지 않습니다만. 실로 아뢰옵기 어려운 말씀이오나 그릇을 갖추지 못한 분입니다."

"큭큭, 지난 이력을 돌아보면 놈은 확실히 그릇이 되지 않는다. 짐이 보기에도 그롤이 아밀에게 승리를 거두기는 극히 험난하리라. 단 운명이란 마지막 최후의 순간까지 알 수 없는 법. 그래서 더욱 재미있지 않은가."

그롤은 각 주에 서찰을 마구 보내서 아밀의 죄를 고발하고 있었다. 다만 그롤에게 동정을 표시하는 곳은 겐부와 기브까지 두 지역이 고작이었다. 반란의 진위야 어떻든 간에 아밀은 여전히 차기 황제 최유력 후보 아닌가. 그리고 아밀이 황제가 되면 확실하게 숙청 대상이 될 인물이 그롤. 동조하겠다는 자가 쉽사리 나타날 리 없었다.

"폐하, 외람되오나 아뢰겠습니다. 태양 제국에 속한 주끼리 서로 전쟁을 개시하는 사태는 결코 바람직하지 않습니다. 따라서 즉시 개입하여 코임브라 공에게 칩거를 명하는 것이 최선이라 여기는 바입니다."

재상 엘나즈에게는 이미 아밀의 입김이 닿아 있었다. 아밀이 황제의 자리에 오른 다음에도 재상의 지위를 약속받았다. 따라서 그롤은 일찌감치 실각당하여 물러나는 편이 여러모로 유익했다.

베프남은 그 속내를 이미 다 알면서도 딱히 벌하려고 들지 않았다. 선제공격을 당한 그롤이 어리석었다. 단지 그뿐이다. 그렇다 해도 아밀 또한 수단이 어설프다. 베프남이 아밀의 입장이었다면 이미 그롤은 목숨을 부지하지 못했다. 그토록 철저하였기에 비로소 황제의 지위를 쟁취할 수 있었음이다. 이번 건은 아밀의 각오와 재기를 가늠하는 좋은 기회이기도 했다.

"제법 흥미로운 발안이로군. 고작 칩거로 끝낼 작정인가?"

"아니요, 조만간에 심각한 병에 걸릴 테지요. 그러다가 세상을 뜨게 될 겁니다."

"……오호. 꽤나 대담한 의견이 아닌가. 과연 재상의 지위에 있는 사내답다."

'엘나즈 놈, 이미 짐의 퇴위를 내다보고 있는가. 실로 처세술에 뛰어난 사내로군. 아무렴, 이쯤은 하지 못하면 재상의 지위를 거머쥐지도 못했을 테지.'

"그렇다 해도 현 단계에서 개입은 필요 없다. 짐의 결정은 바뀌지 않는다."

"하오나 폐하, 무익한 피를 흘려 국력을 피폐케 할 이유가 대체 무엇입니까. 아무쪼록 다시 살펴주시기를 간청합니다!"

"시끄럽다, 엘나즈. 분명 짐은 아밀이 그롤보다 더 뛰어나다고 여기고 있다. 따라서 여명 계획의 생존자 파리드, 그리고 새벽 계획으로 만들어 낸 「태양의 병사」를 녀석에게 하사했다."

"하면 무익한 전쟁은 필요하지 않습니다. 즉시 아밀 님을 황태자로 지명하소서. 이대로 방관하면 수많은 피가 흐를 것이고 코임브라와 바하르 중 어느 한 곳이 황폐해집니다. 자칫 잘못됐다가는 두 주에 모두 피해가 발생할 가능성도 있습니다."

수많은 피가 흐르든 말든 전혀 개의치 않는 주제에, 베프남은 무심코 코웃음을 쳤다. 엘나즈의 우수함은 오직 조정력 하나에 집중되어 있다. 그 능력을 높이 사 재상 자리에 앉혀 놓았을 따름이다. 다른 부문은 각각 전문에 따라 우수한 문관을 배치했기에 문제가 없다. 백성이 괴로워하든 말든 오로지 제국의 치세를 반석에 올려놓는 것이 중요했다.

"한둘쯤 주가 멸망한다 한들 전혀 문제없다. 애당초 무능하다고 소문난 그롤 따위가 차기 황제를 노린다면 대번에 격멸해야 하지 않겠는가. 홀시드 제국의 황제가 된다 함은 대륙의 지배자로서 자리매김하는 것. 아밀이 이 자리에 합당한 인물인가 분명하게 점검할 필요가 있느니라."

"폐, 폐하……."

"그 때문이라면 다소의 희생은 기쁜 마음으로 치르도록 하마. 얼마나 많은 피가 흐르든 간에 더욱더 많이 인구수를 불리면 되는 문제다. 안 그런가? 엘나즈."

그렇게 말한 뒤 베프남이 대수롭지 않게 웃어넘기자 엘나즈도 마지못하여 물러섰다. 아밀에게 생색을 내지 못하게 된 불만감이 역력하게 떠올라 있다.

'세간의 인간들은 짐이 아밀을 몹시 총애라도 한다고 여기는가 보군. 큭큭, 실로 우습지 않은가.'

베프남은 바하르를 성공적으로 통제하고 있는 아밀의 재주를 높이 평가했을 뿐이다. 딱히 그롤을 미워하는 것이 아니라 단지 결과를 낸 사람이 아밀이었을 따름이다. 그롤에게는 날로 번영했었던 코임브라를 하사하지 않았던가. 딱히 누구 하나를 편애하지는 않았다.

해야 할 일을 마칠 때까지 제국의 치세가 안녕하다면 둘 중 누가 황제가 되든 관계없었다. 지금의 자신은 달리 우선해야 하는 목표가 있었다. 가능한 한 빨리 퇴위하여 그쪽에 모든 활동력을 쏟고 싶었다. 계획을 훌륭하게 완수한 뒤에 다시금 제위를 되찾을 작정이니까. 초대 황제 베르기스가 추구했었고 결국 손에 넣지 못했던 불사의 꿈. 무슨 수를 써서라도 제 손으로 실현시키고 싶다. 이미 그 꿈에 대량의 재보를 투입했다.

토대를 뒤흔들 수 있는 반역의 싹은 마땅히 꺾어야 할 테지만 두루 살펴봐도 그런 조짐은 없었다. 일찍이 야심을 숨기려고 하지 않았던 겐부 주 따위도 제법 얌전해졌다. 지독한 위력의 기병대를 보유하고 있는 바하르 주도 위협 중 하나였다만 아밀의 손에 완전한 지배가 이루어신 덕에 잘 통제되고 있다. 그렇다, 제국의 지배는 반석과 같다.

'그러나 그롤 녀석은 실로 불운하구나. 날로 번영하던 코임브라가 영락할 줄을 누가 예상했겠는가. 다만 이 또한 태양신의 인도일 테지.'

베프남은 장자 그롤에게 약간이나마 동정을 보냈다. 얼굴 생김새도 이제는 기억이 희미하다만. 다만 이래 봬도 그나마 나은 편이었다. 아밀과 그롤을 제외한 다른 자식들은 아예 망각의 저편으로 밀려났으니까. 얼굴뿐 아니라 이름마저도 떠오르지 않는다.

베프남은 본인의 자식을 보고 친밀감이나 애정을 느낀 경험이 단 한 번도 없었다. 우수함의 수준을 가늠하자면 실제로 싸움을 붙이는 것이 가장 손쉬운 길이다. 그 때문에 아버지가 했던 것처럼 다시 또 후계자 분쟁이 발생하도록 부추겼다.

저번과 크게 달라진 것은 베프남은 안전한 장소에서 느긋하게 구경할 수 있다는 사실. 그야말로 유열을 제외하고 달리 표현할 말이 없겠다.

그리고 전쟁으로 흐르는 피는 많을수록 좋았다. 잃어버리는 피가 많으면 많을수록 어리석은 백성들은 평화의 고마움을 알게 된다. 승자가 절대적인 힘으로 베풀어주는 통치의 필요성과 위대한 태양 제국의 지배가 얼마나 훌륭한가 마음 깊숙한 곳으로부터 깨닫게 되리라. 어리석은 백성에게는 이 점을 정기적으로 깨우쳐줄 필요가 있었다. 어리석은 까닭에 금세 망각하기 때문이었다. 따라서 때때로 「피 빼기」 작업을 벌여 제국의 존재 의의를 인식시켜줘야 한다.

"엘나즈, 이 눈부신 태양 제국은 미래영겁 존속될 것이니라. 위대한 태양제의 혈통도 또한 마찬가지. 피를 나눈 형제의 주검을 양분 삼아서 우리는 영원히 살아가리라. 어떠한가, 실로 훌륭하다는 생각이 들지 않는가?"

스스로 품은 불사의 꿈을 목소리에 실어서 베프남은 황홀한 표정을 짓고 말을 건넸다.

"……예, 그러합니다!"

"과연 다음번 이 의자에 앉을 사람은 누가 되려는가. 날아가는 새도 떨어뜨릴 만큼 기세등등한 아밀인가, 아니면 그롤 놈이 형답게 기개를 보일 것인가. 결과는 머지않아 알게 되겠지. 아아, 참으로 기대되는구나."

대답할 말을 찾지 못하여 비지땀을 흘리는 엘나즈. 그러는 꼴을 일별한 뒤 베프남은 기분 좋게 웃음을 터뜨렸다. 그 홍소는 언제까지고 알현장에 울려 퍼졌다.

코임브라 주, 주도 마들레스. 노엘의 사관실.

커튼 틈으로 새어 들어오는 따뜻한 햇볕이 노엘의 몸을 감싸 안았다. 번쩍 눈꺼풀을 들어 올리고 선반 위의 태양 모양 탁상시계를 확인한다. 아침 훈련까지 두 시간쯤 남았다. 한잠 더 잘 여유는 충분했다. 이대로 햇살을 받아 쬐면서 느긋하게 잠드는 것도 나쁘지 않겠다. 나쁘지는 않겠으나 그래 갖고는 조금 아깝다.

"흐암~. 오늘 하루도 열심히 살자!"

기세 좋게 이불을 걷어차고 침대에서 뛰어내린 뒤 두 손을 머리 위로 힘차게 쭉 뻗었다. 부스스한 붉은 머리카락을 대강대강 정리하고 뺨을 빙글빙글 움직여서 얼굴 준비 체조. 곧장 세수를 하고 이를 닦고 어차피 하는 김에 군복으로 갈아입었다.

어째서 이리 분주하게 움직이냐면 아침 식사로 빵과 치즈를 받아다가 바깥에서 느긋하게 먹고 싶었기 때문이다. 콧노래를 부르면서 경쾌하게 척척 움직이니 하루의 준비가 눈 깜짝할 사이에 완료됐다.

'오늘 할 일은 오전에는 도르커스랑 흰개미당이랑 훈련, 신시아랑 공부. 오후부터는 거리를 산책, 아니지, 순회. 리그렛한테 가서 혀 차는 소리를 듣고, 적당히 맛있는 밥을 먹으러 가고…….'

그런 생각을 하면서 커튼을 걷었다가 멀리 산 방향에 불길한 구름이 걸려 있는 광경을 목격하고 말았다.

저 지긋지긋한 흑색은 비구름이 틀림없었다. 다만 저 구름이 이쪽으로 올지는 아직 모른다. 어딘가 멀리 가버릴 수도 있었다. 전부 바람이 어느 방향으로 부느냐에 달렸다. 희망을 담아 어딘가 다른 데로 가라고 간절히 기원했다.

"으음, 어떻게 될까. 지금 맑은 날이라서 좋기는 한데, 내일도 모레도 맑은 날이어야 더 좋은걸."

누구에게 하는 말인지 혼자 중얼거린다. 어쩐지 동의하는 목소리가 들리는 것 같기도 했다.

그 장소에 있던 친구들도 분명 태양을 좋아했을 텐데. 태양 제국을 말하는 것이 아니다. 하늘에서 반짝거리는 해님을 두고 한 말이다.

버림받은 채 싸늘한 비를 맞아야 했던 친구들의 시체는 지금도 선명하게 떠올릴 수 있었다.

그와 동시에 차마 형용하기 어려운 감정이 가슴 깊숙한 곳에서 스며 나온다. 색깔로 예를 들자면 저 비구름의 색이다.

노엘은 크게 심호흡한 뒤 헝클어지려고 하는 기분을 진정시켰다. 그리고 리그렛에게 배운 신바람 나는 혀 차기를 따라 해봤다. 스스로 말하기는 조금 뭐하지만 제법 숙달됐다는 기분이 든다. 다만 리그렛과 비교하면 아직 멀고도 멀다. 그야 리그렛은 혀 차기의 명인이니까.

'아무튼 비구름을 봐서 기분이 안 좋아졌어. 아침부터 의욕 가득한 기분이었는데 다 망쳐버렸네.'

노엘은 비구름을 시야에서 걷어 내기 위해서 커튼을 친 다음 종종걸음으로 방을 뛰쳐나갔다. 그다음은 신시아의 방문을 잠이 번쩍 깨도록 집요하게 두드려서 기운차게 인사한 다음 묵직한 철권을 한 대 얻어맞도록 하자. 그러고 나서 웃는 얼굴로 사과하고 같이 아침 식사를 먹어야겠다.

어쩐지 오늘도 즐거운 하루가 될 것 같았다.

불쑥 나타난 비구름만큼은 계획에 없었지만…….

(2권에서 계속)

태양을 품은 소녀 1
맑음 뒤 지옥

1판 1쇄 발행 2018년 5월 10일
1판 2쇄 발행 2018년 10월 26일

지은이_ Matari Nanasawa
일러스트_ Andromeda Rukeichi
옮긴이_ 김성래

발행인_ 신현호
편집국장_ 김은주
편집진행_ 최은진 · 김기준 · 김승신 · 원현선 · 권세라
편집디자인_ 양우연
국제업무_ 정아라 · 김태환
관리 · 영업_ 김민원 · 조인희

펴낸곳_ (주)디앤씨미디어
등록_ 2002년 4월 25일 제20-260호
주소_ 서울시 구로구 디지털로 26길 111 JnK디지털타워 503호
전화_ 02-333-2513(대표)
팩시밀리_ 02-333-2514
이메일_ lnovelpiya@naver.com
L노벨 공식 카페_ http://cafe.naver.com/lnovel11

KARIN WO IDAITA SHOJO Vol.1 HARE NOCHI JIGOKU

First published in Japan in 2015 by KADOKAWA CORPORATION ENTERBRAIN
Korean translation rights arranged with KADOKAWA CORPORATION ENTERBRAIN

ISBN 979-11-278-4487-5 04830
ISBN 979-11-278-4486-8 (세트

값 9,000원

7
시라코메 료
타카야Ki
흔해빠진 직업으로
ARIFURETA SHOKUGYOU DE SEKAISAIKYOU
세계최강
NOVEL